Peg
201(

D1388071

AR FY MHEN-BLWYDD yn wyth deg, prynodd Jonathan lyfr i mi. Llyfr clawr caled, a phatrwm marmor brown a melyn ar y clawr, fel hufen mewn siocled. Bodiais drwy'r tudalennau noethion, trwchus a thynnu fy mys ar hyd graen garw'r papur.

'Rydw i am i chi sgwennu rhywbeth i mi,' meddai Jonathan, ei lygaid tywyll yn mynnu cloi am fy rhai i. 'Rydw i am i chi sgwennu eich hanes, Mam.'

'Fydda neb eisiau gwybod, siŵr.' Edrychais i ffwrdd.

Roedd fy mysedd main, crychiog bron cyn wynned â'r papur, a 'modrwy briodas yn llac ar gnawd fy mys.

'Rydw i eisiau gwybod,' meddai Jonathan yn fwyn, gan osod ei law frown dros f'un i. Gallwn deimlo'i lygaid ar fy wyneb, ond doeddwn i ddim am edrych. Byddai ei wyneb caredig yn medru fy narbwyllo i wneud unrhyw beth: fel'na roedd o wedi bod erioed.

'Dwi'n synnu bod cymaint wedi dod heddiw,' atebais, gan edrych draw at ddrws y caffi a thrio newid llwybr y sgwrs. Bûm yn eistedd yno drwy'r pnawn yn derbyn anrhegion ac yn cyfarch gwesteion, a Jonathan yn dod â chacennau a the i bawb. Eisteddai Francis wrth fy ymyl, yn sgwrsio a chwerthin a thynnu coes pawb: roedd o gymaint gwell na fi am wybod beth i'w ddweud wrth bobol. Daeth twr o blant draw ar ôl bod yn yr ysgol, a Jonathan wedi paratoi jeli a chacennau bach iddyn nhw. Roeddan nhw wedi creu clamp o gerdyn i mi, yn

5

enfys o baent a *glitter*, ond teimlwn yn rhyfedd braidd o gael plant bach ym mharti rhywun mor hen â mi. Jonathan oedd wedi trefnu'r cyfan, wedi dod â'r pentref ynghyd i ddathlu fy mhen-blwydd mawr, yn hen bobol a phlant bach a phobol nad oeddwn i'n cofio'n iawn pwy oedden nhw. Fyddwn i byth yn cyfaddef wrtho mai gwneud i mi deimlo'n ynysig wnaeth y parti. Prin 'mod i'n nabod y rhai bach, a beth bynnag, roedd rhywbeth od am ddathlu blwyddyn arall gan fod fy mhlant i fy hun, hyd yn oed, yn ddynion canol oed bellach â chudynnau llwyd yn plethu drwy eu gwalltiau.

'Rydw i o ddifri, Mam. Mi fyddwn i wrth fy modd 'taech chi'n sgwennu'ch stori i mi.'

'Hunangofiant?' Trois ato, gan edrych i fyw ei lygaid duon.

'Os leciwch chi.'

'Tydi pobol fel fi ddim yn sgwennu hunangofiannau.'

'Nac ydyn, ac mae o'n beth torcalonnus o drist.' Ochneidiodd Jonathan a chodi o'i gadair. Roedd ei ben o bron â chyrraedd y nenfwd. 'Mi fyddai llyfr yn llawn o'ch atgofion chi'n drysor i mi ar ôl eich dyddiau chi, Mam.'

Dechreuodd hel rhai o'r platiau oddi ar y byrddau bach. Chwyrnai Francis yn dawel, mewn trwmgwsg ar y soffa. Roedd hanner gwên ar ei wyneb, fel petai o mewn breuddwyd hyfryd.

Edrychais drwy'r ffenest i fyny'r stryd. Roedd hi'n ddiwrnod diflas, a'r cymylau llwyd-frown uwchben yn bygwth eira. Ces fy ysgwyd wrth glywed awgrym addfwyn Jonathan fy mod i'n hen ac yn agos at farw. Peth afresymol i fod yn flin ynglŷn ag o ar fy mhen-blwydd yn wyth deg, ond roedd gen i fy malchder, hyd yn oed wrth glywed geiriau fy annwyl fab.

'Rydw i am fynd am dro bach,' meddwn wrth ymbalfalu i godi o 'nghadair.

'Ddo i hefo chi!' galwodd Jonathan. 'Gadewch i mi orffen y llestri yma gynta.'

'Na.'

'Ddyliwn i ddeffro Nhad?'

Edrychais ar Francis yn cysgu'n gegagored ar y soffa.

'Dweud wrtho am aros amdana i os bydd o'n deffro. Mi leciwn i fynd fy hun os nad oes ots gen ti.'

Estynnais am fy het a'm côt y tu ôl i'r drws. Trois yn ôl i ffarwelio â Jonathan, ac am eiliad aeth fy atgofion â mi yn ôl at adeg pan nad oedd byrddau yma, na ffotograffau sepia chwaethus ar y waliau. Am eiliad fer, gwelwn y lle'n llawn silffoedd a'r rheiny'n drwm o duniau a phecynnau, a rhywun yn gwenu arna i y tu ôl i gownter y siop, ei ffedog yn wyn a'i wallt yn ddu. Llamodd fy stumog gydag ergyd eglurder perffaith yr atgof.

'Iawn, Mam.' Ymddangosodd Jonathan, a llifodd y presennol yn ôl i mewn i'r caffi. Gwenais arno. 'Cymerwch ofal.'

'Wela i di mewn chydig.'

Rocdd y gwynt yn gafael, a dannedd yr awel yn brathu fy ngruddiau. A hithau bron yn bump o'r gloch roedd hi'n dechrau tywyllu, a phawb yn swatio yn eu tai. Cerddais i lawr i gyfeiriad Pont y Llan, yn boenus o ymwybodol o arafwch fy nghamau. Mewn hafau a fu arferwn redeg i lawr y ffordd yma, a'r haul yn cusanu fy fferau main wrth i mi wibio heibio'r tai...

Llifai'r goleuadau drwy ffenestri'r bythynnod bychain, gan daflu eu golud oren dros y lôn. Dychmygais glydwch y cadeiriau esmwyth ger y llefydd tân, a theimlo'n wirion o bengaled am fynnu dod am dro'r ffordd hyn bob dydd. Yn y gorffennol, pleser a saib yn ystod prysurdeb y dydd oedd o. Erbyn hyn, sialens oedd cerdded y ffordd wastad ar hyd lôn

Abergynolwyn, her ddyddiol a wnâi i'm cymalau wegian a chwyno.

Roedd ysbrydion ym mhobman.

Sgwâr Dau Gapel, a Tŷ Rhosys, lle bu Annie'n byw gyda Jac, y gweinidog, a'r plant, ond erbyn hyn yn gartref i deulu ifanc o Dywyn. Y lôn fach a arweiniai at Lanrafon, lle bûm i'n byw gyda Mam pan oeddwn i'n fach, ac eto erbyn hyn gyda Francis. Roedd atgof am rywbeth arall ym Mhont y Llan – atgof tywyll o rywbeth gwyn yn y dŵr, yn arnofio'n ysbryd tawel yn yr afon.

Ymhellach i lawr y lôn roedd y tai yn troi'n gaeau a pherthi. Dechreuai'r awyr dduo. Rhaid oedd brysio os oeddwn i am gerdded at Beech Grove.

Hen sgyrsiau difeddwl yn dod i'r cof wrth gerdded – chwerthin gydag Annie am bethau gwirion; gwthio'r *perambulator* ar hyd y ffordd wastad, syth; gwenu ar y babi a chael gwên ddiddannedd yn ôl. Gwylio'r tymhorau – blynyddoedd ar flynyddoedd ohonyn nhw'n lliwio'r mynyddoedd yn wyrdd, oren, melyn ac wedyn yn flanced wen o eira.

Erbyn i mi gyrraedd Beech Grove, rhyw hanner milltir o'r pentref, roedd y nos wedi troi'r lonydd yn ddu a chysgod yr hen dŷ yn codi o'r coed fel cysgod hen ysbryd. Doedd dim goleuadau ar gyfyl y lle.

Dychwelodd y blas i'm ceg, yn fraw o fywyd, fel petawn i newydd ei fwyta. Gorfododd i mi stopio ynghanol y tywyllwch a throi'r melystra o amgylch fy ngheg.

Oeddwn i'n gwallgofi?

Trois yn ôl, cryfder fy atgofion wedi codi ofn arna i. Welswn i 'rioed 'run ysbryd, ond yn sydyn cefais fy simsanu gan y cysgodion yn y perthi. Craffais i mewn i ffenest Beech Grove wrth basio. Ai siâp Mrs Davies oedd yno yn y tywyllwch, yn dal a thywyll, yn aros i mi ddod i grio ar garreg ei drws?

Callia wir, Pegi, meddwn yn dawel dan fy ngwynt. Dim ond atgof oedd o. Medrwn weld fy anadl yn codi yn gymylau myglyd. Ond atgof byw, serch hynny, bron yn fwy real na'r presennol.

Ymbalfalais yn ôl drwy'r gwyll a goleuadau'r pentref yn oren llonydd o'm blaen. Roedd y blas yn dal yn fyw ar fy nhafod a daeth atgofion eraill yn ôl ata i'n sydyn, pob un yn gysylltiedig â blas sbwnj brown, melys ac arogl trwchus, cymhleth iddo. Cofio hen fysedd tewion yn cynnig plât i mi – cwpanaid o laeth a stêm ac arno arogl mêl yn codi'n niwl ohoni.

Mi wnes i 'ngorau i ddod â'm meddwl yn ôl i'r presennol. Meddyliais am Jonathan, yn ddyn yn ei oed a'i amser erbyn hyn, a'i lygaid yn syllu allan i'r düwch drwy ffenest y gegin wrth iddo olchi'r llestri. Hefyd y plant bach a ddaeth i'm parti, plant i blant i blant pobol yr un oed â fi. Ond roedd cryndod rhywbeth newydd wedi deffro gyda'r wyth deg mlynedd. Ai gwallgofrwydd oedd o, cymylau henaint yn tynnu pethau ddoe yn ddigon agos i'w cyffwrdd, i'w harogli, i'w blasu?

Cerddais yn drwm heibio tŷ'r hen Mr Daniels, a arferai dyfu tomatos gwyrdd yn y tŷ gwydr a golchi ei ffenestri efo lludw o'r lle tân. Pont y Llan, a hen ysbrydion yn dawnsio fel cynfasau dan y dŵr bas. Sgwâr Dau Gapel, a staen yr oed wedi diflannu; tŷ'r gweinidog, ac Annie Vaughan y tu allan yn gwylio'i babi yn cysgu yn yr heulwen.

Heulwen? Roedd hi'n nos!

Gwthiais ddrws y caffi, a chanodd y gloch fach. Bu'n rhaid i mi sefyll am ennyd i gael fy ngwynt ata. Pryd es i mor hen fel na allwn i gerdded lôn wastad heb i mi flino?

'Gawsoch chi dro braf?' holodd Jonathan o'r gegin. Roedd o wedi goleuo'r lampau bach o bobtu'r ystafell, ac edrychai'r lle fel 'tai o'n edwino yn yr hanner-goleuni. Cysgai Francis yn drwm, yn union lle gadewais i o.

'Do,' atebais, gan ddiosg fy nghôt. Mi hoffwn i fod wedi dweud mwy. Esbonio sut roedd yr atgofion yn brathu, yn miniogi rywsut. Ond fedrwn i ddim. Fyddai Jonathan ddim yn deall. Fyddwn innau ddim wedi deall yn ei oed o.

Roedd y llyfr gwag yn dal ar y bwrdd bach wrth ymyl fy nghadair. Fedrwn i ddim cofio'r tro diwethaf i mi roi pin ar bapur. Agorais y clawr, a syllodd noethni'r dudalen yn gyhuddgar arna i.

Doedd gen i ddim byd i'w ddweud.

'Wn i ddim be wna i at fory,' synfyfyriodd Jonathan, yn siarad ag o'i hun yn fwy na dim, wrth iddo dynnu cadach dros *oilcloths* y byrddau bach a hel y briwsion ym mhowlen ei gledr. 'Mae gen i darten lemwn a sgons, a dwi'n meddwl y gwna i...'

'Torth sinsir,' atebais drosto. 'A thriog ynddi, a surop.'

Stopiodd Jonathan a sefyll yn stond, gan edrych arna i.

'Ia,' atebodd yn araf. 'Pam lai?'

'Oes gen ti rysáit?'

'Oes, yn rhywle...' Chwiliodd Jonathan yn ei gasgliad o lyfrau coginio y tu ôl i'r cownter. Tynnodd un bys hir ar hyd y meingefnau unionsyth. 'Dyma hi.'

'Oes gen ti feiro i mi?' gofynnais. Trodd Jonathan, a gwenu ei wên lydan, y llyfr ryseitiau yn dynn dan ei fraich.

Mai Davies
Cymdoges
1937

Cacen sinsir

4 owns o siwgwr caster

5 owns o fenyn

1 wy

10 owns o flawd plaen

1 1/2 llwy de o soda pobi

2 lwy fwrdd o sinsir powdr

1 llwy de o sinamon powdr

hanner llwy de o glof powdr

180ml o surop euraidd

40ml o driog

2 belen fach o sinsir
(stem ginger)

250ml o ddŵr poeth

Cynheswch y ffwrn i 180°C.

Irwch dun cacennau 9 modfedd sgwâr yn barod.

Cymysgwch y menyn a'r siwgwr tan ei fod yn hufennog.
Ychwanegwch yr wy, ac yna'r surop a'r triog. Gratiwch y sinsir i
mewn i'r gymysgedd, a chymysgu'n drylwyr.

Nithiwch y blawd, y soda pobi a'r sbeisys, a'u cymysgu i'r menyn.
Ychwanegwch y dŵr poeth, a phobi'r cyfan am awr, neu nes bod
llafn sy'n cael ei blannu ynghanol y gacen yn dod allan yn lân.

Bydd y gacen yn well o gael ei gadael am rai dyddiau.

Doedd *stem ginger* ddim yn beth hawdd i ddod o hyd iddo mewn lle mor wledig â Llanegryn. Gofynnais i Mr Phyllip Siop amdano droeon, a mynnai hwnnw edrych arna i dros dop ei sbectol pan fyddai o'n fy ateb, fel taswn i'n hogan fach.

'Rydw i wedi dweud o'r blaen, Mrs Davies, does dim galw am gynhwysion crand yn y fan hyn.'

'Wel, *mae* 'na alw amdano fo. Rydw i'n galw amdano fo rŵan.'

Ysgwyd ei ben fyddai ateb Mr Phyllip Siop, a'i ben moel o'n sgleinio fel jar da-da arna i. Cythraul bach powld. Medrwn ei gofio fo'n hogyn bach. Mi fyddai o'n cerdded fel petai ganddo brocer i fyny ei din 'radeg honno hefyd.

Plymiais fy mys a'm bawd i mewn i'r jar o *stem ginger* (bu'n rhaid i mi ei wneud o fy hun yn y diwedd), a dechrau gratio'r belen o sinsir i mewn i'r blawd, gan anadlu'r persawr yn ddwfn i'm hysgyfaint. Llyfais fy mysedd, gan deimlo melystra'r surop blas sinsir yn cyrraedd fy ngwaed.

Heb olchi fy nwylo (pwy fyddai'n gwybod?) estynnais am y triog a'r surop o'r pantri, cyn agor y tuniau sgleiniog â chyllell fara. Diferais lond llwy fwrdd o'r triog i'r blawd, a honno'n afon ddu o sglein trwchus, ac yna ychwanegu'r surop euraidd. Toddodd un i'r llall fel olew ac aur. Dŵr o'r tegell ar y Rayburn, ac wy – dim ond un, ond hwnnw'n un mawr o Fferm Ffordd Ddu, a'r melyn yn heulwen lachar.

Â'r gacen sinsir yn y ffwrn a'r llestri i gyd yn lân a sych ac yn ôl yn eu priod lefydd, eisteddais yn fy nghadair esmwyth wrth y ffenest. Gwyliais yr adar yn hedfan dros bowlen y pentre, a gwnes fy ngorau i anwybyddu'r boen yn fy nghymalau a'r cnoi yn fy mysedd. Roedd popeth yn iawn.

Codai ruban o arogl o'r ffwrn a chyrraedd fy ffroenau. Sinsir a siwgwr. Roedd popeth yn iawn.

Cacen sinsir fyddai hoff fwyd Tomi.

Bron na allwn ei deimlo yma, ei ysbryd yn yr oglau pobi. Bron na allwn glywed clicied y drws cefn, sŵn ei fwtsias ar y llechi a griddfan y gadair ger y lle tân wrth iddo orffwys. Ei fysedd yn mwytho'i fwstásh, ei lygaid yn gwenu. 'Beth ydi'r ogla?' Cellwair, wrth gwrs. Mi wyddai o beth oedd yr oglau, doedd dim byd arall yn debyg. Torri sgwâr wedyn, un anarferol o fawr, ac yntau'n ddyn mor gymedrol fel arfer. Byddwn innau'n teimlo fel petai rhyw lawenydd yn gwasgu'i law am fy nghalon. Roeddwn i'n ei garu o, ac roedd yntau'n caru fy mwyd i.

Ymbalfalais o'm cadair i nôl y gacen o'r ffwrn. Roedd y toes wedi codi'n fryn ac wedi brownio'n drioglyd. Â'r menyg trwchus am fy nwylo, gosodais y tun sgwâr poeth ar sil y ffenest, a gwylio, am eiliad, y stêm yn codi'n ysbrydion llwyd a chymylu'r gwydr.

Bu'n rhaid i mi arafu i gael fy ngwynt ataf ar ôl cerdded o'r gadair at y ffwrn. Am 'mod i'n dew? Yn sicr, roedd mwy o blygion toeslyd wedi ymddangos o gwmpas fy nghanol ers i Tomi farw. Y ffwrn a gariodd fy ngholled, gan gadw 'nwylo a'm meddwl yn brysur. Codai mynyddoedd o gacennau, sgons a thorthau ar arwynebedd y gegin, gan grychu fy nwylo wrth i'r toes sych lynu oddeutu fy ewinedd. Gwynnai fy ngwallt – a hwnnw wedi cadw ei dywyllwch tramorol ar hyd y blynyddoedd – wrth i'r cymylau o flawd godi yn y gegin. Byddwn yn llenwi'r tŷ gwag ag arogl pobi. Ac yn araf, er i mi fwyta llond fy mol o'r cynnyrch cynnes, bu farw'r bwyd hefyd – sychodd y bara a'r cacennau yn grystiau caled, a meddalodd y bisgedi gan golli pob blas. Gadewais nhw yn y pantri nes bod cen gwyrdd yn tyfu drostynt, cyn eu briwsioni a'u gadael ar do'r cwt glo i'r adar bach. Smaliwn na welwn y llygod mawr a ddeuai o'r afon i wledda.

Ac eto, daliwn ati i bobi, bob dydd, gan baratoi mwy a mwy o fwyd.

'Rydach chi'n prynu digon o flawd i deulu o saith o blant,' meddai Mr Phyllip Siop wrth iddo'i fesur, ei lygaid yn dynn ar fys coch y glorian.

'Rydw i'n lecio pobi,' oedd fy ateb innau, er i mi ddwrdio fy hun yn dawel am drafferthu ateb hen gythraul fel Mr Phyllip Siop.

'Mae eisiau i chi fwyta rhywbeth heblaw cacennau, Mrs Davies.' Glaswenodd y siopwr a gadael i'w lygaid bach grwydro at fy nghanol trwchus. 'Mae angen llysiau a phrotein arnoch chi.'

Gwasgais fy ngwefusau'n dynn at ei gilydd rhag i don o atgasedd a geiriau miniog ddianc.

'Wel, rhyngddoch chi a'ch pethau…' Cododd ei aeliau unionsyth yn gryman creulon. 'Rydw i wedi'ch rhybuddio chi, 'yn do.'

Wrth estyn fy mhwrs o'r fasged, methais ag ymatal rhag dweud, 'Dim i mi rydw i'n pobi.'

Cododd Mr Phyllip Siop ei lygaid mewn cwestiwn.

'Mae 'na rai pobol yn y pentre yma'n ei chael hi'n anodd fforddio prynu cacennau a bisgedi. Maen nhw mor ddrud ganddoch chi.'

Agorodd y siopwr ei geg, yn ceisio chwilio am eiriau. Gwyliais lafn o chwys rhwystredigaeth yn iro'i ben moel, a cheisiais frathu fy ngwên.

'Efallai y dylai rhai o'r bobol dlawd hynny sy'n meddwl bod fy nwyddau i mor ofnadwy o ddrud roi'r gorau i blanta,' meddai wrth i mi adael. 'Maen nhw fel pla o gwmpas y pentre 'ma.'

Roedd ei lais wedi codi wythfed yn uwch wrth i'w dymer boethi. Trois yn ôl, a gwenu'n fwyn arno. Gwyddwn mai dyna fyddai'n ei wylltio'n fwy na dim.

'A sut mae Francis bach ganddoch chi?' gofynnais, gan gofio wyneb tywyll, tlws ei fab ifanc. 'Prin ydw i'n ei weld o gwmpas y pentref.'

'Tydi Francis ddim angen rhedeg o gwmpas fel anifail gwyllt. Mae o'n berffaith fodlon yn ei gartref.'

Peth rhyfedd. Byddwn i'n edrych yn ôl ar y foment honno fel ail enedigaeth, gwawr fy mywyd newydd. Byddai'r ddynes newydd hon yn gwneud gwahaniaeth. Byddai pobol yn cofio amdani, ac yn ei thrysori fel rhywun hael ac annwyl.

Dechreuais ddosbarthu fy mwyd ymhlith y bobol.

Yr henoed i ddechrau. Roedd y rheiny yn fy adnabod yn ddigon da – rhai ohonyn nhw ond ychydig flynyddoedd yn hŷn na mi. Codwn ben bore i bobi, ac erbyn dau o'r gloch byddai'r fasged yn llawn danteithion a'r rheiny mewn parseli bach brown o bapur grisprwff. Dioddefwn y boen yn fy nghymalau wrth gerdded a chario'r fasged drom ar fy mraich i ganol y pentref. Gwyddwn pwy oedd mewn gwir angen: Mrs Ffrancon Braich y Glyn a Miss Delia Tŷ Pen, y ddwy yn fusgrell ac yn cymryd hydoedd i ateb y drws.

Teuluoedd eraill hefyd: Helen Lôn Bach, hithau'n fam i naw o blant a'i gŵr yn gwario'r rhan fwyaf o'i gyflog yn y Corbett Arms. Roedd hi'n haeddu pecyn mawr i'r holl gegau llwglyd oedd ar ei haelwyd: dwy dorth laeth, cacen fach yr un i'r plant, torth frith a llond bag o sgons. Edrychai Helen fel petai hi'n methu dirnad beth roeddwn i'n ei wneud.

'Peidiwch â meddwl 'mod i'n ddigywilydd, Mrs Davies, ond tydw i ddim yn fethedig eto. Mae'r plant yma'n cael pob chwarae teg…'

'Mi wn i hynny!' brysiais, wedi rhag-weld hyn ac wedi

hen baratoi sut roedd ymateb iddi. 'Y peth ydi, Helen, rydw i wrth fy modd yn pobi, a rŵan bod Tomi wedi'n gadael ni, does gen i neb i fwyta'r cyfan. Felly mynd yn stêl yn y tŷ wneith o os na chymrith rywun y bwyd. Mae fy mab i fy hun wedi symud i ffwrdd…'

Ochneidiodd Helen a brathu ei gwefus yn betrus. Roedd ei phen yn pwyso'i balchder yn erbyn boliau gweigion ei phlant. Does dim byd yn gryfach na chwant bwyd.

'Os nad ydach chi eu hisio nhw, peidiwch â'u cymryd nhw,' ychwanegais yn dawel. 'Mi ro i nhw i rywun arall. Rydw i'n gwybod bod eich rhai bach chi'n bwyta gystal ag unrhyw un yn y pentre. Maen nhw'n blant cryf… yn llawn egni! Dim ond am roi beth sydd gen i'n wastraff ydw i. Mi fu'n rhaid i mi luchio dwy dorth a llwyth o gacennau cri ddoe… Mi fyddwch chi'n gwneud ffafr â mi yn eu cymryd nhw…'

Roedd hynny'n ddigon i Helen. Rhoddodd wên garedig a derbyn y pecynnau, gan eu gosod nhw'n fynydd bach ar y bwrdd bwyd ynghanol y gegin. Roedd hi'n gwybod, wrth gwrs, mai ei phitïo hi oeddwn i, ac roedd hi'n gwybod 'mod i'n gwybod. Wedi i mi wrthod paned, wrth adael, cyffyrddodd Helen yn ysgafn yn fy mraich a throis yn ôl at y ddynes ifanc flinedig.

'Diolch i chi, Mrs Davies.'

Nodiais a gwenu, a theimlo'n gynnes yr holl ffordd adref, y boen yn fy nghymalau wedi mynd yn angof.

Ymhen ychydig wythnosau i'r cychwyn newydd, treuliwn fy holl amser yn bwydo'r pentref. Dysgodd plant y Llan fod hen wraig Beech Grove yn rhoi bwyd am ddim i bawb, a deuai cnoc ar y drws yn ddigwyddiad arferol, wrth i wynebau bach eiddgar aros amdana i'n llawn gobaith. Gwnes addewid i mi fy hun na fyddai neb yn gadael yn waglaw. Daeth Beech

Grove yn ganolbwynt unwaith eto, fel y byddai pan oedd Tomi'n fyw a Kenneth yn fach. Roeddwn i'n brysur eto, yn fam i holl blant y Llan.

Bob gwanwyn deuai'r sipsiwn i'r comin mewn carafannau lliwgar, a thwr o blant tlws yn byrlymu ohonyn nhw. Nhw oedd fy ffefrynnau, a byddai'r mamau a'r neiniau pentywyll yn derbyn fy rhoddion o fwyd heb swildod a chyda gwên, gan fynnu 'mod i'n aros wrth iddyn nhw hwylio paned dros dân agored. Heidiai eu plant o gwmpas fy nghoesau, gan wneud i mi deimlo'n werthfawr, yn rhan o gymuned.

Carwn yr olwg o syndod a wawriai dros wynebau pobol wrth iddyn nhw sylweddoli mai wedi dod â bwyd iddyn nhw roeddwn i ac nid i fusnesu, na holi, ac yn sicr ddim i ofyn am bres. Doedd pobol ddim yn gyfarwydd â chael rhywbeth am ddim. Ac eto, mi gawn innau rywbeth yn ôl ganddyn nhw hefyd, sef y teimlad braf, cynnes hwnnw a adawai i mi gysgu'r nos yn gwybod bod gen i swyddogaeth mewn bywyd unwaith eto.

Agorais fy llygaid yn sydyn, cyn gadael iddyn nhw ddod yn gyfarwydd â'r tywyllwch am ychydig eiliadau. Roedd fflamau'r tân bron wedi diflannu, a dim ond golau oren coedyn yn mudlosgi a oleuai'r ystafell. Wedi cysgu o flaen y tân, sylweddolais wrth ddylyfu gên. Byddai hyn yn ddigwyddiad arferol, a minnau wedi ymlâdd ar ôl bod yn pobi a dosbarthu drwy'r dydd.

Cymerais fy amser i godi o 'nghadair, a theimlo fy nghefn yn cwyno. Daria'r hen gryd cymalau yma. Ymbalfalais o un dodrefnyn i'r llall − o'r gadair i'r ddresel, o'r ddresel at y cwpwrdd cornel, ac yna pwyso ar ffrâm drws y gegin gefn.

Cnoc, cnoc, cnoc.

Rhewais, a sythu'n sydyn, gan anghofio'r boen yn fy nghefn. Cymerais gip sydyn ar y cloc yn adlewyrchiad mudlosgi'r tân. Hanner awr wedi un ar ddeg.

Teimlwn fy nghalon yn drymio.

Y trempyn hwnnw ddaeth draw echdoe, efallai. Un od ar y diân oedd hwnnw, heb ddant yn ei ben ac yn drewi o dail gwartheg. Roedd o wedi gofyn am fwyd, a minnau wedi mwydo bara mewn llaeth er mwyn iddo gael pryd go lew heb orfod cnoi ar gnawd ei geg. Oedd hwnnw wedi gweld ei gyfle i ymosod ar hen wreigan ynghanol nos?

Daeth ei wên ddi-ddant yn fflach i fy meddwl, gan hel cryndod o ofn i lawr fy asgwrn cefn.

Cnoc, cnoc, cnoc.

Yn araf, ac mor dawel ag y gallwn, symudais at y drws ffrynt. Wrth agosáu, clywais sŵn arall, sŵn anghyfarwydd.

Sniffian crio.

Brysiais am y drws, a phob pryder wedi ei anghofio. Agorais y drws derw a syllu allan i dywyllwch y nos, gan grychu fy llygaid er mwyn gweld wyneb yr un fach a safai ar y rhiniog.

'Pegi?'

Nodiodd, gan sychu ei dagrau yn llawes ei siwmper.

'Tyrd i mewn, 'mach i!'

Symudais o'r neilltu i adael i'r ferch fach basio. Pegi Glanrafon! Beth oedd hi, chwech, saith oed? Beth ar wyneb y ddaear roedd hogan fach yn ei wneud allan o'i gwely mor hwyr, heb sôn am fod allan yn cerdded y lonydd?

'Eistedda wrth y tân, 'mach i.'

Caeais y drws, a brysio at y fasged goed cyn taflu darn trwchus ar y marwydos.

'Gymri di ddiod boeth?'

Cyn i'r ferch gael cyfle i ateb, roeddwn wedi brysio i'r gegin gefn ac wedi dechrau cynhesu llaeth dros y stof fach.

Wrth sefyll uwchben y ddiod, gwyliais y ferch fach yn yr ystafell drws nesaf, yn sniffian a sychu ei thrwyn yn ei llawes.

Merch dal, fain oedd Pegi Glanrafon, a merch ddigon plaen hefyd, druan fach. Roedd ei gwallt yn hir ac yn crogi fel cynffonnau llygod mawr o amgylch ei hysgwyddau, a gwawr felen afiach ar ei hwyneb. Byddai llawer o'r plant tlawd yn felyn fel hyn, eu rhieni'n rhy brin o arian i fedru prynu llysiau ffres a chig coch iddyn nhw. Roedd ei thrwyn yn hir ac yn syth, a'i gwefusau'n fain, ond y llygaid a ddenai sylw. Byddai'r rheiny wedi bod yn dlws ar wyneb rhywun arall, yn fawr ac yn llwyd fel cerrig. Roeddwn i wedi bod ag ambell fasgedaid o fwyd i Lanrafon, ond nid mor aml ag y byddwn i'n mynd at y rhelyw. Roedd rhywbeth am Jennie, mam Pegi, a wnâi i mi deimlo'n anghyfforddus – y diffyg gwên, y diolch arwynebol a thywyllwch parhaus y bwthyn bach ar lan yr afon. Doedd hi ddim yn ddiolchgar.

Roedd ganddi ei rhesymau, wrth gwrs. Doedd pethau ddim wedi bod yn hawdd ar Jennie Glanrafon, yn magu Pegi ar ei phen ei hun ers pan oedd y fechan mewn clytiau. Ond eto, nid dyna oedd y pwynt. Doedd disgwyl diolch ddim yn gofyn gormod, 'yn nac oedd?

Ychwanegais lwyaid o fêl at y llaeth, cyn ei dollti'n ofalus i gwpan dun. Deliais y gwpan gerfydd ei chlust, a symud at y lle tân lle eisteddai Pegi.

'Gofal! Mae o'n boeth!' rhybuddiais cyn iddi lymeitian rhywfaint ar y llaeth. 'Be wyt ti'n ei wneud yma mor hwyr, 'mach i?'

Sniffiodd Pegi. 'Mae'n ddrwg gen i, Mrs Davies.'

'Paid ymddiheuro rŵan. Ond gwell i ti ddweud wrtha i, fy mach i, rhag ofn y bydd dy fam yn poeni.'

Wrth glywed cyfeiriad at ei mam, dihangodd dagrau tew o lygaid llwydion Pegi.

'Dyna ni rŵan,' cysurais hi, gan eistedd wrth ei hymyl. 'Paid â chrio.'

'Rydw i'n meddwl bod 'na rywbeth o'i le ar Mam, wchi,' wylodd Pegi fach, gan wthio'r dagrau o'i llygaid â blaenau ei bysedd main.

'Pam wyt ti'n dweud hynny, 'mach i?'

'Mae hi'n gwneud pethau rhyfedd weithiau, Mrs Davies.'

Edrychodd Pegi i fyny arna i, a dal fy llygaid am eiliad. Teimlwn gryndod erchyll yn pasio'n fellten o'i llygaid hi i'm rhai i. Ceisiais guddio fy nerfusrwydd rhag y ferch fach, ond gwyddwn fod fy llyncu cyson yn adrodd cyfrolau.

'Fel beth, 'mach i?'

'Tydi hi ddim yn cysgu, wchi.'

Syllais ar Pegi.

'Mae hi'n aros yn ei chadair yn y gegin drwy'r nos, yn sbio ar y wal.'

'Falla'i bod hi'n hepian yn y gadair. Mae'n siŵr ei bod hi'n gyfforddus yno, yn ymyl y stof.'

'A tydi hi ddim yn dweud helô na dim byd wrtha i. Mae'n smalio nad ydw i yno.'

Pesychodd Pegi nes bod rhagor o ddagrau tewion, hyll yn llifo i lawr ei gruddiau gwelw.

'O, Pegi fach.'

Rhoddais fy mreichiau praff am ffrâm esgyrnog y ferch fach, a'i dal hi'n dynn at fy mron. Gorfu i mi lyncu fy nagrau fy hun wrth deimlo ebychiadau Pegi'n ysgwyd ei chorff.

'A heddiw, mi wnaeth hi gawl ar y stof, efo tatws, moron a rwdan ynddo fo. Ond pan edrychais i mewn i'r pot wrth nôl powlen i mi fy hun… roedd hi wedi rhoi llygoden fawr ynddo fo. Pob tamaid ohoni hi: y ffwr, llygaid a phob dim.'

Peth rhyfedd na allai Pegi deimlo neu glywed fy nghalon yn drymio yn ei herbyn. Brathais fy ngwefus wrth drio cau delwedd y cawl llygoden fawr o'm meddwl, ond gwrthododd adael. Gwelwn y crafangau bychain, y llygaid sgleiniog, y gynffon, yn gyrlen o raff yn y cawl.

Mi fyddai'n rhaid i Jennie Glanrafon fynd i Ddinbach ar ei hunion.

'Lle mae hi rŵan, Pegi?'

'Yn dal yn ei chadair wrth y stof. Mi godais o 'ngwely a dweud wrthi 'mod i'n gadael am bod gen i ofn, ond doedd hi ddim yn gwrando arna i. Mi syllodd hi drwydda i fel taswn i ddim yno.'

'Ddywedaist ti wrthi lle roeddat ti'n mynd?'

Ysgydwodd Pegi ei phen, ac er mawr syndod, gwnaeth hyn i mi deimlo'n well. Dynes fach, fain fel Jennie Glanrafon – petai hi'n dod yma i greu trwbl, byddwn yn medru cael y llaw uchaf arni, cryd cymalau neu beidio. Ond doeddwn i ddim am ymdrin â rhywun oedd wedi'i cholli hi go iawn.

'Sâl ydi dy fam, wsti. Mi fydd hi angen gwyliau bach i ddod ati hi ei hun.'

'Beth fydd yn digwydd i mi?'

Edrychai llygaid llwydion Pegi'n ddagreuol arna i.

'Paid ti â phoeni. Mi a' i weld y gweinidog bore fory, ac mi wnaiff o sortio popeth. Mi gei di aros yma heno, yli.'

'Diolch, Mrs Davies.'

'Waeth i ti dynnu dy siwmper a dy sanau rŵan hyn, ac mi a' inna i nôl blanced i ti.' Ymbalfalais am y grisiau, cyn troi a gofyn, 'Pryd gest ti fwyd, 'mach i?'

'Amser cinio.'

Gwasgais fy ewinedd i gnawd fy nghledrau. Roedd hi bron yn hanner nos. Mae'n rhaid bod y fechan ar lwgu.

Wedi nôl y gwrthban a'i daenu dros Pegi, torrais sgwâr tew o gacen sinsir iddi, yn dywyll a melys. Am eiliad, aeth yr arogl â mi yn ôl i amser arall – esgidiau Tomi ar y llechi, ei fwtsias budr yn y *lean-to*… cyn i mi ysgwyd fy mhen er mwyn gwaredu fy hun o'r ddelwedd. Byddai Pegi'n gwerthfawrogi'r gacen. Byddai Pegi wedi gwerthfawrogi'r gacen oriau ynghynt, wrth iddi estyn ei llaw fechan i agor caead y potyn cawl, wrth iddi droi'r llwy yn y llysiau dyfrllyd, wrth iddi weld ffwr llwyd, gwlyb yn hunllef dywyll yn eu canol.

Cronnai anfodlonrwydd fel storm yn fy mherfedd wrth imi osod y dorth sinsir ar blât. Dyma pwy oedd angen fy mara, fy nghacennau, a dyna finnau wedi osgoi mynd yno oherwydd bod ei mam mor anniolchgar. Ai dyna pam roeddwn i'n eu rhoi? Er mwyn cael diolch?

'Dyma ti, 'mach i, tamaid bach cyn i ti gysgu.'

Estynnais y plât i'r ferch fach, ac ar ôl diolch, dechreuodd Pegi bigo'r gacen â blaenau ei bysedd.

'O, Mrs Davies, mae hwn yn anhygoel!' Dechreuodd dorri darnau mwy â'i dwylo, cyn rhwygo lympiau tewion, brown a'u stwffio i'w cheg fach. 'O, diolch, Mrs Davies!'

Heb i mi fedru gwneud dim i'w rwystro, dihangodd deigryn bychan o fy llygad a rholio fel gwlith i lawr fy ngrudd. Wyddwn i ddim yn iawn beth gyffyrddodd â'm calon. Cymysgedd o bethau, mae'n siŵr: cacen sinsir Tomi; ceg lwglyd y ferch fach a'i bysedd main yn rhwygo'r dorth; gwallgofrwydd creulon Jennie Glanrafon. A rhywbeth arall, rhywbeth a blannwyd yn ddwfn yn fy modolaeth ers cyn cof. Y pleser greddfol o weld rhywun yn mwynhau fy mwyd.

Y bore canlynol, ar ôl brecwast o fara saim a chig moch, tynnais fy nghôt amdana i ac arwain Pegi gerfydd ei llaw ar hyd y lôn fach tuag at y pentref. Ffurfiai cwlwm caled o rywbeth afiach yn fy mron wrth gerdded, yn gymysgedd o ofn gweld Jennie, consýrn dros Pegi ac yn bennaf fy nyhead poenus fy hun am gael cadw'r eneth fach, er mwyn ei meithrin a gwneud iddi deimlo'n saff unwaith eto. Gwyddwn fod nain a thaid Pegi yn byw ar fferm ychydig filltiroedd i ffwrdd ac mai nhw fyddai'n cael gofalu am y fechan yn ôl pob tebyg. Welais i mohonyn nhw yn y pentref ers blynyddoedd. Roedd rhyw ffrae wedi bod rhwng Jennie Glanrafon a'i rhieni. Pa fath o bobol fyddai'n gadael i'w merch a'u hwyres fod yn ddieithriaid? Mi fyddwn i'n medru ei gwneud hi'n hapus. Mi fyddwn i'n medru rhoi cnawd ar ei hesgyrn main.

'Ga i ddim aros efo chi?'

Fedrwn i ddim edrych i lawr ar Pegi, ond gallwn deimlo llygaid llwydion yr eneth fach yn pefrio arna i.

'Gwell i ni weld be fydd y gweinidog yn ei ddweud, 'mach i.'

Bu saib rhyngom. Canai'r adar bach yn y perthi a chloch yr ysgol o ben y bryn. Byddai ffrindiau Pegi'n sefyll mewn llinell ar yr iard rŵan, yn aros am gael mynd i mewn i'w dosbarth. Tybed oedden nhw wedi sylwi erbyn hyn ei bod hi ar goll?

'Mi fyddwn i'n hogan dda, Mrs Davies, wir i chi.'

Rhois y gorau i gerdded, ac er bod fy nghefn yn cwyno ar ôl noson effro yn y gadair yn gwylio Pegi'n cysgu, plygais ar fy nghwrcwd i gael edrych i fyw llygaid yr eneth fach. Roedd golwg well arni'n barod, ar ôl cael ychydig o saim a chig yn ei bol. Roeddwn wedi brwsio'i gwallt hefyd, gan ddod â mymryn o fywyd i'r blew bregus, lliw llygoden, ac wedi datod y caglau blêr a guddiai y tu ôl i'w gwegil.

''Nghariad, mi gadwn i ti 'tawn i'n cael. Ond nid fi fydd yn cael penderfynu. Lle bynnag yr ei di, mi fyddi di'n saff, a dyna sy'n bwysig.' Nodiodd Pegi fel petai'n deall, gan wylio fy llygaid. 'Ac os byddi di'n anhapus, cofia y cei di ddŵad draw i 'nhŷ i. Mi edrycha i ar d'ôl di unrhyw bryd.'

Cerddodd y ddwy ohonon ni ar hyd y lôn fach tuag at y pentref mewn tawelwch. Roedd hi'n fore braf, ac roedd ambell un allan, yn rhoi dillad ar y lein neu'n tynnu blodau dant y llew o'u gerddi. Codais fy llaw, a dymuno bore da i bob un, ond stopiais i ddim am sgwrs, er ei bod hi'n amlwg wrth weld llygaid awchus fy nghymdogion eu bod nhw'n ysu am gael gwybod beth roeddwn i'n ei wneud yn cerdded yng nghwmni Pegi Glanrafon a hithau mor fore.

Safai Tŷ Rhosys, cartref y Parchedig Vaughan, dros y ffordd i ddau gapel ar sgwâr y pentref, a sŵn yr afon yn anadlu dan Bont y Llan gerllaw. Doedd dim sôn am unrhyw un yn yr ardd, dim ond cwlwm o lwyn rhosod yn codi o dan bob ffenest, a blodau bach pinc yn dechrau dangos eu petalau meddal.

Cydiais yn y llew milain yr olwg ar y drws a chnocio.

Mrs Vaughan ddaeth at y drws, ei hwyneb yn drwch o golur a'i chyrls tywyll fel pin mewn papur. Cafodd syndod o weld hen ddynes dew a merch fach fain ar drothwy'r drws.

'Bore da, Mrs Vaughan. Ydi'r Parchedig yma, os gwelwch yn dda?'

'Yn y capel mae o, Mrs Davies. Ydi popeth yn iawn? Pegi, wyt ti'n olreit?'

Nodiodd Pegi a chynnig gwên gynnes. 'Mae Mrs Davies yn edrych ar f'ôl i.'

Edrychodd Mrs Vaughan i fyny ata i â chwestiwn yn ei llygaid, ond chafodd hi ddim ateb.

'Mi awn ni draw i'r capel i chwilio amdano. Diolch i chi.'

Roedd y capel yn oer, er bod yr haul yn gynnes y tu allan, a'r ffenestri hirion yn taflu eu cysgodion dros y seddi pren. Safai'r Parchedig Jac Vaughan yn y sêt fawr, a thyrau o lyfrau emynau o'i gwmpas. Edrychodd i fyny mewn syndod wrth glywed y drws yn agor.

'Mrs Davies!' ebychodd, gan redeg ei fysedd drwy ei wallt cringoch i drio cael gwared ar y cudyn blêr a fynnai sefyll i fyny ar ei gorun. 'A Pegi Glanrafon! Pa hwyl?'

'Bore da, Mr Vaughan.' Brysiais ato gan dynnu Pegi ar fy ôl.

'Ydi popeth yn iawn, deudwch?'

'Ydi, ydi, pawb yn iawn. Eisiau gair efo chi am Pegi ydw i.'

Edrychodd Mr Vaughan arna i â'r un cwestiwn yn ei lygaid ag a welswn gan ei wraig ychydig funudau ynghynt. Roedd rhywbeth yn rhyfedd yn y ffaith fy mod i'n dod at ddyn i ofyn am gyngor ac yntau heb fod yn hŷn na phump ar hugain yn sicr, a'i wraig daclus yn iau nag yntau wedyn.

'Wrth gwrs. Eisteddwch am ychydig! Neu leciech chi fynd draw i'r tŷ?'

'Na, na, mae'n iawn yma,' ysgydwais fy mhen, a setlo 'mhen-ôl llydan ar y sêt fawr. Doedd arna i ddim eisiau mynd i gartref Mrs Vaughan. Byddai bod yng nghwmni rhywun mor drwsiadus yn fy atgoffa mor hen a di-lun oeddwn i fy hun bellach. Ac eto, roeddwn i'n ddigon hapus yng nghwmni'r gweinidog. Mor wahanol oedd y ddau – cwpl od ar y diân! Pa fath o briodas oedd yn clymu dau begwn fel y rhain wrth ei gilydd?

Adroddais yr hanes. Ddywedodd Pegi 'run gair.

Un clên oedd Mr Vaughan, a gwyliais ei wyneb yn trio cuddio'r ffieidd-dra wrth i mi ddisgrifio'r cawl llygoden, a sylwi ar y lwmp yn ei lwnc yn neidio pan soniais nad oedd Jennie'n cydnabod y ferch fach. Pan ddeuthum at ddiwedd fy llith, nodiodd Mr Vaughan yn ddoeth, a phesychu cyn siarad.

'Wel, Pegi fach, mi wnest ti beth call yn mynd at ddynes garedig fel Mrs Davies. Ac mae hi yn llygad ei lle wrth ddweud mai salwch sydd ar dy fam.'

Suddodd at ei liniau i siarad lygad yn llygad â Pegi, a syllai arno'n hollol ddifrifol. Llamodd fy nghalon gyda gwerthfawrogiad fod y dyn ifanc yn gwybod yn iawn sut i siarad efo merch fach.

'Does dim isio i ti fod ag ofn. Mi anfona i rywun i nôl Dr Thomas, ac i gael gair efo dy nain a dy daid. Mi fyddan nhw'n siŵr o fod eisiau edrych ar d'ôl di.'

'Nain a thaid?' holodd Pegi gan hanner sibrwd.

Nodiodd y Parchedig. 'Rhieni dy fam.'

'Does gen i ddim nain a thaid.'

'Oes, yn Nhyddyn Sgwarnog. Tydi o ddim yn bell.'

Gwelais y syndod ar ei hwyneb gwelw. Roedd ffiniau ei byd bach wedi plygu tu hwnt i'w hadnabod yn ystod y pedair awr ar hugain ddiwethaf. Druan ohoni.

Syllodd Pegi arno am ychydig eiliadau. 'Tydw i ddim yn eu nabod nhw.'

Bu'n rhaid i mi frathu 'nhafod rhag cynnig fy nghartref fy hun i'r ferch. Efo'i theulu roedd ei lle hi, mae'n siŵr, ond gan fod y rheiny'n ddieithriaid iddi, pa ddaioni wnâi hynny? Pa les oedd cwlwm gwaed pan oedd hi'n fy nabod i, yn ymddiried ynddo i, yn gofyn i gael byw yn fy nghartref? Roedd Pegi yn fy adnabod i'n well nag yr oedd hi'n eu hadnabod nhw. Prin roeddan nhw'n perthyn o gwbl rŵan.

'Maen nhw'n bobol garedig iawn, wsti Pegi. Mi fyddan nhw'n ofalus ohonat ti.' Cododd Mr Vaughan ar ei draed, a gwnes innau 'run fath. 'Diolch i chi am edrych ar ei hôl hi, Mrs Davies. Roeddach chi'n garedig iawn.'

'Pleser cael cwmni hogan mor addfwyn.' Clywais fy llais fy hun yn gryg, yn datgelu fy emosiwn. 'Ydach chi am iddi ddod adref efo mi am ychydig? Tan i'w thylwyth ddod i'w nôl hi?'

Ysgydwodd Mr Vaughan ei ben a rhoi gwên fach garedig.

'Rydach chi wedi gwneud mwy na digon. Bydd fy ngwraig yn hapus i ofalu amdani rŵan.'

Nodiais, er nad oeddwn i'n siŵr o gwbl a fyddai Annie Vaughan yn ddigon da i Pegi Glanrafon efo'i minlliw perffaith a'i ffrogiau dilychwin.

'Cofia di be ddwedais i, Pegi.' Mwythais wallt yr eneth dal â'm bysedd tewion. 'Tyrd di 'nôl ata i os na fyddi di'n hapus.'

Nid atebodd Pegi. Brathais fy mochau wrth gerdded at ddrws y capel, gan deimlo'r dagrau'n cronni. Wrth i mi roi fy llaw ar y bwlyn, trodd Pegi'n sydyn yn ei sedd a gweiddi, 'Mrs Davies! Diolch, Mrs Davies!'

Trois yn ôl â'm gruddiau'n wlyb, a chodais law ar yr eneth fach blaen yn y sêt fawr.

Sion Pugh
Taid Pegi
1937

Pwdin barlys

3 owns o farlys perlog

2 owns o siwgwr brown

2 beint o laeth

1 owns o fenyn

Cymysgwch y cyfan a'i roi yn y ffwrn ar dymheredd isel am ddwyawr. Ychwanegwch fwy o laeth os bydd ei angen, ac unrhyw sbeisys yr hoffech, nes bydd y barlys yn feddal a blasus.

Ew, roedd hi'n fechan! Ffrâm gynnil, fain, a'i ffrog haf yn crogi o'i hysgwyddau fel llenni i wagle. Doedd dim ohoni bron.

Brysiais i fyny Ffordd yr Eglwys, gan gadw fy llygaid ar y ffigwr bach a safai'n llonydd wrth giât Tŷ Rhosys. Roedd y Parchedig Jac Vaughan wrth ei hymyl hi'n tynnu ar ei goler yn y gwres. Dyn tal oedd o, croen fel hufen a'i wallt yr un lliw â marmalêd. Prin ei fod yn ddyn o gwbl, a dweud y gwir, gan fod ei osgo fel un hogyn ar ei ffordd i'r ysgol. Ond mynnai fy llygaid droi yn ôl at y plentyn, a syllai honno arnaf innau, ei llygaid yn dywyll yn ei hwyneb gwelw.

'Mr Pugh!' cyfarchodd y Parchedig yn wâr wrth i mi agosáu. 'Diolch am ddod mor handi.'

'Diolch i chi am edrych ar ei hôl hi gystal.'

Clywais fy llais fy hun yn arw ac yn isel, fel cyfarthiad ci, er nad oeddwn i wedi meddwl swnio'n siort. Roedd llais y Parchedig pengoch fel llais plentyn yn adrodd ar lwyfan eisteddfod. Doedd dim rhyfedd iddo ymuno â'r weinidogaeth.

Craffais ar wyneb fy wyres am y tro cyntaf.

Roedd hi fel Jennie'n union. Plaen, gyda gwefusau tenau a gên fach wan, a llygaid llwyd fel craig, na welswn gan unrhyw un arall heblaw'r ddwy ohonyn nhw. Llygaid rhywun hŷn. Gorfu i mi droi 'ngolygon oddi wrthi am eiliad. Doeddwn i ddim am weld ei mam ynddi. Roedd fel petai Jennie ei hun yn syllu arna i. Sadiais fy meddwl, a throi 'nôl ati.

'Margaret, ie?' gofynnais i'r ferch fach.

'Pegi maen nhw'n fy ngalw i.'

'O.'

Roedd hynny'n sioc, rywsut. Margaret oedd enw'r wyres fach yn fy meddwl i, yr un a ddeuai i'm hambygio pan na fedrwn gysgu'r nos. Sut na wyddwn i cyn hyn y câi ei galw yn Pegi? Sut na wyddwn i ei henw hi cyn hyn?

'Dy daid di ydw i.'

Edrychodd Pegi arna i, o'm bwtsias duon hyd at y cap stabal a orffwysai ar fy nghorun llwyd, cyn nodio'n ddoeth.

'Rydw i wedi pacio bag i mi gael dod efo chi.'

Dangosodd y bag canfas oedd ar ei chefn. Edrychai bron yn wag. Er mor drist yr amgylchiadau, bu'n rhaid i mi sythu gwên wrth glywed difrifoldeb sobr ei llais.

'Da'r hogan. Well i ni ei throi hi, 'ta. Mi fydd dy nain yn aros amdanat ti. Mae hi wedi bod yn ffysian paratoi drwy'r bore.'

'Mae hwn i chi,' meddai Mr Vaughan, gan estyn amlen o boced frest ei siaced a'i chynnig i mi. 'Efo'r, ym, holl... fanylion i chi.'

Edrychais i fyny, a dal llygaid y dyn ifanc am ychydig eiliadau. *Y manylion.* Gwyddwn yn iawn beth oedd o'n ei olygu, ond roedd rhywbeth am drefn y geiriau yn dod â rhyw anesmwythyd mawr i mi. *Y manylion.* Roedd o gymaint pwysicach na hynny.

Suddodd y Parchedig ar ei gwrcwd, a dal un o ddwylo bach llipa Pegi yn ei law llawn brychni.

'Rŵan, gwranda di, Pegi fach. Mi fydda i'n dod draw i Dyddyn Sgwarnog wythnos nesa i wneud yn siŵr dy fod ti'n setlo. Does dim eisiau i ti boeni am ddim byd rŵan, yli.'

Nodiodd Pegi'n ddi-wên. 'Olreit. Diolch yn fawr.'

Trodd Pegi a minnau, a dechrau cerdded ar hyd y lôn fach tuag at Bont y Llan. Peth anghyfarwydd oedd lletchwithdod i mi, ac eto teimlwn yn hollol chwithig wrth gydgerdded â'm hwyres am y tro cyntaf. Oedd disgwyl i mi ddal ei llaw? Cerdded yn araf? Ei chodi ar fy ysgwyddau?

Teimlwn lygaid y Parchedig yn gwylio o gysgodion Tŷ Rhosys.

Cerddodd y ddau ohonon ni dros y bont, a thrydar yr adar o goeden i goeden yn tanlinellu'r tawelwch rhyngon ni, cyn troi i'r dde tuag at Abergynolwyn. Roedd hi'n ddiwrnod hyfryd, ac ieir bach yr haf yn dawnsio'n enfys yn y perthi.

'Wyddwn i ddim fod gen i nain a thaid.'

Edrychais ar Pegi wrth gerdded, ac edrychodd hithau arna innau. Oedd hi'n cellwair?

'Ddywedodd dy fam ddim gair wrthat ti amdanon ni?'

Ysgydwodd Pegi ei phen. 'Doedd hi ddim yn siarad rhyw lawer.'

Nodiais, fel petawn i'n deall, er nad oeddwn i. Arferai Jennie fy ngyrru o 'ngho' â'i chlebran pan oedd hi'n hogan fach yn Nhyddyn Sgwarnog.

'Ydi'ch tŷ chi'n bell?'

'Na. Rhyw dair milltir. O dan Graig y Deryn.'

'O!' Swniai Pegi fel petai hynny'n syndod mawr iddi. 'Tydi hynny ddim yn bell o gwbl! Peth rhyfedd 'mod i heb gwrdd â chi o'r blaen, yntê.'

Wrth i ni'n dau gerdded allan o'r pentref, syllais arni drwy gornel fy llygad. Roedd hi'n afiach o denau. Tybed oedd llyngyr arni? Bûm yn creu darlun ohoni yn fy meddwl ers blynyddoedd, ond erioed fel hyn. Yn fy nychymyg roedd Margaret yn eneth fach gron, fochgoch a chanddi wallt tywyll, cyrliog ar ei phen. Mor annhebyg i'r ysbryd o eneth a edrychai ar y ffordd o'i blaen â'r ffasiwn ddifrifoldeb.

'Pegi!'

Edrychais i fyny a gweld Mai Davies wrth ei giât a phecyn brown yn ei dwylo. Gwenodd yr hen wraig pan welodd yr eneth fach, a chynnig y pecyn iddi. Ew, roedd hi wedi twchu ers i mi ei gweld hi ddiwethaf. Yn yr hen ddyddiau roedd Mai

yn ferch digon smart, a'r hogiau i gyd yn diawlio bod Tomi
Davies wedi cael gafael arni. Fyddwn i ddim wedi adnabod y
ffigwr tew oedd yn pwyso ar giât yr ardd, a'r chwys yn berlau
bach ar ei thalcen.

'Mi dorrais i hi'n sleisys i chi gael tamaid ar y ffordd adre,'
meddai.

'Diolch, Mrs Davies,' atebodd Pegi wrth gymryd y pecyn
a'i roi yn y bag ar ei chefn, gan ei drin mor ofalus â mam
yn dal ei baban newydd-anedig. Diolchais innau i'r hen
wraig. Roeddwn i wedi colli cysylltiad â hi bellach gan nad
oeddwn i wedi bod i Lanegryn ers blynyddoedd: Bryncrug
neu Abergynolwyn oedd fy nghymunedau i bellach. Yn sicr
doeddwn i a Mai ddim yr un bobol â'r ddau fach a eisteddodd
nesaf at ei gilydd ar ddiwrnod cynta'r ysgol, bron i drigain
mlynedd yn ôl bellach.

Wedi gadael Mrs Davies a phasio'r Lodge, a dilyn y lôn
i'r dde heibio Ysbyty'r Soldiwrs, edrychodd Pegi i fyny arna
i eto.

'Fasech chi'n lecio darn o beth bynnag wnaeth Mrs Davies
i mi?'

Roedd y ffasiwn ddifrifoldeb yn ei hwyneb fel na allwn
atal fy hun rhag chwerthin. Taenais fy mysedd dros fy marf
lwyd a nodio'n araf.

'Ydi hi'n gwc go dda, 'te?'

'Ew, yndi! Mae plant y Llan i gyd yn mynd ati hi am
gacen. Ac mi fydd hi'n mynd â bwyd o gwmpas y tai hefyd,
yn enwedig at y bobol dlawd. Mi ddaeth â thorth laeth a'i
llond hi o gnau a rhosmari i'n tŷ ni unwaith.'

Tynnodd Pegi ei bag oddi ar ei chefn a'i osod ynghanol y
lôn, cyn agor y clymau a'i daliai ynghau. Doedd ganddi ddim
syniad iddi roi gwybod i mi, mewn brawddeg ddiniwed, mai
rhai o dlodion y pentref oedd hi a'i mam wedi bod. Doedd

ganddi ddim syniad sut roedd hynny'n dod â chwlwm o gywilydd i'm calon.

Gosododd y pecyn yn ei llaw, cyn defnyddio'r llaw arall i agor y papur. Gwyliais ei hwyneb, fel petai'n agor wystrys o waelod y môr a dod o hyd i berl gwerthfawr. Y llygaid llwydion a'r geg fach rhyw fymryn yn agored mewn chwilfrydedd. Wrth iddi weld beth oedd oddi mewn i'r parsel, crymanodd ei cheg yn wên lydan, gan ddangos ei dannedd cam. Edrychodd i fyny ata i, gan ddal ei llaw o flaen ei llygaid i'w cysgodi rhag yr haul.

'Edrychwch, Taid! Cacen sinsir!'

Agorais innau 'ngheg, yn union fel y gwnaethai fy wyres eiliadau ynghynt. Chefais i 'rioed mo 'ngalw yn Taid o'r blaen. Feddyliais i ddim sut y byddai'r ffasiwn deitl yn gweddu i mi, a dyma fi, hanner ffordd rhwng Llanegryn ac adref, wedi cael teitl newydd gan y ferch hon, a'r gair yn taro tant rhywle yn ddwfn yn fy ymwybod.

Cynigiodd Pegi ddarn trwchus o'r gacen i mi, a brysiais i'w dderbyn yn awchus. Roedd y ferch yn llygad ei lle − roedd Mrs Davies yn gogyddes a hanner. Dim rhyfedd ei bod hi'n glamp o ddynes.

Efallai mai'r enw 'Taid' a holltodd y rhew rhyngon ni, neu gynhesrwydd melys y gacen, ond o'r funud honno chwalodd pob chwithdod rhyngdda i a'r lodes fach, a sgwrsiodd Pegi a minnau yr holl ffordd i Dyddyn Sgwarnog, ei bysedd yn drwch o ddarnau gludiog y gacen sinsir. Roedd Pegi'n union fel y bu Jennie yn ei hoed hi, yn gylch diddiwedd o gwestiynau: pwy oedd yn byw yn yr adfail 'cw yn yr hen ddyddiau? Pam roedd pobol fawr ystad Peniarth yn plannu cymaint o goed o gwmpas eu tŷ os oedd o mor grand? Sut roedd hi'n teimlo i fod yn hen? Synnais fod gen i fwy o amynedd i ateb cwestiynau amhosib merch fach chwech oed nag oedd gen i ugain mlynedd yn ôl pan oedd Jennie'n fach. Merch fach gynnes, fwyn oedd fy wyres, ei llygaid yn eiddgar i wylio'r adar a'r pryfaid bach a hedfanai oddeutu ein pennau.

Wrth agosáu at droed Craig y Deryn, stopiais yn stond a gofyn, 'Hoffet ti weld Tyddyn Sgwarnog?'

Nodiodd Pegi gan syllu arna i â'i llygaid yn soseri. Codais hi yn fy mreichiau am y tro cyntaf. Doedd hi'n pwyso dim mwy nag oen bach. Pwyntiais dros y clawdd a'r caeau gwastad a heibio'r creigiau anferth, llwydion. Yn y pellter, gellid gweld tyddyn bach o gerrig, a ruban o fwg yn dod o'r simdde.

Gallwn deimlo esgyrn fy wyres drwy ei ffrog. Doedd dim mymryn o fraster arni.

'Mae Nain wedi gwneud tân, er ei bod hi'n braf,' sylwodd Pegi.

'Aros amdanat ti mae hi, wsti. Roedd hi ar bigau'r drain y bore 'ma.'

'Pam mae 'na gymaint o greigiau yma?'

Gosodais fy wyres yn ôl ar y ffordd.

'Wel, wedi disgyn maen nhw, mae'n siŵr. Roedden nhw'n rhan o Graig y Deryn ar un adeg.'

'Be os cwympith mwy ohonyn nhw a glanio ar ben Tyddyn Sgwarnog pan fyddwch chi a Nain yn cysgu?'

'Paid ti â phoeni am hynny, Pegi fach. Mae pawb yn saff yn Nhyddyn Sgwarnog.'

Feddyliais i 'rioed am Elen fel nain cyn hynny.

Mi fedra i ei chofio hi rŵan, yn sefyll yn ffrâm y drws agored yn gwylio Pegi a minnau'n ymlwybro i fyny'r lôn tuag at y tŷ, ei ffedog wen yn dawnsio yn yr awel a ffenestri'r tŷ yn adlewyrchu'r cymylau. Syllai Pegi'n ôl ar y dieithryn cyhyrog, tal oedd yn edrych yn rhy iach a ieuanc i fod yn nain iddi.

Wrth i ni gyrraedd y buarth, dechreuodd Elen redeg.

'Margaret! Margaret fach!' ebychodd wrth lapio'i breichiau o gwmpas y fechan. Safodd Pegi'n fud, fymryn yn chwithig ym mreichiau dieithryn. 'Wyt ti'n iawn? Wyt ti'n iawn, yr aur?'

'Pegi mae hi'n cael ei galw,' meddwn innau'n dawel, gan deimlo fel petawn i'n tarfu ar foment bersonol iawn. Edrychodd Elen i fyny arna i gyda rhyw boen yn ei llygaid nas gwelais i erstalwm.

'Rwyt ti fel dy fam yn union,' meddai Elen ar ôl edrych yn iawn ar y fechan. 'Yn union fel Jennie,' ychwanegodd wedyn, wrthi hi ei hun yn fwy na dim. 'Wel, tyrd i mewn i Dyddyn Sgwarnog! Tyrd! Rydw i wedi paratoi ar dy gyfer di!'

Ac mi roedd hi hefyd. Y stof yn y gornel yn berwi, er y byddai gwres yr haul wedi bod yn fwy na digon ar ddiwrnod fel hwnnw. Roedd hi'n chwilboeth yn y tŷ. Blodau'r maes – yn flodau menyn, pabi Cymreig a rhosys gwylltion – yn dusw ynghanol y bwrdd. Oglau bara ffres, er mai dydd Iau oedd hi, na fu'n ddiwrnod pobi yn Nhyddyn Sgwarnog erioed o'r blaen. Edrychodd Pegi o'i chwmpas, braidd yn betrusgar. Roedd popeth mor ddieithr iddi.

'Faset ti'n lecio i dy nain a minnau ddangos y buarth i ti, a'r cae bac?' gofynnais i'w hachub hi rhag gwres y gegin. Nodiodd Pegi'n gyflym, a dianc allan i'r awyr iach.

'Nain,' ailadroddodd Elen yn araf cyn i ni ymuno â'n hwyres y tu allan.

'Ia.'

Gwirionodd Pegi ar y tyddyn a'r anifeiliaid. Rhoddais y swydd o hel wyau iddi, a difrifolodd ei hwyneb yn syth wrth dderbyn y fath gyfrifoldeb. Chwarddodd wrth weld y mochyn a'r afr, ac erbyn i ni ddangos y cwbl iddi roedd hi fel petasai hi wedi bod yma erioed. Mewn ffordd, teimlwn ei bod hi.

'Rydw i'n hoffi Tyddyn Sgwarnog,' meddai dros gwpanaid o laeth yr afr wrth fwrdd y gegin wedyn. 'Er ei bod hi'n boeth yma.'

Aeth Pegi i'w gwely'r noson gyntaf honno heb drafferth yn y byd, er iddi ddangos syndod pan aeth ei nain efo hi i roi help llaw iddi dynnu amdani ac ymolchi. Roedd hi'n amlwg wedi arfer gwneud pob dim ar ei phen ei hun. Estynnodd ei breichiau esgyrnog o gwmpas fy ngwddw a'm cusanu cyn esgyn y grisiau.

'Mae'ch barf chi'n cosi 'moch i,' chwarddodd. 'Nos dawch, Taid.'

Eisteddais yng ngolau'r tân, yn gwylio'r haul yn machlud dros Dywyn. Peth rhyfedd, ar ôl cyhyd, oedd clywed synau plentyn yn fy nghartref – traed noeth ar y pren, chwerthin uchel a thôn llais swynol yn crwydro i lawr y grisiau. Pegi. Ein hwyres, a fu'n ddim ond ysbryd ar gyrion meddyliau Elen a minnau tan y bore hwnnw, yn gysgod yn nhywyllwch ein dychymyg na fedren ni gyffwrdd ynddo. Ac yn sydyn, fe aeth o fod yn eneth fach ddychmygol i fod yn blentyn o gig a gwaed, i gyd o fewn diwrnod. Diwrnod a gychwynnodd gyda hogyn ifanc na welswn i mohono o'r blaen yn cerdded at y tŷ.

'Wyddost ti pwy ydi o?' gofynnais i Elen wrth ei wylio drwy'r ffenest yn croesi'r buarth. Ysgydwodd hithau ei phen, ei llwy wedi rhewi rhwng ei cheg a'r bowlen uwd.

'Neges gan y Parchedig Jac Vaughan, y Llan,' meddai'r bachgen gan basio amlen i mi.

Mi wyddwn i'n syth mai neges am Jennie fyddai hi.

Roedd hi'n chwe mlynedd ers i mi siarad â fy merch, ac yn chwe mlynedd ers i ni'n dau weiddi geiriau creulon ar ein gilydd dros yr union fwrdd cegin hwn. Geiriau miniog, geiriau a greithiodd. Byddwn i'n dal i feddwl amdani, yn dal yn dad iddi, ac yn teimlo pwysau'r baich hwnnw'n fethiant ar fy ysgwyddau. Aeth y Llan yn lle na allai Elen a minnau ymweld ag o mwyach, ac aeth enw ein hunig blentyn yn air na fedren ni ei grybwyll, dim hyd yn oed wrth ein gilydd. Dim ond pan fyddwn i ar fy mhen fy hun y byddwn yn cyrlio 'nhafod o amgylch llafariaid a chytseiniaid ei henw, gan flasu'r sillafau anghyfarwydd unwaith eto. Yn y cwt. Yn y beudy. Yn y cae bac ynghanol y defaid: 'Jennie', prin mwy na siffrwd, dim ond i mi gael atgoffa fy hun ei bod hi wedi bodoli a'i bod hi'n dal i fodoli.

Wyddwn i ddim a fyddai Elen yn gwneud yr un fath.

Rown i'n adnabod fy merch yn rhy dda i wybod na fyddai'n hir cyn i mi gael fy ngalw i'r pentref ar ei rhan hi. Roedd y nodyn yn un byr: 'Dewch ar unwaith. Jennie wedi'i hebrwng i Ddinbych. Eich wyres angen cartref.' Llofnod cymhleth y Parchedig, a gwynder y papur yn y mannau gwag yn dweud mwy nag oedd y geiriau.

A dyma Pegi, yma efo ni y noson honno, fel atgof o'i mam, yn cysgu yn yr un gwely, a chanddi'r un wyneb, yr un llais, yr un dull babïaidd o blethu ei gwallt llipa o amgylch ei bysedd. Wedi fy swyno'n barod gyda'r posibilrwydd o ail gyfle, o wneud iawn am yr hyn a fu.

Fedrwn i ddim coelio ei bod hi 'nôl, ac eto, doedd hi ddim. Fuodd hi 'rioed yma o'r blaen.

Ar ôl bron i awr, daeth Elen i lawr i'r gegin, ei cherddediad yn araf a phwyllog. Eisteddodd ar y gadair yn fy ymyl.

'Mae hi'n annwyl,' meddwn i'r cyfnos.

Dechreuodd Elen grio.

Doedd hi ddim yn ddynes emosiynol fel arfer... Dim ers i Jennie ein gadael, gan weiddi ei haddewid na fydden ni'n ei gweld hi byth wedyn. Chriodd Elen ddim yn angladdau ei rhieni, na phan ddaeth y nodyn y bore braf hwnnw. Ond ar ôl rhoi ei hwyres fach yn ei gwely am y tro cyntaf, eisteddodd wrth fy ymyl a chrio'r glaw yng ngwyll y gegin.

'Mae hi wedi'i llwgu, Sion,' sibrydodd drwy ei dagrau. 'Ei hewinedd hi heb eu torri, ei chorff bach hi heb ei folchi. Be wnaeth ein merch ni i'w merch fach hi?'

Yswn am iddi gau ei cheg. Doeddwn i ddim am wybod. Gallwn gofio teimlo esgyrn main Pegi yn fy mreichiau'r prynhawn hwnnw, wrth i ni syllu dros y caeau at Dyddyn Sgwarnog, ei chroen llwydaidd-felyn yn adlewyrchu'r haul. Teimlwn 'mod i'n gyfrifol am ei ffawd, bod fy ngofal i o Jennie wedi bod yn llawn brychau hyll a chraciau ac wedi'i drosglwyddo i genhedlaeth arall.

'Wn i ddim beth i'w ddweud wrthi, Sion,' meddai Elen drwy ei dagrau. 'Wn i ddim a ddyliwn i siarad efo hi am Jennie.'

'Dweud dim sydd gallaf,' atebais, a throi at y ffenest i wynebu'r nos.

Y bore canlynol, cyn i unrhyw un arall godi, es i odro er mwyn i Pegi gael hufen cynta'r bore. Roedd hi'n ddiwrnod braf arall, a'r gwlith yn gwlychu fy mwtsias.

Gyda jwg o laeth ar y bwrdd, a dim smic o'r llofft, sleifiais at Graig Fawr yn y cae bac. Dyma lle byddwn i'n eistedd pan oeddwn i'n blentyn, yn smalio mai cwch ynghanol y môr oedd y garreg lefn fawr yng nghanol y cae, a bod y glaswellt yn donnau a'r rheiny'n llawn o siarcod a chrocodeils.

Anadlodd yr awel ar fy wyneb wrth i mi estyn y llythyr a roesai Mr Vaughan i mi'r diwrnod blaenorol o boced fy siaced. Mi rown i rywbeth am gael anghofio amdano, ond gwyddwn y byddai'r papur gwyn yn pigo ar fy nghydwybod tan i mi ddarllen a deall y geiriau duon.

Roedd y gweinidog wedi gwneud ei orau i roi'r ffeithiau mewn iaith blaen, ond eto'n llawn cydymdeimlad, yn fy rhyddhau i ac Elen o unrhyw fai. Roedd yr hanes yn un miniog, afiach, a phob gair yn estyn ei grafangau yn ddyfnach i mewn i mi, gan grafu ar fy nghydwybod.

Deuthum i ddeall pam roedd Mai Davies wedi bod mor garedig, a hithau wedi canfod Pegi ar garreg ei drws ganol nos. Dois i wybod pam roedd Pegi mor denau, a'i chroen mor felyn. Ond ches i ddim gwybod pam roedd Jennie fel hyn. Ches i ddim gwybod am fanylion esgeulustod fy merch tuag at ei phlentyn bach. Na, gadawyd y manylion fel y gallai fy nychymyg i liwio'r stori yn ei holl ogoniant dychrynllyd.

Ddywedais i'r un gair wrth Elen am y llythyr, a doedd gen i ddim bwriad gwneud. Doedd dim angen iddi hithau wybod hefyd.

Awr yn ddiweddarach eisteddai Pegi wrth y bwrdd ac Elen wrth y stof yn troi'r pwdin barlys mewn powlen fawr cyn ei ddidoli i bowlenni brecwast.

Trodd Pegi i edrych arna i, a gwenu. Roedd hi'n union fel ei mam.

'Lle buoch chi, Taid?'

'Wel, godro'r fuwch i ti gael llaeth hufen, ac wedyn mi es o gwmpas y cae bac i wneud yn siŵr bod popeth yn iawn.'

Tynnais fy mwtsias a'u gosod nhw wrth y drws. Rhoddodd Elen y powlenni ar y bwrdd.

'Oedd popeth yn iawn, Taid?'

'Oedd, alwodd mo Mistar Llwynog yma neithiwr.' Eisteddais yn ei hymyl wrth y bwrdd, a throi fy mrecwast â'm llwy. 'Os lici di, mi gei di ddod efo fi ar ôl brecwast i fwydo'r mochyn.'

Welais i erioed ddim byd yn debyg i Pegi'n llowcio'r bowlen o bwdin barlys. Fel na phetai wedi bwyta ers blynyddoedd, ac anghofiodd yn llwyr ei bod yn cael ei gwylio. Llwythai ei llwy nes bod y barlys melys, hufennog yn gorlifo oddi arni, a chodai'r llwyaid nesaf cyn iddi lyncu'r un oedd yn ei cheg. Crychai ei thalcen, gan ganolbwyntio'n llwyr ar y bwyd o'i blaen.

'Mae hwn yn hyfryd, Nain, diolch i chi.'

Edrychodd Elen arna i. Roeddwn i bron â chwerthin wrth wylio'r ferch fach nes i mi weld wyneb fy ngwraig. Yn sydyn, roeddwn i am wylo'r glaw, wrth sylweddoli mewn eiliad mor ofnadwy o drist oedd chwant bwyd anifeilaidd y plentyn.

Hanner awr yn ddiweddarach, wrth daflu'r hadau bach i'r ieir, chwydodd Pegi ei brecwast dros y buarth, ei chorff cyfan yn crynu wrth hyrddio'r cyfog dros y cerrig. Heb arfer â chael hufen oedd hi, a hwnnw wedi pwyso'n drwm ar ei stumog fach. Pigodd yr ieir barus ei chyfog lympiog. Bu'n rhaid i ni ddyfrio'r pwdin barlys iddi ar ôl hynny, ond ymhen blwyddyn roedd ei stumog hi'n gryfach, a gallai lowcio powlennaid ohono bob bore cyn dechrau am yr ysgol yn y Llan.

Gwynfor Daniels
Garddwr
1939

Ail frecwast Pegi

darn mawr tew o ham neu gig mochyn
wedi'i rostio a'i oeri

tomato ffres

basil

Bwytewch nhw gyda'i gilydd, yn y bore, yn yr haul.

Roeddwn i'n siŵr mai un o hogiau Helen Lôn Bach fyddai'n gyfrifol.

Cythreuliaid bach, pob un ohonyn nhw, a Helen yn fam i lawer gormod i fedru cadw llygad arnyn nhw i gyd. Roedd gen i biti drosti, mewn ffordd, a hithau'n briod gyda meddwyn oedd yn ei cholbio hi yn ei ddiod. Ond yr hogiau! Chaen nhw ddim dwyn fy nhomatos i. Roeddwn i wedi treulio amser ac amynedd yn eu meithrin nhw. Fy nhomatos i oedden nhw, a fi oedd pia nhw.

Un aeth i ddechrau – un mawr, blasus oedd newydd wrido'n goch gwaedlyd ar y planhigyn. Y cyntaf o'r cnwd. Rhwystrais fy hun rhag ei bigo'n rhy gynnar, gan drio cofio mor hyfryd oedd tomato ffres wedi'i gasglu y diwrnod hwnnw. Gwyddwn yn union beth y cawn i'w fwyta efo fo: tafell o gaws, mymryn o halen a darn o fara ffres o Siop Phyllip, y menyn yn drwch arno. Bûm yn edrych ymlaen am ddyddiau, gan ymweld â'r tŷ gwydr yn yr ardd gefn yn ddyddiol i weld sut roedd o'n dŵad yn ei flaen.

Daeth y dydd, a chyn cinio roedd y bara menyn, y caws a'r potyn halen wedi'u gosod yn daclus ar fwrdd y gegin. Estynnais fy siswrn garddio o'i hoelen wrth y drws cefn a mynd i nôl y tomato, fy ngheg yn glafoerio wrth feddwl am y wledd.

Roedd o wedi diflannu.

'Diawliad!' Rhegais yn uchel, gan saethu perl o boer dros y tŷ gwydr. Doedd dim un tomato arall yn barod a rhaid oedd bodloni felly ar ginio syml arall. Efallai mai dim ond ffrwyth bach oedd o iddyn nhw, ond mi fyddai ei flas wedi bod yn uchafbwynt fy niwrnod i.

Wrth ystyried hyn, mae'n ymddangos fel petawn wedi gorymateb, yn torri 'nghalon mor llwyr dros un tomato. Ond roedd cymaint mwy na hynny ynghlwm wrth y ffrwyth arbennig hwnnw. Oni fu misoedd o lafur – codi gwrtaith, hel compost, dyfrio, tendio'r planhigion heb sôn am y gweddïo? Prynais yr hadau drutaf o hysbyseb liwgar mewn cylchgrawn, a'u gwthio'n dyner i'r ddaear, eu meithrin fel plant, cyffwrdd yn y dail gwyrddion, llyfn â'm dwylo crychiog a minnau bellach yn hen ŵr.

'Mae'n rhaid i chi eu ffendio nhw!' cwynais wrth PC Williams pan ddaeth hwnnw heibio ar ei feic o Abergynolwyn.

'Wel, mi wna i 'ngorau, ond…'

'Efallai mai dwyn tomatos maen nhw rŵan, ond mi fydd hogiau Lôn Bach yn gwaethygu os na rowch chi stop arnyn nhw… Dwi wedi gweld yr un patrwm ganwaith…'

'Mr Daniels,' meddai PC Williams a'i wyneb yn llawn difrifoldeb. 'Rydw i'n cymryd y peth o ddifrif. Mi ga i air efo'u mam nhw, ond heb brawf does 'na ddim rhyw lawer y medra i ei wneud am y peth.'

Wfftiais o dan fy ngwynt. Beth a wyddai'r llafnyn ifanc hwn am unrhyw beth?

Mae'n amlwg iddo gael gair â Helen, ac iddi hithau gyfleu'r neges i'w meibion anystywallt. Fin nos y noson honno daeth sŵn rhywbeth mawr, gwlyb yn disgyn ar ffenest yr ystafell fyw. Rhedais i'r lôn, a gweld yr hogyn hynaf, Keith, ym mhen pella'r stryd, yn plygu drosodd ac yn dangos ei din noeth. Cododd ei drowsus drachefn, a gweiddi'n filain, 'Fyddwn i ddim yn bwyta'ch tomatos afiach chi tasa chi'n rhoi hanner canpunt i mi, 'rhen ddyn! Dwi 'di gweld y cachu gwartheg 'dach chi'n 'i roi ar y pridd!'

Y diwrnod wedyn, sefais y tu allan ben bore, a bwced yn llawn llwch y tân yn fy ymyl. Roedd y mwd ar y ffenest wedi sychu, ac ar ôl ei grafu ymaith â hen ddeilen, rhwbiais y llwch dros y gwydr ac i bob cornel o'r ffenest gan ddefnyddio papur newydd.

Deffrodd y pentref o'm cwmpas.

Y fan fara'n pasio ar ôl galw yn y siop, ac arogl torthau yn bersawr o'i chwmpas; Mai Davies yn piciad i'r siop, gan gerdded yn araf; Pegi Glanrafon yn gwneud ei thaith feunyddiol o Dyddyn Sgwarnog i'r ysgol, ei phlethen yn crogi'n llipa i lawr ei chefn.

'Bore da,' gelwais arni, fel y gwnawn pan welwn yr eneth fach, gan gofio'r car mawr du yn hebrwng ei mam i Ddinbych ychydig flynyddoedd ynghynt.

'Be 'dach chi'n ei wneud?' gofynnodd Pegi wrth fy ngweld i'n gweithio mor fore.

'Glanhau'r baw oddi ar y ffenestri. Un o hogiau Lôn Bach wnaeth.'

Ochneidiodd Pegi'n wybodus. 'Maen nhw'n cadw helynt yn 'rysgol byth a hefyd. Does ganddoch chi ddim sebon, Mr Daniels?'

'Wel, oes, ond dyma'r ffordd ora o gael sglein ar y ffenestri, wsti.'

'Wir?'

Nodiais. 'Fel hyn y byddai Mam yn ei wneud.'

Gwelais yr amheuaeth yn ei llygaid, ond ddywedodd hi ddim gair, chwarae teg iddi.

Wrth i'r gwanwyn aeddfedu a'r planhigion yn yr ardd flaguro, dechreuodd y lleidr gymryd mwy a mwy.

Mwy o domatos, ie, a chiwcymbr, letys a rhiwbob. Bydden nhw yno gyda'r nos ond roedden nhw wedi diflannu erbyn y bore, a phob gobaith oedd gen i o'u mwynhau nhw i ginio'n pylu wrth i'm llysiau a'm ffrwythau ddiflannu'n araf. Mae'n rhaid bod yr hen hogiau'n dod yma yn ystod y nos i ddwyn, yn gwybod yn iawn 'mod i'n mynd i 'ngwely'n gynnar.

Ac yna, un bore, cefais fy ateb.

Yn y gegin gefn roeddwn i, a hithau'n wyth o'r gloch. Roedd fy nghlwy stumog wedi 'nghadw i'n effro drwy'r nos, ac mi godais yn gynnar i nôl cwpanaid o laeth. Byddai hynny'n siŵr o leddfu mymryn ar yr asid oedd yn troi yn fy mherfedd.

Wrth i mi lymeitian, digwyddais ei gweld hi'n eistedd ar y gwair tamp yn yr ardd, ei chorff yn belen fechan a'i choesau'n estyn fel matshys o dan ei sgert.

Pegi Glanrafon?! Ond fyddai hi byth yn...

Roedd ganddi domato 'run maint â'i dwrn yn un llaw, a chyllell boced yn y llall. Gwyliais wrth iddi dorri'r tomato yn bedwar darn, heb unrhyw chwithdod – mae'n rhaid bod y gyllell yn un finiog. Yna, o'i phoced, estynnodd becyn bach o bapur pobi, a'i agor yn ofalus. Ynddo roedd darnau tewion, pinc o ham. Â'i bysedd cyflym, pliciodd Pegi un o'r dail oddi ar fy mhlanhigyn basil, a gwthio'r tri chynhwysyn i'w cheg ar unwaith, nes bod sudd y tomato'n gorlifo ei hadau bach i lawr ei gên.

Edrychai'n hyfryd.

Agorais y ffenest yn araf, ond clywodd Pegi'r wich ac edrych i fyny, ei llygaid yn llydan mewn syndod.

'Mae'n iawn,' cysurais, cyn iddi gael cyfle i redeg i ffwrdd. 'Ydi o'n blasu'n dda?'

Nodiodd Pegi, yn fud wrth gnoi.

'Pam rwyt ti'n cymryd bwyd o 'nhŷ gwydr i? Wyt ti ddim yn cael brecwast yn Nhyddyn Sgwarnog?'

Llyncodd Pegi'n gyflym, yn awyddus i gadw rhan ei nain a'i thaid. 'Ydw! Clamp o frecwast mawr! Ond...'

Edrychais arni, gan godi fy aeliau mewn cwestiwn.

'Erbyn i mi gyrraedd yma, rydw i'n llwgu eto.'

Syllais ar ei breichiau main a'i choesau esgyrnog.

'Efallai y dylet ti fwyta mwy o frecwast,' awgrymais yn bwyllog.

'Rydw i'n bwyta cymaint ag y galla i! A tydw i ddim yn llwgu, yn union. Ond, wyddoch chi, Mr Daniels, tydw i byth yn teimlo'n llawn chwaith.'

Gyda hynny, brysiodd drwy'r giât, a rhuthro am yr ysgol.

Chafodd dim byd arall ei ddwyn o'm tŷ gwydr i wedyn, a chynhaliodd Pegi ddim sgwrs arall â fi, dim ond ateb 'Bore da' neu 'Pnawn da' yn gwrtais a swil. Cefais gadw fy nhomatos, fy nghiwcymbyrs a'm letys, ond rywsut doedden nhw ddim yn blasu mor dda wedyn, gan fod atgofion am ferch fach lwglyd yn mynnu codi wrth i mi eu bwyta.

Davey Hoyle
Sipsi
1944

Brithyll

2 ffiled o frithyll
1 lemwn
2 domato
halen

Gosodwch y brithyll mewn ffoil a thasgwch fymryn o olew olewydd arno. Torrwch y lemwn a'r tomatos yn dafellau tenau, a'u gosod mewn haenau ar y pysgodyn. Ychwanegwch ddigon o halen, yna caewch y ffoil i wneud pecyn bach. Rhowch y pecyn yn y ffwrn ar dymheredd cymedrol am hanner awr.

'Be wyt ti'n 'i wneud yn fa'ma?'

Edrychais i fyny a'i gweld hi'n sefyll yno, yn pwyso ar hen dderwen gam, ei breichiau ynghlwm dros ei chanol.

'Be wyt ti'n 'i feddwl dwi'n 'i wneud?' atebais yn swrth, gan droi 'nôl at y wialen bysgota. 'Cer o 'ma, a gad lonydd i mi.'

'Fy nhaid bia fa'ma,' oedd ateb swta Pegi.

'Y pysgod yn yr afon?'

Crychodd Pegi ei thalcen wrth iddi ystyried y syniad, cyn penderfynu ei anwybyddu.

'Ac mae angen leisans arnat ti i sgota.'

'Dwi 'di gadael hi adra.'

'Yn dy garafán?'

'Ia! Yn y garafán!'

'Ocê, ocê. 'Mond gofyn wnes i.'

Symudodd draw ata i, ei thraed noeth yn torri'r brigau sych dan draed. Roedd hi'n gwisgo ffrog werdd at ei phengliniau, a chardigan las tywyll drosti. Eisteddodd ar garreg gyfagos yng nghysgod y goedwig, yn fy wynebu i.

'Be wyt ti'n da yma?' gofynnais.

Wedi dod am lonyddwch roeddwn i, yn ddigon pell o'r pentref a'r lleisiau aflafar a ddeuai yn eco dros y comin. Fy unfed gwanwyn ar bymtheg, ac roedd pawb a phopeth yn chwarae ar fy nerfau.

'Un o'r defaid sy wedi crwydro. Wedi mynd i rywle cysgodol i gael ei hoen, beryg, ond meddwl y byddwn i'n chwilio amdani 'run fath.'

'Wel, tydi hi ddim yn fa'ma.'

'Nac 'di.' Gorweddodd Pegi'n ôl dros garreg lefn ac estyn ei breichiau a'i choesau, gan ebychu wrth wneud. 'Dyma un o fy hoff lefydd i, wsti.'

'O.'

Bu saib am ychydig wrth i Pegi godi'i phen ar gledr ei llaw, a syllu arna i.

'Pam wyt ti mor flin?'

Chwerddais. Un dwp oedd Pegi, yn rhy llawen o'r hanner. Mi welwn hi yn y pentref weithiau gyda'i ffrindiau, yn codi'i llaw ar bawb, yn gwenu o hyd. Rhoddai hynny ryw olwg wirion iddi, fel petai rhyw nam arni, rhyw arafwch meddyliol, fel petai'n rhywun a welai bethau o'r newydd bob tro.

'Mae pawb yn flin efo fi. Dychwelyd y ffafr ydw i'n ei wneud.'

'Paid â'u malu nhw. Mae pawb yn glên iawn efo chdi.'

Ochneidiais yn ddwfn. Beth oedd hon yn 'i ddallt? Hogan fferm lipa, a gwallt cynffon llygoden fawr yn crogi'n blethen i lawr ei chefn. Roedd hi'n saff ym mynwes glyd ei nain a'i thaid. Roeddwn i wedi'u gweld nhw, ac yn eiddigeddus o'r mwynder yn eu llygaid, y wên yng nghrychau eu hwynebau. Plentyn pedair ar ddeg oed oedd Pegi. Wyddai hi ddim byd am ddioddefaint. Ro'n i wedi teithio ar hyd y wlad ac wedi gweld hoel y bomiau ar y trefi a'r dinasoedd; wedi gweld y mamau'n crio i'w telegrams ar gerrig eu drysau; wedi clywed chwyrnu awyrennau'r gelyn yn llenwi tawelwch. Roeddwn i wedi gweld y geiriau ym mhapur newydd Nhad hefyd: 'Hundreds of thousands of Romany gypsies thought dead in concentration camps as Hitler seeks total annihilation.'

'Pam wyt ti'n meddwl bod pobol yn dy ddrwglicio di?'

'Pam wyt *ti*'n meddwl?' ailadroddais yn bigog. 'Rŵan, cer o 'ma i chwilio am dy blydi maharan, hogan!'

Disgwyliwn i Pegi godi, crio, gweiddi neu arthio, ond symudodd hi ddim modfedd. Medrwn deimlo'i llygaid llwydion yn syllu arna i.

'Am dy fod ti'n sipsi?'

Rhegais dan fy ngwynt, ond yn ddigon uchel iddi hi allu 'nghlywed i. 'Fasat ti ddim yn dallt. Cer adra, Pegi, mi fydd dy nain a dy daid yn poeni amdanat ti.'

'Na fyddan, maen nhw'n gwybod gymaint dwi'n lecio crwydro.' Trodd Pegi ei phlethen o gwmpas ei bysedd yn feddylgar. 'Toes 'na neb yn casáu sipsiwn yn fa'ma, wsti. Mae pawb yn gyffro i gyd pan ydach chi'n dŵad i'r comin.'

Roedd comin Llanegryn yn un o'r llefydd harddaf y bydden ni'n aros ynddo, ei len o goed a'r afon fach yn byrlymu heibio'n carafannau. Roedd Pegi'n dweud y gwir, mewn ffordd. Deuai criwiau niferus o blant acw wrth i ni gyrraedd, i chwarae gyda'n plant bach ni ac i fusnesu yn y carafannau, yn rhyfeddu at y lliwiau ar y muriau. Byddai ambell un o oedolion y pentref, hyd yn oed, yn dod i ddweud helô. Deuai un hen ddynes fawr â llond basgedaid o fara, cacennau a phethau da eraill i'n croesawu ni.

Ar y llaw arall, roedd 'na rai nad oedd am ein gweld ni yno, ac roedd hi'n teimlo i mi fel petai 'na fwy o rheiny bob blwyddyn.

'Mae 'na rywbeth ar y lein!' ebychais, mewn syndod yn fwy na dim. Fyddwn i byth yn dal pysgodyn yn y rhan yma o'r afon. A dweud y gwir, wedi dod i guddio rhag y byd oeddwn i, i stiwio yn fy hormonau blin fy hun.

'Tynna fo allan, 'ta!' Cododd Pegi ar ei thraed. 'Ydi o'n teimlo fel pysgodyn mawr?'

'Ydi!'

Tynnais y lein ata i yn gyflym, gan deimlo chwys chwilfrydedd yn dechrau hel ar fy nhalcen.

Brithyll, a hwnnw'n sglein arian bywiog ar y lein – un mawr, tew, addawol. Cydiais yng nghorff y pysgodyn, a hwnnw'n dal i frwydro yn fy erbyn, ei ben a'i gynffon yn dawnsio yn fy nwylo, y llygaid duon yn syllu a'r geg flin yn agor a chau.

Penliniodd Pegi yn fy ymyl.

'Ddaliais i 'rioed bysgodyn cyn heddiw,' meddai, wrth syllu ar y brithyll.

Trois i edrych arni. 'Fi ddaliodd o, y g'loman!'

Chwarddodd Pegi'n ysgafn. 'Mi wyddost ti be dwi'n ei feddwl. Tydan ni ddim yn bwyta pysgod yn Nhyddyn Sgwarnog. Dim ond cig.'

'Does 'na ddim gwerth o gig ar ddogni, siŵr.'

'Nag oes. Ond rydan ni'n lwcus fel'na. 'Da ni'n byw ar fferm. Fydda Nain a Taid ddim yn gadael i mi fynd heb unrhyw beth.'

Estynnodd ei llaw fain i gyffwrdd yn y pysgodyn, ond newidiodd ei meddwl cyn i'w bysedd gyrraedd y croen sgleiniog. 'Be wnei di efo fo rŵan, Davey?'

'Ei ladd o, a'i fwyta fo, siŵr.'

'Be? Yn fa'ma?' holodd Pegi mewn syndod.

'Os a' i â fo adra i Mam, mi fydd yn rhaid i mi ei rannu fo rhwng pawb,' esboniais, gan feddwl am fy mrodyr a'in chwiorydd bach llwglyd yn cadw twrw ac yn hel archwaeth bwyd. Na, fy ngwledd i oedd hon.

'Sut rwyt ti'n 'i ladd o?' gofynnodd Pegi, ac edrych i fyny i fyw fy llygaid.

Yn sydyn, gwelais rywbeth ynddi – rhyw dlysni anarferol, lletchwith, *hyll* bron. Deuthum yn ymwybodol, yn sydyn, ein bod ni'n dau o fewn lled braich i gyffwrdd yn ein gilydd.

'Wnei di fy helpu i, Pegi?'

'I be?'

'I'w ladd o, a thynnu 'i berfedd o. Yna'i goginio fo, a'i fwyta fo.'

Gwahanodd gwefusau tenau Pegi wrth iddi edrych o fy llygaid i i lygaid gwyllt y brithyll.

'Iawn, dysga fi sut mae gwneud, Davey. Dysga fi sut mae 'i ladd o.'

Nodiais. 'Cer i nôl darn o bren go drwm.'

Cododd Pegi, a chwilota dan y coed. Cododd rywbeth a'i ddangos i mi.

'Darn o bren ddeudais i, nid brigyn, y ffŵl!'

Taflodd y brigyn ar lawr, a chodi coedyn trwchus gan aros i mi amneidio cyn dod â fo draw.

'Dwi am roi'r brithyll ar y garreg yma, ac mae isio i ti 'i daro fo ar 'i ben. Ond Pegi, mae'n rhaid i ti fod yn sydyn, cyn iddo fo neidio i ffwr'.'

'Iawn.'

Sythodd ceg Pegi mewn difrifoldeb, a daliodd y coedyn uwch ei phen fel petai ar fin hollti pren â bwyell. Gosodais y brithyll ar y garreg lefn wrth y dŵr a hwnnw'n dal i frwydro.

'Un... dau... tri!'

Gollyngais fy ngafael ar y pysgodyn, a dechreuodd hwnnw droi a throsi'n wallgof ar y garreg, gan neidio fodfeddi i'r awyr.

Gyda'i holl nerth, tarodd Pegi'r pysgodyn yn ei lygaid.

'Eto!' gwaeddais, wrth weld y pysgodyn yn dal i wingo, heb rhythm y tro yma, fel rhywun yn cael ffit.

Tarodd Pegi'r brithyll unwaith eto, yn yr un lle.

'Mae 'i gynffon o'n dal i symud,' meddwn yn frwd, er nad oedd hynny'n wir. 'Unwaith eto, Pegi!'

Wyliais i mo'r pysgodyn y tro hwn; syllwn yn hytrach ar Pegi ei hun. Roedd ei llygaid llwydion yn dynn ar ei phrae, ac wrth iddi godi'r coedyn uwch ei phen gallwn weld y blew tywyll dan ei cheseiliau drwy gotwm tenau ei ffrog. Ebychodd yn uchel, yn yddfol, wrth iddi daro'r pysgodyn, gan edrych fel dynes, rywsut, a'i chnawd gwyn yn crynu'n ysgafn wrth iddi chwifio'i harf.

'Da iawn ti, Pegi,' gwenais arni. 'Mi wnest ti'n dda.'

Gwenodd hithau'n ôl arna i, yn ddannedd i gyd. Ddangosodd hi mo'r ffieidd-dra a deimlai merched eraill wrth ladd rhywbeth, ac roedd hynny'n fy mhlesio i. Fedrwn i ddim deall rhywun a fedrai fwyta anifail ond na fedrai ei ladd.

Tynnais fy nghyllell boced allan a'i hestyn iddi.

'Tydw i ddim wedi benthyg hon i unrhyw un o'r blaen, felly bydda'n ofalus wrth ei defnyddio.'

Derbyniodd y gyllell yn ei bysedd hirion fel petawn i newydd roi mwclis o emau gwerthfawr iddi, a syllu arni mewn rhyfeddod plentynnaidd. 'Be wna i efo hi?'

'Tro'r sgodyn ar ei gefn, a ffindia'i dwll tin o.' Edrychodd Pegi i fyny arna i'n amheus. 'Ma'n rhaid tynnu 'i berfedd o gynta, 'yn does, neu mi fyddi di'n bwyta pob mathau o bethau afiach.'

Cymerodd Pegi'r brithyll yn ei dwylo, a'i droi ar ci gefn. Syllai llygaid dall y pysgodyn arni.

'Rŵan, rho fin y gyllell i wynebu'r pen, a thorra fo o'i dwll tin i'w ben.'

Agorodd Pegi'r gyllell boced a llithro'r llafn i'r twll heb feddwl ddwywaith.

'Paid â thorri'n rhy ddwfn, neu mi dorri di 'i berfedd o, ac mi fydd y budreddi yn gwenwyno'r cig. Dyna chdi! Rŵan stopia cyn i ti gyrraedd yr asgell wrth 'i ben o.'

Tynnodd Pegi'r gyllell o fol y pysgodyn, ac â'i bysedd hirion agorodd yr hafn roedd hi newydd ei thorri, gan ddangos perfedd lliw rhosod oddi mewn.

'Rwyt ti'n hen law, Pegi. Rŵan, tynna'r holl geriach

'na o'i du mewn o. Mae o'n sownd wrth 'i gorn gwddw, felly mi fydd yn rhaid i ti 'i dorri o yn fan'no hefyd.'

Ufuddhaodd Pegi, gan gymryd perfedd y pysgodyn yng nghwpan ei llaw a chraffu arno cyn ei daflu i'r afon. Pwysais draw a chymryd y pysgodyn oddi arni. Agorais ei fol, ac archwilio'r gwagle glân y tu mewn.

'Wnes i'n dda?' gofynnodd Pegi.

'Fel taset ti wedi'i wneud o ganwaith o'r blaen.'

Gwenais arni, gan deimlo cryndod yn fy mol wrth wneud.

'Rŵan, cer i'w olchi fo yn yr afon, ac mi wna i dân allan o'r priciau sych 'ma.'

Chymerodd hi ddim pum munud i mi wneud tân go lew. Roeddwn i wedi cael fy nysgu i wneud hynny ers pan oeddwn i'n bum mlwydd oed. Plygodd Pegi wrth y dŵr, a phwyso dros y dyfroedd tywyll. Wyddai hi ddim 'mod i'n ei gwylio, a smaliais innau 'mod i wrthi'n adeiladu pentwr o goed i greu tân wrth sbecian arni'n mwytho'r budreddi oddi ar y pysgodyn, gan redeg ei bysedd yn y gwagle lle bu ei berfedd, a rhwbio'i bawd o dan yr esgyll a'r gynffon. Crogai ei phlethen dros un o'i hysgwyddau main, a throi'n farc cwestiwn uwch ei bron. Cododd wedyn, a throi 'nôl i edrych i'm cyfeiriad i, ond roeddwn i'n rhy sydyn iddi, a throis fy mhen mewn pryd. Llyfodd fflamau'r tân yr awel gynnes.

'Sut wyt ti'n mynd i'w goginio fo?' gofynnodd, a gwenais yn gyfrwys cyn estyn sgwaryn o ffoil wedi'i blygu'n fach o 'mhoced. 'Ddoist ti â hwnna efo ti?'

'Mi fydda i'n mynd â fo efo fi bob tro y byddai'n sgota,' atebais gan agor y ffoil. 'Rhag ofn i mi ddal rhywbeth a 'mod i eisiau bwyd.'

Lapiais y pysgodyn yn y ffoil, a chysgod Pegi o'r coed

yn dywyll dros fy mhen. Wedi taflu'r pecyn ffoil ar y tân, edrychodd Pegi a minnau ar ein gilydd yn chwithig.

'Rwyt ti'n iawn pan dwyt ti ddim yn flin.'

Doedd hi ddim yn gwenu, dim ond syllu i fyw fy llygaid o ddifrif.

'Ac mi rwyt tithau'n iawn pan dwyt ti ddim yn parablu a chwerthin fel hogan chwe mlwydd oed.'

Syllodd arna i am ychydig, cyn nodio.

Y pysgodyn yna oedd y peth mwyaf blasus i mi ei brofi erioed. Eisteddodd y ddau ohonon ni ar lan yr afon, ein dwylo yn pigo'r croen a'r esgyrn o'r cig gwyn, a bwyta fel petaen ni ddim wedi bwyta ers dyddiau. Blasai'r brithyll fel yr haf, fel rhamant, fel cyffyrddiad.

Mi driais ail-greu'r blas hwnnw droeon wedyn, ond lwyddais i ddim.

Gorweddodd Pegi yn ôl yn y mwsog ar ôl i ni orffen bwyta, a gweddillion y pysgodyn a sglein y ffoil yno rhyngon ni.

'Diolch am fy nysgu sut mae dal a choginio sgodyn,' meddai'n ddioglyd.

'Rwyt ti'n dysgu'n sydyn,' atebais, gan edrych i lawr arni. Roedd brigau'r coed uwch ein pennau yn lluchio siapiau hirion ar ei boch. 'Sori 'mod i mor flin pan ddoist ti yma.'

Agorodd Pegi ei llygaid a 'ngwylio. 'Mae'n iawn,' atebodd, ac, mewn eiliad, pwysais drosti a gosod cusan ar ei gwefusau main.

Teimlais ei cheg yn agor rhyw fymryn. Roedd hi'n ymateb i fy nghusan. Roedd blas y pysgodyn yn dal yn ei cheg, a'i hysgwyddau esgyrnog i'w teimlo'n gadarn drwy ei ffrog.

Dwn i ddim am ba hyd y bu'r ddau ohonon ni'n cusanu a bodio'n gilydd ar lan yr afon y prynhawn hwnnw. Yn fy nghof i, trodd y gusan yn oriau maith. Pan grwydrodd fy mysedd at hem ei sgert, cydiodd yn fy llaw a phlethu ei bysedd yn fy rhai i, hen dric i rwystro dwylo chwilfrydig glaslanciau rhag crwydro'n rhy bell. Gadawodd i mi gyffwrdd y cnawd noeth ar ei gwegil, a rhwbiais fy mysedd ar ei chroen tamp.

'Rwyt ti'n chwysu,' meddwn yn dawel a ninnau'n gorwedd wrth ymyl ein gilydd.

'Ydw i?'

'Wyt. Mae dy groen di'n wlyb ac yn llyfn, fel croen brithyll.'

Chwarddodd yn uchel, ei cheg yn llydan agored a'i phlethen yn llac ar y mwsog. Fedrwn i weld dim arwydd o'r ferch fach a 'mhoenydiodd i ryw awr ynghynt. Roedd hon yn wahanol, ei chwerthiniad yn fwy gwybodus. Trodd ar ei hochr, gan orffwys ei phen ar ei llaw. Gwyliodd fy wyneb, fel petai'n aros i mi ddweud rhywbeth pwysig.

'Fel roeddwn i'n cerdded yma ar hyd ffordd Llan, mi ddaeth 'na hogiau ar f'ôl i, yn taflu cerrig.'

Doeddwn i ddim yn gwybod cyn i mi agor fy ngheg beth roeddwn am ei ddweud, ac roedd yr hyn a ddywedais yn syndod i mi fy hun. Prin roeddwn i'n ei nabod hi... a hithau'n atgas i mi ychydig oriau cynt.

'Pam?'

'Gweiddi 'jipo' a *thief* a *go home*. Wn i ddim pam eu bod nhw'n fy rhegi i yn Saesneg... Maen nhw'n gwybod yn iawn 'mod i'n siarad Cymraeg.'

Nodiodd Pegi, heb syndod o gwbl.

'Mae o'n digwydd ym mhobman, ac yn amlach rŵan nag y buo fo. Tydi pobol ddim eisiau'n gweld ni.'

Gorweddodd Pegi yn ôl wedyn, gan ochneidio wrth droi ei llygaid at frigau'r coed uwchben.

'Sut beth ydi o, mynd o le i le fel ydach chi'n ei wneud?'

Llyncais fy mhoer. Doeddwn i ddim wedi trafod hyn gydag

unrhyw un o'r blaen. Wel, pwy fyddai'n fodlon gwrando? Un o hogiau'r carafáns? Mi fydden nhw'n meddwl 'mod i'n fradwr. A doeddwn i prin yn siarad efo unrhyw berson arall, ddim yn iawn, p'run bynnag.

'Rydw i'n dod i lefydd, fel Llanegryn, ac yn cael aros yn y llecynnau gora... ynghanol y coed, mewn cae, yn aml wrth afon neu ffynnon... A Pegi, dwi'n gwirioni ar y lle, yn dechrau dod i nabod y llwybrau tlysa a'r mannau prydfertha, ac yna dyna'r *union* adeg rydan ni'n symud ymlaen.'

'Pam na wnei di aros yn rhywle, 'ta? Mi rwyt ti'n ddigon hen i gael gwaith, talu am dy lojin dy hun...'

'Fedra i ddim.'

'Pam?'

'Fedra i ddim esbonio, Pegi... Teulu a ballu... *Fedra* i ddim.'

Trodd Pegi ei llygaid yn ôl ata i, a'r rheiny'n llwyd fel cymylau ynghanol ei hwyneb.

'Maen nhw'n ein galw ni'n bob mathau o enwau, wsti Pegi... Roeddan ni mewn pentre bach yr haf dwytha a daeth 'na fyddin o'u dynion cryfa i'n hanfon ni o 'na. Yn gweiddi a rhegi pawb, hyd yn oed y plant bach. Roeddan nhw'n rhoi'r bai arnon ni am ddwyn a chwffio a charu efo'u merched nhw.'

Chwarddodd Pegi. Syllais arni o ddifrif.

'Maen nhw'n fy nghasáu i, Pegi, dim ots sut un ydw i, na be wna i efo 'mywyd... Jipo fydda i am byth.'

Sythodd gwên Pegi, a throdd oddi wrtha i unwaith eto. Tynnodd ei chardigan yn dynnach amdani, fel petai'n trio ei chofleidio ei hun. 'Dwi'n oeri.'

'Gwell i ti fynd adre. Mi fydd dy nain a dy daid yn poeni amdanat ti.' Wyddwn i ddim a oeddwn i wedi dweud rhywbeth i'w hypsetio hi, ond yn sydyn, newidiodd yr awyrgylch dan y coed unwaith eto, ac roedd yr hogan y bûm i'n ei chusanu wedi cilio.

'Byddan.'

Cododd Pegi, gan frwsio ei gwallt â chefn ei llaw i drio cael gwared ar y mwsog. Codais innau ar fy eistedd a'i gwylio hi.

'Diolch am drin y pysgodyn,' meddwn, er 'mod i eisiau diolch am rywbeth mwy, rhywbeth na fedrwn i roi enw iddo.

Trodd Pegi, a gwenu arna i, ei phen wedi'i fframio gan frigau duon y coed. 'Diolch am fy nysgu i.'

Dechreuodd gerdded i ffwrdd, ei thraed noeth yn dewis eu camau'n ofalus drwy'r brigau main.

'Waeth i ti ddod i arfer efo beth wyt ti,' meddai wrthyf heb droi'n ôl. 'Fedri di ddim cael gwared ar yr hyn sydd yn dy waed di.'

'Sut rwyt ti'n deall gystal?' gelwais arni wrth iddi adael.

Stopiodd Pegi'n stond am eiliad, cyn troi ei hwyneb yn ôl ata i.

'Mam,' meddai, cyn diflannu i'r coed.

Jennie Williams
Mam Pegi
1948

Crempogau ceirch

8 owns o flawd ceirch

8 owns o flawd plaen

1 llond llwy fwrdd o furum

hanner llwy de o halen

550ml o laeth

350ml o ddŵr

hanner llwy de o siwgwr

Cymysgwch y llaeth a'r dŵr.

Cymysgwch y ddau flawd a'r halen mewn powlen.

Toddwch y burum a'r siwgwr mewn ychydig o ddŵr cynnes.

Cymysgwch y cyfan yn drylwyr, a gadewch y gymysgedd mewn lle cynnes am awr gyda lliain sychu cynnes drosti.

Cynheswch gridal a rhowch fymryn o olew arno, yna tolltwch ychydig o'r gymysgedd iddo i greu crempog denau. Trowch y grempog pan fydd tyllau bychain yn ymddangos ynddi.

Rhowch gaws, ham neu rywbeth melys i doddi arni tra bydd yr ochr arall yn coginio.

Rholiwch y cyfan yn dinb cyn ei fwyta.

Roedd hi'n aros amdana i pan ddois i adref. Yn sefyll wrth giât y tŷ, a'i gwallt mewn plethen hir i lawr ei chefn, gwên awyddus-i-blesio ar ei hwyneb plaen. Roeddwn i wedi gobeithio y buasai wedi colli ei thebygrwydd i mi, ond doedd hi ddim. Fel delw ohona i pan oeddwn innau'n ddwy ar bymtheg, yr oed brau, tyner yna a orffwysai'n chwithig rhwng merch ifanc a dynes.

Cerddais i fyny Lôn yr Eglwys tuag ati. Roedd mwg yn dod o'r simdde, a'r ffenestri'n sgleinio fel nas gwelswn i nhw cyn hynny. Mi fuodd hi'n paratoi ar gyfer fy nychwelyd i.

'Sut ydach chi, Mam,' meddai wrth i mi agosáu, er nad gofyn cwestiwn oedd hi ond dweud rhywbeth, unrhyw beth. Llenwi'r tawelwch. Sefais ychydig lathenni oddi wrthi, gan syllu ar ei hwyneb plaen. Yr un llygaid â mi, hyd yn oed, a'r un nodweddion di-ddim. 'Croeso 'nôl i Lanrafon,' meddai.

Lapiodd ei breichiau o 'nghwmpas i – breichiau cyhyrog, er mor denau oedd hi. Gwasgodd fy nghorff yn fwyn, a gorffwys ei boch ar fy ysgwydd.

Wyddwn i ddim sut i'w derbyn hi. Roedd hi'n rhy agos.

Tynnodd oddi wrtha i, a chymryd y bag o'm llaw.

'Dewch i'r tŷ, Mam. Mi wnes i de i chi, efo pysgod o'r afon. Ac mae'ch gwely chi wedi aerio'n iawn.'

Dilynais Pegi i mewn i'r tŷ. Daliai'r cysgodion i dduo drosto er i'm merch wneud ei gorau i oleuo'r lle drwy gynnau tân yn y grât, gosod llenni golau a rhoi drych ar y wal gefn i adlewyrchu'r haul.

Roedd popeth arall yr un fath. Yr un bwrdd bwyd, yr un ddresel, yr un sosbenni'n crogi o'r to. Yr un wyneb bach eiddgar yn aros am fy sylw i.

'Dros ddeng mlynedd,' meddwn yn dawel, gan deimlo fel petai'r holl flynyddoedd wedi toddi'n ddim.

'Ia, Mam.' Roedd llais Pegi'n dawel. 'Ond rydach chi'n well rŵan.'

Wrth i mi dynnu 'nghôt a'm het ac eistedd wrth y bwrdd, ac wrth iddi hithau dollti paned, wnaeth Pegi ddim byd ond siarad. Efallai mai nerfusrwydd oedd yn gyfrifol, ond roedd ganddi'r arferiad anffodus o gynnig sylwebaeth ar bopeth a wnâi, heb ddisgwyl am ymateb gen i. Dyliwn fod wedi teimlo'n ddiolchgar, ond doeddwn i ddim.

'Rydw i wedi prynu'r llaeth yma'n ffres o'r siop, ond mi alla i ddweud na fydd o'n para'n hir i ni. Roeddach chi'n dweud erioed mai hen lwynog oedd Mr Phyllip Siop, a chi oedd yn iawn! Mae o'n dal i godi mwy na'r siopau yn Nhywyn, ond dyna ni, un fel'na ydi o, yntê? Ac mae'r llysiau sy ganddo fo'n edrych fel petaen nhw ddim yn ffit i fwydo ceffyl. Ydach chi isio mwy o ddŵr poeth yn eich paned? O, 'dach chi'n iawn. A dweud y gwir, roeddwn i'n meddwl, Mam, efallai y dylian ni gael gafr yng Nglanrafon 'ma, er mwyn medru defnyddio ei llaeth hi, ac efallai chydig o ieir? Mae tair gafr a bwch yn Nhyddyn Sgwarnog ac maen nhw'n cael llaeth efo pob pryd, ac wedi dechrau gwneud menyn...'

Pylodd ei llais wedi sôn am Dyddyn Sgwarnog, a safodd yn stond am eiliad, y gyllell fara'n llonydd ynghanol torri tafell, ei meddwl dair milltir i ffwrdd efo'i nain a'i thaid.

'Wnaethon nhw edrych ar dy ôl di'n iawn?'

Edrychodd Pegi draw ata i. 'Ew, do,' meddai'n dawel. 'Yn dda iawn.'

Dygais ei hwyneb hiraethus i'm cof, er mwyn cael arteithio fy hun gydag o yn ddiweddarach. Roeddwn i'n cronni'r eiddigedd yn barod.

Ar ôl torri hanner torth o fara a thaenu'r tafellau'n dew â jam mwyar duon, eisteddodd Pegi ar y gadair yr ochr arall i'r bwrdd i mi, a thollti paned iddi hi ei hun.

'Ti wnaeth y bara?'

Ysgydwodd Pegi ei phen, a gwridodd ei gruddiau ryw fymryn. 'Rydw i wedi trio droeon, ond rywsut tydi 'nhorthau i byth yn troi allan fel y dylian nhw.'

'Mae'r jam yn jam cartref...'

Jam mwyar duon. Dyna oedd fy mam yn ei wneud pan oeddwn i'n blentyn.

'Sôn am Mr Phyllip Siop,' dechreuodd Pegi eto, yn bwyllog y tro hwn. 'Roeddwn i'n siarad efo Francis, ei fab o, y bore 'ma. Ydach chi'n cofio Francis, Mam? Roedd o 'run oed â fi yn yr ysgol...'

Roeddwn i'n 'i nabod o pan oedd o'n fabi bach. Hogyn bach tlws, a gwefusau siâp calon. Fedrwn i ddim ei ddychmygu o'n ddyn.

'Roedd Francis yn sôn bod angen rhywun i helpu yn y siop. Mae gan Mr Phyllip ylsyrs ar ei goesau, a phrin mae o'n gallu sefyll... Wel, mi ofynnodd a leciwn i wneud.' Chwiliodd Pegi fy wyneb am ymateb. 'Fyddai hynny'n iawn efo chi, Mam? Mi fydd angen y pres arnon ni, ac mi leciwn i weithio mewn siop...'

'Gwna di os lici di.'

Triais wenu arni, ond gwg a ymddangosodd yn ei lle.

'Diolch, Mam. Mi ddeuda i wrtho fo fory.'

Trodd Pegi at ei bara, a'i fwyta gyda'r ffasiwn awch fel na fedrwn i edrych i ffwrdd. Cegaid ar ôl cegaid, a phob un yn drwch o fenyn a jam. Doedd dim urddas ganddi. Dim ond ceg fach farus, fel aderyn yn mynnu bwyd o berfedd ei fam. Codais innau ddarn o fara menyn, a'i gnoi'n araf. Roedd y bara'n ysgafn a'r crystyn yn denau.

'Roedd Nain a Taid yn sôn y byddan nhw'n galw dros y penwythnos,' meddai Pegi wedyn. 'Dod â wyau a menyn efo nhw, a phwdin barlys.' Edrychodd Pegi ar ei dwylo. 'Tydi Nain byth wedi anghofio sut roeddach chi'n mwynhau pwdin barlys.'

Codais oddi wrth y bwrdd bwyd, a symud at fy nghadair, yn honno y cysgwn ynddi, ac yn honno y meddyliwn ac y myfyriwn pan oedd Pegi'n ferch fach.

'Tydw i ddim yn lecio pwdin barlys ers blynyddoedd,' meddwn wrth eistedd yn ôl yn fy mhriod le. 'Ac mi ddywedodd y doctoriaid yn y sbyty 'mod i ddim i weld fy rhieni eto. Nhw wnaeth fi'n sâl yn y lle cyntaf, cyn i ti gael dy eni. Tydyn nhw ddim i ddod yma.'

Gallwn weld wyneb tawel Pegi'n crefu arna i drwy gornel fy llygad. 'Mam...' Ceisiodd feddwl am rywbeth i'w ddweud, ond ddaeth dim gair ac felly caeodd ei cheg. Ar ôl ychydig cododd o'i chadair i glirio'r llestri te a'u golchi gan fy ngadael yn fy nghadair, mewn tawelwch, i feddwl.

Mi wn i ei fod o'n greulon, ond ei hylltra hi oedd yn crafu ar fy nerfau'n fwy na dim.

Pan ddaeth Pegi o Dyddyn Sgwarnog i ddechrau, roedd hi'n denau ond yn gyhyrog, yn fain ond yn fochgoch. Ar ôl chwe wythnos o waith siop a dim i'w diddanu adref ond cwmni ei mam, toddodd ei chyhyrau, a diflannodd y sglein o'i llygaid. Ar ôl deufis, roedd hi'n welw, ac ar ôl chwe mis roedd ei gwallt yn garpiau seimllyd, a'i hwyneb yn felyn llwydaidd wrth iddi golli pob llawenydd. Medrwn weld pob dim oedd o'i le arna i ynddi hi, ac am hynny roeddwn i'n ei chasáu.

Tyfodd hithau i'm casáu innau. Doedd ganddi ddim syniad sut i'w gyfleu o chwaith, felly mewn tawelwch roeddan ni'n byw, ac yn nhywyllwch y tŷ wrth i'r oel fynd yn rhy ddrud i'w ddefnyddio bob dydd. Roedd ei hanfodlonrwydd a'i hanhapusrwydd yn gyfarwydd i mi, yn gysur o fath.

Roeddwn i ar fy ngwaethaf fin nos bob dydd Mercher, y noson cyn ei diwrnod rhydd hi o'r gwaith. Hwnnw fyddai diwrnod ei phererindod wythnosol i Dyddyn Sgwarnog i weld ei nain a'i thaid, gan alw ar Mai Davies dew ar y ffordd yn ôl i sgwrsio a chwerthin. Byddai'n codi gyda'r wawr bob dydd Iau, yn hwylio brecwast i ni'n dwy, er mai dim ond hi fyddai'n bwyta, ac yn dechrau i lawr y lôn tuag at Bont y Llan, ei cherddediad yn fwy sionc nag arfer, ei thraed yn brysio. Dychwelai yn drwm ei hysbryd gyda'r nos, a bellach fyddai hi ddim yn gweiddi cyfarchiad i mi wrth ddod drwy'r drws.

Roeddwn i'n siŵr eu bod nhw'n siarad amdana i.

Fy mam a'm tad a'm merch, yn eistedd yn fy hen gartref yn ffurfio clytwaith budr o eiriau hyll amdana i. Diddanwn fy hun wrth ddychmygu eu cegau brwd yn ffurfio'r rhegfeydd a'r geiriau pigog, milain: 'bitsh' a 'gast hunanol'. Chwiliais yn fy atgofion am y pethau hyll a ddywedwyd cynt, geiriau fy nhad wrth i ni weiddi dros fwrdd cegin Tyddyn Sgwarnog, llygaid duon fy mam wrth i mi redeg oddi yno, yn gweiddi na ddown i byth yn ôl. Ddaeth neb i chwilio amdana i.

Hiraethwn am yr ysbyty, y nyrsys â'u hwynebau gwag, diemosiwn. Cofiwn am yr ystafelloedd gwyn, diaddurn, a'r llonyddwch ynghanol gwallgofrwydd pobol eraill. Ond yn fwy na dim, dyhëwn am y cyffuriau a'u gallu i feddalu'r atgofion a'r emosiynau. Dyhëwn am arswyd y driniaeth letrig afiach hyd yn oed, am y misoedd o wacter hyfryd a roddai i'm meddwl. Roeddwn i'n rhy flinedig i wynebu Llanegryn a Pegi, yn rhy flinedig i drio bod yn dda. Roedd hi'n haws bod yn greulon.

Deuthum o hyd i 'nhafod, a dechrau lleisio fy meddyliau. O, roedd o'n rhyddhad! Plethu fy nhafod o amgylch sillafau'r geiriau creulon, gan adael i friwiau fy meddyliau waedu o 'ngheg.

Fyddai hi byth yn ateb yn ôl. Rydw i'n meddwl ei bod hi wedi suddo i'r un anobaith du ag y gwnes i yn ei hoed hi.

Mi fûm i'n arbennig o filain un nos Fercher, gan ddechrau rhag-weld, yn fy meddwl, y pethau y byddai Pegi'n eu dweud wrth fy rhieni ar ei hymweliad â Thyddyn Sgwarnog y diwrnod wedyn. Eisteddais yn fy nghadair wrth y stof drwy'r dydd, yn trio anwybyddu'r adar bach persain y tu allan, a'r dydd o haf chwilboeth a grwydrai drwy'r llan. Mi fyddai'n siŵr o ddweud 'mod i wedi cwyno am stad y ffenestri, er ei bod hi wedi'u golchi nhw'r wythnos cynt, ac yn sôn am fy niffyg bwyta, a'r esgyrn tenau a godai'n onglau hyll o 'nghnawd llwyd i. Efallai y byddai'n crio, yn plannu ei phen yn ei breichiau ac yn igian ei digalondid yng nghotwm llawes ei ffrog.

Cerddodd Pegi i mewn ar ôl diwrnod yn gweithio yn y siop. Edrychai wedi ymlâdd yn llwyr, ei llygaid mawr yn gysgodion llwyd.

Wnaeth hi mo 'nghyfarch i, a wnes innau mo'i chyfarch hithau. Edrychodd hi ddim arna i wrth iddi estyn powlen, wyau, y potyn blawd a'r hen gridal o gwpwrdd y ddresel.

'Crempogau eto?' poerais yn llawn gwenwyn.

'Maen nhw'n rhad. Mi roddodd Francis Siop y llaeth i mi am ddim.'

'Mi fydd wedi suro erbyn bore fory felly.'

Gwyliais wrth iddi dollti cymylau o flawd a blawd ceirch i'r bowlen, a dŵr a burum, cyn cymysgu'r cyfan ar ôl ychwanegu mymryn o laeth o'r jwg, ei bysedd tenau yn cofleidio'r fforc.

'Tydw i ddim am i ti fynd i Dyddyn Sgwarnog fory.'

Stopiodd Pegi ei chwisgio prysur, ond wnaeth hi ddim edrych i fyny. 'Pam?'

'Tydi o ddim yn dda i mi. Tydw i ddim yn lecio meddwl amdanat ti yng nghwmni'r bobol yna.'

Syllodd Pegi i fyw fy llygaid am eiliad, cyn troi yn ôl at y crempogau. Tolltodd ddŵr i'r bowlen, a chymysgu eto.

'Rydw i'n mynd.'

Codais fy llygaid a'i gweld yn rhythu arna i.

Roedd hi'n fy nghasáu, sylweddolais, a rywsut rhoddodd hynny gryndod o bleser i mi.

'Mi ddywedodd y doctoriaid yn y sbyty nad oedd dim byd i fod i 'ngofidio i. Wyt ti eisiau i mi orfod mynd yn ôl i Ddinbych?'

Gosododd Pegi'r bowlen ar y bwrdd, a nôl lliain sychu i'w grogi drosti.

'Wyt! Dyna'n union beth rwyt ti eisiau, yr hen jadan fach greulon. Isio dy fam yn ôl yn y seilam i ti gael mynd yn ôl i Dyddyn Sgwarnog at dy nain a dy daid er mwyn iddyn nhw gael ffysian drostat ti!'

Aeth ton o wylltineb trwydda i, a chodais y bowlen o'r bwrdd a'i thaflu yn erbyn y wal. Chwalodd yn deilchion, gan fwrw cawod o fellt gwyn pigog dros y gegin, a chytew trwchus, gwyn yn crio i lawr y mur.

'Wyt ti'n meddwl 'mod i eisiau bwyta'r cachu yma? Roedd bwyd y sbyty ganwaith gwell!'

Estynnodd Pegi i'r cwpwrdd a nôl powlen arall, cyn casglu'r un cynhwysion eto – blawd a blawd ceirch, llaeth a dŵr – a mynd ati i hwylio swper fel tasa dim wedi digwydd.

Y noson honno, cysgais yn drymach nag erioed.

Fedrwn i ddim cofio'r tro diwethaf i mi freuddwydio, ac yn sydyn, dyma fi! Yn ôl yn hogan fach yng nghae bac Tyddyn Sgwarnog, Craig y Deryn yn gysgod uwch fy mhen a bref y defaid a sgrech y barcud coch yn gân yn fy nghlustiau. Teimlwn y gwair yn cosi fy fferau noethion ac arogl blodau'r maes yn cosi fy ffroenau.

Mam a Nhad yn y bwtri, Mam yn troi'r menyn a Nhad yn golchi'r poteli llaeth.

'Tyrd i drio hwn!' gwenodd Nhad, gan estyn cwpan i'r stwc llaeth. Llyncais y cyfan ar unwaith. Hufen oedd o, wedi hel yn ewyn ar ben llaeth y bore.

Deffrais yn fy nghadair wrth y stof a hithau'n ganol nos. Roedd sŵn yr adar wedi hen ddiflannu, a dim ond yr afon ger y tŷ yn sibrwd geiriau nad oeddwn i'n eu deall.

Roedd y bowlen a dorrais wedi diflannu, pob dropyn o gymysgedd y crempogau ceirch wedi mynd. Mae'n rhaid bod Pegi wedi'u clirio.

Codais, a gorfod dal rheilen y stof rhag i mi gwympo. Doeddwn i ddim wedi bwyta ers bore ddoe, a dim ond sleisen o fara a gefais bryd hynny. Teimlad braf oedd o, y penysgafnder – fel taswn i ddim yma go iawn.

Ymbalfalais drwy'r gegin i'r parlwr bach, gan ddal ar gysgodion y dodrefn wrth basio. Gwichiai'r grisiau dan fy nhraed wrth i mi droedio i fyny'n araf.

Roedd Pegi'n cysgu'n drwm dan flanced denau, a'r ffenest yn gilagored. Dawnsiai'r llenni fel ysbrydion tuag ati.

Sefais yn ffrâm y drws am ychydig, yn ei gwylio hi. Roedd hi'n cysgu yn yr un ffordd ag y gwnâi pan oedd hi'n blentyn – ar ei hochr, a'i phen-gliniau yn dynn wrth ei brest, fel pêl fach.

Wn i ddim o ble daeth o, yr hiraeth, y difaru, y sylweddoliad.

Y freuddwyd, mae'n siŵr, a delweddau, blasau, synau ac arogleuon ddoe yn ffrwydro fel bom o bethau miniog yn fy meddwl.

Eisteddais ar wely Pegi, a chyffwrdd yn ei grudd oer. Roedd hi mor debyg i mi.

Agorodd Pegi ei llygaid, a'm gweld. Roedd cannwyll ei llygaid yn llydan a thywyll.

'Mae'n ddrwg gen i, Pegi,' sibrydais. Nodiodd Pegi heb wên. 'Wn i ddim pam…'

'Peidiwch â meddwl am y peth.'

Roedd ei llais yn gryg ac yn isel.

'Taswn i'n medru tynnu'r darn bach o 'mhen sy'n sâl allan ohona i, mi fyddwn i'n gwneud. Ond mae o'n lledaenu fel cancr, ac mae arna i ofn ei fod o wedi gwenwyno pob rhan ohona i rŵan. Mae pob dydd yn frwydr rhyngdda i a 'ngreddf i achosi poen… I wneud drwg. Mae o yndda i erioed, Pegi, a tydi holl feddygon Dinbych ddim wedi llwyddo i bylu ei fin o.'

Dechreuais grio, wrth glywed pa mor bathetig roeddwn i'n swnio.

'Peidiwch â meddwl am y peth,' meddai Pegi eto.

'Rydw i isio mynd adre,' llefais.

'Ond mi rydach chi adref, Mam.'

'I'r ysbyty. Rydw i isio mynd yn ôl i'r ysbyty.'

Cododd Pegi o'i gwely i fy hebrwng i 'nôl i'm cadair i lawr y grisiau, ei braich yn dynn ar fy nghefn. Wrth i mi eistedd yn y gadair, cydiais yn ei braich a'i thynnu i 'mreichiau, gan ei chofleidio.

Roedd gen i bechod drosti.

'Cerwch chi i gysgu rŵan, Mam.' Tynnodd Pegi oddi wrtha i. 'Mi fyddwch chi'n iawn.'

Dyna'r tro cyntaf rydw i'n cofio ei chofleidio hi ers pan

oedd hi'n fabi bach yn fy mreichiau. Roedd hi'n rhy denau, ac esgyrn ei hysgwyddau yn anghyfforddus yn fy mreichiau main.

Nid aeth Pegi i Dyddyn Sgwarnog y diwrnod canlynol.

Efallai y dyliwn i fod wedi teimlo llawenydd fy muddugoliaeth dros ei rhyddid, ond wnes i ddim. Roedd min fy nhafod wedi pylu, a blinder wedi'r dagrau yn drwch ar fy llygaid.

'Rydw i'n piciad i'r siop,' meddai yn y bore, wrth benlinio o flaen fy nghadair fel petawn i'n blentyn. 'Deng munud fydda i.'

Ac i ffwrdd â hi a basged ar ei braich. Daeth yn ôl drachefn gyda staen gwlith glaswellt y comin yn sglein ar ei sgidiau, a'i basged yn hanner llawn.

Gwnaeth baned i mi, a'i gadael yn stemio mewn cwpan ar ben y stof. Agorodd y ffenestri a'r drws, a dawnsiodd awel y bore i mewn i'r tŷ.

Gwyliais wrth iddi goginio'n dawel, ei llygaid yn canolbwyntio ar ei chynhwysion. Mae'n rhaid 'mod i wedi hepian yma ac acw drwy'r dydd, achos ymddangosodd pethau'n sydyn o nunlle. Roedd tusw o flodau gwyllt mewn cwpan ar y bwrdd a sgons ffres yn oeri ar yr ochr. Cynigiodd frechdan i mi oddeutu canol dydd, ond doedd gen i ddim archwaeth. Wnaeth hi ddim ffraeo, dim ond ochneidio'n dawel a hwylio cinio iddi hi ei hun.

Wyddwn i ddim fy mod i'n cysgu tan iddi gyffwrdd yn fy moch a 'neffro i. Roedd hi wedi goleuo'r lampau oel ac roedd y diwrnod braf y tu allan wedi pylu yn las tywyll melfedaidd, a'r lleuad lliw caws yn syllu'n gegrwth arna i drwy'r ffenest.

'Edrychwch be wnes i i chi,' meddai Pegi gyda gwên, a chodi powlen wen i'm dwylo.

Pwdin barlys.

Yn union fel yr arferai Mam ei wneud o, yn hufen meddal a barlys tewion. Roedd hi wedi rhoi llond llwy o jam ynddo hefyd, yn belen waedlyd yn ei ganol. Mae'n rhaid ei bod hi wedi'i wneud o yn y bore, a'i fod o wedi bod yn araf goginio ar y stof drwy'r dydd, heb yn wybod i mi.

Cododd Pegi'r llwy o'r bowlen a thacluso'r pwdin yn fryn bach o hufen trwchus, a gwawr y jam yn ruban drwyddo. Chwythodd fy merch ar y stêm a godai o'r llwy, cyn ei chyfeirio at fy ngheg. Agorais fy ngweflau'n awchus.

Roedd o'n arteithiol o hyfryd. Yn bob dim a fu'n flasus i mi, yn bob dim roeddwn i wedi'i golli. Roedd y pwdin hufennog a greodd fy merch i mi yn fwy miniog o feddal nag unrhyw blât a chwalwyd.

Estynnodd Pegi am lwyaid arall, a chwythu ar ei chynnwys eto. Agorais fy ngheg fel babi blwydd.

'Mae o'n hallt,' meddwn yn gryg.

'Eich dagrau chi sydd arno fo, Mam,' atebodd Pegi wrth sychu fy ngruddiau â'i llawes.

Cwlwm rhwng y ddwy fi oedd y pwdin barlys, rhywbeth bach, di-ddim a gysylltai'r ferch fach hapus â'r ddynes heglog, greulon. Feddyliais i ddim am gysur y bwyd a wnaeth Mam i mi tan i mi ei dderbyn o unwaith eto gan fy merch fy hun ddeng mlynedd ar hugain yn ddiweddarach.

Gwacter ydi anhapusrwydd, y cnoi cyson sy'n awgrymu bod rhywbeth ar goll. Wyddwn i mo hynny tan i Pegi fwydo'r pwdin hufennog i mi, lwyaid ar ôl llwyaid, a minnau'n cael teimlad nas profais ers pan oeddwn i'n blentyn.

Roeddwn i'n llawn.

Francis Phyllip
Bachgen y Siop
1948

Hufen iâ mafon

300ml o hufen dwbl
300ml o iogwrt Groegaidd
8 owns o siwgwr eisin
tun 300g o fafon mewn surop

Chwisgiwch yr hufen a'r iogwrt gyda'i gilydd tan ei fod yn stiff.

Ychwanegwch y siwgwr eisin ar ôl ei basio drwy ridyll.

Cymysgwch gynnwys y tun i'r cyfan, a'i chwisgio am bum munud.

Gosodwch mewn cynhwysydd plastig, a'i rewi dros nos.

Tynnwch o'r rhewgell oddeutu hanner awr cyn ei fwyta.

Y cryndod yna yn y bol pan fo cariad newydd yn deffro. Mae o'n teimlo fel chwant bwyd, yn mynnu cael ei ddigoni. Wrth gwrs, mae o'n pylu gydag amser ac yn troi'n fodlondeb siriol, fel y teimlad llawn ar ôl cinio mawr. Ond yn ystod yr wythnosau cyntaf, yn y cyfnod o ddal llygaid dros wagle, o gyffwrdd dwylo mewn camgymeriad a theimlo mellten, does 'na ddim byd yn debyg iddo.

Yn fy ngwely roeddwn i, a hithau'n ben bore. Yr adar bach oedd wedi 'neffro i â'u clebran yn tywallt drwy'r ffenest agored, ond wnes i ddim eu rhegi fel y gwnawn i fel arfer. Gorweddwn yng nghynhesrwydd fy ngwely, yn meddwl am Pegi ac yn chwarae digwyddiadau'r diwrnod cynt yn fy mhen fel ffilm yn y pictiwrs.

Hel y dewrder, yn gyntaf, wrth gerdded drwy'r comin amser cinio, y gwenyn yn suo'n feddw o 'nghwmpas. Nerfusrwydd yn ddigon cryf i godi cyfog, bron. Roedd hi wedi bod i'r siop yn y bore i brynu neges, gan ddatgan â'i llygaid ar ei dwylo nad oedd hi'n mynd i weld ei nain a'i thaid y diwrnod hwnnw oherwydd bod ei mam yn sâl. Roedd y llonyddwch ynddi yn gwneud i mi feddwl bod yn rhaid i mi wneud rhywbeth i godi ei chalon, a'i wneud o rŵan, cyn iddi fynd yn rhy hwyr. Hel y blodau wedyn, pabis gwylltion a'u petalau'n feddal fel bochau babi. Ac yna sefyll â'r tusw yn fy nwylo wrth giât y comin, yn syllu ar dalcen tŷ Glanrafon ar y gornel, fy nghalon yn drymio a'm cledrau'n chwysu. Taclusais fy ngwallt â'm bysedd, a gorfodi fy hun i agor y giât ac ymlwybro at ei chartref. Roedd yn *rhaid* i mi wneud rhywbeth amdani. Roedd ei phresenoldeb yn y siop, ei chwerthiniad tawel a'i phersawr melys yn llenwi fy synhwyrau, yn fy ngwneud i'n wirion.

Mae'n rhaid bod Pegi wedi clywed giât y tŷ'n gwichian, oherwydd daeth hi allan wrth i mi gerdded i fyny'r llwybr.

Agorodd ei cheg, cyn sylwi ar y tusw yn fy llaw, ond ddywedodd hi 'run gair.

Cynigiais y blodau iddi. 'I ti, Pegi.'

Cododd Pegi ei llygaid at fy rhai i, cyn derbyn y tusw. Lledodd gwên dros ei hwyneb, i fyny o'i gwefusau meddal at ei llygaid, mor llwyd â'r môr yn y gaeaf.

'Maen nhw'n hyfryd, Francis.'

Methais â rhwystro'r ochenaid o ryddhad rhag dianc o fy ysgyfaint. Edrychai'n hapus.

'Wel...' Sefais o'i blaen yn teimlo'r chwys yn hel ar waelod fy nghefn. Doeddwn i ddim wedi meddwl beth i'w ddweud na'i wneud ar ôl cyflwyno'r blodau, daria fi. Dylai fod gen i eiriau doeth neu farddonol i'w cynnig rŵan. '... Wela i di yn y siop fory?' ychwanegais yn chwithig.

Nodiodd Pegi'n frwd. 'Wrth gwrs!'

Trois ar fy sawdl, ac wedi i mi gau'r giât trois yn ôl i wenu ar Pegi cyn gadael.

'Diolch, Francis. Blodau gwylltion ydi fy ffefrynnau.'

'A finna.'

Wrth i mi orwedd yn fy ngwely, a'r cloc yn tician yr eiliadau at amser codi, cofiais am y wên gynnil ar ei hwyneb wrth iddi ddiolch i mi. Roedd hi'n gwybod rŵan 'mod i'n hoff ohoni. Fel'na. Wnaeth hi ddim chwerthin na gwawdio na thynnu coes. Edrychai'n hapus i gael fy edmygedd i.

Sŵn y traed glywais i'n gyntaf, yn crensian y cerrig mân dan draed ar y llwybr o'r comin i gefn y tŷ. Doedd hi ddim yn hanner awr wedi chwech eto... Pwy yn y byd?

Cnoc, cnoc. Curo ysgafn ar ddrws y cefn. Llamais o 'ngwely cyn i Nhad godi a dechrau rhegi, a rhuthro at y ffenest.

Pegi oedd yno, yn sefyll ar garreg y drws, fel petai wedi llamu'n syth o'm dychymyg i fy aelwyd. Edrychai i fyny at fy ffenest, yn amlwg yn gobeithio 'mod i'n effro. Gwthiais y ffenest yn llydan agored.

'Pegi, wyt ti'n iawn?' sibrydais. Roedd ei phlethen hi'n flêr, heb ei chribo, a'i chardigan wedi'i botymu'n anghywir.

'Plis, Francis, rydw i angen dy help di.'

Yn yr afon roedd hi, yn wynebu'r cerrig bach ar y gwaelod. Gwisgai goban wen, laes, ei chnawd wedi chwyddo a'r dŵr yn dawnsio o'i chwmpas fel petai'n angel.

Doeddwn i 'rioed wedi gweld corff marw o'r blaen.

Safai Pegi ar gryman y bont yn edrych i lawr wrth i mi a'r Parch. Jac Vaughan frasgamu i'r dŵr. Doedd hi ddim yn crio, dim ond syllu, a'i llygaid mawr llwydion yn wag. Wrth i mi godi corff Jennie Glanrafon o'r dyfroedd, bu bron i mi faglu 'nôl pan sylwais ar yr un llygaid llwydion yn syllu o'i hwyneb hithau hefyd.

Â'i law wleb caeodd y Parchedig Vaughan ei llygaid yn derfynol.

Er i mi ddychmygu y byddai Jennie'n drwm, yn enwedig â'i dillad a'i gwallt mor wlyb, doedd hi ddim. Teimlai ei hesgyrn tenau mor ysgafn â brigau main yn fy mreichiau.

Gwyliodd Pegi wrth i mi gario'i mam o'r dyfroedd i fyny'r glannau caregog at y ffordd, ond symudodd hi ddim.

'Tyrd â hi i'r festri,' meddai'r Parchedig yn dawel. 'Mae pobol yn dechrau deffro.'

Edrychais i fyny at ffenestri'r tai cyfagos, a gweld mwy nag un yn eu llofftydd yn ein gwylio, eu llygaid wedi'u hoelio ar y corff marw yn fy mreichiau.

Welswn i erioed ddim byd mor afiach yn fy mywyd.

Croesais Sgwâr Dau Gapel at y festri ac anwybyddu Annie Vaughan, gwraig y gweinidog, a safai yn nrws ei thŷ, plentyn bach wrth ei thraed a babi yn ei breichiau. Beth fyddwn i'n ei ddweud wrthi ar fore fel hwn?

Doedd y festri heb ei pharatoi, wrth gwrs, ac felly bu'n rhaid i mi osod Jennie Glanrafon ar ganol y llawr, ei choban wleb yn socian y styllod pren. Roedd hi fel drychiolaeth, ei chroen yn felyn a'i hwyneb yn galed a hyll.

'Pegi druan,' meddai Mr Vaughan, a chodais oddi ar fy nghwrcwd i'w wynebu. Edrychai yntau'n ddigon simsan.

Pegi.

Ei hwyneb a'i llygaid yn wên pan welsai'r tusw blodau yn fy nwylo. Ai ddoe oedd hynny?

'Wnaeth hi sôn be ddigwyddodd?' gofynnodd Mr Vaughan.

'Mi ddaeth i gnocio ar y drws gefn bore a dweud bod 'na ddamwain wedi digwydd.'

Ei llaw ar fy mraich, yn erfyn arnaf i wneud rhywbeth wrth i mi dynnu fy mwtsias am fy nhraed ar stepen y drws. Ei llonyddwch hi'n od dan yr amgylchiadau, a minnau'n methu â llyncu'r cyffro ei bod hi'n fy nghyffwrdd.

'Dweud iddi godi a gweld bod Jennie ar goll. Felly mi aeth i chwilio amdani, a dod o hyd iddi yn y dŵr, fel'na, yn ei choban.'

Tynnai ar ei phlethen flêr, ac roedd rhyw elfen freuddwydiol, iasol yn ei llais.

'Mae'n rhaid ei bod hi wedi mynd am dro ynghanol nos, ac wedi cwympo i'r dŵr,' meddai Pegi wrthyf, er na fyddai unrhyw un yn medru cwympo dros wal Pont y Llan.

Ar ôl gwisgo, rhedais i dŷ Mr Vaughan i ofyn am help llaw i gael y corff o'r dŵr. Wedi'r cyfan, doedd gen i ddim syniad beth i'w wneud â chorff marw.

'Mae'n ddrwg gen i am eich deffro chi mor fore, Mr Vaughan. A'ch gwraig a'ch plant bach, hefyd.'

Gosododd y Parchedig pengoch ei law ar fy ysgwydd, ac ysgwyd ei ben. 'Paid â meddwl mwy am y peth. Rydw i'n falch i ti ddod ata i.'

Safodd y ddau ohonon ni am ychydig, yn syllu ar gorff llonydd Jennie yn swp gwlyb ar y llawr.

'Mi fyddai'n well i rywun fynd i ddweud wrth rieni Jennie yn Nhyddyn Sgwarnog,' meddwn i o'r diwedd. 'Mi fydd hanner y pentre'n gwybod erbyn hyn. Mi a' i... wedi i mi newid.'

'Na... na,' ysgydwodd y Parchedig ei ben, fel petai o'n penderfynu ar drefn pethau yn ei feddwl. 'Cer di i edrych ar ôl Pegi. Mi a' i i Dyddyn Sgwarnog.'

Nodiais yn wan.

'A Francis?' Edrychais i wyneb Mr Vaughan. 'Mi wnei di'n siŵr ei bod hi'n iawn, yn gwnei?'

Bu'r angladd yn hir ac yn anghyfforddus, a'r awyr dywyll a'r aer clòs yn bygwth storm. Gwnes fy ngorau i beidio â syllu arni, ond cael eu denu at Pegi wnâi fy llygaid wrth ei gweld yn eistedd rhwng ei nain a'i thaid. Edrychais arni yn y fynwent dros arch Jennie, a dychmygu cusanu ei gwefusau tenau.

Yna euogrwydd, yn syth. Yng nghynhebrwng ei mam, a'r aer poeth, stormus yn gwneud i mi feddwl am ei hanadl cynnes.

Wedi'r angladd, gelwais i'w gweld. Roedd y tŷ'n dawel, a'r adar wedi peidio canu cyn y storm. Troediais i lawr y llwybr, a chnocio'r drws yn ysgafn. Efallai ei bod hi'n cysgu. Efallai ei bod hi'n crio. Efallai nad oedd hi yno o gwbl.

Agorwyd y drws yn sydyn, ac ymddangosodd wyneb main Elen Pugh i graffu arna i.

'Francis! Ydach chi'n iawn?'

'O… ym, mae'n ddrwg gen i,' meddwn, heb wybod beth i'w ddweud. Doeddwn i ddim wedi disgwyl gweld ei nain yno, er mor agos y gwyddwn i oedd y ddwy. Wrth gwrs, wrth i mi feddwl am y peth rŵan, roedd yn gwneud synnwyr perffaith. Fyddai ei nain a'i thaid byth wedi ei gadael hi ar ei phen ei hun, nid heddiw.

Beth oedd rhywun yn ei ddweud wrth fam a hithau wedi colli ei hunig blentyn?

'Dod draw rhag ofn bod Pegi ar ei phen ei hun wnes i.' Baglodd yr esboniad yn gloff oddi ar fy nhafod. 'I wneud yn siŵr ei bod hi'n iawn.'

Daeth arlliw o wên i wyneb esgyrnog Elen wrth iddi agor y drws yn llydan. 'Tyrd i mewn.'

'O, na, tydw i ddim am styrbio…'

'Paid â gwneud lol.'

Roedd y gegin yn dawel, a Pegi a'i thaid yn eistedd oddeutu'r bwrdd. Gwenodd Pegi'n wresog arna i, a hyd yn oed yn y sefyllfa fwyaf lletchwith hon, teimlwn ei chynhesrwydd yn cyrraedd rhyw fan cyntefig y tu mewn i mi.

'Francis.'

Cododd Sion Pugh i ysgwyd fy llaw. Dim ond yn yr wythnos ddiwethaf, ers bore codi'r corff, yr oeddwn i wedi dod i'w adnabod o a'i wraig, ond roedd y ddau fel petaen nhw wedi heneiddio yn ystod y cyfnod hwnnw, fel petai blynyddoedd wedi pasio mewn dyddiau. Edrychais i'w lygaid, ac edrych i ffwrdd yn syth. Roedd sglein dagrau ynddyn nhw.

'A hithau mor boeth, mae'n siŵr nad oes chwant hwylio te arnoch chi. Mi ddois â hufen iâ. Peidiwch â'i fwyta fo os nad ydach chi isio. Wna i ddim gweld chwith.'

Gosodais y potyn ar y bwrdd.

'Hufen iâ!' ebychodd Pegi, gan godi'r caead oddi ar y potyn ac edrych ar yr hufen pinc oddi mewn.

'Ti wnaeth o, Francis?' holodd Elen.

'Ie,' atebais. 'Mi wnes i ddarbwyllo Nhad i adael i mi brynu rhewgell i'w chadw yng nghefn y siop. Roedd hi'n ddrud ar y diân, ond os medra i wneud hufen iâ i'w werthu, mi fydd yn talu ar ei chanfed.'

'Chefais i 'rioed hufen iâ o'r blaen,' meddai Elen Pugh wrth fynd draw at gwpwrdd y ddresel i nôl pedair powlen.

'O, peidiwch â chodi dim i mi,' protestiais yn wan. 'Mae gen i beth adref…'

'Eisteddwch efo ni, Francis, am ychydig,' gorchmynnodd Sion, ac er 'mod i'n teimlo fel dieithryn, ufuddhau oedd raid. Estynnais y gadair wrth ymyl Pegi, a hithau'n gwenu arna i'n fwyn.

Bu tawelwch wrth i ni fwyta.

Roedd yr hufen iâ yn llwyddiant… Dotiau tewion o fafon yn morio yn ei ganol, a'r sudd pinc yn chwyrlïo drwy'r hufen rhewllyd, fel y trobyllau bach yn yr afon.

Edrychais ar Pegi drwy gil fy llygad, a dotio at y ffordd roedd hi'n bwyta. Wedi craffu ar ei bwyd am ychydig a phenderfynu o ba gornel y dylai ddechrau, llwythodd ei llwy â'r hufen pinc. Yna, agorodd ei cheg yn llydan, gan ochneidio wrth flasu, yn amlwg yn caru blas yr hufen iâ. Roedd gweld ei mwynhad yn dod â chyffro i 'mherfedd. Edrychais ar y tri ohonyn nhw: Pegi, Sion ac Elen, y tri'n blasu ac yn mwynhau pob cegaid o'r rhodd fach ddi-nod a wnes i iddyn nhw. Ar yr eiliad hon roedd pob synnwyr arall wedi'i gau, heblaw am y gallu i flasu.

Roeddwn i eisiau crio.

'Be wnei di rŵan?' gofynnais yn ddiweddarach, ar ôl i Sion ac Elen ddychwelyd i Dyddyn Sgwarnog a minnau'n glynu wrth yr addewid y byddwn i'n cadw llygad ar Pegi.

'Be wyt ti'n ei feddwl?'

'Ei di i fyw i Dyddyn Sgwarnog? Mi glywais dy nain a dy daid yn cynnig lle i ti droeon.'

Cerdded drwy'r comin roedd y ddau ohonon ni, yn chwilio am awel fin nos ar ôl y diwrnod clòs. Dyna'r tro cyntaf i ni gydgerdded, a sylwais o'r newydd ar osgeiddrwydd ei symudiadau. Roedd y belen o wallt wedi llacio rhyw fymryn ar ei gwegil, a chrogai ychydig gudynnau yn rhydd ar ei thalcen. Dawnsiai'r piwiaid o'n hamgylch.

'Tydw i ddim wedi penderfynu eto,' atebodd yn feddylgar. 'Rydw i wrth fy modd yn gweithio yn y siop.'

'Ac mi rydan ninnau'n lwcus o dy gael di.'

Cilwenodd Pegi arna i. 'Tydi dy dad ddim yn meddwl hynny.'

Daria fo. Roeddwn i wedi meddwl nad oedd Pegi wedi sylwi ei fod yn edrych yn snobyddlyd arni o orsedd ei gadair olwyn yng nghefn y siop. Wnaeth hi erioed ymateb i'w sylwadau cwynfanllyd. Fyddai o byth wedi'i chyflogi hi petawn i heb fynnu am unwaith, a bygwth gadael Nhad a'r siop a symud i Ddolgellau neu Fachynlleth i chwilio am waith.

'Mae'n ddrwg gen i, Peg. Mae gen i gywilydd ohono fo.'

Chwarddodd Pegi'n ysgafn. 'Paid â phoeni am y peth, Francis. Tydi o ddim yn poeni rhyw lawer arna i.'

'Wel, mae o'n fy mhoeni i,' atebais. 'Mae'n rhyfedd o beth bod pobol yn dal i siopa acw o feddwl sut mae o'n edrych arnyn nhw.'

'Maen nhw'n dŵad i'r siop i dy weld ti,' atebodd Pegi'n syml.

Edrychais arni o gornel fy llygad i weld a oedd hi'n tynnu 'nghoes, ond roedd ei meddwl hi ymhell.

Dechreuais ddweud rhywbeth, ond cododd Pegi ei bys at ei gwefusau main. Ymdawelais.

'Dim sŵn o gwbl,' meddai Pegi. 'Dim byd, heblaw sŵn yr afon, a hithau'n ganol haf. Dim adar, dim gwenyn.' Cododd ei llygaid at fy rhai i, a neidiodd rhywbeth yn fy mherfedd. 'Mae'r pethau gwyllt yn gwybod nad ydi'r mellt a'r taranau ymhell.'

Syllais ar ei hwyneb. Mi ddylai'r ferch yma fod yn hyll, meddyliais, gan fod popeth amdani yn amherffaith, yn blaen, yn od. Pam felly roeddwn i am ei chusanu?

Trodd Pegi i ffwrdd, a dal ati i gerdded.

Gadewais iddi fynd ychydig lathenni o 'mlaen, gan ei gwylio'n mwynhau'r comin – ei bysedd yn estyn am frigau isa'r coed, ei llygaid yn crwydro o liw i liw, o flodyn i flodyn. Roedd hi'n dal i wisgo'r ffrog ddu angladdol, ond medrwn weld y staen arni lle y collodd fymryn o'r hufen iâ, a hwnnw bellach yn grachen sych ar dywyllwch ei chorff.

Daeth y daran gyntaf, yn ddigon nerthol i ysgwyd y ddaear dan ein traed, ac yna fflach o olau melyn, fel petai'r nefoedd wedi cilagor y drws i oleuni mawr. Stopiodd Pegi, a stopiais innau.

Daeth y glaw mewn ton enfawr, heb rybudd, a'n gwlychu mewn eiliadau. Trodd Pegi'n araf. Sgleiniai ei hwyneb yn y dŵr.

'Glaw taranau,' meddai, gan hoelio fy wyneb â'i llygaid llwyd.

'Ie,' cytunais, gan ddal i edrych arni.

Yswn am gydio ynddi.

Dechreuodd redeg nerth ei thraed yn ôl drwy'r comin, rhedeg yn llawen a buddugoliaethus fel merch fach. Rhedais innau ar ei hôl, yn ei gwylio drwy sgrin y glaw. Glynai'r ffrog ddu wrth ei choesau hirion, main, a thywyllodd y dŵr ei gwallt brown yn ddu slic.

I fyny'r llwybr â hi, a'r taranau yn atseinio o'i chwmpas fel ffanffer. I lawr y lôn fechan, drwy giât Glanrafon ac i mewn i'r tŷ, a'i thraed yn gadael eu holion.

Sefais wrth y giât yn gwylio'r drws. Wyddwn i ddim a ddyliwn i ei dilyn.

Syllais drwy'r glaw, a'm crys a'm trowsus yn socian, fy esgidiau yn llenwi a'm gwallt yn ffrydiau tywyll. Doedd dim rhan o'm corff yn sych, ond eto, arhosais yno o flaen ei chartref.

Daeth Pegi'n ôl at y drws, ac edrych arna i.

Ac yna roedd hi allan yn y glaw gyda mi, ei breichiau amdana i a'i gwefusau'n gwasgu'n galed ar fy rhai i. Roedd perffeithrwydd rhyfedd am bopeth: y gusan, y glaw, y trydan yn fforchio'r nefoedd, blas mafon ar ei cheg.

Fedra i gofio dim am gerdded adre'r noson honno.

Rhegodd fy nhad wrth fy ngweld i'n dod i'r tŷ yn socian, a chyfarthodd fygythiad y byddai'n ffonio'r seilam i ddod i fy nôl i. Wnes i ddim ateb. Sefais wrth y cwpwrdd crasu yn noethlymun, yn rhwbio lliain cynnes dros fy ngwallt gwlyb ac o dan fy ngheseiliau chwyslyd.

'Paid ti â meddwl dechrau cyboli efo Pegi Glanrafon, dallta,' cyfarthodd Nhad o'i gadair olwyn yng nghornel y gegin. Yno y byddai'n parcio bob tro, gan ei fod yn lle perffaith i fedru edrych allan drwy'r ffenest ar sgwâr y pentref, a chyfle i fusnesu ar bawb. 'Mae hi 'run fath â'i mam yn union. Tydi merched fel'na ddim digon da i ddyn busnes fel ti.'

Lapiais y tywel yn sgert am fy nghanol, a cherdded yn hamddenol i lawr y grisiau. Edrychodd Nhad i fyny mewn braw wrth fy ngweld i.

'Gwisga rywbeth amdanat, wnei di! Beth os gwelith rhywun di drwy'r ffenest?'

'Dywedwch chi air cas am Pegi eto, ac mi a' i â chi ar eich pen i gartref henoed. Peidiwch â meddwl na fyddwn i'n gwneud, achos mi fyddwn i.'

Syllodd Nhad arna i'n gegrwth. Roeddwn i wedi bod yn rhy dawel yn rhy hir.

'Ac os gwelith unrhyw un fi'n noeth, mi gawn nhw edrych faint fynnon nhw, achos Pegi fydd pia fi am byth, ac mi fydd hi'n wraig i mi un diwrnod, cewch chi weld.'

Agorodd a chaeodd Nhad ei geg fel pysgodyn, ac mi heglais i hi i fyny'r grisiau i newid.

Annie Vaughan
Gwraig y Gweinidog
1951

Porc ac afalau mewn saws seidr

8 owns o borc	madarch
2 afal coginio	garlleg
seidr	saets
stoc mochyn	blawd corn
nionyn	

Ffriwch y porc, y nionyn, y madarch a'r garlleg am ugain munud. Ychwanegwch y stoc a'r seidr, a choginio am awr.

Torrwch yr afalau yn ddarnau, a'u hychwanegu i'r sosban.

Coginiwch am dri chwarter awr arall, ar dymheredd fel ei fod yn ffrwtian yn araf. Ychwanegwch y saets.

Cymysgwch y blawd corn gyda mymryn o ddŵr, a'i ychwanegu i'r sosban. Coginiwch am bum munud arall.

Un tun o *condensed soup* blas madarch. Dau becyn o jeli at ben-blwydd Ruthie yn bump ddydd Sadwrn. Jar o *camp coffee*, a thorth o fara.

'Ydych chi wedi cael mwy o'r triog du yna i mewn? Rydw i ffansi gwneud torth sinsir.'

'Ew, tydw i heb gael un o'r rheiny ers blynyddoedd mawr.'

Trodd Pegi i wynebu'r silffoedd, ac estyn tun coch, sgleiniog a'i roi ar y cownter.

'Rydach chi'n rhedeg allan o le yn y cefn 'na,' gwenais arni wrth nôl fy mhwrs. Cyffyrddodd hithau yn ei bol yn fwyn, a nodio.

'Mi drawis dwr o dunia cawl tomato oddi ar y silff ddoe, a methu eu codi nhw wedyn. Roedd Francis yn sefyll yn y drws yn chwerthin llond ei fol yn fy ngwylio i'n trio plygu drosodd.'

Roedd 'na sglein yn ei llygaid mawr llwyd hi, sglein anghyfarwydd. Roeddwn i'n ei nabod o'n iawn. Cyffro. Y cyffro unwaith-mewn-bywyd yna, y cyffro o fod ar drothwy rhoi genedigaeth am y tro cyntaf. Bûm innau 'run fath pan oeddwn i'n disgwyl fy mabi cyntaf, John, saith mlynedd ynghynt. Cariodd fy nychymyg fi i ystafell y babi, a phopeth ynddi'n lân ac yn daclus, yn aros ac yn aros. Paent lliw hufen. Blancedi newydd, wedi'u smwddio'n blygion main, a chot gwyn sgleiniog, a siâp ffrâm y ffenest yn gysgod drosto.

Ac eto, roedd rhywbeth arall am Pegi – rhyw ddyfnder yn ei llygaid na fedrwn i roi fy mys arno. Pan fyddai'n meddwl nad oedd unrhyw un yn edrych arni, pan adawai i'r wên lithro o'i hwyneb, roedd rhyw dywyllwch yno, cysgodion rhywbeth yn ei gwedd. Efallai mai fi oedd yn dychmygu, yn gadael i fy meddwl ddyfeisio pethau oedd ddim yno gan 'mod i'n ei chofio hi'n eneth fach druenus.

'Sut hwyl sydd ar Mr Phyllip?' gofynnais, er nad oedd fawr o newid ar ei hwyliau o byth.

'Yr un fath. Fedr o ddim cerdded heb gymorth, ac mae o'n gwrthod dod i mewn i'r siop.' Gostegodd Pegi ei llais. 'Tydi o ddim yn hoff iawn o'r busnes hufen iâ yma sydd gan Francis a minnau. Yn gwrthod derbyn ei fod o'n creu pres.'

'Fyddwn i ddim yn poeni amdano fo, Pegi. Un penstiff fuodd o 'rioed.'

Gwenodd Pegi arna i, yn falch o gael clust o gydymdeimlad.

'A beth amdanat ti, Susan fach?' Trodd Pegi at y fechan yn y *perambulator*. 'Wyt ti'n cysgu'n ferch fach dda i dy fam?'

'Dannedd,' atebais, gan rolio fy llygaid tua'r nefoedd. 'Roedd hi'n effro o hanner awr wedi dau tan bedwar yn nadu.'

Ysgydwodd Pegi ei phen yn anobeithiol.

'Rhowch y rhain ar y llechen, Pegi. Mi fydda i'n hel Jac draw i dalu cyn diwedd yr wythnos.'

'Wela i chi cyn bo hir. Hwyl i ti, Susan!'

Trois y *perambulator* a'i lywio allan o'r siop. Hen beth mawr, trwsgwl oedd o, a minnau wedi mynnu ei gael o'n newydd pan own i'n disgwyl John. Rŵan, a Susan yn tynnu at ei blwydd, roedd o wedi gweld pedwar o blant ac wedi cael ei dolcio braidd. Doedd o'n ddim byd tebyg i'r llun sgleiniog a welais i ohono mewn cylchgrawn flynyddoedd yn ôl.

Roeddwn i wedi bod yn union fel Pegi Siop. Yn hŷn, efallai, o ryw ychydig, ac yn fwy desbret, o bosib, gan nad oedd dim byd arall gen i i'w wneud – o leiaf roedd y siop gan Pegi i gadw'i meddwl yn brysur. Aros i'm bywyd ddechrau oeddwn i cyn cael y plant, ac yna, unwaith iddyn nhw ddod, ysu am i'r amser arafu er mwyn i mi gael eu mwynhau nhw'n ifanc. Ond oeddwn, roeddwn i'n adnabod chwilfrydedd Pegi rŵan, y diffyg amynedd. Am weld y babi y funud hon, am gwrdd â fo neu hi, am ddechrau ar yr antur newydd.

Dechreuais wthio'r *perambulator* i lawr y lôn tuag at y sgwâr. Eisteddai Susan a'i bysedd yn ei cheg, yn pwyntio at yr adar bach.

Efallai y dyliwn i fynd yn ôl i'r siop, meddyliais wrth i'm *high heels* glecian ar hyd y ffordd. Efallai y dyliwn i ddychwelyd at Pegi, a dweud wrthi'n onest sut y byddai pethau.

'Mae hyn yn mynd i frifo, wsti. Yn fwy nag unrhyw beth. Byddi di'n meddwl dy fod ti'n marw – na, mi fyddi di eisiau marw. Ond fydd 'na ddim dianc, er cymaint rwyt ti'n erfyn ar y rhai ti'n eu caru i wneud rywbeth, does dim y gallan nhw ei wneud. Mae hi'n boen y mae'n rhaid i ti ei dioddef, a does dim dianc. A phe bai y crac lleiaf mewn perthynas rhwng gŵr a gwraig, does dim byd fel babi i danlinellu'r holl bethau sy'n amherffaith.'

Daeth yr euogrwydd yn syth, ac estynnais dros y *perambulator* i gosi gên fach dew Susan, fel petai hynny'n gwneud iawn. Gwenodd fy merch arna i, a gwthiais enedigaethau erchyll fy mhlant o'm meddwl. Roeddan nhw yma rŵan. Dyna oedd yn bwysig.

Cyrhaeddais Sgwâr Dau Gapel, a chodi Susan i eistedd ar fy nghlun. Gyda'r fasged siopa yn un llaw a'r babi yn y llall, bu'n rhaid i mi ddefnyddio 'mhen-ôl i agor drws Tŷ Rhosys.

Roedd y gegin yn dal yn llanast o lestri brecwast, a Ruthie wedi taenu olion bysedd marmalêd gludiog dros un wal, er bod honno'n ddigon budr yn barod. Gadawodd John ei grystiau, er i mi fygwth pethau ofnadwy petai o'n gwneud, ac roedd Audrey wedi gadael hanner yr uwd y bu hi'n crefu amdano i sychu'n lud papur wal yng ngwaelod y bowlen.

Ochneidiais cyn rhoi Susan i lawr. Aeth hithau ar ei

phedwar yn syth at y man lle llechai ambell grystyn sych, gan godi un yn syth i'w cheg i'w gnoi. Mi ddyliwn i fod wedi rhoi stop arni, ond wnes i ddim. Fedrwn i ddim wynebu twrw'i phrotestiadau, a ph'run bynnag, roedd gen i ormod i'w wneud.

Wrth olchi'r llestri a Pegi'n dal ar fy meddwl, daeth hen atgof yn ôl ata i. Merch fach ddi-ddim ar garreg y drws a chlamp o hen ddynes fawr dew wrth ei hymyl, yn chwilio am Jac. Oedd hi wir yn bosib mai Pegi oedd y ferch honno? Cofio iddi ddod i'r tŷ i aros am ei thaid. Teimlai genedlaethau'n iau na mi ar y pryd, ond erbyn heddiw roeddwn i'n meddwl amdani fel rhywun yr un oed â mi. Faint oedd rhwng y ddwy ohonon ni? Deuddeng mlynedd? Mwy?

Doeddwn i ddim wedi bod yma'n hir bryd hynny. Teimlai Llanegryn, ar y pryd, fel cosb ar ôl cael fy magu ym Machynlleth, yn frith o siopau, hanesion a merched fel fi – merched smart, yn golur i gyd, a'u gwalltiau fel pin mewn papur.

'Gymri di rywbeth i'w fwyta?' gofynnais iddi, gan deimlo'n chwithig yng nghwmni'r ferch ifanc, lipa a'i llygaid yn storm.

'Dim diolch,' atebodd. 'Mi wnaeth Mrs Davies Beech Grove glamp o frecwast i mi.' Oedodd am ychydig, cyn ychwanegu'n ansicr, 'Ond mi fyddwn i wrth fy modd yn cael rhywbeth bach, os nad oes ots ganddoch chi.'

Wrth iddi gnoi ar gornel brechdan ham, es innau ati i wneud y gwaith tŷ, sgubo'r llawr, codi llwch, golchi'r ffenestri a sgrwbio'r stof.

Gallwn deimlo Pegi fach yn fy ngwylio.

'Wyt ti'n iawn, Pegi?' gofynnais ar ôl ychydig. 'Oes arnat ti eisiau diod?'

Ysgydwodd yr eneth fach ei phen. 'Rydach chi mor lân, Mrs Vaughan.'

Syllais arni, wedi fy mhlesio y tu hwnt i bob rheswm gan ganmoliaeth geneth fach chwe mlwydd oed. Dim ond pedair ar bymtheg oeddwn innau ar y pryd, ac wedi 'niflasu hyd fêr fy esgyrn gan undonedd glanhau a choginio. Roedd hi'n bwysig i Jac a minnau edrych yn daclus, ac yntau'n rhan ganolog o'r gymuned. Ond yn amlach na pheidio, teimlwn fel geneth fach yn chwarae cadw tŷ yn ystafelloedd mawrion fy nghartref newydd.

'Diolch, Pegi,' atebais gan wrido, wrth i'r eneth fach syllu arna i heb wên.

Ew, roedd hi'n ferch fach ryfedd.

Pwy oedd wedi newid fwyaf, ystyriais wrth olchi llestri fy mhedwar plentyn blêr, ai Pegi yntau finnau? Roedd hi wedi tyfu'n ddynes, yn wraig briod, barchus, a chreithiau ei mam wedi'u hen olchi oddi arni. Byddai'n fam ei hun ymhen wythnos neu ddwy. Minnau, wedi geni pedwar mewn ychydig flynyddoedd, ac yn dal i drio cadw 'ngwallt a 'ngholur yn daclus, ond yn methu'n llwyr efo'r tŷ gan fod pob sustem o gadw trefn a fodolai yn fy meddwl wedi'u hen chwalu gan ddiffyg patrwm fy nheulu.

'Mamamamam,' daeth llais Susan i'm deffro, a throis i edrych arni. Roedd patshyn gwlyb ar ei ffrog las yn dangos bod ei chlwt wedi gollwng eto.

Bachgen bach gafodd hi. Huw Sion Phyllip, yn saith pwys a thair owns ac yn blentyn mwyn ac annwyl o'r dydd y daeth i'r byd. Roedd Pegi wedi dychwelyd y tu ôl i'r cownter ymhen pythefnos, a Francis yn amlach na pheidio yn gwmni iddi, yn hytrach na bod yn y stocrwm yn cuddio fel y bu'n gwneud cyn geni ei fab. Dotiai at yr hogyn bach, gan sgwrsio efo fo rownd y rîl fel petai o'n deall pob gair. Rholiai Pegi ei llygaid a gwenu wrth iddo ymateb, ac roedd hi'n amlwg i bawb ei bod hi wrth ei bodd.

Mi fuodd hi wastad yn un am fynd am dro. I ddianc rhag ei chartref a'i mam yn wreiddiol, mae'n siŵr, ond parhaodd ei chrwydro pan symudodd i Dyddyn Sgwarnog, a daliodd ati wedyn er mwyn cael hoe o'r siop. Wedi ymgryfhau ar ôl y geni, roedd hi allan yn gwthio Huw mewn *perambulator* ar hyd y lôn fach i Abergynolwyn.

Brysiais allan o'r tŷ un diwrnod wrth ei gweld yn croesi'r bont.

'Pegi!' Trodd ei llygaid ata i, a chodi llaw a gwenu wrth fy ngweld. 'Fase ots gen ti 'tawn i a Susan yn dod efo chi?'

Dawnsiodd cysgod cwestiwn dros ei thalcen am eiliad, cyn iddi nodio'n frwd. Tybio roedd hi, mae'n siŵr, pam roeddwn i am fod yn ei chwmni hi, a minnau gymaint yn hŷn na hi. Wyddai hi ddim am unigedd bod yn wraig i weinidog, a'r mamau wrth giatiau'r ysgol yn cadw pellter cyfeillgar oddi wrtha i. Wyddai hi ddim chwaith 'mod i'n rhywun gwahanol iawn i'r ddynes ifanc, ffasiynol a ddaeth yma o Fachynlleth yn finlliw i gyd, ac nad oeddwn i'n siŵr pwy oedd wedi cymryd lle'r ddynes ifanc honno.

'Faint ydi 'i oed o rŵan?' gofynnais wrth nodio i gyfeiriad y bychan. Roedd o'n edrych i fyny i'r nefoedd, ei lygaid glas yn adlewyrchu'r awyr.

'Tri mis,' atebodd Pegi. Â'i llaw esgyrnog, cosodd foch dew Susan. 'Ddaeth ei dannedd hi drwodd?'

'Rhai ohonyn nhw, do. Y rhai yn y cefn oedd waetha gan y lleill, felly mae arna i ofn bod y gwaetha i ddod mewn chydig fisoedd rŵan.'

Ychydig ddyddiau oedd i fynd tan i'r plant orffen yn yr

ysgol am wyliau'r haf. Dyddiau mwyn, a'r ddaear yn crasu. Roeddwn i'n edrych ymlaen at gael eu cwmni yn eu holl ogoniant di-drefn, ond roedd rhan ohona i'n darogan gwae – blinder, llanast ac anhrefn. Byddwn i'n gweld eisiau'r awr yn y prynhawn pan fyddai'r tri hynaf yn saff yn yr ysgol a Susan yn cysgu yn ei chot, yr awr euraidd honno pan gawn eistedd, waeth pa mor fudr neu flêr oedd y tŷ, yn y gadair siglo yn y llofft sbâr, yn gorffwys ac yn osgoi meddwl am ddim. Weithiau byddwn yn edrych drwy'r ffenest, dro arall byddai fy llygaid ynghau. Byddai'r byd yn ailddechrau troi pan ddeuai sŵn Susan yn sniffian crio o'r llofft fach, y llawr dal angen ei sgubo, y llestri dal angen eu golchi.

'Rwyt ti'n lecio cerdded, Pegi,' meddwn wrth i ni basio arwydd y pentref ac anelu am y lôn hir, wastad rhwng y mynyddoedd. 'Fyddi di'n mynd ymhell?'

'Ymhellach nag y dyliwn i! Yn y siop y dyliwn i fod, mae'n siŵr, ond mae'r ha' yma'n fwyn, a dwi am ei fwynhau o.'

'Mi ddyliwn innau gerdded mwy,' cyfaddefais, a rhyw wirionedd poenus ar fin baglu oddi ar fy nhafod. Rhwystrais fy hun.

'Mi gei di ddod efo fi, os lici di,' meddai Pegi, gydag arlliw o swildod yn ei llais. 'Rydw i'n mynd bob dydd cyn cinio. Heblaw ar ddydd Iau, pan fydd Huw a minnau'n mynd i Dyddyn Sgwarnog at Nain a Taid.'

'Dwyt ti byth yn cerdded yr holl ffordd i fan'no yn gwthio'r *permabulator*!'

'Mae'n wastad yr holl ffordd, ac mi fedra i gerdded ar hyd y lôn.' Plygodd Pegi'n agos ata i a gostegu ei llais, fel petai'n rhannu cyfrinach. 'Mi ddechreuodd Huw grio fel peth gwirion y tro diwetha, eisiau cael ei fwydo. Felly mi eisteddais ar y wal gerrig ar lôn Aber a dechrau'i fwydo fo,' meddai gan gyffwrdd yn ei bron. 'Pan godais fy mhen roedd 'na res o ddynion, hen soldiwrs, yn ffenest 'Rhosbitol yn rhythu ar 'y mronna i!'

Fedrwn i wneud dim ond chwerthin. Roedd hi'n annwyl, ac yn llawn direidi, a doedd arni ddim ofn y ffaith 'mod i'n briod â pharchedig.

Cawsom sgwrs fywiog ac ysgafn wrth i ni gerdded ar hyd y lôn, ein plant yn gwylio'r gwrychoedd a'r adar bach o'n cwmpas. Gwelais ei llygaid yn cael eu tynnu at Beech Grove, cartref Mai Davies, pan oeddan ni'n pasio.

'Tydw i ddim wedi gweld llawer ar Mrs Davies yn ddiweddar,' mentrais ddweud.

Ysgydwodd Pegi ei phen. 'Tydi hi ddim yn dda. Mae hi'n gaeth i'r tŷ rŵan... Prin yn medru cerdded... Mi fydda i'n mynd â neges yno ddwywaith yr wythnos, ac yn aros am baned a chacen. Ac wsti be? Mi fydd hi'n dal i roi bocs o gacennau a bisgedi i mi, ac yn gofyn i mi eu dosbarthu nhw i'r bobol anghenus yn y pentref.'

Edrychais arni'n gegrwth. 'Wyddwn i mo hynny!' Roedd hi'n syndod i mi fod unrhyw beth yn medru digwydd yn Llanegryn heb 'mod i'n gwybod amdano.

'Mae Francis yn eu dosbarthu nhw gyda gweddill y delifyris o'r siop. Tydi pobol ddim yn teimlo embaras wedyn.'

'Ew, dyna beth clên i'w wneud, a hithau ddim yn iach.'

'Mae hi'n mynnu dal ati. Er, mae'n ei chael hi'n anodd...'

Torrodd y frawddeg yn ei hanner, a newid cyfeiriad ei sgwrs. Efallai fod meddwl am Mai Davies yn ei hatgoffa o'r noson oer honno, a pha mor dywyll oedd lonydd y nos i hogan fach chwe mlwydd oed.

'Mi fydda i'n mynd i fyny fan'na weithiau,' pwyntiodd Pegi wrth i ni ddod at dro yn y ffordd, a lôn fach droellog yn arwain i fyny drwy'r bryniau. 'Ond mae hi braidd yn serth efo'r *perambulator*. Wsti be fyddwn i'n ei hoffi? Medru clymu'r babi wrth fy nghorff fel y bydd merched yn ei wneud yn Affrica. Welaist ti nhw yn y llunia yn y papur newydd? Rhywbeth tebyg i sgarff hir yn cael ei chlymu ar y gwaelod, a'r plant yn hapus ac yn saff ac yn glyd yn ei phlygion hi.'

'Y Ffordd Ddu,' meddwn, gan edrych i fyny i gyfeiriad yr hen lôn. 'Fues i 'rioed ymhellach nag ychydig filltiroedd ar ei hyd hi.'

'Mae Nain a Taid yn dweud y bydda 'na wylliaid yn byw yno erstalwm, yn ymosod ar bobol oedd yn mynd dros y topia i Ddolgellau. Wyt ti'n meddwl bod 'na rai ohonyn nhw'n dal yno?'

Syllais ar Pegi, yn credu'n siŵr ei bod hi'n cellwair. 'Paid â siarad trwy dy het! Dim ond yn yr hen, hen ddyddia roedd petha felly'n digwydd, siŵr!'

'Pwy fyddai'n sylwi tasa 'na ambell i ddafad neu dderyn yn mynd ar goll…? Mae mor anial yno…'

'Ew, mae gen ti hen syniada rhyfedd,' meddwn, ond gwirionodd Pegi ar fy ngonestrwydd, a dechrau chwerthin.

Cyrhaeddon ni'r hen adfail cyn bod yn rhaid i ni droi 'nôl. Mi fyddai angen iddi weini cinio i Francis a Mr Phyllip, ac mae'n siŵr y byddai Jac yn meddwl lle roeddwn innau. Cyn i ni droi'r *perambulators* am adref, pwyntiodd Pegi dros y clawdd at dyddyn bach llwyd yng nghesail Craig y Deryn.

'Tyddyn Sgwarnog,' meddai. 'Mi fydd Nain yn hwylio cinio rŵan – rhyw botes cig, mae'n siŵr, a Taid yn godro'r afr.'

Ai dyma pam y cerddai Pegi mor bell bob dydd? meddyliais wrth weld yr anwyldeb yn ei hwyneb. I weld yr hen gartref lle y bu hi mor hapus?

Bu'r ddwy ohonon ni'n sgwrsio'r holl ffordd adref am bethau bach, di-nod: beth oedd i swper, patrymau cysgu'r plant a beth i'w blannu yn yr ardd y gwanwyn nesaf. Prin y medrwn gysylltu'r ddynes ddoniol, hyderus yma â'r ferch fach oedd wedi edrych mor flinedig a difywyd flynyddoedd ynghynt.

'Fasa ti'n lecio i mi alw amdanat ti bore fory?' gofynnodd Pegi wrth i ni agosáu at Sgwâr Dau Gapel a Thŷ Rhosys. Edrychodd arna i a rhyw sglein hyfryd yn ei llygaid mawr.

Nodiais yn frwd. 'Grêt! Wela i di fory 'ta, Pegi.'

'Hwyl!'

Roedd y tŷ'n dawel, a dim ond tipian y cloc mawr yn cadw amser wrth i mi drio cael y *perambulator* dros garreg y drws. Es i mewn i'r gegin, y llestri'n aros wrth y sinc, ac arogl tost amser brecwast yn dal i lynu yn y llenni.

Eisteddais wrth y bwrdd ac ochneidio. Edrychodd Susan arna i mewn penbleth.

Sylweddolais i ddim tan y bore hwnnw mor unig oeddwn i.

Mwynhau'r sgwrs rwydd a fedrai ond digwydd rhwng dwy ddynes… cymharu bywydau, a hynny'n anghystadleuol, a chwerthin ysgafn am bethau gwirion. Hawddgarwch, a chwmni mwyn… pethau na phrofais ers i mi adael fy ffrindiau ysgol ym Machynlleth. Roedd mamau eraill yn y pentref, wrth gwrs, a phawb yn glên wrtha i, a rhai, hyd yn oed, yn galw am baned o dro i dro. Ond gwraig y Parchedig oeddwn i, a Duw yn gosod pellter rhyngof i a phawb arall, fel petai bod yn wraig i ddyn crefyddol yn golygu na fyddwn i eisiau ymwneud â phethau bach dibwys bywyd, na chael sgyrsiau hirion o falu awyr.

'Ydach chi adre?' Daeth llais Jac o'r stydi, a chrwydrodd i mewn i'r gegin i 'ngweld i'n eistedd wrth y bwrdd, yn dal i wisgo 'nghôt a dim cinio yn y stof. 'Wyt ti'n iawn?'

'Ydw. Wedi bod am dro dw i.'

Ac, er mawr syndod i Jac, estynnais dros y bwrdd ato, a phlannu sws fawr ar ei wefus, gan adael hoel fy minlliw ar ei geg welw.

'Wel, sbiwch pwy sy'n hogan fawr ar ei thraed!' meddai Pegi wrth i Susan frasgamu i mewn i'r siop o 'mlaen i. Edrychodd Susan i fyny a gwenu wrth weld Pegi'n pwyso dros y cownter tuag ati.

'Gegi,' meddai'n chwithig.

'Tyrd ti at Anti Gegi!'

Cerddodd o amgylch y cownter a dod allan ar lawr y siop, ei ffedog yn dynn am ei chanol main. Cododd Susan i'w breichiau cyhyrog, a thynnu ei thafod arni.

'Mi ro i'r tegell ymlaen.' Trodd ata i gyda gwên. 'Tyrd drwodd.'

Dilynais hi i gefn y siop, gan gymryd anadl ddofn wrth basio drwy'r storfa a gwerthfawrogi'r cyfuniad o arogleuon hyfryd: y bisgedi, yr halen a'r ham a grogai o'r nenfwd. Safai Francis yn y gegin yn chwisgio hufen i wneud llwyth arall o hufen iâ.

'Bore da, Annie,' meddai'n siriol dros y bowlen.

'Helô, Francis. Pa flas sydd gen ti ar y gweill heddiw?'

'Ceirios. Ddim yn hawdd, ond mi fydd yn werth y gwaith caled os bydd o'n dod at ei gilydd yn y diwedd. Pawb yn iawn acw?'

'Yndyn, diolch i ti.'

'Fasai'r teulu'n fodlon blasu'r cynnyrch i mi unwaith eto, tybed? Mae gen i focs o hufen iâ blas afal yn y rhewgell, a tydw i a Pegi ddim yn medru cytuno ynglŷn â fo. Dwi wrth fy modd, a Peg yn dweud ei fod o'n ffiaidd. Fyset ti gystal â mynd â fo adra wedyn, a gofyn barn onest Jac a'r plant?'

'Plis, Francis, gad i mi dalu amdano fo'r tro 'ma...'

'Gymra i 'run geiniog. Chi sy'n gwneud ffafr efo fi...'

'Clên wyt ti! Mi fydd y plant wrth eu boddau. A Jac, o ran hynny... Roedd o wedi gwirioni efo'r blas bisgedi siocled yna.'

Chwarddodd Francis, a throi 'nôl at ei waith.

Dyn hyfryd oedd Francis Phyllip. Duw a ŵyr lle y cawsai o'i wên, achos welais i 'rioed awgrym o un yn croesi wyneb ei dad. Byddai Pegi'n dweud weithiau fod gan Francis amynedd Job i fedru byw efo hi, ac nad oedd hi wedi'i weld o'n colli'i dymer erioed. Byddai'n dechrau'r dydd drwy wenu, a'r wên yn dal yno wrth iddi nosi. Efallai ei fod o'n rhy annwyl – fyddai o byth yn mynd i gyfraith pan fyddai rhywun yn cael ei ddal yn dwyn o'r siop, ond yn hytrach yn crychu'i dalcen ac yn dangos ei siom, ond eto'n fodlon maddau. Roedd Jac yr un fath â fo mewn llawer o ffyrdd, yn addfwyn, yn annwyl ac yn gyfeillgar. Ond roedd un peth am Francis na welswn i'r un graddau yn unrhyw un arall.

Roedd o'n addoli ei wraig.

Byddai'n ei ddilyn â'i lygaid o gwmpas y siop; yn dod â phaneidiau iddi heb iddi ofyn; yn gwneud sylwadau, yn aml, am ei dillad ac am steil ei gwallt. Byddai'n gwenu arni, hyd yn oed pan na fyddai hi'n edrych arno, fel petai'n methu â choelio ei lwc iddo fachu hogan gystal â hi. Roedd o'n ddyn clên, ariannog a golygus, ac yn gwirioni ar ei wraig heglog, blaen.

Gwenais arno cyn symud i'r gegin yng nghefn y tŷ, yr ystafell hyfrytaf yn y lle, yn dal yr haul drwy'r flwyddyn. Doedd Pegi ddim yn wraig falch. Roedd clystyrau o bethau ym mhob man – papurau, llyfrau, llestri a llythyrau. Byddwn i'n mynnu glanhau'r tŷ yn lân cyn cael rhywun draw, hyd yn oed Pegi, ond doedd dim ots ganddi hi am bethau felly.

Welais i 'rioed mohoni'n gwisgo colur, nac yn mynd i Dywyn i wneud ei gwallt, ond roedd 'na rywbeth amdani 'run fath, rhywbeth dyfnach na phrydferthwch.

'Cer di i chwarae yn fan'na, yli.' Gosododd Susan yn y gornel ynghanol llanast o deganau. 'Mi fydd Huw yn siŵr o ddeffro mewn munud ac mi ddaw i chwarae efo ti.'

Cyn pen dim roedd paned boeth mewn cwpan ond heb soser ar y bwrdd o 'mlaen i, a phecyn o fisgedi oedd yn newydd i'r siop, 'efo Brazil nuts o bob dim ynddyn nhw! Maen nhw'n costio bom!' Parablai Susan yn hapus wrth wthio tractor coch pren Huw ar hyd y llawr.

'Wyt ti'n iawn?' gofynnodd Pegi i mi, ei llygaid yn archwilio fy rhai i.

Doedd ganddi ddim syniad. Doeddwn i ddim yn un am grio, hyd yn oed o flaen fy ffrind gorau newydd, felly wnes i ddim byd ond rhoi fy mhen yn fy nwylo a llyncu, llyncu, gan obeithio y byddai'r dagrau'n cadw draw. Wnaethon nhw ddim. Teimlwn y diferion poeth yn llifo drwy 'mysedd ac yn rhedeg i lawr fy ngarddyrnau.

'Wel, Duw annwyl, paid â chrio.'

Daeth Pegi i eistedd ar y gadair wrth fy ymyl, a gosod ei llaw ar fy nghefn. Cedwais fy nwylo dros fy wyneb, gan feddwl am y llif o golur fyddai'n siŵr o fod wedi gwneud llanast o 'ngruddiau.

'Mi golli di ddagrau dros dy fisged, a dwyt ti ddim isio'u sbwylio nhw drwy gael halen arnyn nhw, Annie. Maen nhw'n *lovely*.'

Medrwn glywed y wên yn ei llais, a fedrwn i wneud dim ond piffian chwerthin drwy 'nagrau. Tynnais fy mysedd oddi ar fy llygaid, a sychu'r gwlybaniaeth â hances wen.

'Pob dim yn ocê, Annie?' gofynnodd Pegi'n ysgafn wedi iddi gnoi dwy fisged a llowcio hanner ei phaned. Am y canfed tro ers i mi ddod i'w hadnabod, synnais at y gwahaniaeth rhyngon ni. Petai hi wedi bod yn wylo yn fy nghwmni, petai hi wedi bod yn dripian dagrau dros fy mwrdd bwyd i, mi fyddwn i'n siŵr o fod wedi mynd i banig, wedi rhuthro ati ac erfyn am gael gwybod beth oedd o'i le. Ond nid un fel'na oedd hi. Roedd rhyw lonyddwch digynnwrf ynglŷn â phopeth a wnâi hi.

Sut oedd esbonio wrthi beth oedd yn bod? Bod cecru cyson John ac Audrey, y plant hynaf, yn chwalu fy nerfau'n rhacs. 'Mod i'n poeni bod Ruthie yn araf ond nad oedd gen i'r amser i eistedd gyda hi i fynd dros ei llythrennau. Bod Susan yn dal i godi droeon yn y nos. A Jac. Roedd o'n ŵr da, yn ffyddlon, a byth yn cwyno, ond roedd rhywbeth ar goll – rhyw fflam, rhyw angerdd. Roedd yr holl bethau hyn yn pwyso'n llawer trymach nag y dylen nhw.

Nid fel hyn roedd pethau i fod.

'Dwi mor flinedig, Pegi,' meddwn yn wan, ac roedd hynny, rywsut, yn esbonio popeth.

'Wel, cer adre 'ta! Pam na faset ti wedi dweud? Cer i dy wely, gad Susan yma. Mi fydd hi'n berffaith iawn efo ni. Mi gaiff hi fy helpu fi yn y siop pnawn 'ma, ac mi fydd hi wrth ei bodd! Yn byddi, Siw?'

Edrychodd Susan i fyny ar Pegi, a gwenu'n llydan.

'Fedrwn i ddim…'

'Medri, siŵr! Ac mi gaiff y plant mawr ddod yma ar ôl ysgol am de bach hefyd. Mi fydd pob dim yn well ar ôl i ti gael chydig oriau o gwsg, gei di weld.'

'Peg…'

'Paid â gwneud esgusodion! Mi wnaiff les i'r plant ac i titha gael llonydd.'

Mi fedrwn i feddwl am filoedd o resymau pam na ddyliwn i adael y plant gyda Pegi. Roedd ganddi Huw, y siop, ei thad-yng-nghyfraith yn arthio arni, a beth fyddai pobol yn 'i feddwl 'mod i'n gadael fy mhlant yng ngofal rhywun arall?

Ond meddyliais am fy ngwely – y cynfasau gwynion, meddal, a chysur y gobennydd. Nefoedd.

Codais cyn i mi newid fy meddwl, a phlannu cusan ar ben Susan. Rhoddais wên werthfawrogol i Pegi, oedd yn edrych yn fodlon iawn fod ei chynllun yn gweithio.

'Mi wna i 'run peth i ti pan fydd gen ti wyth o blant, a...'

Chwarddodd Pegi. 'Cer o 'ma, Annie fach!'

Wrth i mi adael, daeth ei llais i'm dilyn. 'Diolch am ddweud wrtha i.'

Trois yn ôl mewn penbleth. 'Be?'

Osgôdd fy llygaid, gan edrych drwy'r ffenest ar wyrddni'r comin. 'Dweud dy fod ti'n ei chael hi'n anodd, ac am grio fel y gwnest ti. Mae o'n bwysig, wsti. Mae o'n arwydd y byddi di'n iawn.'

Tydi rhywun ddim yn sylweddoli cyn cael plant, ond mae deffro o gwsg mewn ffordd hollol naturiol, am fod rhywun wedi cysgu digon, yn fraint. Mae o'n beth mor hyfryd, araf a breuddwydiol, fel petai'r byd yn edrych yn feddalach o fod wedi cael hoe.

Craffais ar y cloc, a rhegi fel na ddylai gwraig gweinidog fyth wneud.

'Be sy'n bod?' crawciodd Jac wrth ddeffro o drwmgwsg yn fy ymyl.

'Y plant! Lle maen nhw?'

Gwnes y syms yn gyflym yn fy mhen. Roedd hi'n naw o'r gloch, ac o'r goleuni y tu allan mi fedrwn ddweud nad oedd hi'n nos.

Roeddwn i wedi cysgu am ddeunaw awr, heb ddeffro.

'Mi fynnon nhw gael aros yn y siop neithiwr. Rhywbeth am de parti yn eu gwlâu.'

Eisteddais i fyny. 'Y pedwar ohonyn nhw? Susan hefyd?'

'Paid â phoeni, Annie,' gwenodd Jac yn ddiog. Roedd ei wallt cringoch yn codi i bob cyfeiriad ar ei ben. 'Mi es i yno i ddymuno nos da iddyn nhw, ac roedd y pedwar wrth eu boddau. A Huw bach, hefyd! Mi addawodd Pegi eu danfon nhw i'r ysgol fel arfer bore 'ma, a chadw Susan cyhyd ag y lici di.'

Ochneidiais, a gorwedd yn ôl.

'Wn i ddim be wnawn i hebddi, Jac.'

Nodiodd Jac, a gwenu'n feddylgar. 'Roedd hi wrth ei bodd, wsti. Y tŷ yn llawn o blant, a Francis a hithau yn eu canol nhw. Fetia i ti y byddan nhw'n cael llond tŷ o rai bach, fel ni.'

'Mi ga i warchod iddi hi, wedyn,' meddwn, er na wyddwn i go iawn a fedrwn wneud rhywbeth mor anhunanol â gwarchod a bwydo llond tŷ o blant rhywun arall.

'Mae hi wedi gadael bwyd i ni. Porc a fala mewn seidr... Mi ges i flas arno fo neithiwr, mae o'n grêt.'

'Seidr?'

Gwenodd Jac arna i.

'Fedra i ddim coelio mai'r un ferch ydi hi â'r ferch ddaeth yma efo Mai Davies flynyddoedd yn ôl, wedi i'w mam fynd o'i cho'.'

Ysgydwodd Jac ei ben. 'Ac eto, mae 'na rywbeth o'r hogan fach yn dal ynddi. Roedd hi fel un ohonyn nhw yn eu canol neithiwr.'

Y bore hwnnw oedd un o'r adegau anwylaf a fu rhwng Jac a minnau, a ninnau'n syml, yn ddau gariad bodlon, fel nad oeddan ni wedi bod cynt. Arhosodd y ddau ohonon ni yn y gwely tan wedi un ar ddeg, yn caru a sgwrsio a chwerthin, ac wedyn i lawr â ni i'r gegin i gynhesu'r cinio a wnaed gan Pegi, oedd yn felys a hufennog, ac yn blasu fel rhyddhad. Roedd Jac wedi glanhau, chwarae teg iddo, a phob man yn daclus a glân. Doedd dim byd wedi newid, dim go iawn. Byddai'r lle'n llanast eto erbyn yfory, a minnau'n dal i bendroni dros gariad fel roedd o yn y ffilmiau, mor wahanol i'r cyd-fyw cyfeillgar a wnâi Jac a minnau. Ond mi fedrwn i ymdopi â phopeth eto. Roeddwn i'n fodlon ac yn hapus, hyd yn oed.

Erbyn i mi fynd i'r siop i nôl Susan, roeddwn i'n barod i dderbyn fy mhlant unwaith eto, yn barod i'w caru nhw a'u trysori nhw, yn union fel roeddan nhw'n ei haeddu.

Isaac Phyllip
Tad Francis
1953

Twrci mewn creision ŷd

stribedi o dwrci
8 owns o greision ŷd
halen
cumin
coriander
wy

Torrwch y creision ŷd yn fân iawn, a'u cymysgu â'r sbeisys a'r halen.

Curwch yr wy.

Trochwch y cig yn yr wy cyn ei orchuddio â'r creision ŷd.

Ffriwch y cig mewn olew am bum munud bob ochr,
tan iddo frownio.

'Ydach chi am i mi agor y ffenest i chi? Mae 'na ddiffyg awyr iach yma.'

Wnaeth Pegi ddim edrych arna i wrth iddi ddod i mewn i'r llofft, dim ond croesi'r llawr pren tuag at y ffenest, ei thraed yn ysgafn ar y derw.

'Paid â'i chyffwrdd hi,' meddwn yn gryg o'r gwely. 'Mae hi'n oer yma.'

'Mi wna i nôl blanced arall i chi 'ta.'

'Tydw i ddim eisio blanced arall.'

Estynnodd Pegi am y bowlen ddŵr o ben y cwpwrdd, ac eistedd yn y gadair fach ger y gwely. Edrychais ar ei bysedd hirion yn profi gwres y dŵr. Roeddwn i wedi cwyno ddoe ei fod o'n rhewi. Crynais mewn ffieidd-dra wrth feddwl am y bysedd hen wrach yna'n cyffwrdd yn fy nghnawd.

Plygodd Pegi'r blancedi yn ôl ar waelod y gwely, gan ddinoethi fy nhraed a 'nghoesau. Roeddan nhw'n wyn ac yn fain fel esgyrn. Fedrwn i ddim diodde'r ffaith ei bod hi'n gallu eu gweld.

Tynnodd y dresin oddi ar fy mriw, a chraffu arno.

'Mae o'n edrych yn well heddiw, Mr Phyllip. Yn llai gwaedlyd.'

'Tydi o ddim yn teimlo'n well,' atebais, a theimlwn guriad fy nghalon yn y briw yn fy nghoes wrth i aer y tŷ ei gyrraedd.

'Rydw i'n mynd i'w olchi fo rŵan, Mr Phyllip,' meddai Pegi, cyn tynnu cadach o'r dŵr yn y bowlen, a gadael i'r diferion ddisgyn ar y briw.

Roedd y boen bron yn ddigon i wneud i mi lewygu – yn wenfflam, yn cripian i fyny 'nghoes. Anwybyddodd Pegi fy ngriddfan a dal ati i olchi'r briw. Weithiau, roeddwn i'n siŵr ei bod hi'n parhau â'r gwaith yn hirach nag oedd angen, yn cael pleser dieflig wrth achosi poen.

'Dyna chi,' meddai, gan drio swnio'n gysurlon.

Teimlai fy nghoes fel petai rhywun wedi cymryd brathiad ohoni.

'Mi ro i'r eli arno rŵan. Mae o bron drosodd, Mr Phyllip.'

Wn i ddim pam yr oedd ei charedigrwydd tuag ata i yn crafu cymaint ar fy nerfau. Gallwn ddweud unrhyw beth wrthi, a fyddai hi ddim yn ymateb nac yn dadlau. Yswn am ei chlywed yn poeri sylw creulon i 'nghyfeiriad i. Roeddwn i'n sicr bod gwenwyn ynddi, dim ond i mi ei grafu i'r wyneb.

Ebychais wrth iddi daenu'r eli dros y briw. Teimlai'n oer am ychydig eiliadau, cyn i wres fy ylser ei boethi.

'Dyna ni,' meddai Pegi, gan osod dresin glân arna i, a phlygu'r blancedi yn ôl dros fy nhraed. 'Dyna ni wedi gorffen.'

Tan yfory. Yr unig gyffyrddiad dynol roeddwn i'n ei deimlo, ac roedd o'n boen finiog, ffiaidd. Byddai'n well gen i beidio â chael trin yr ylser o gwbl. Byddai'n well gen i bydru'n araf yn fy nghwmni fy hun a gadael i'r gwenwyn fwyta fy nghorff i tan 'mod i'n un briw mawr, gwaedlyd yn yr ystafell fach uwchben y siop.

'Bydd cinio mewn rhyw awr. Ydach chi am i mi'ch helpu chi i ddod i lawr y grisia? Mi gewch chi fwyta o gwmpas y bwrdd.'

Ysgydwais fy mhen yn benderfynol. Byddai Pegi'n cynnig bob dydd ond fyddwn i byth yn derbyn. Byddai cael pryd o fwyd o gwmpas y bwrdd gyda nhw yn gwneud i mi deimlo y dyliwn i fod yn werthfawrogol o'i sylw, ac roedd hynny'n beth gwrthun yn fy nhŷ fy hun.

Gorweddais yn fy ngwely, yn gwrando ar synau'r siop oddi tana i. Francis yn chwerthin, Huw yn gweiddi a Pegi'n ei gysuro. Doedd y siop ddim yn lle i fachgen bach dyflwydd oed, roedd hynny'n amhroffesiynol. Pam nad oedd hi'n ei gadw fo yn y gegin gefn? Dyna a wnawn i efo Francis pan oedd o'n fach. Roedd o'n hapus braf yn y gegin yn chwarae â'i deganau, a minnau'n taro 'mhig i mewn i gadw golwg arno weithiau.

Medrwn deimlo hoel bysedd Pegi ar fy nghoes. Efallai mai gwneud y briw yn waeth roedd hi. Ei bysedd main yn fy lladd yn araf.

Ar foreau llonydd fel hwn, mi fyddwn weithiau yn syrthio i hanner cwsg braf. Fy llygaid yn agored a'm corff yn llonydd, a llifogydd o atgofion yn llenwi'r aer o'm cwmpas. Hi oedd yn eu llywio nhw, bob tro, yn ymddangos wrth erchwyn fy ngwely, a gwên ar ei gwefusau lliw mafon.

Mary.

Weithiau, byddai mor fyw ac mor lliwgar nes y byddai fy anadl yn rhewi yn fy ysgyfaint, a minnau'n sicr ei bod hi'n ôl.

'Isaac! Camgymeriad oedd o, wsti. Tydw i ddim wedi marw. Ga i orwedd efo ti?'

Byddwn yn estyn fy llaw i gyffwrdd ynddi, ond fyddai hi byth yno, yn fy llofft oer â'r celfi trymion. Minnau'n gaeth i'r gwely lle y bu hi farw.

Sgrechfeydd Francis, ac yntau'n newydd-anedig, yn llenwi'r gwagle lle y bu hi'n griddfan. Sŵn traed y meddyg, yn drwm ar y grisiau pren. Geiriau tawel dros y siop. 'Doedd dim posib ei hachub hi. Mae'n ddrwg gen i. Ond mae ganddoch chi fab.' Rhoddodd y plentyn bach pinc yn fy mreichiau, blanced wen yn dynn amdano, a gwaed ei fam yn staenio'i wallt tywyll. 'Mae o'n fachgen cryf, Mr Phyllip. Llongyfarchiadau.'

Gwingai'r baban yn fy mreichiau. Doedd o'n ddim byd tebyg i Mary. Wyddwn i ddim beth i'w wneud ag o. Doeddwn i ddim wedi dal baban o'r blaen.

Awgrymodd y meddyg y dyliwn gael rhywun i'w nyrsio a'i warchod. Ond doeddwn i ddim am gael rhywun yn lle Mary, yn galw'r siop yn gartref fel y gwnâi hi. Mary oedd meistres y tŷ yma. Daeth un o famau'r pentref i mewn i nyrsio'r babi, ond roedd hynny'n ddigon i'm ffieiddio i – baban bach Mary ar fron rhywun arall. Byddai'n eistedd yng nghornel y gegin, ei baban bach ei hun yn dawel yn y *perambulator*. Byddai'n siarad yn addfwyn â Francis tra byddai o'n sugno ei bron, yn gwenu ac yn cosi ei foch, cyn troi at y fechan yn y *perambulator* i wneud yn siŵr ei bod hi'n dal i gysgu.

'Dyna ti, Pegi.'

Ar ôl bwydo, syllai Francis ar Jennie Glanrafon, ei lygaid wedi'u hiro â chwsg, a byddwn yn ei chasáu hi, ac yn casáu'r babi yn y *perambulator*. Sut roedd dynes ddi-nod a hyll fel hon wedi cael byw, a Mary wedi marw? Ble roedd y tegwch yn hynny? A sut y gallai fy mab i edrych ar ddynes fel'na gyda bodlonrwydd a llonyddwch? Roedd ei ddedwyddwch ym mreichiau dynes arall yn frad.

Â Francis yn chwe mis oed, dywedais wrth Jennie nad oedd ei hangen hi mwyach, a dechreuais fwydo'r bachgen ar laeth gafr o botel. Llowciai'r cyfan yn fodlon, ond edrychodd o ddim erioed arna i yn y ffordd flinedig, fodlon y sbiai o ar Jennie.

Tyfodd Francis yn debyg i'w fam. Tywyll, a llygaid mawr, a rhyw addfwynder yn ei symudiadau. Gwnâi hynny i mi ei garu, am ei fod yn debyg iddi hi, a'i gasáu hefyd, am ei fod yn fy atgoffa ohoni. Byddwn i wedi rhoi'r byd i'w chael hi 'nôl: byddwn i wedi rhoi Francis i'w chael hi 'nôl.

Yna, a hithau'n ddim o beth, dechreuodd Pegi ddod i'r

siop i gasglu neges Glanrafon. Roeddwn i'n gwybod, erbyn hynny, nad oedd Jennie yn ei hiawn bwyll. Roedd y pentref cyfan yn hel straeon amdani. Ond er 'mod i'n amau bod Pegi'n ei chael hi'n anodd, wnaeth hynny ddim fy stopio i rhag ei chasáu.

'Dyma chi,' meddai Pegi wrth gario 'nghinio i ar hambwrdd mawr. 'Mymryn o dwrci i chi.'

Stribedi hir o gig mewn crwst euraidd, rhyw saws coch gwaedlyd, tatws newydd a phys.

'Beth ydi hwn?'

'Fel y dywedais i. Twrci. Mi ges i'r rysáit o gylchgrawn.'

'Bwyd tramor afiach.'

Codais ddarn o gig i'm ceg, a brathu drwy'r crwst. Roedd ei flas yn estron ac yn hyfryd, ac roeddwn i'n ei chasáu hi am gyflwyno blasau newydd i mi. Dim ond y cyfarwydd fyddai'n gysurlon.

'Fedra i mo'i fwyta fo.'

Safodd Pegi'n llonydd am ychydig eiliadau. 'Tasech chi ond yn trio'r…'

'Wna i ddim!'

Codais y plât, a thollti'r cynnwys dros y flanced wen ar y gwely. Safodd Pegi'n syn yn syllu ar y llanast. Medrwn deimlo'r saws coch yn treiddio drwy'r gwlân at fy nghoesau main.

'Cer o 'ma! Gad lonydd i mi!'

Symudodd Pegi ei llygaid o'r flanced at fy wyneb, ac edrychai fel y diafol ei hun, yn llawn atgasedd a gwenwyn.

'Iawn. Mi wna i adael llonydd i chi. Ddo i ddim â bwyd na diod, wna i ddim tendio'ch briwiau chi, wna i ddim golchi'r *bedpan* yn y bore. Mi gewch chi bydru yn fa'ma ar eich pen eich hun, yr hen gythraul creulon â chi.'

Golchodd yr adrenalin dros fy nghorff. Roeddwn i'n falch i mi lwyddo i'w chael hi i ffraeo ar ôl bod yn pigo arni cyhyd. Teimlwn yn fwy byw nag y gwneuthum ers blynyddoedd.

'Mi wnaiff Francis dendio arna i. Mae o'n deulu.' Gwgais arni. 'Mi wnaiff o ofalu amdana i.'

'Wnaiff o?'

'Paid ti â meddwl am eiliad y bydd o'n ochri hefo ti cyn fi. Mae o wedi bod yn gwrando arna i'n siarad yn blaen efo ti ers blynyddoedd, a tydi o heb ddweud gair am y peth. Dim un gair.'

Gwelais rywbeth yn ei llygaid am eiliad, rhyw wendid. Gwyddai Pegi 'mod i'n dweud y gwir.

'Mae'r siop yn gartref i mi…,' dechreuodd, a fflachiodd fy nhymer yn boeth.

'Nac ydi! Nac ydi ddim! Fyddi di byth yn feistres ar y tŷ 'ma… Byth!'

'Fi ydi meistres y tŷ. A tydach chi'n ddim byd ond dyn bach blin sy'n pydru i fyny'r staer, yn boen i bawb a phopeth.'

Trodd corneli ei gwefusau yn wên aflan.

'Ew,' meddwn yn araf, gan hogi cyllell fy nhafod. 'Rwyt ti'n debyg i dy fam.'

Llyncodd Pegi ei phoer, a diflannu drwy'r drws.

Gorweddais yn ôl yn y gwely, yn crynu mewn gwefr ar ôl y ffasiwn gasineb. Gwyddwn mai ei mam fyddai ei man gwan, ond doeddwn i ddim wedi rhag-weld y medrwn ddiffodd y tân yn ei llygaid mor hawdd.

Teimlwn yn well. Penderfynais godi, am y tro cyntaf mewn wythnosau, a mentro i lawr y grisiau. Gwnawn sioe fawr o wneud cinio i mi fy hun.

Cymerodd ddeng munud i mi wisgo crys a phâr o drowsus,

ond synnais mor gryf roeddwn i'n teimlo. Mi ddangoswn i iddyn nhw. Doeddwn i ddim yn farw eto.

Roedd Pegi yno'n eistedd ar un o'r grisiau canol a'i chefn tuag ata i. Doedd hi'n amlwg ddim wedi clywed fy nhraed, ddim wedi clywed drws y llofft yn agor.

Roedd hi'n bwyta. Na, yn sglaffio, yn gwthio siocled i'w cheg mor gyflym nes ei bod bron â thagu. Agorai becyn ar ôl pecyn, a châi drafferth i anadlu wrth lenwi ei cheg â'r holl siocled – y pecynnau sgleiniog fel tlysau yn yr hanner tywyllwch. Roedd fel petai ar lwgu.

Roeddwn i'n iawn. Yn amlwg, roedd salwch ei mam ar y ferch.

'Mi rybuddiais i Francis amdanat ti,' meddwn yn dawel, a llonyddodd Pegi. Edrychodd hi ddim yn ôl arna i, ond medrwn ddychmygu ei hwyneb yn nhywyllwch y grisiau, yn ddagrau ac yn siocled i gyd.

Kenneth Davies
Mab Mai Davies
1958

Caserol cig eidion a pheli toes mwstard

8 owns o gig eidion wedi'i dorri'n ddarnau

2 foronen

nionyn

rwdan

stoc cig eidion

halen

4 owns o flawd plaen

owns a hanner o fenyn

2 lwy fwrdd o fwstard mewn gronynnau

Ffriwch y cig a'r llysiau am hanner awr gan osod caead ar y sosban.

Ychwanegwch y stoc, a gadewch y caead arno ar wres isel drwy'r dydd.

Paratowch y peli toes rhyw awr cyn i chi ddechrau bwyta.

Rhwbiwch y menyn yn y blawd tan iddo edrych fel briwsion mân, ac yna cymysgwch y mwstard i mewn, cyn ffurfio peli bach ohono.

Gosodwch y peli yn y sosban gyda'r caserol, a'u coginio am 45 munud.

Fûm i ddim yn ôl i Lanegryn ers blwyddyn. Rhaid cyfaddef nad oedd dim wedi newid yn y cyfamser; a dweud y gwir, doedd dim wedi newid o gwbl yn yr hen le ers pan oeddwn i'n blentyn.

'It's so lovely here,' meddai Jackie yn y car. 'We should keep your mother's house.' Edrychodd ar y tai bychain o bobtu'r stryd, ar Siop Phyllip's, ac ar y llwybr bach a arweiniai at y comin.

'What for?'

'We could holiday here. We could even think about moving.'

Ysgydwais fy mhen yn frwd. 'Absolutely not.'

Ochneidiodd Jackie, gan edrych arna i. 'You should at least consider it.'

'Never.'

Fyddai hi ddim yn deall.

Daeth y car i stop y tu allan i'r pentref wrth glawdd y tŷ. Roedd y giât yn sgleinio fel pe bai wedi cael ei pholisho ddoe, a'r llwybr wedi'i sgubo.

Rhoddodd Jackie ei llaw dros f'un i.

'Are you ready?'

Nodiais yn araf. Doeddwn i'n teimlo dim.

Canodd yr adar, yn aflafar bron, o goed Beech Grove, yr un fath yn union ag y gwnaen nhw pan oeddwn i'n hogyn. Yr unig arwydd bod rhywbeth o'i le oedd y diffyg golch yn sychu ar y lein. Byddai Mam yn crogi rhywbeth neu'i gilydd ar y lein bob dydd, yn enwedig mewn awel fwyn fel hon, a daeth cnewyllyn rhywbeth i'm perfedd wrth weld nad oedd coban na lliain sychu yn dawnsio yn y gwynt.

Bu bron i mi neidio pan agorodd drws y ffrynt a minnau'n troedio'r llwybr. Hedfanodd fy nwylo at fy mrest yn reddfol, a chododd aderyn du o'r llwyn rhosod.

'Mr Davies,' meddai'r gweinidog. 'Mae'n ddrwg gen i am eich dychryn chi.'

Ysgydwais fy mhen, a chymryd anadl ddofn. Doeddwn i ddim wedi cwrdd â hwn o'r blaen. Hen gono â chalon greulon – Mr Edmunds – oedd y gweinidog pan oeddwn i'n blentyn. Er bod Mam wedi sôn am hwn yn aml yn ei llythyrau, doedd o'n ddim byd tebyg i'r hyn y disgwyliwn iddo fod. Edrychai braidd yn flêr, ei wallt cringoch heb unrhyw olion iddo weld crib yn ddiweddar, a'i lygaid glas yn flinedig.

'Doeddwn i ddim yn disgwyl y byddai unrhyw un yma, dyna i gyd,' atebais, gan synnu mor chwithig y teimlai fy nhafod wrth iddo drafod llafariaid a chytseiniaid yr hen iaith. Estynnais fy llaw. 'Kenneth Davies.'

'Jac Vaughan.' Roedd ei law yn dynn a chadarn am fy un i. 'Ga i ddweud, Mr Davies, mor ddrwg ydi hi gen i am eich profedigaeth. Roedd eich mam yn ddynes arbennig.'

Cynigiais wên fach werthfawrogol, cyn troi at Jackie. 'This is my wife, Jackie, and this is Mr Vaughan, the local minister.'

'How do you do?' meddai Jackie gyda gwên. 'We weren't expecting anybody to be here.'

'I didn't want your home to be empty when you arrived,' atebodd y gweinidog mewn acen Gymraeg gref. 'I've made a fire, and Annie, my wife, has baked a cake.'

'Goodness, how kind,' ebychodd Jackie, ac roedd hi'n amlwg ei bod hi'n golygu pob gair hefyd. Roedd y ffasiwn garedigrwydd yn beth prin mewn dinas.

Roedd popeth yr un fath yn y tŷ, a phopeth yn wahanol. Y cloc mawr yn tipian yn y gornel, y llestri ar y ddresel yn sgleinio yn llygaid mawrion a Mam wedi mynd, a'r lle yn wag hebddi.

Daeth eiliad o gryndod drosof wrth imi glywed ei llais

yn atsain dros y blynyddoedd: 'Paid ti â chrwydro'n rhy bell pan ei di i chwarae, Ken, mi fydd dy de di'n barod mewn munud!'

'Mi wna i eich gadael chi yma i ymgyfarwyddo am ychydig,' meddai Mr Vaughan. 'Ond mi ddo i yn ôl bore fory, os ydi hynny'n iawn gyda chi, i drafod trefn y gwasanaeth. Mae gen i ambell awgrym am emynau ac ati rydw i'n gwybod y byddai eich mam yn hoff ohonyn nhw...'

'Diolch i chi, Mr Vaughan,' trois yn ôl at y gweinidog. 'Roeddech chi'n glên yn dod yma.'

'Dim o gwbl. Roedd gen i feddwl mawr o'ch mam.'

Ffarweliodd y gweinidog â Jackie mewn Saesneg chwithig, a throdd am y llwybr. Rhedais allan ar ei ôl.

'Mr Vaughan?'

Trodd yn ôl ata i. Gallwn weld bod blew arian yn dechrau plethu yn y coch ar ei gorun.

'Lle mae hi?'

Edrychodd Mr Vaughan arna i mewn penbleth. 'Mae'n ddrwg gen i...?'

'Fy mam. Lle mae'r corff?'

'O!' Nodiodd Mr Vaughan arna i mewn rhyddhad. 'Yn y festri. Mae'r ymgymerwr wedi'i throi hi drosodd, ac mae'r arch yn y festri.'

'Ga i ofyn,' holais yn araf, 'pam y cawsoch chi gymaint o syndod rŵan, pan ofynnais i?'

'Meddwl eich bod chi wedi gofyn lle roedd eich mam oeddwn i,' atebodd hwnnw gyda gwên. 'Ac yn ystyried ai am ateb daearol neu ddiwinyddol oeddach chi.'

Ar ôl iddo fynd, hwyliodd Jackie baned – y gyntaf iddi gael cyfle i'w pharatoi yn Beech Grove. Troediais o gwmpas y gegin, ac arna i hanner ofn cyffwrdd mewn pethau, er mai fi oedd perchennog y cyfan rŵan. Roedd creiriau bychain fy mhlentyndod yn britho'r lle, hen liwiau ar hen lestri nad oeddwn i wedi'u defnyddio ers hanner canrif.

'Good God, Kenneth!' Dilynais lais Jackie i'r pantri bach tywyll.

Yno roedd blawd a siwgwr, mêl a thriog, siocled a surop, poteli a phecynnau ar becynnau yn leinio'r waliau.

'She was hoarding food,' sylwodd Jackie, a chrychau o dosturi yn ei thalcen. 'How sad!'

A gyda hynny, daeth dwylo Mam yn ôl i mi, efo'r bysedd tewion a'r toes dan yr ewinedd, a dechreuais grio.

'"Ef sy'n rhoi bwyd i bawb, oherwydd mae ei gariad hyd byth." Salm 136.'

Bu saib wrth i Mr Vaughan edrych ar y galarwyr, ei lygaid glas yn llawn difrifoldeb. 'Mae pob un ohonoch chi'n deall cymaint mae'r frawddeg yna'n disgrifio cymeriad Mrs Davies. Roedd hi'n aml yn sôn am ei mab, Kenneth, ac yn amlwg yn meddwl y byd ohono a'i wraig, Jackie. Ond roedd gan Mrs Davies fwy nag un plentyn. Oedd, roedd ganddi gannoedd. Mae pob un o blant y Llan yn blant i Mrs Mai Davies.'

Trois fy llygaid at y ffenest am eiliad. Roedd hi'n ddiwrnod llwydaidd, yn bwrw glaw'n ysgafn a'r cymylau isel yn cuddio'r mynyddoedd a chopa Craig y Deryn. Roeddwn i wedi bod mor siŵr y byddai pobl yn aros adref ar ddiwrnod mor llwyd a di-ddim.

Doeddwn i ddim wedi sylweddoli meddwl mor fawr oedd gan bobol o fy mam.

Wrth gerdded o Beech Grove i'r pentref y bore hwnnw, Jackie a minnau mewn du, o dan ymbarél, sylwon ni ar y bobol yn gadael eu tai yn gwisgo du ac yn mynd i gyfeiriad Sgwâr Dau Gapel. Wrth i ni ddod at Bont y Llan gwasgwyd fy llwnc gan ryw dristwch wrth weld bod y sgwâr y tu allan i'r capeli yn fôr o ddüwch, fel tasa Williams Wynne y Peniarth ei hun wedi marw.

Agorodd y dorf fel llenni i'n gadael ni i mewn i'r capel, a phob sedd yn llawn heblaw am ein rhai ni yn y tu blaen.

Roedd cannoedd yno, rhai'n gyfarwydd i mi o 'mhlentyndod, ond y rhan fwyaf yn ddieithriaid llwyr. Pob un wedi dod i ffarwelio â fy mam.

Wedi'r gwasanaeth, dilynais yr arch drwy'r dyrfa, a gadael i mi fy hun edrych ar y bobol. Roedd gwraig y gweinidog yn drwsiadus yn ei siwt a'i cholur, a'i thwr o blant yn anniddig. Helen Lôn Bach wedyn, merch a fu yn yr ysgol gyda mi, ac a oedd bellach yn edrych ugain mlynedd yn hŷn nag y dylai ar ôl cael yr holl blant trafferthus. A rhywun arall – merch ifanc, ddi-lun, efo'i gŵr pryd tywyll, golygus, a bachgen ifanc yn sefyll yn dawel yn ei chysgod.

Daliais lygaid llwyd y ferch, ac aeth cryndod i fêr fy esgyrn.

Yn ddiweddarach, yn y festri, daeth y ferch ata i ar ei phen ei hun.

'Mr Davies? Pegi ydw i. Roedd gen i feddwl y byd o'ch mam, ac mae'n ddrwg iawn gen i eich bod chi wedi'i cholli hi.'

Edrychais arni. Roedd hi'n ddigon ifanc i fod yn blentyn i mi, ac eto, doedd dim yn ifanc am ei hysbryd.

'Pegi. Rydw i'n cofio i Mam sôn amdanat ti'n aml dros y blynyddoedd. A dyma fi'n cael cwrdd â ti o'r diwedd.'

Gwenodd Pegi'n drist.

Fedrwn i ddim dweud wrthi, ond gwyddwn ei hanes hi'n iawn. Roedd gen i gatalog o'i bywyd yn fy *home office*, o fewn plygion llythyrau Mam, yn ei hysgrifen daclus. Hon oedd wedi dioddef wrth ddwylo ei mam. Hon oedd wedi ymddangos fel cath fach wrth ddrws Beech Grove rhyw noson dywyll. Hon oedd wedi dod o hyd i'w mam yn yr afon rhyw fore braf, a deffro'i chariad i gario'r corff o lif y dŵr. A hon oedd yr unig un a ymwelodd â fy mam yn ei misoedd olaf. Hon oedd ei hunig ffrind.

'Welais i erioed gynhebrwng mor fawr yn y Llan,' sylwodd Pegi wrth edrych o'i chwmpas. 'Dyna mae pawb yn ei ddweud. Fedra i ddim ıneddwl am un person yn y pentre cyfa sydd wedi aros adref heddiw.'

'Mae pawb wedi bod yn ofnadwy o glên,' atebais, heb wybod yn iawn beth i'w ddweud.

'Peth bach ydi o hefyd, yntê?' Trodd Pegi ei llygaid mawr i edrych arna i. 'Dod i gynhebrwng rhywun. Piti na fedra Mrs Davies fod yma i weld cymaint roedd pawb yn ei feddwl ohoni. Cymerwch ofal, Mr Davies.'

'Peg! Tyrd yma!' gwaeddodd y dyn ifanc y tu ôl i gownter y siop. Gwenodd arna i wrth i ni aros amdani. Gwenais innau, gan feddwl cymaint roedd yr hen siop wedi newid ers pan oeddwn i'n fachgen.

'Roedd 'na gownter yr holl ffordd o gwmpas y siop yma gynt, a phob dim yn cael ei gadw y tu ôl iddo fo,' meddwn wrth y dyn. 'A Phyllip Siop yn gweithio yma, yn cadw llygad barcud ar bawb... Ydach chi'n perthyn?' gofynnais, er nad oedd tebygrwydd rhwng y dyn golygus, pryd tywyll a'r siopwr surbwch a arferai gadw'r lle.

'Nhad,' atebodd hwnnw'n ddigon siriol.

Roedd y ffaith iddo briodi yn syndod mawr i mi, a dweud y gwir, wrth gofio glendid rhyfedd Mr Phyllip Siop, ei fenyg gwyn i drin bwyd, hyd yn oed os oedd hwnnw mewn tun, a'i ddiffyg gwên. Fedrwn i ddim dychmygu'r ffasiwn ddyn yn cyffwrdd pen ei fys mewn dynes, heb sôn am greu plentyn gydag un.

'Tydw i ddim yn cofio'ch mam…'

'Mi fuodd hi farw ar fy ngenedigaeth i.'

'O! Mae'n ddrwg gen i.'

Druan ohono, wedi'i fagu ar ei ben ei hun gan y ffasiwn ddyn.

'A'ch tad…?'

'Buodd o farw y llynedd,' atebodd yn ddigon sionc.

Welwn i ddim bai arno am beidio dangos tristwch. Estynnodd law dros y cownter.

'Francis ydw i. Gŵr Pegi.'

'Wel ia, wrth gwrs. Dwi'n siŵr i Mam sôn yn ei llythyron…'

'Helô,' meddai Pegi o'r drws, ei ffedog yn dynn am ei chanol. 'Sut ydych chi, Mr Davies?'

'Galwch fi'n Kenneth, plis,' erfyniais. 'Wedi dod â'r rhain iti, Pegi. Hen lyfrau Mam ydyn nhw.'

Llygadodd Pegi'r bag, fel petai'n ansicr beth i'w wneud â fo.

'Dewch drwodd i'r gegin, Kenneth, mi wna i baned.'

Dilynodd llygaid Francis ei wraig a gwenodd arnon ni wrth i ni fynd i dywyllwch y stocrwm, cyn i mi ddilyn Pegi i oleuni'r gegin.

'Eisteddwch. Mi ro i'r tegell ymlaen.'

Roedd y gegin yn hyfryd, yn hen ffasiwn fel un Mam ond yn llawn goleuni. Doedd y lle ddim yn daclus, ac roedd lluniau a geriach ar bob silff ym mhob cornel. Bu bron i mi eistedd ar bâr o soldiwrs tun.

'Dy hogyn bach di oedd efo ti yn y cynhebrwng?' gofynnais, gan roi'r soldiwrs ar y bwrdd. Trodd Pegi, a chwerthin.

'Huw. Mae o'n saith. Llond llaw.' Tywalltodd ddŵr poeth

o'r tegell i'r tebot. 'Dwi'n cofio i Mrs Davies sôn nad oedd ganddoch chi a'ch gwraig blant.'

'Gewch chi fwy?' Ar ôl i mi ofyn y cwestiwn, sylweddolais mor ddigywilydd yr oeddwn i'n bod. 'Mae'n ddrwg gen i, ddyliwn i ddim bod wedi…'

Eisteddodd Pegi wrth y bwrdd, a gwenu arna i wrth iddi dywallt y te. 'Rydan ni wedi bod yn lwcus i gael Huw, ond tydan ni ddim wedi bod mor lwcus wedyn. Dim eto, p'run bynnag.'

Nodiais. Roeddwn i'n deall mwy nag y gwyddai hi.

Eisteddon ni mewn tawelwch am ychydig. Doeddwn i ddim yn teimlo'n chwithig yn y distawrwydd: teimlwn fel taswn i wedi adnabod y ferch yma erioed.

'Ga i weld y llyfrau, Kenneth?'

Gosodais chwe chyfrol Mam yn dwr yng nghanol y bwrdd.

'Waeth i ti eu cael nhw ddim. Tydw i'n fawr o ddarllenwr, ac mi fyddai Mam eisiau i ti gael rhywbeth i'w chofio hi.'

Nofelau oedden nhw, mewn cyfrolau clawr caled, hen ffasiwn. Bodiodd Pegi drwy'r tudalennau llychlyd, gan dynnu blaen ei bys dros y dudalen lle roedd Mam wedi ysgrifennu'i henw, 'Mai Davies', mewn inc glas, main. Cododd un ohonyn nhw at ei thrwyn, ac anadlu'r llwch yn ddwfn. Ymgollodd yn yr arogl mewn ffordd a wnaeth i mi lyncu 'mhoer yn ôl.

Roedd y gyfrol olaf yn fwy na'r lleill, ac yn flerach. Roedd ei chloriau'n goch, ond yn staeniau i gyd. Agorodd Pegi'r gyfrol yma fel petai hi'n drysor mwy gwerthfawr na'r lleill, gan gyffwrdd ynddi â blaenau ei bysedd.

'O! Kenneth!' ebychodd, a'i llais fel awel fwyn.

'Fydd hi o ddim defnydd i Jackie gan fod y ryseitiau i gyd yn Gymraeg. Ac mae hi'n gyfrol flêr ofnadwy, efo hen sgribls ar rai tudalennau.'

'Llyfr ryseitiau Mrs Davies.' Cyffyrddodd â'r tudalennau fel petaen nhw o aur, a chymerodd ei hamser i edrych drwy bob rysáit. 'O! Mi wnaeth hi hon i mi pan… erstalwm,' meddai, gan bwyntio at y rysáit torth sinsir.

'Dyna oedd hoff gacen Nhad,' atebais, gan weld fflach o'i fysedd garw yn gwthio cacen frown i'w geg flinedig amser maith, maith yn ôl.

'A hwn!' meddai hi, wrth gyffwrdd yn y geiriau. 'Mi ddaeth hi â hwn i mi ar ôl i mi eni Huw. Clamp o ddysgl ohono fo a pheli o does tew yn ei ganol.'

Caserol cig eidion a llysiau, yn ysgrifen Mam, a hoel ei bys yn frown ar ochr y dudalen. Llonyddodd Pegi'n sydyn, a syllu i fyw fy llygaid.

'Diolch i chi, Kenneth.'

'Rwyt ti'n debyg i dy fam,' meddwn, cyn difaru i mi agor fy ngheg yn syth. Doeddwn i ddim wedi bwriadu codi enw Jennie efo hi, dim efo'r holl gymhlethdod oedd yn ei hanes.

'Roeddach chi'n 'i nabod hi?' gofynnodd Pegi, a min yn ei llais.

'Ddim yn dda iawn. Roedd hi yn yr ysgol yr un pryd â mi, ychydig yn hŷn, ac rwyt ti'n edrych yn debyg iawn iddi.'

Nodiodd Pegi, ac edrych i mewn i'w chwpan. 'Rydw innau'n meddwl hynny bob tro y bydda i'n gweld fy adlewyrchiad.'

'Roedd hi'n glên yn yr ysgol, rydw i'n cofio hynny.'

'Wir?' Edrychodd Pegi arna i mewn syndod. 'Ydach chi ddim yn dweud hynny er mwyn i mi deimlo'n well?'

Chwerddais yn ysgafn. 'Dim o gwbl. Roedd hi'n boblogaidd, yn llawn chwerthin. Yn wirion o hwyliog, weithiau.'

Ysgydwodd Pegi ei phen. 'Wyddwn i mo hynny.'

Gorffennais fy mhaned yn gyflym wedyn, a chodi i fynd.

Wrth i mi ffarwelio, cododd Pegi o'i chadair, ac meddai'n bendant, 'Fyddwn i ddim yn fyw heblaw am eich mam. Rydw i'n reit saff o hynny. Doedd 'na neb arall y gallwn i ddibynnu arnyn nhw.' Yna trodd i syllu drwy'r ffenest yn freuddwydiol, a sylwodd hi ddim pan adewais.

Y noson ganlynol, a hithau'n dymhestlog, eisteddai Jackie a minnau o flaen y tân, yn archwilio papurau fy mam. Daethai'r llythyron o'r banc y bore hwnnw, a'r rheiny'n dangos tolc yn ei chynilion, fel petai llygoden fawr wedi nythu yn eu canol nhw. Amheuais ryw gamgymeriad, cyn holi'r gweinidog yn gynnil, a chael bod fy etifeddiaeth wedi cael ei bwyta gan drigolion Llanegryn.

'It's no wonder the world and his wife were at the bloody funeral!' meddwn yn ddihiwmor. 'She's been feeding them all for the last fifteen years!'

'She was just being kind. And look what a difference it made to people's lives!' meddai Jackie, oedd fel petai'n deall yn llawer gwell na fi.

'But it's so much money, Jackie…'

'What would you have done with it? We have our home, don't we, we're comfortable. And she left the house to you… We could sell it and make some money, if that's what you want.'

Roedd hi mor rhesymol, mor gall a doeth fel y gwnaeth i mi eisiau gweiddi arni.

'I've left my cigarettes in the car, I'll be back in a minute.'

Bu bron i mi sefyll ar y bowlen gaserol ar garreg y drws, un fawr drom o haearn lliw hufen. Penliniais, a'r gwynt yn chwipio dail i fy wyneb. Codais y caead yn ofalus.

Caserol cig eidion, a pheli toes tewion yn nofio yn y grefi trwchus.

Roedd Pegi wedi ad-dalu ffafr fy mam.

Eisteddais ar garreg y drws yn ymyl y bowlen, a chrio i'r gwynt. Rhoddodd Jackie ei braich amdana i, a gwyddwn, yn sydyn, pam roedd Mam wedi coginio i gymaint o bobol, pam y treuliodd ei hamser a gwario ei phres ar bobol eraill. Am fod rhai blasau, fel rhai cyffyrddiadau, yn gysur ac yn gariad.

Elen Pugh
Nain Pegi
1964

Jam mwyar duon

5 cwpanaid o fwyar duon
2 owns o bectin sych
7 cwpanaid o siwgwr

Berwch y ffrwyth a'r pectin.

Ychwanegwch y siwgwr i gyd ar unwaith, a chymysgu.

Gadewch i'r gymysgedd gyrraedd y berw eto, gan ddal i gymysgu, a'i chadw ar y berw uchel am dair munud.

Tynnwch y gymysgedd o'r gwres am ddeng munud, cyn ei didoli mewn jariau sydd newydd eu gosod o dan ddŵr berwedig. Bydd hyn yn rhwystro'r jariau rhag cracio.

Bore Iau mewn haf bach Mihangel, a phopeth yn barod amdanyn nhw – bara yn y ffwrn, tân yn y grât a blodau gwylltion mewn jwg wen ynghanol y bwrdd. Defod wythnosol o baratoi, oedd yn fwy sanctaidd i mi nag unrhyw wasanaeth mewn capel.

'Wyt ti'n meddwl y dyliwn i fwydo'r cathod bach?' gofynnodd Sion, gan ymddangos fel cysgod yn nrws y gegin. 'Ynteu aros amdanyn nhw?'

'Aros, i Huw gael gwneud,' mynnais, gan glirio'r llestri brecwast i'r cwpwrdd. 'Roedd o wedi gwirioni arnyn nhw'r wythnos dwytha.'

'Oedd o?' gofynnodd Sion, a'i dalcen o'n grychau o benbleth.

'Oedd,' atebais yn dawel. Safodd Sion yn ffrâm y drws, gan edrych allan ar yr iard. Syllais arno'n edrych i wagle, a golwg bell ar ei wyneb. Golwg newydd. Daeth yr oedi gyda'r oed, a'r breuddwydio law yn llaw â dryswch. Yn fwy nag erioed, roedd meddwl fy ngŵr yn dir estron i mi, ac yntau'n ymgolli iddo fwyfwy gyda threigl y blynyddoedd.

Torrodd gwaedd Huw dros dawelwch y bwthyn – gwaedd fach egwan dros y caeau, fel oen bach yn y gwanwyn.

'Taid! Nain!' Daeth y llais eto, yn ddigon o floedd i ddeffro 'ngŵr. Gwenodd Sion, a brysio i'r buarth a minnau'n dynn wrth ei sodlau.

Wrth i ni'n dau sefyll ochr yn ochr yn codi dwylo ar Pegi a Huw bach, a hwythau'n dringo dros giât led cae i ffwrdd, meddyliais, yn sydyn, mor hardd oedd popeth heddiw. Roedd yr awyr cyn lased ag y bu pan oeddwn i'n blentyn, a'r cymylau bach yn ysgafn ac yn wyn fel y nefoedd dros Graig y Deryn. Anadl afon Dysynni wedyn ar waelod y cae, a'r adar bach yn medi aeron y cloddiau. Sion yn fy ymyl, er ei fod yn hen ac ychydig yn ddryslyd, eto i gyd yn gryf ac yn hapus. Arogl porfa a bara ffres. Huw yn rhedeg tuag at Dyddyn Sgwarnog mewn crys llawes byr a throwsus pen-glin, coesau main ei blentyndod yn cryfhau'n gyhyrau, bron yn laslanc. Ac, wrth gwrs, Pegi, mor hardd ag erioed, yn dal a gosgeiddig wrth iddi frysio dros y caeau, fel rhyw ledrith o'r ddynes y byddai ei mam wedi gallu bod.

Byddai Pegi'n ein cofleidio ni bob tro, er nad oeddan ni'n bobol felly, yn lapio'i breichiau hirion o'n cwmpas, ac yn gwasgu gydag angerdd merch fach. Roedd arogl y siop arni – y triog, yr halen a'r sbeisys – a chariai fag papur mawr.

'Ga i fynd i weld y cathod bach?' gofynnodd Huw i'w daid, yn fyr ei wynt. Diflannodd y ddau i'r sgubor fach, a safodd Pegi gyda'i braich amdana i, a syllu dros y caeau.

'Mae'n braf, Nain,' meddai'n llawn boddhad. Gallwn deimlo cynhesrwydd ei chorff ar ôl iddi gerdded o'r pentref yng ngwres yr haf.

'Fel hyn roedd y tywydd pan oeddat ti yma'n hogan fach.' Chwerddais yn ysgafn. 'Neu dyna fel rydw i'n ei chofio hi, p'run bynnag.'

'A minna,' gwenodd Pegi. Roedd ei llygaid yn dechrau hel crychau wrth iddi nesáu at ei thri deg pum mlwydd oed. Olion gwenu. 'A dydw i'n cofio dim byd heblaw awyr lwyd a glaw mân cyn i mi ddod i Dyddyn Sgwarnog. Ew, peth twyllodrus ydi cof, yntê.'

Chafodd Jennie erioed grychau olion gwenu o gwmpas ei llygaid, dim hyd yn oed yn ei chanol oed.

'Gadewch i mi wneud y baned heddiw,' mynnodd Pegi, gan grwydro i mewn i'r tŷ. 'Beth am i ni eistedd ar Graig Fawr i'w chael hi? Mae hi'n ddigon braf!' Gosododd y bag papur ar y bwrdd ac agor y tegell i weld a oedd dŵr yn berwi ynddo. Cododd cwmwl o stêm yn niwl i'w hwyneb. Eisteddais ar stôl fach wrth y tân i'w gwylio hi.

Estynnodd Pegi gwpanau o'r cwpwrdd, gan gofio dewis yr un ag eiddew drosti i Sion. Mi fyddai'n well ganddo yfed o honno na 'run arall. Wedi tollti'r dŵr i'r tebot, dechreuodd ddadbacio'r bag papur a rhoi'r nwyddau yn eu llefydd priodol. Pethau bach o'r siop roedd hi'n meddwl y byddwn i a'i thaid yn eu mwynhau: blawd ceirch, siwgwr brown, tun o driog, dwy genhinen anferth a bag o daffi. Symudai o gwpwrdd i silff i ddrôr yn union fel petai'n byw yma, fel petai Tyddyn Sgwarnog yn dal yn gartref iddi. Wrth osod pecyn o *wine gums* i mi yn nrôr y ddresel, gwelodd fy mod yn ei gwylio, ac oedodd.

'Beth?'

Ysgydwais fy mhen. 'Dim. Hapus dy fod ti'n dal i deimlo'n gartrefol yma, 'nghariad i. Yn dal i drin y lle fel adref. Fedri di byth ddychmygu mor hapus mae hynny'n fy ngwneud i.'

Gwenodd Pegi, gan ddangos ei dannedd. 'Fyddwn i ddim yn medru dioddef wythnos heb ddod adref, wchi. Nid nad yw'r siop yn gartref i mi, ond mi fydda i'n teimlo fel hogan fach yn fan hyn, efo chi.'

Trodd at y bwrdd, a thollti'r te i bedair cwpan. 'Mi ro i nhw ar hambwrdd, a mynd â nhw allan i'r Graig Fawr. Ew, Nain, rydw i'n llwgu wrth glywed oglau'r bara 'na yn y ffwrn, a dim ond newydd gael fy mrecwast ydw i! Does 'na ddim byd tebyg i arogl eich bara chi...'

A'r haul yn taflu cysgodion hir dros Graig y Deryn, eisteddodd Sion, Pegi a minnau ar y graig fawr yn y cae bac, gan wylio Huw yn rhoi mwythau i un o'r cathod bach. Un fach ddu oedd hi, a'i ffwr mor feddal a llyfn â melfed. Roedd o wedi gwirioni arni, ond gwnâi hi ei gorau i ddianc rhag ei ddwylo brwdfrydig.

'Efallai y bydd dy fam yn gadael i ti fynd â'r gath fach adref efo ti, pan fydd hi'n ddigon hen i adael ei mam,' meddai Sion yn gellweirus. Trodd Huw at ei fam yn obeithiol, a'r gath fach yn dal i wingo dan ei gledrau.

'Bydd yn rhaid i ti ofyn i dy dad,' atebodd Pegi, gan estyn ei choesau dros y graig. 'Mi fyddwn i wrth fy modd yn cael cath yn y siop 'cw, i gadw'r llygod mawr o'r stocrwm.'

Er yr haul, deuai rhyw oerfel creulon i gripian dros fy nghnawd. Cymerais sip arall o'r te i drio dadmer ychydig ar fin yr awel.

Doedd chwaeth bwyd Pegi ddim wedi newid o gwbl ers ei bod yn blentyn. Y pryd mwyaf syml fyddai'n ei phlesio bob tro. Eisteddodd yn ei chadair wrth y bwrdd a'i golygon ar y bwyd – bara ffres, menyn o Fferm y Graig, potyn porffor o jam mwyar duon, sgwaryn o gaws mewn papur, tomatos sgleiniog a dail letys fel blodyn ar blât.

'Diolch, Nain,' meddai Huw, gan gnoi tafell o fara menyn yn frwd.

Y jam a dynnodd sylw Pegi. Llwythodd y ffrwyth ar ei bara â llwy de, a rhoi gwên fach werthfawrogol cyn cymryd y gegaid gyntaf.

Caeodd ei llygaid a gwenais wrth ei gwylio.

'Toes 'na neb yn coginio fel chi,' meddai. 'Rydw i wedi trio a thrio, Nain, a tydi fy mara i byth gystal â hwn. Mae o'n rhy galed, neu'n rhy feddal, neu tydi o ddim yn codi…'

'Mi ddaw,' meddwn, gan estyn am dafell o domato i mi fy hun. 'Mater o ymarfer…'

'Bu'n rhaid i mi fwyta llawer o fara gwael yn y blynyddoedd ar ôl i ni briodi…,' meddai Sion yn gellweirus, a sglein tynnu coes yn ei lygaid.

'Dyna fy uchelgais i,' cyhoeddodd Pegi, gan graffu ar

y dorth. 'Gwneud y dorth berffaith. Mi fydda i'n hapus wedyn.'

'Mae mwy i fywyd na bara, Pegi fach,' meddwn wrthi.

'Oes, yn anffodus,' ochneidiodd Pegi, a throi yn ôl at ei chinio.

Ar ôl i ni orffen ein cinio a'r pwdin barlys hufennog, diflannodd Huw a Sion am y prynhawn yn ôl eu harfer. Bydden nhw'n crwydro'r caeau, yn hel wyau, yn cyfri'r defaid ac yn trwsio tyllau yn y waliau cerrig. Golchodd Pegi'r llestri, a gwnes innau'r sychu a'r cadw, cyn i'r ddwy ohonon ni eistedd wrth y bwrdd i gael paned arall.

'Peth braf i dy daid gael amser efo Huw. Rydw i'n meddwl y bydda fo wedi hoffi cael mab.'

'Doeddach chi ddim eisiau mwy o blant, ar ôl Mam?' gofynnodd Pegi, heb edrych arna i.

'Mi fyddan ni wedi bod wrth ein boddau gyda llond tŷ o blant bach. Ond ddigwyddodd o ddim, ar ôl dy fam…' Syllais i fol fy nghwpan, a rhyw hen friw roeddwn i'n meddwl oedd wedi'i wella ddegawdau yn ôl yn dechrau pigo eto. 'Mi fydda i'n meddwl weithiau sut byddai pethau wedi bod petai 'na fwy ohonan ni.'

Roeddwn i wedi'u dychmygu nhw ganwaith – ysbrydion y plant na fu. Mi fydden nhw'n oedolion erbyn hyn, wrth gwrs, y merched i fy helpu i efo'r ŵyn llywaeth a'r golchi a'r bechgyn yn y caeau gyda Sion yn trwsio waliau a mendio cloddiau. Byddai pethau wedi bod mor wahanol petaen ni'n fwy o deulu. Fyddai Jennie ddim wedi bod mor…

'Wrth gwrs, rwyt ti a Huw fel plant i mi hefyd.' Torrais ar draws fy meddyliau fy hun. 'Rydw i a dy daid yn lwcus iawn.'

'Dwi'n meddwl bod Francis a minnau 'run fath â chi.' Lapiodd Pegi ei bysedd esgyrnog o amgylch cynhesrwydd ei chwpan. 'Dim ond Huw.' Symudodd ei llaw at ei gwddf, a mwytho'i chnawd ei hun yn araf. 'Mae o'n swnio'n ofnadwy, tydi? Fel tasa fo ddim yn ddigon...'

Wyddwn i ddim beth i'w ddweud wrthi. Wyddwn i ddim pa eiriau fyddai'n cynnig cysur.

'Ond meddwl am Huw ydw i... Tydw i ddim am iddo fo fod yn unig blentyn fel fi.'

'Fy mechan i. Paid â chymharu dy blentyndod di ag un Huw.'

Gosodais fy llaw dros ei llaw hi. Edrychai fy mysedd yn gam ac yn grychau i gyd a'i llaw fain hi'n union fel f'un i pan oeddwn i'n ifanc.

'Tydi Francis ddim yn medru siarad am y peth. Tydi o ddim am wynebu bod 'na rywbeth o'i le. Rydw i wedi medru trafod pob dim efo fo tan rŵan, wyddoch chi, waeth pa mor anodd... Mae o mor awyddus i 'ngwneud i'n hapus, Nain! Mi fyddai'n rhoi'r byd i mi gael yr hyn rydw i ei isio.' Symudodd ei llaw drwy ei gwallt, a'i blethu rhwng ei bysedd. 'Mae o'n meddwl mai fi sydd angen rhywbeth arall, i dynnu fy meddwl oddi ar blanta. Rhyw brosiect... Unrhyw beth! Mae o eisiau datblygu'r busnes, ond Nain, dwi'n hapus efo pethau fel maen nhw, dim ond 'mod i'n ysu am gael plentyn arall.'

Pegi druan. Francis druan. Beth allai o wneud ond trio cynnig rhywbeth newydd iddi, rhywbeth i dynnu'i sylw oddi ar wacter ei chroth?

'Mae'n iawn, Nain. Peidiwch â phoeni amdana i.' Gwenodd Pegi'n wan. 'Dim ond am mai unig blentyn oedd Mam, ac mai unig blentyn ydw innau. Gobeithio torri'r patrwm oeddwn i.'

Wrth iddi gerdded yn ôl tuag adref y prynhawn hwnnw,

a Huw yn rhedeg o'i blaen, nid Pegi a welwn yn gadael Tyddyn Sgwarnog ond Jennie, ddegawdau yn ôl, a thrymder ei hysbryd yn pwyso ar ei cherddediad. Un i fwynhau'r caeau oedd Pegi, yn gwylio'r adar bach a'r gloÿnnod byw, yn siglo'i breichiau hirion wrth gerdded, yn troi ei hwyneb at yr haul. Jennie oedd yn cerdded i gyfeiriad Llanegryn y prynhawn hwnnw, a Huw yn pigo blodau menyn a llygad y dydd o bobtu ei thraed. Ei phen i lawr, ei dwylo ym mhocedi ei sgert a'i hysgwyddau'n uchel.

'Mae hi'n poeni am rywbeth,' meddai Sion.

'Methu cael mwy o blant mae hi,' meddwn yn dawel. 'Eisiau cwmni i Huw.'

Safodd Sion a minnau ar y buarth am amser hir, hyd yn oed wedi i Pegi a Huw ddiflannu drwy'r giât. Fedrwn i ddim dweud i sicrwydd beth oedd ar feddwl Sion, dim ond ei fod o, fel finnau, ar goll yn ei feddyliau. Roeddan ni mor llonydd â'r creigiau yn y caeau, a heb Pegi roedd yr awel yn feinach.

Dwn i ddim pryd yr aeth Sion yn ôl at ei waith, ond arhosais i yn y buarth ar ôl iddo adael, yn tynnu mwsog a chwyn o'r cerrig dan draed, yn sgubo carreg y drws. Roedd hi'n ddegawdau ers i Jennie adael, ac eto, roedd hi'n dal yma. Byddwn yn ei gweld ac yn ei chlywed bob dydd. Penderfynais flynyddoedd yn ôl mai dyma oedd fy mhenyd am fyw yn hirach na fy merch – ei gweld hi yn y mannau tawel, a'i chofio. Pob eiliad boenus ohoni.

Dyna gornel y cae bac lle bûm i'n pwyso ar lwydni'r wal i chwydu 'mrecwast pan oeddwn i'n feichiog.

Dacw'r llofft fach lle y'i ganed hi ar brynhawn mwyn o hydref a'r ffenest yn llydan agored i awel afon Dysynni gael sychu'r chwys ar fy nhalcen.

Dyna adfeilion yr hen gwt mochyn lle buodd hi'n chwarae

tŷ bach twt a hen botel laeth wag wedi'i lapio mewn blanced fel babi bach iddi. Ei gwefusau tenau yn siffrwd si-hei-lwli i'r gwydr oer, a'i chorff main pedair oed yn ffitio'n berffaith i ddrws y cwt.

Dacw'r sgubor fach lle byddai'r ŵyn llywaeth yn cael eu cadw dros nosweithiau'r gwanwyn, a Jennie'n gyfrifol am eu bwydo. Y flwyddyn honno, ei hunfed flwyddyn ar ddeg, oedd y tro cyntaf i Sion a minnau sylweddoli bod rhywbeth o'i le.

Tri oen oedd ganddi yn ei gofal – gefeilliaid wedi colli'u mam ar eu genedigaeth, ac un bach arall wedi'i wrthod gan ei fam yntau. Fel pob merch fach, gwirionai Jennie wrth fwytho'u gwlân meddal a chysuro'u crio gwantan, ac fe fyddai'n bwydo'r ŵyn o hen botel cyn ac ar ôl yr ysgol, a ddwywaith wedyn cyn amser gwely.

'Ydyn nhw'n dŵad yn eu blaenau?' gofynnais un noson wedi iddi dynnu'r drws ar dywyllwch y nos.

'Mae'r efeilliaid yn iawn,' atebodd, wrth hanner llenwi cwpan efo llaeth hufen o'r jwg ar y bwrdd. Fyddai hi byth yn cysgu gystal heb laeth yn ei bol. 'Ond yr un bach... Tydi o ddim yn dangos unrhyw awch.'

'Un gwantan ydi o, druan.' Ysgydwais fy mhen. Cyfnod anodd oedd wyna bob blwyddyn, yn enwedig i rai fel fi oedd â chalon rhy dendar. 'Hwyrach na ddaw o drwyddi.'

Y prynhawn canlynol, ar ôl i Jennie ddychwelyd o'r ysgol a'i throi hi'n syth am y sgubor fach i fwydo'r ŵyn, gadewais innau wres y gegin gyda photyn o fêl yn fy nwylo. Nel yr Aber oedd wedi sôn y bore hwnnw wrth alw draw am wyau bod mêl mewn llaeth yn medru miniogi chwant oen bach am ddaioni. Roedd unrhyw beth yn werth ei drio.

Roedd hanner gwaelod drws y sgubor fach ynghau i gadw'r ŵyn rhag dengyd, ond doedd Jennie heb gau'r hanner uchaf, a sefais yno yn ei gwylio. Roedd ei chefn ata i, a'i holl sylw ar yr ŵyn bach, fel na welodd fy nghysgod i ar y llawr.

Bwydai'r efeilliaid o botel yr un, a thynnent ar dethau'r poteli'n awchus. Roedd potel yr oen gwan ar ei glin yn llawn dop ac yn dripian ar ei sgert yn araf, gan ledaenu staen du ar y cotwm tywyll.

'Dyna chi! Ydach chi'n lecio'r llaeth? Ydi o'n flasus? Dyna chi! Yfwch chi o i gyd!'

Defnyddiai ei llais babi, y llais roedd hi wedi'i ddysgu drwy 'ngwylio i'n siarad â'r anifeiliaid. Er mawr syndod i mi, roedd yr oen gwan yn trio gwthio'i drwyn i mewn rhwng y ddau arall, ei geg fach binc yn lledaenu ac yn estyn am y tethau. Efallai nad oedd angen y mêl arni wedi'r cyfan. Ymddangosai'n ddigon llwglyd.

Gorffennodd yr efeilliaid eu llaeth, ac estynnodd Jennie'r drydedd botel i'r oen gwan. Gwenais wrth ei weld o'n tynnu'n awchus ar y deth. Roedd ei chwant am fwyd yn amlwg.

Ond prin roedd yr oen bach wedi cael blas y llaeth pan dynnodd Jennie'r deth yn ôl, a dal y botel yn uchel uwch ei phen.

'Rydw i wedi dweud wrthat ti o'r blaen, 'yn do!' meddai mewn llais nad oeddwn i wedi'i glywed ganddi o'r blaen – llais isel, miniog a hyll. 'Dwyt ti ddim i dynnu ar y deth!'

Sythais yn y drws. Roedd tynnu'n awchus ar deth y botel yn beth da. Gwyddai Jennie hynny. A beth bynnag, doedd yr oen bach ddim yn tynnu mwy nag y gwnâi'r efeilliaid funudau ynghynt. Dyna oedd eu greddf, eu natur.

'Oen bach drwg wyt ti,' ysgyrnygodd Jennie, a thynnodd ei llais yr aer o'm hysgyfaint. 'Rwyt ti eisiau'r llaeth, 'yn dwyt?' Gosododd y botel o'i blaen, a neidiodd yr oen i drio'i chyrraedd, ei geg yn agor a chau er bod ei ddiod yn rhy uchel iddo. 'Wnei di ddim bihafio, na wnei? Ti'n gwybod be fydd rhaid i mi wneud rŵan…' Rhoddodd Jennie ei bysedd main ar y botel, ac yn araf iawn, ag un llygad ar yr oen, gwyrodd ei phen yn ôl a chodi'r botel at ei gwefusau main. Yfodd y cyfan, cyn sychu'r gweddillion o'i cheg â chefn ei llaw. Brefodd yr oen yn wan, fel cath fach, yn methu'n lan â deall y fath greulondeb, dim mwy nag roeddwn i'n ei ddeall o fy hun. Fel petai'r brefu yn crafu ar ei nerfau, trodd fy unig blentyn annwyl a rhoi cic i'r oen bach yn galed, nes y saethodd hwnnw dros y sgubor, yn syth i lwybr fy nghysgod i ar lawr.

Trodd Jennie yn sydyn i edrych arna i. Ddywedodd hi na minnau 'run gair. Arhosais am yr esgusodion, yr ymddiheuriadau, ond roedd ei llygaid duon hi'n wag ac yn ddiemosiwn.

Hyd yn oed rŵan, a minnau'n hen a Jennie wedi marw ers blynyddoedd, gallwn weld y llygaid yna'n syllu arna i o gysgodion y sgubor fach.

Dacw'r cwt ieir wedyn, y dechreuodd Jennie ei agor ganol nos i adael i'r llwynogod larpio'r adar. Wrth weld ysbryd ei choban wen yn croesi'r buarth yn y tywyllwch drwy ffenest fy llofft, teimlai fy nghalon yn oer, yn methu dirnad pam.

Y graig fawr yn y cae bac, lle rhwbiodd ei dyrnau ar y garreg arw nes eu bod yn waed a chig noeth.

Grisiau pren y tyddyn wedyn, yn oer a thywyll, lle eisteddodd Jennie â'i phen yn ei dwylo, a pherlau ei dagrau yn dianc rhwng ei bysedd main. Eisteddais innau wrth ei hymyl a'm braich o'i chwmpas, yn sâl mewn anobaith o fethu gwneud dim drosti.

'Tydw i ddim eisiau bod fel hyn, Mam. Does gen i ddim rheolaeth dros pwy ydw i… Tydw i ddim eisiau bodoli.'

Dyna ffenest y gegin, lle yr edmygodd ei hadlewyrchiad ei hun ar fore niwlog o Chwefror. Bore ei phriodas â bachgen na wyddai Sion na minnau am ei fodolaeth bythefnos ynghynt.

Cyffyrddodd flaenau ei bysedd yn y blodau gwylltion yn ei gwallt, a gwenu'n ansicr.

Y gegin. Gweiddi. Rhegi. Gwylltio.

Mis Mai a Jennie wedi dod i Dyddyn Sgwarnog am ei chinio tra bod ei gŵr newydd yn y gwaith. Roedd rhywbeth miniog rywsut yn ei hystum a 'ngwnaeth i'n nerfus o'r eiliad y gwelais hi'n cerdded dros y cae. Sglein yn ei llygaid, a gwên galed ar ei hwyneb, fel mwgwd. Rhuthrais yn ôl i'r tŷ i dynnu'r pwdin barlys o'r ffwrn – ei ffefryn hi.

Chymerodd hi fawr o ginio. Hanner tafell o fara a mymryn bach o salad wy. Ar ôl gwthio tamaid o domato o gwmpas ei phlât am ychydig, rhoddodd ei chyllell a'i fforc i lawr. 'Mae gen i newyddion. Rydw i'n mynd i gael babi.'

Tawelodd pob sŵn. Edrychais dros y bwrdd ar Sion. Roedd o wedi rhoi'r gorau i fwyta.

'Wnaethoch chi ddim clywed be ddywedais i? Rydw i'n feichiog!' Gwenodd Jennie, a chanodd cloch fach o chwerthin o'i cheg. 'Dydach chi ddim am ddweud rhywbeth?'

Llyncodd Sion ei fwyd. Gosodais innau 'nghyllell a'm fforc ar fy mhlât.

Brysiodd llygaid Jennie o Sion ata i, ac yna 'nôl at Sion. 'Rydach chi am fod yn nain a thaid!'

'Llongyfarchiadau,' meddwn, i lenwi'r tawelwch, ond daeth y gair o'm genau yn gryg ac yn sych.

'Be sy'n bod efo chi?' Diflannodd y wên o wyneb Jennie, a syllodd yn wyllt. 'Pam nad ydach chi'n hapus?'

'Jennie,' meddai Sion, a'i lais yn ddwfn. 'Ydi Moi'n ymwybodol o… dy hanes di?'

Rhythodd Jennie ar ei thad â gwenwyn yn ei golygon.

'Tydach chi ddim am i mi fod yn hapus. Tydach chi ddim yn hapus 'mod i wedi priodi a'ch gadael chi.'

'Poeni amdanat ti ydan ni. Eisiau'r gorau drostat ti.'

Trodd Sion ei lygaid at y bwrdd.

'Mae cael babi yn anodd, Jennie, 'nghariad i,' esboniais yn dawel. 'Ac mi wyddost ti nad wyt ti mor gryf ag y gallet ti fod, bob tro…'

'Meddwl 'mod i o 'ngho ydach chi?' poerodd Jennie, a digon o gasineb yn ei llais i rwygo craith y tu mewn i mi. 'Meddwl nad ydw i'n ddigon call i fagu plentyn?'

'Paid â gwylltio.' Cododd Sion ei olygon at Jennie. 'Rydw i'n edrych ymlaen at fod yn daid. Ond cofia, mae angen llawer o amynedd i fagu babi bach. Rydw i a dy fam yma i ti, ac mi wnawn ni helpu.'

'Mi fedrat ti ddod yma pan fydd y babi'n fach,' ychwanegais, yn trio'n galed i dawelu ei thymer. 'Mi fyddwn i wrth fy modd yn cael babi bach yn y tŷ!'

'I'r diawl efo chi'ch dau…!'

Cododd Jennie ar ei thraed yn sydyn, a syrthiodd ei chadair yn ôl ar y llawr cerrig.

'Rydach chi'n sbwylio pob dim unwaith eto!' sgrechiodd fy merch. 'Wnewch chi ddim gadael i mi anghofio 'mod i'n ddrwg, 'mod i'n rhywun gwahanol!'

Cododd Sion o'i gadair, a tharo'i ddwrn ar y bwrdd mewn fflach o dymer. 'Paid â siarad efo dy rieni â'r ffasiwn amharch…'

'Eich bai chi ydw i!' poerodd Jennie, a'i thymer yn llosgi. 'Tasa gen i rieni gwahanol, mi fyddwn i wedi bod yn iawn…'

Cododd y jwg laeth fach las a gwyn o'r bwrdd, a'i thaflu â'i holl nerth yn erbyn y wal, a'i chwalu'n deilchion. Trodd ata i a Sion a gwên fuddugoliaethus ar ei hwyneb.

Ysgydwodd Sion ei ben. 'Edrycha arnat ti dy hun. Ai dyna ydi mam?'

Dechreuodd Jennie grio go iawn wedyn, a'i hysgwyddau'n

crynu. Trodd ar ei sawdl, a gadael Tyddyn Sgwarnog. Codais innau, a rhuthro ar ei hôl.

'Jennie!' gelwais dros y buarth, fy llais yn gryg gan ddagrau. 'Tyrd yn ôl! Mae gen i…!' Trodd Jennie i edrych arna i, a bu eiliad o lonyddwch wrth i ni'n dwy golli dagrau i awel y gwanwyn.

'Chewch chi ddim gweld fy mhlentyn,' meddai, a'r egni wedi diflannu o'i llais. 'A chewch chi mo 'ngweld inna eto, chwaith.'

'Rydw i'n meddwl y byd ohonat ti,' meddwn, a'm llais yn swnio'n ddiarth.

'Pam na wnaethoch chi fy helpu i 'ta, Mam?' wylodd Jennie, cyn troi. Crogai'r cwestiwn yn awel y buarth wrth iddi ddiflannu i wres mis Mai.

Ddaeth hi ddim yn ôl.

Beichiog: gair cyfrwys, clyfar, yn cuddio gwirioneddau afiach. Dechrau'r baich ydi'r beichiogrwydd, a tydi o'n gwneud dim ond tyfu gyda'r blynyddoedd. Tydi marwolaeth, hyd yn oed, ddim yn ddigon i ysgafnhau'r baich o fod yn gyfrifol am fodolaeth rhywun. Mae beichiogrwydd yn cychwyn yn y groth ac yn parhau tra bo cof yn bod.

Ddegawdau yn ddiweddarach, a darnau miniog y jwg laeth wedi'u tacluso a'u taflu, y lleisiau wedi gostegu a'r blynyddoedd wedi toddi i'w gilydd, byddai'r cwestiwn yn dychwelyd weithiau i'm herian yn nedwyddwch y tyddyn.

'Pam na wnaethoch chi fy helpu i 'ta, Mam?'

Dr Thomas
Y Meddyg Teulu
1966

Fflapjacs ceirch a hadau

3 ½ owns o fenyn

1 ¾ owns o siwgwr brown

2 owns o fêl

5 owns o geirch

2 owns o hadau a chnau — hadau pwmpen neu flodau'r
haul sydd orau, a chnau almwn neu gashiw

Cynheswch y ffwrn i 200°C. Leiniwch eich tun pobi a'i iro.

Toddwch y menyn a'r siwgwr mewn sosban,
cyn cymysgu popeth at ei gilydd.

Rhowch yn y tun pobi a'i goginio am ddeng munud.

Gadewch i'r gymysgedd oeri yn yr oergell
am oddeutu awr, cyn ei thorri'n sgwariau.

'Yr hyn ddigwyddodd i Mam… Ydi o'n rhywbeth mae rhywun yn medru ei etifeddu?'

Fedrai Pegi ddim edrych i fy llygaid. Sbïai ar y wal y tu ôl i mi, fel petai arni ofn y byddwn i'n gweld gormod yn nüwch cannwyll ei llygaid. Syllai ar y tystysgrifau a grogai o'r muriau, gan dynnu'i llygaid dros y llythrennau duon, bras. Pigai ei hewinedd, ac edrychais i lawr arnyn nhw a gweld hoel gwaedu lle y bu hi'n tynnu.

'Pam rydach chi'n gofyn, Mrs Phyllip?'

'Angen gwybod… Ydi o'n bosib?' Roedd rhywbeth yn ei llais, rhyw grefu yn ymylu ar fod yn orffwyll, na fedrwn i ei dawelu. Cyffyrddodd Pegi yn ei hwyneb, fel petai'n trio atgoffa'i hun ei bod hi yno, go iawn, yn gig a gwaed.

'Rydach chi'n anesmwyth, Mrs Phyllip. Ydach chi'n meddwl eich bod chi'n dioddef o'r un cyflwr â'ch mam? Ydach chi'n teimlo'n isel, neu allan o reolaeth o gwbl?'

Ochneidiodd Pegi, ac edrych i lawr ar ei dwylo. Roeddwn i'n siŵr ei bod hi ar fin ateb, ond wnaeth hi ddim, dim ond aros yn y gadair, ei llygaid yn crwydro dros ei bysedd.

Y gwir oedd, welais i 'rioed ddwy mor debyg â Pegi a'i mam.

Yr un gwallt tywyll, llygaid llwydion a nodweddion main, di-nod. Yr unig wahaniaeth y medrwn i ei weld oedd rhywbeth na allwn ei esbonio. Roedd Pegi'n dlws, yn hyfryd o dlws, tra bod ei mam wedi bod yn wynebgaled ac yn hyll.

'Y gwir ydi fod tueddiad i gyflyrau meddyliol fel oedd gan eich mam redeg yn y teulu.'

Nodiodd Pegi heb godi'i phen. Cydiodd yn dynn yn ei llaw ei hun, fel petai'n chwilio am gysur.

'Ond os ydach chi'n teimlo eich bod chi'n dechra diodda, mae 'na lawer y medrwn ni ei wneud i rwystro petha rhag mynd mor ddrwg ag yr oedden nhw i'ch mam.'

'Tydw i ddim isio mynd i Ddinbach.'

Roedd ei llais fel llais plentyn bach, ac wrth edrych arni'n eistedd yno mewn ffrog gotwm fain, ei choesau heglog yn estyn i lawr am ei sgidiau brown, prin y medrwn goelio bod hon yn wraig ac yn fam. Edrychai'n union fel y gwnâi hi'n hogan fach, wedi'i hesgeuluso ac yn llwyd o ddiffyg maeth.

'Mae 'na foddion ar gael, Mrs Phyllip... Ydach chi am i mi gael peth i chi?'

Ochneidiodd Pegi, ac edrych i fyny arna i am y tro cyntaf, ei llygaid yn cloi yn fy rhai i.

Fflachiodd atgof i'm meddwl. Gwelais yr un llygaid llwydion y tu ôl i ffenest y car – llygaid Jennie Glanrafon ar ei ffordd i'r seilam.

Pam roeddwn i wedi cofio'r foment honno cyhyd? Hanner munud o roi claf mewn car, cau'r drws a'i hanfon hi i rywle lle byddai'n gwella. Arhosodd pob manylyn gyda mi – clep drws y car yn diasbedain dros siffrwd yr afon; dwylo main Jennie wedi'u croesi'n daclus dros ei gliniau yn y sêt gefn; buwch goch gota fach yn cropian yn araf dros sglein fy sgidiau.

'Mae'r tawelwch yn dod. Yr un tawelwch ag oedd yn ein tŷ ni pan oeddwn i'n fach.'

Nodiais, gan drio peidio â dangos 'mod i dan deimlad.

'Wn i ddim pam. Dim ond 'mod i'n meddwl amdani o hyd. Yn meddwl lle buodd hi yn ystod yr holl flynyddoedd pan oeddwn i efo Nain a Taid yn Nhyddyn Sgwarnog.'

'Roedd hi yn y sbyty yn Ninbych, yn cael gwellhad...'

'Ond pan ddaeth hi 'nôl roedd hi'n finiog, yn bigog a chreulon. Yn *waeth* nag o'r blaen. Mae'r pethau dwi 'di eu clywed am Seilam Dinbach... maen nhw'n erchyll.'

Ysgydwodd Pegi ei phen. 'Fi aeth i achwyn arni at Mrs Davies. Fi anfonodd hi i Ddinbach go iawn, nid chi.'

Agorais fy ngheg i ddweud rhyw ystrydeb gysurlon, ond dihangodd deigryn o'i llygad a adawodd lwybr ar ei grudd, a chaeais fy ngheg. Dim ond geiriau y medrwn i eu cynnig iddi, a fyddai'r rheiny byth yn llenwi'r tawelwch a orfodwyd arni gan ei mam yn blentyn bach.

'Mi addewais i mi fy hun na fyddai'n cael gwneud hyn i mi. Ond mae gen i bopeth sydd ei eisiau a'i angen arna i, ac mae hi'n dal yma, yn fwg du trwy 'nghartref i…'

'Ydach chi wedi trafod y peth efo Mr Phyllip?'

'Ddim yn iawn. Dim ond bod Francis wedi dweud nad oeddwn i'n fi fy hun, a mynnu 'mod i'n dod yma i'ch gweld chi.'

'Ewch adref, Mrs Phyllip. Siaradwch am y peth efo'ch gŵr – a Huw hefyd. Mae yntau'n ddigon hen i ddallt rŵan, ac os ca i, mi ddo i draw ar ôl i'r siop gau nos fory i drafod efo chi'ch tri.'

Nodiodd Pegi, gan dynnu ei llygaid oddi ar fy rhai i, fel petai normalrwydd wedi dychwelyd. Teimlwn hiraeth o golli'r canhwyllau duon yn rhythu arna i, cyn i mi ystyried peth mor afiach oedd deisyfu golygon prudd y rheiny.

Ar y nos Iau, ar ôl i Mair, fy ngwraig, olchi'r llestri te ac i minnau gael mygyn yn y lolfa, cychwynnais am Lanegryn. Roedd cryndod yn fy stumog, ac roeddwn i wedi bod yn bigog ac anodd i'm plesio ers gweld Pegi yn y syrjyri y diwrnod cynt, gan beri i Mair gadw'i phellter oddi wrtha i. Fedrwn i ddim esbonio pam, ddim hyd yn oed i mi fy hun. Roedd hi'n ferch yn ei thridegau a minnau wedi rhoi gofal iddi ers ei bod yn blentyn bach. Minnau bellach yn tynnu at fy nhrigain ac yn ddigon hen i fod yn dad iddi, ond eto roedd ganddi hi afael arna i, yn ddigon i wneud i mi ffieiddio fy hun.

Noson ddigon oer oedd hi, a'r haf yn dechrau colli min ei wres. Rhuodd y car drwy Dywyn, heibio i dorf o bobol ifanc y tu allan i'r sinema, ac ar hyd y lôn hir i Fryncrug. Trwy'r pentref a thros Bontfathew, ac yna i fyny'r rhiw ac i lawr y lôn fach i Lanegryn. Gallwn weld talcen balch Craig y Deryn yn y pellter.

Roedd Siop Phyllip's ar gau, a'r arwydd 'Camp Coffee – Closed' yn crogi'n gam yn ffenest y drws. Gwibiodd pedwar hogyn ar feiciau heibio'r car wrth i mi barcio ar y bryn y tu allan i'r siop, a gwelais wynebau'n ymddangos mewn ffenestri wrth i bobol glywed car yn parcio. Meddyg yn ymweld â Pegi a Francis ar ôl oriau cau. Byddai'r pentref yn ferw o sibrydion erbyn y bore.

Huw ddaeth i agor y drws a 'nghyfarch i'n ddigon gwresog wrth fy ngwahodd i mewn. Fedrwn i ddim coelio'r newid ynddo, ac yntau wedi cyrraedd y saib rhwng plentyndod a bod yn ddyn. Yn dal a thenau, a chanddo wallt tywyll ei dad a gwefusau main ei fam.

Roedd y siop yn dywyll, a dim ond yr arogleuon bwyd yn lliwio'r lle.

Eisteddai Pegi a Francis wrth fwrdd y gegin, a chododd Francis i ysgwyd fy llaw. Roedd rhywbeth arallfydol o olygus amdano, fel petai ei wyneb wedi llamu o sgrin y pictiwrs i bentref bach gwledig ym Meirionnydd.

'Diolch am ddod, Dr Thomas. Rydan ni'n gwerthfawrogi'n fawr. Yn tydan, Pegi?'

Cododd Pegi ar ei thraed, a throi at y stof a'r tecell. Roedd hi'n osgoi fy llygaid. 'Gymerwch chi baned?'

'Dim diolch. Newydd gael un gan Mair, cyn i mi adael.'

Ochneidiodd Pegi, fel petai ei chynllun i ohirio'r sgwrs wedi methu cyn dechrau. Eisteddodd yn ei chadair, ac amneidiodd Francis ar i mi a Huw wneud yr un fath.

'Rydw i'n awyddus iawn i roi'r driniaeth orau i Mrs Phyllip, a dyna pam y dois i heno,' dechreuais. 'Rydw i'n meddwl, mewn achosion fel hyn, ei bod hi'n hollbwysig bod yn agored wrth deulu. Salwch ydi o, fel pob salwch arall, a waeth be ddywedith neb, tydi o ddim i gael ei drin yn wahanol.'

Syllodd Pegi drwy'r ffenest ar goed y comin.

'Sôn am dabledi ydach chi?' gofynnodd Francis, ei dalcen yn llinellau i gyd.

'Wel, ia.' Amneidiais i gyfeiriad fy mag. 'Mae gen i foddion yn fan'na. Ond mae gen i gynllun arall, hefyd, os ydi Mrs Phyllip yn fodlon.'

Wnaeth Pegi ddim edrych draw.

'Sonioch chi ddoe eich bod chi'n cael trafferth ymdopi gyda chofio cyfnod eich mam yn ysbyty meddwl Dinbych. Mae'n wir iddi dreulio cyfnod hir yno, ac mi wn i hefyd fod straeon digon anffodus yn bodoli am y lle, er 'mod i'n meddwl bod yr enw drwg hwnnw'n annheg. Lle i wella pobol ydi o, a tydi o ddim mor ddrwg â'r uffern sydd wedi datblygu yn eich dychymyg chi, Mrs Phyllip.'

'Fuoch chi yno?' brathodd Pegi, gyda digon o wenwyn yn ei llais i fy synnu.

Ysgydwais fy mhen.

'Pwynt teg. Ond meddwl oeddwn i efallai y byddai'n lleddfu rhywfaint ar eich poen meddwl petaech chi'n gallu ymweld â'r ysbyty yn Ninbych i weld y gwaith da maen nhw'n ei wneud yno.'

Bu tawelwch am ychydig wrth i'r tri ystyried yr hyn a ddywedais.

'Ydyn nhw'n gadael fisitors i mewn i seilam, 'lly?'

'Dim fel rheol. Ond roeddwn i yn y coleg gydag un o'r meddygon, ac mi ffoniais i o ddoe ar ôl i Mrs Phyllip ddod i 'ngweld i. Mae o'n fodlon i mi fynd â hi draw, os mai dyna ydi ei dymuniad.'

Ysgydwodd Pegi ei phen, gan edrych o wyneb i wyneb o gwmpas y bwrdd fel anifail bach wedi'i gornelu.

'Clwydda ydi o, ynde? Ffordd o 'nghael i i fynd i Ddinbach, ac mi adawch fi yno...'

'Petai hynny'n wir, mi fyddwn i'n mynnu eich bod chi'n mynd yno, ond dim ond awgrymu ydw i. Eich penderfyniad chi fydd o. A dweud y gwir, rydw i'n eithaf awyddus i ymweld â'r lle fy hun.'

'Oedd mam fy mam... fy nain, yn sâl iawn?' gofynnodd Huw yn araf. Edrychodd ar ei rieni yn betrus, yn ofni iddo dramgwyddo.

'Oedd,' atebodd Francis, gan edrych yn llwyd braidd. 'Yn sâl iawn.'

'Oedd hi, Dr Thomas?' gofynnodd Pegi mewn llais bach, gan edrych ar wyneb y bwrdd.

'Oedd,' atebais, gan swnio'n gryg. Doeddwn i ddim wedi anghofio Jennie Glanrafon. Fy achos eithafol cyntaf o salwch meddwl. 'Welais i 'rioed neb yn diodde'r salwch mor ddrwg â hi. Roedd pethau'n wael iawn pan aed â hi i Ddinbych.'

'Pa mor wael?' gofynnodd Pegi yn dawel. Gorchuddiai ei llygaid â'i dwylo, fel petai'n gwarchod ei hun.

Cymerais gip ar Huw, a edrychai, yn sydyn iawn, fel plentyn yn hytrach nag fel dyn.

'Mrs Phyllip, mae'n rhaid eich bod chi'n cofio...,' dechreuais.

'Co' plentyn,' meddai Pegi. 'Wn i ddim be sy'n wir a

be sy'n ddychmygol bellach. Plis, Dr Thomas, mae arna i angen gwybod.'

Codais fy ngolygon at Francis, a nodiodd hwnnw ei fendith i mi ateb ei chwestiwn, er y teimlwn fod arno ofn i'w fab glywed gormod.

'Cau ei hun yn y tŷ am wythnosau, misoedd efallai, a'ch anfon chi i'r siop... i'r siop yma, a dweud y gwir... i nôl bwyd. Pan aeth hi i'r sbyty, roedd hi'n dioddef o effeithiau diffyg goleuni – llygaid gwan, croen llwyd ac esgyrn brau.'

Nodiodd Pegi.

'Rai wythnosau cyn iddi gael ei chymryd i Ddinbych, cafodd ei gweld yn crwydro'r Llan ganol nos. Ac mi gafoch chi, Mrs Phyllip, eich esgeuluso'n ddifrifol – diffyg bwyd, diffyg diod, diffyg glanweithdra, eich dillad yn llawn tyllau, eich ewinedd yn tyfu i mewn i'ch croen. A'r diffyg mwyaf oedd y diffyg sylw. Doedd eich mam ddim wedi siarad â chi ers misoedd.'

Roedd llygaid Pegi'n goch.

'Rydw i'n cofio hynny.'

'Ydach chi'n cofio 'ngweld i, yr adeg honno?'

Ysgydwodd Pegi ei phen mewn penbleth.

'Mi ddois i draw i'ch gweld chi yn Nhyddyn Sgwarnog, lai nag wythnos ar ôl i chi fynd yno i fyw. Eich taid anfonodd amdana i, yn poeni pa mor esgyrnog oeddach chi. Mi edrychais i drosoch chi, a holi oeddach chi'n hapus.'

'Be ddywedais i?'

'Eich bod chi'n hapus fod y distawrwydd drosodd.'

Nodiodd Pegi unwaith eto.

'Mi ddywedodd eich nain wrtha i eich bod chi'n bwyta fel petaech chi'n blasu bwyd am y tro cyntaf. Roedd pob dim yn newydd i chi, pob synnwyr wedi'i ddwysáu. Roedd Mrs Pugh Tyddyn Sgwarnog wedi paratoi te bach i mi pan ddois i draw, ac mi ges eistedd wrth y bwrdd efo chi i gael eich gweld chi'n bwyta – sgons, hufen a jam mwyar duon, afal wedyn, yna crempogau bach a llond cwpanaid o laeth hufen. Roeddach chi'n bwyta fel tasa ganddoch chi ofn y bydda'r bwyd yn cael ei gymryd oddi arnoch chi.'

Medrwn weld y plentyn a fu ym mhydew fy atgofion – y bysedd main, gwelw yn cyrlio o gwmpas y gacen a'r mwstásh o laeth yn finlliw ar ei gwefusau. Roedd rhywbeth anifeilaidd amdani, rhywbeth na lwyddodd hi, er gwaethaf blynyddoedd o barchusrwydd, i gael gwared arno'n llwyr.

'Rydw i'n deall hynny,' meddai Huw, unwaith eto'n petruso, yn awyddus i ddweud y peth iawn.

'Be wyt ti'n feddwl, Huw?' holodd Francis. 'Mae dy fam yn dal i goginio, ac i fynd allan am dro, a...'

'Nid am hynny. Am y distawrwydd.'

Edrychodd pawb arno'n ddisgwylgar.

'Mae o'n dechrau mor ara deg, bron nad ydi rhywun yn sylwi arno fo. Ac wedyn mae'r tŷ yn llawn distawrwydd.' Edrychodd ar ei fam, a'i lygaid yn ddolefus. 'Tydach chi ddim yn canu bellach, Mam.'

Syllodd Pegi ar ei mab, ei llygaid tywyll yn llydan agored.

'Wchi, fel roeddach chi'n arfer ei wneud?' ychwanegodd Huw. 'Hen ganeuon, fel "Pa Bryd y Deui Eto" a "Bugail Aberdyfi" a "Ddoi Di Dei?". Roeddach chi'n arfer eu canu nhw'n dawel i chi'ch hun pan oeddach chi wrth y sinc neu'n hwylio brecwast. Tydach chi ddim yn canu fel roeddach chi.'

Dros y bwrdd, daliais lygaid Francis, a daeth rhyw dristwch mawr drosta i wrth i mi ddeall pa mor anodd oedd pethau arno. Y tawelwch, yn bygwth ei deulu fel niwl gwenwynig, yn cripian i gorneli ei gartref yn anweledig. A'i wraig, oedd yn amlwg yn annwyl iawn ganddo, â llinynnau ei meddwl yn dechrau datod.

'Pryd ydan ni'n mynd i Ddinbach?' gofynnodd Pegi, ei llygaid yn dynn ar wyneb ei mab, a'r dagrau'n llifo, er mor galed a phenderfynol oedd ei llais a'i gwedd.

Ar ddiwrnod llwyd, a'r awyr yn drwchus o glòs, ymlwybrodd y car drwy Fro Dysynni ac ar hyd y lonydd troellog heibio Dolgellau a'r Bala. Roedd yr haul ar goll y tu ôl i gymylau llwydfrown, a ffenestri fy nghar yn agored. Edrychais arnaf fi fy hun yn y drych. Edrychwn yn hen, a'm talcen crychlyd yn fap o linellau mân a'r chwys yn iro holl arwyddion fy oed. Sylwais, am y tro cyntaf, ar flerwch fy aeliau, oedd wedi tyfu'n llanast, fel perthi heb eu tocio.

Yn fy ymyl, prin yn llenwi hanner ei sedd ledr, eisteddai Pegi, yn pwyso tuag at y ffenest, fel petai'n trio dengyd oddi wrtha i. Roedd ei sylw wedi'i hoelio ar y tu allan, ac er bod y gwres yn annioddefol, doedd dim un defnyn o chwys arni.

Bu'n rhaid i mi dderbyn 'mod i'n gwirioni ar fy nghlaf bregus ac eto'n ffieiddio fy chwantau fy hun. Doedd anfoesoldeb fy meddyliau ddim yn rhwystro fy nychymyg rhag crwydro i'w gwely, dros ei chnawd, i mewn i'w cheg a than ei dillad. Gwirionais arni fel na wneuthum ers pan oeddwn i'n llanc. Awn i gysgu'r nos yn dychmygu mai hi oedd wrth fy ymyl, a siomi drannoeth o ddeffro gyda Mair.

Ciledrychais arni yn y car. Gwisgai ffrog gotwm denau, a phatrwm o eiddew'n tyfu drosti. Roedd ei garddyrnau a'r blew ar ei breichiau yn ddigon i wneud i mi orfod llyncu 'mhoer, gan obeithio y câi'r chwantau eu llyncu 'run pryd.

'Ffordd yma ddaeth Mam?' gofynnodd Pegi'n sydyn, a hithau heb ddweud gair ers tro. Nodiais yn dawel.

'Mae'n siŵr. Er fedra i ddim bod yn sicr, ond dyma'r ffordd gyflyma.'

Trodd Pegi ata i. 'Oedd hi'n gwybod i ble roedd hi'n mynd?'

Nodiais. 'Mi ddywedais i wrthi cyn iddi fynd i mewn i'r car.'

'Be oedd ei hymateb hi?'

'Ddywedodd hi 'run gair wrtha i.'

Ond cofiais am lygaid gwyllt Jennie Glanrafon a sylweddoli eu bod yn fwy tebyg i rai tlws Pegi nag yr hoffwn feddwl.

Bu saib am ychydig, cyn iddi ddweud, 'Mi fyddech chi wedi meddwl y byddai hi wedi holi amdana i. Gofyn pwy fydda'n edrych ar f'ôl i. Brwydro rhyw ychydig i gael aros efo fi.'

'Sâl oedd hi, Mrs Phyllip. Doedd ganddi ddim rheolaeth dros yr hyn roedd hi'n ei wneud na'i ddweud.'

'Felly mae pawb yn mynnu,' oedd ateb tawel Pegi.

Peth rhyfedd ydi cof. Mi fedra i gofio pob manylyn o'r daith honno i Ddinbych – pob dilledyn a anwesai gorff esgyrnog Pegi, pob un sylw a ddaeth o'i genau yn ystod y daith. Mi fedra i gofio'r cwch gwyn ar Lyn Tegid, a'r dynion mewn cae ar gyrion Dinbych yn torri canghennau derwen fawr. Ond wrth ymweld â'r ysbyty ei hun, ysbrydion niwlog o atgofion sydd gen i, ysbrydion sy'n dod i ymweld â mi yn oriau duaf y nos.

Cerddodd Pegi o'r car at dyrau tywyll, Gothig yr ysbyty, a'r rheiny'n codi'n dywyll fel ellyllon y tu ôl iddi. Trodd yn ôl at y car i aros amdana i, a'i hwyneb yn ddi-wên.

Cerddodd drwy ward o ferched yr un oed â hi, a phob un wedi'u trin â chyffuriau, pob un yn gorwedd yn eu gwlâu fel petaent mewn coma.

'Dyma'r oed fyddai Mam wedi bod pan ddaeth hi yma, yntê,' meddai gan syllu o wyneb i wyneb, fel petai hi'n chwilio am rywun.

Clywed sgrechiadau o fol yr adeilad, a Pegi'n troi i drio gweld pwy oedd yn gyfrifol. Ei hwyneb yn fwy effro, rywsut, nag y gwelswn ef cyn hyn.

Yn y neuadd fawr roedd rhai o'r cleifion yn dawnsio i record araf, leddf. Chwyrlïent i ryw rhythm nad oedd neb arall yn medru ei glywed, eu breichiau a'u coesau yn hir a llipa. Gwyliodd Pegi hwy drwy ffenest fach gron yn y drws, a'r goleuni'n llifo drwyddi at ei gruddiau.

Claf mewn cadair olwyn yn cael ei hebrwng heibio, yn drewi o gachu a phiso. Dwy lygad ddu ganddo a'i wefus wedi'i thrwsio'n flêr gan bwythau duon, ac yntau'n crio'n dawel ond yn dorcalonnus – dyn mawr cryf yn eiddil o anafiadau.

'Rydw i'n barod i fynd rŵan,' meddai Pegi wedyn, cyn cerdded o 'mlaen i ar hyd y coridorau hirion am y drysau, a'u hagor nhw â'i holl nerth, gan adael i oleuni llwyd y diwrnod clòs ei hanwesu.

'Roeddech chi'n glên i wneud picnic i mi,' meddai Pegi, gan frathu i mewn i'r frechdan. 'Feddyliais i ddim am fwyta.'

'Mair wnaeth. Mae hi braidd yn hwyr i fod yn ginio. Dim ots.'

Gwyliais wrth i Pegi rwygo darn o'r bara a'i fwyta'n awchus.

'Bara hyfryd.'

'Mair, eto. Mae hi'n giamstar ar bobi bara.'

'Wel, mae gen i barch iddi am hynny. Mi rydw i wedi trio ar hyd f'oes, a heb lwyddo.'

Bu tawelwch wrth i ni fwyta.

'Mae hi'n braf yma.'

Nodiais. Ei syniad hi oedd stopio wrth ymyl Llyn Tegid. Dyna ei hawgrym cyntaf ers i ni adael y seilam. Roedd y lle'n braf, a glannau'r llyn yn frith o bobol yn trio dod o hyd i awel yn yr awyr glòs. Mynnai Seilam Dinbych grafu'r sglein oddi ar ein picnic.

Welais i 'rioed le tebyg.

'Mae'n ddrwg gen i, Pegi.'

Edrychodd Pegi i fyny o'i brechdan. 'Am be?'

'Am fynd â ti yno. Roeddwn i'n meddwl y byddai o'n lle gwell. Roeddwn i wir yn meddwl y byddai mynd yno'n dy helpu di.'

Cnôdd Pegi ar grystyn am hanner munud, a syllu allan ar y llyn. 'Mi wnaeth o fy helpu i, mewn ffordd ryfedd. Does dim eisiau i chi ymddiheuro.'

'Be wyt ti'n ei feddwl?'

'Pan ddaeth Mam yn ôl o Ddinbach, roedd hi'n filain wchi... Yn dweud y pethau fyddai'n fy mrifo i, yn bihafio fel tasa hi'n fy nghasáu i. Ac ro'n i'n meddwl, os oedd yr hen le 'na wedi'i gwella hi, wel dyna oedd ei gwir gymeriad hi – ei bod hi'n llawn casineb a gwenwyn ac nad y salwch oedd yn gyfrifol.'

'A be sy wedi newid?'

'Wel, fyddai hi ddim wedi gwella mewn lle fel'na, yn na fydda hi, Dr Thomas? Mi fyddan nhw wedi'i rhoi hi i gysgu am gyfnodau hir, ac wedi'i rhoi hi ynghanol pobol oedd yr un mor sâl â hi weddill yr amser. Felly doedd hi ddim yn well pan ddaeth hi 'nôl i Lanegryn – roedd hi'n salach, os rhywbeth.'

'Mae hynny'n gwneud i ti deimlo'n well?'

Nodiodd Pegi. 'Y salwch oedd yn gyfrifol am y ffordd roedd hi'n fy nhrin i, nid hi. Bai'r salwch oedd o.'

Estynnais i mewn i'r bag a roesai Mair yng nghist y car y bore hwnnw a nôl pecyn o ffoil. Agorais o'n ofalus. 'Mair wnaeth y rhain hefyd. Dyma ti.'

Cymerodd Pegi un o'r sgwariau melys o'r pecyn, gan ei fyseddu'n ofalus fel petai o'n drysor – sgwâr trioglyd yn llawn ceirch a hadau, ac ambell gneuen almwn yn ei fritho. Brathodd y pwdin yn anifeilaidd, a'i gnoi'n araf.

'Mae'r rhain yn anhygoel,' ebychodd. 'Plis wnewch chi ddiolch i Mair ar fy rhan.'

'Wrth gwrs,' cytunais, gan frathu i mewn i f'un i. Fy hoff bwdin, ac mi wyddai Mair hynny. Ciledrychais ar Pegi wrth iddi fwyta, gan ddotio at y chwilfrydedd a ddangosai tuag at y bwyd, fel na phetai dim arall yn bod. Wedi gorffen, brwsiodd ei ffrog eiddew â chefn ei llaw, cyn estyn ei choesau hirion a gorffwys ei chefn ar y fainc.

'Mi ddywedodd rhywun wrtha i un tro bod Mam yn llawn hwyl pan oedd hi'n ifanc. Fedrwch chi ddychmygu? Welais i 'rioed mohoni fel'na. Ond rydw i'n hoffi meddwl mai un felly oedd hi go iawn, ac mai ei chyflwr oedd yn filain.'

Methais ymateb i'r esgus tila a wnâi dros ei mam. Roedd Pegi'n dal i fod yn warchodol ohoni, ar ôl yr holl flynyddoedd. Trois fy wyneb at y llyn i chwilio am awel, ond doedd 'run anadl o ryddhad i'w chael.

Torrodd y storm wrth i'r car ymlwybro i lawr y lôn serth a arweiniai at Dalyllyn, a stidodd y glaw yn erbyn y ffenest. Rhuai'r taranau â'r ffasiwn nerth nes i mi deimlo'r lôn yn crynu o dan olwynion y car, a fforchiai'r mellt uwchben Cadair Idris.

'Mae'n filain,' gwaeddais dros sŵn y glaw.

'Dim ots. Mi fydd y gwair yn wyrddach fory.'

Wedi cyrraedd Llanegryn, a'r glaw yn dal i lifo, stopiais y car y tu allan i'r siop. Diolchodd Pegi'n dwymgalon i mi, ac estyn i agor y drws.

'Pegi?'

Trodd yn ôl ata i.

'Mae'n ddrwg gen i.'

'Am be?'

'Am anfon dy fam i'r hen le yna.'

Ysgydwodd Pegi ei phen. 'Doedd ganddoch chi ddim dewis. A doeddach chi ddim yn gwybod.'

Arhosais iddi fynd, ond safodd yn stond am ychydig, gan wrando ar y glaw.

'Dr Thomas?'

Edrychais arni.

'Fyddech chi'n anfon rhywun yna eto?'

Edrychais i fyw llygaid Pegi, oedd mor debyg i lygaid ei mam, ac addewais iddi na fyddwn i byth yn gwneud. Allan â hi i'r glaw yn sionc, ei ffrog gotwm yn glynu wrth ei chorff erbyn iddi gyrraedd drws y siop, a'r print eiddew arni'n dringo dros ei hesgyrn.

Menna Arthur
Ym Mhwllheli
1967

Bisgedi lafant a dant y llew

10 owns o flawd plaen
6 owns o siwgwr caster
4 owns o fenyn meddal
hanner wy wedi'i guro
1 llwy fwrdd o flodau lafant, wedi eu torri'n fân
1 llwy fwrdd o betalau melyn blodau dant y llew
1 1/2 llwy fwrdd o ddŵr rhosod (rosewater)
hanner llwy de o soda pobi

Cymysgwch y siwgwr a'r menyn yn drylwyr. Ychwanegwch yr wy a'r dŵr rhosod, a chymysgu eto. Ychwanegwch y lafant, y petalau dant y llew, y blawd a'r soda pobi, a chymysgu gyda'ch dwylo tan ei fod yn ffurfio toes.

Rhowch y toes yn yr oergell am o leiaf ddwyawr, cyn ei rolio allan a'i dorri'n siapiau.

Pobwch am oddeutu 12 munud ar wres o tua 170°C.

Mi wyliais hi am ddyddiau cyn siarad â hi. Daliai rywbeth yn ei hosgo ar edau fy meddwl, a'm dad-wneud yn llwyr.

Byddai'n pasio fy mainc ger y traeth bob dydd, yr un pryd yn union am ddeng munud wedi deg y bore, ar ôl i mi olchi fy llestri brecwast a stryffaglu ar fy ffon at y môr. Wyddwn i ddim, erbyn hynny, a'm hesgyrn wyth deg oed yn gwegian, pam 'mod i'n trafferthu mynd yno bob dydd. Doedd neb yno'n aros amdana i, a phrin y byddwn i'n torri gair efo unrhyw un. Efallai 'mod i'n herio creulondeb henaint.

Fedrwn i ddim rhoi oed iddi. Gwisg dynes ganol oed oedd ganddi, er nad oedd fawr o grychau o amgylch ei llygaid tywyll i ddynodi ei bod hi mor hen â hynny. Roedd ei cherddediad yn dal ac yn gryf, a'i hwyneb wedi'i droi tua'r môr fel petai'n chwilio am hwyliau hen long ar y gorwel.

Daeth i stop wrth fy mainc ar ei phumed bore, ac eistedd ar yr ochr bellaf iddi, heb ddweud gair. Roedd y symudiad yn rhyfedd i rywun a gerddai mor bwrpasol. Gwyliais ei hwyneb main, y gwefusau tenau a'r trwyn hir. Roedd ei gwallt wedi'i glymu'n ôl mewn pêl daclus ar ei phen, a'i haeliau tywyll, cain yn crymanu dros ei llygaid. Croesodd ei dwylo dros ei glin wrth eistedd, ac anadlu gyda'r tonnau.

'Ar eich gwyliau ydach chi?' gofynnais, gan ddisgwyl ateb Saesneg i ddweud nad oedd hi'n deall. Roedd pobol yn dod i Bwllheli ar eu gwyliau o bob twll a chornel y dyddiau hyn.

Wnaeth hi ddim troi i edrych arna i.

'Mewn ffordd.'

Roedd ei llais yn gweddu i'w golwg, rywsut, yn ddwfn a llyfn fel melfed. Daeth â holl greithiau fy llais i ddiasbedain i'm clustiau. Bûm innau'n ifanc, fel hon, mewn byd gwahanol ac mewn bywyd gwahanol.

'Acen ddieithr ganddoch chi.'

'Meirionnydd,' atebodd, yn dal i wylio'r gorwel. 'Wedi bod yn sâl ydw i…'

'*Convalescence*.' Nodiais yn wybodus. 'Mi ges i fy anfon i Landudno ar ôl cael y frech goch pan oeddwn i'n bymtheg.'

Trodd y ddynes i edrych arna i am y tro cyntaf, gan gloi ei llygaid am fy rhai i – llygaid llwyd, fel y môr yn y gaeaf. Symudodd ei llygaid drosta i'n sydyn, gan wneud i mi deimlo mor hunanymwybodol â llances.

Teimlwn gywilydd am yr hyn a welai. Hen wreigan fusgrell, a geisiai guddio ei hoed â thlysau – emrallt ar y llaw dde, rhuddem ar y chwith, perlau ar fy nghlustiau a deiamwntiau yn crogi o'm gwegil. Les ar fy nillad duon, a chlip siâp cragen yn dal fy ngwallt yn ei le, wedi'i osod yn ofalus gan ddwylo crynedig. Byddwn yn ymfalchïo yn fy addurniadau fel rheol, ond wrth eistedd yn ymyl y wraig hon a dim ond rhimyn o aur ar ei bys priodas i'w haddurno, teimlwn fel geneth fach wedi cael ei dal ym mocs tlysau ei mam.

Trodd yn ôl at y môr heb ddweud gair.

'Rydach chi'n edrych yn ddigon cryf, beth bynnag,' meddwn yn frysiog.

Am ryw reswm, chwarddodd y ddynes yn ysgafn wrth glywed hyn. 'Rydych chi'n iawn.'

'Mae awyr iach glan y môr yn gwneud gwahaniaeth mawr, fel petasai'r awel yn chwythu pob dim drwg i ffwrdd,' ychwanegais.

'Dyna rydw i'n ei obeithio.'

Eisteddodd y ddwy ohonon ni am amser hir, yn gwylio'r tonnau. Roedd ei phresenoldeb hi'n gysur, rywsut, a minnau wedi arfer eistedd ar fy mhen fy hun bob dydd.

'Mi fydda i'n eistedd yma bob bore,' meddwn ar ôl ychydig. 'Ers dros ddegawd ar fy mhen fy hun.'

'Braf,' synfyfyriodd y ddynes. Syllais arni mewn penbleth.

'Unig,' meddwn innau, y tro cyntaf i mi ddweud y gair yn uchel. Trodd y ddynes ata i, a gwenu.

'Llonydd i rywun sy'n byw ynghanol prysurdeb, unigedd i rywun sy'n byw ar ei phen ei hun. Rydan ni'n bobol anodd i'n plesio.'

Roedd ganddi wên hyfryd, fel tasa ei hwyneb hi wedi'i ffurfio ar gyfer dangos llawenydd – dannedd syth, gwynion a gruddiau crwn, uchel.

'Plant ganddoch chi, mae'n rhaid.'

'Un, er, tydi o ddim yn blentyn bellach. Un ar bymtheg oed, ac yn awchu am gael gadael cartref.'

'Mi fuoch chi'n fam dda iddo fo, felly.'

Edrychodd y ddynes arna i gyda chwestiwn yn ei llygaid.

'Ei baratoi o ar gyfer eich gadael chi... ei wthio fo i ffwrdd, mewn ffordd,' ychwanegais.

Syllodd y ddynes arna i, fel petai'n trio gweld a oeddwn i'n cellwair neu beidio. Syllais yn ôl arni, gan ddal ei llygaid, er mor anodd oedd cysylltu â llygaid mor llawn o enaid. Hi wnaeth droi ei golygon yn ôl at y môr yn y diwedd.

'Lwyddes i ddim bob tro,' meddai, yn dawelach.

'Mae'n rhaid iddyn nhw ddeall mai pobol ydi rhieni, fel pawb arall. Yn feiau i gyd. Does neb yn ddilychwin.'

'Mi fûm i'n sâl o'r blaen hefyd... Dwi'n ofni iddo fod yn unig bryd hynny.'

Tynnodd y ddynes ei llaw dros grychau anweledig yn ei sgert. Yna cododd ar ei thraed a sefyll yn hollol gefnsyth yn wynebu'r môr.

'Ddowch chi am swper heno?' Difarais ofyn yn syth, gan

glywed fy llais fy hun yn swnio fel crefu hen ddynes unig, wirion.

Er mawr syndod i mi, nodiodd y ddynes.

'Rhif saith. Chwech o'r gloch?'

Nodiodd y ddynes eto, a gwenu wrth gerdded i ffwrdd.

'Oes ganddoch chi enw?' gelwais i'w chyfeiriad.

'Margaret,' atebodd hithau, cyn cerdded yn dalsyth, a'i llygaid yn wynebu'r môr.

Roedd pethau'n chwithig y noson honno. Dwy ddynes, a chenedlaethau yn eu gwahanu, a hwythau ddim yn siŵr iawn pam eu bod yng nghwmni ei gilydd. Er bod Margaret yn amlwg wedi newid ei dillad, doedd dim byd yn grand yn ei gwisg – ffrog hir ddu, ei gwallt yn belen ac esgyrn ei hwyneb yn onglau tlws ond yn rhy denau. Derbyniodd lasiad o sieri, ac edrychodd ar y lluniau ar fy nresel tra oedd y bwyd yn cynhesu. Edmygais ei bysedd hirion am goes y gwydr.

'Eich meibion chi?' gofynnodd, wrth edrych ar ffotograffau'r hogiau, y ddau yn gwenu dan gapiau eu hiwnifform.

Nodiais, a'm clustdlysau saffir yn tincial fel clychau.

Rhedodd flaen ei bys dros rudd Ed, gan adael y mymryn lleiaf o staen ar wydr y ffrâm.

'Maen nhw'n olygus. Fyddwch chi'n gweld llawer arnyn nhw?'

Ysgydwais fy mhen. Tynnodd ei llaw oddi ar y llun gan ddangos y mymryn lleiaf o ddealltwriaeth.

Wrth i mi weini'r bwyd a gosod y plât o'i blaen, teimlwn wres cywilydd merch ifanc yn codi dan y colur ar fy ngruddiau. Gweini'r ffasiwn fwyd i ddynes fel hon... a minnau ddim ond yn cael un cyfle i greu argraff.

'Mae o'n edrych yn hyfryd,' meddai Margaret wrth i mi eistedd gyferbyn â hi. Roeddwn i wedi goleuo'r canhwyllau, a dawnsiai adlewyrchiad y fflam yn ei llygaid. Gwenais arni.

'Byddai fy mam yn ei baratoi i mi. Doedd dim llawer o bres ganddi i'n bwydo ni, ond roeddan ni'n byw wrth y môr, ac felly roedd digon o bysgod.'

'Mi fyddai wrth ei bodd eich bod chi'n dal i'w goginio fo.'

'Dwn i ddim. Mi fyddai wedi gobeithio y byddwn i wedi datblygu chwaethau mwy soffistigedig, dwi'n meddwl. A tydi o byth yn blasu fath ag oedd o pan fyddai Mam yn ei baratoi o.'

Edrychodd Margaret ar ei phlât, a gallwn weld ei bod hi'n gweld mwy na'r bwyd. Bwytaodd yn awchus, er syndod i mi, a hithau'n un mor fain.

'Mae hwn yn flasus iawn,' meddai. 'Mae o'n blasu fel y dylai bwyd môr flasu.'

Gwenais, a bwyta fy mhysgodyn yn araf a phwyllog. Yn ddiweddar, roeddwn i'n siŵr bod fy synhwyrau yn dechrau pylu a cholli pleserau mwyaf bywyd, a dyfalwn mai arwydd 'mod i ar fin marw oedd hynny. Blas oedd y synnwyr cyntaf i gael ei golli, a'r un anoddaf i ddygymod hebddo. Byddai lliwiau llachar a sŵn chwerthin yn byw am byth yn fy nychymyg, ond roedd rhywbeth yn fwy llithrig am gofio blasau, fel trio cofio breuddwydion.

Gorffennodd Margaret bob tamaid o'i bwyd, er bod gadael mymryn o fwyd ar blât yn ffasiynol bellach. Roedd rhywbeth i'w edmygu yn ei harchwaeth anifeilaidd a'i mwynhad amlwg yn y blas.

Yn bwdin, gweinais fisgedi lafant a dant y llew, a'r rheiny mewn siapiau calon tlws. Pwdin ysgafn, soffistigedig.

Cododd Margaret fisged ar ei gwefus, a thorri'r siâp calon gyda'i dannedd syth.

'Hyfryd,' meddai, gan droi'r blas o amgylch ei cheg. 'Mae o'n f'atgoffa i o adref.'

'Sut felly?'

'Roedd 'na lafant yn tyfu yng ngardd fy nain erstalwm. Byddai hi'n rhoi peth o dan fy ngobennydd i godi'r arogl cysglyd hyfryd yna.' Llyncodd, fel petai hi'n trio cael gwared ar beth bynnag oedd yn ei phen.

Chyffyrddodd hi ddim yn ei gwin na'i choffi, gan fynnu yfed dŵr.

'Bydd fy ngŵr a'r mab yn dod i fy nôl i yfory,' meddai, gan edrych ar y briwsion bisgedi ar ei phlât pwdin gwag.

'Ydach chi'n teimlo'n well ar ôl cyfnod o fod yma?' gofynnais.

Ochneidiodd Margaret, a thynnu ei bysedd main dros goes arian y fforc ar y bwrdd. 'Efallai.'

'Llawdriniaeth gawsoch chi?'

Ysgydwodd Margaret ei phen, ac yn y golau pŵl welais i erioed unrhyw un yn edrych mor hen ac mor ifanc. Wyneb plentyn gyda chrychau dynes ganol oed. Bron fy mod i yn ei hofni.

'Nid sâl oeddwn i go iawn. Rydw i angen rhyw wythnos bob blwyddyn ar fy mhen fy hun, i f'atgoffa be sy'n bwysig mewn bywyd. Mae Francis, y gŵr, yn ei weld o fel gwyliau, yn diawlio na fedr o adael y siop i ddod efo fi.' Plethodd ei bysedd main i'w gilydd. 'Tydw i ddim yn dangos fy ngwendidau iddo fo, wyddoch chi. Ddim yn gyfan gwbl. Chân nhw byth weld pa mor fregus ydw i. Toes 'na neb yn gwybod.'

Taflai golau'r canhwyllau ar y seidbord gysgodion dros ei hwyneb a'i llonyddwch gosgeiddig.

'Atgofion ydyn nhw, ond maen nhw fel tasan nhw'n trio

fy llorio i weithiau, ar ôl yr holl flynyddoedd. Fel taswn i wedi gwneud rhywbeth o'i le. Tydi o ddim yn deg ar Huw, y mab, nac ar fy ngŵr o ran hynny. Felly wna i ddim pasio'r baich iddyn nhw.'

Cofiais am hen ŵr oedd yn byw yn y pentref pan oeddwn i'n blentyn, yn siarad â fo ei hun ac yn sgrechian. Fuodd gen i erioed ofn neb fel fo. Yn udo at y lleuad ar nosweithiau clir, a minnau'n crynu yn fy ngwely.

'Ond chwilio am rywbeth ydw i, dwi'n meddwl... Chwilio am rywbeth na wn i be ydi o...'

Bysedd main oedd gan hwnnw hefyd, yn union fel rhai Margaret. Yn estyn am bobol nad oedd yno.

'Rydw i'n flinedig. Gwell i mi fynd am fy ngwely,' meddwn yn sigledig.

Edrychodd Margaret i fyny arna i a syndod yn ei llygaid tywyll.

'Mae arnoch chi fy ofn i!' ebychodd.

'Nac oes, siŵr,' mynnais, ond datgelodd fy llais crynedig lawer mwy na geiriau.

Cododd Margaret yn ddisymwth a bu bron iddi daro'i chadair drosodd yn ei brys i ddianc oddi wrtha i.

'Diolch am y pryd,' meddai, ei llais hithau'n ddigon simsan erbyn hyn.

'Mae'n ddrwg gen i,' gelwais o 'nghadair, ond doedd o'n swnio'n ddim mwy na mewian cath. 'Wnes i ddim meddwl...'

Ymddangosodd Margaret yn ffrâm y drws, ei chôt yn dynn am ei chanol main. Edrychodd arna i heb ddweud gair.

'Mae'n ddrwg gen i,' meddwn eto.

'Pam mae ofn arnoch chi?' erfyniodd Margaret, a'i llais yn glwyfau i gyd. 'Wnes i ddim byd i chi.'

'Mae ofn pob dim arna i,' cyfaddefais, i mi fy hun ac iddi

hithau. 'Rydw i'n ddigon hen i wybod mai hynny sydd gallaf.'

Trodd Margaret ei chefn, a gadael. Gallwn glywed ei cherddediad cyflym ar hyd y llwybr, yn araf bylu'n ddim.

Eisteddais wrth y bwrdd, y llestri budron yn drwm arno, a theimlo'r cywilydd a'r rhyddhad ei bod wedi mynd yn cymysgu yn fy ngwaed.

Francis Phyllip
Gŵr Pegi
1969

Bisgedi ceirch

3 owns o flawd codi
3 owns o geirch
3 owns o siwgwr
6 owns o fenyn
llond llwy de o sinamon

Cymysgwch y cyfan yn eich dwylo.

Siapiwch ef yn beli, a'u gwasgu ar bapur gwrth-saim, cyn
eu pobi am oddeutu deng munud.

Weithiau, ar ôl mynd i'r gwely, byddwn yn smalio darllen er mwyn cael gwylio Pegi'n paratoi at gysgu. Roedd rhyw gysur yn ei phatrymau, yng nghysgodion cyfarwydd ei chorff.

Roeddwn i wedi trio, ambell dro, gosod fy llyfr a'i wyneb i lawr ar y blancedi a dangos iddi 'mod i'n edrych arni. Ond er y byddai'n gwenu'n gyfrin ar yr adegau hynny, byddai rhywbeth yn wahanol am ei hosgo, rhyw stiffrwydd i'w symudiadau oedd yn pylu fy mwynhad. Byddai'n meddwl hefyd mai gêm a arweiniai at garu oedd fy llygaid awchus, ac er cymaint roeddwn i'n mwynhau hynny, nid dyna pam yr edrychwn arni.

Ai peth rhyfedd oedd 'mod i'n mwynhau gwylio fy ngwraig, a hynny'n ddiarwybod iddi?

Ar ôl iddi gael bath fyddai orau, bob nos Sul. Deuai i mewn i'r llofft â lliain gwyn am ei chanol, ei gwallt tywyll yn dripian dagrau ar ei hysgwyddau esgyrnog. Rhwbiai'r tywel dros bob rhan ohoni, dan ei cheseiliau, rhwng bysedd ei thraed a rhwng ei choesau. Roedd ei chorff noeth yn gwella wrth i'r blynyddoedd basio ac yn hel manylion difyr wrth iddi nesáu at ei deugain. Roedd croen llac ei bol a'r llinellau arian oedd yn batrwm drosto yn brawf o'r ffaith i Huw dyfu y tu mewn iddi. Crychau traed brain o amgylch ei llygaid wedyn, yn ganlyniad i'w holl wenu, a'r blew arian yn sgleinio yn sidan du ei gwallt.

Â'i meddwl ymhell, byddai'n gwisgo'i dillad nos yn araf: fest i guddio'i thethau tywyll a choban wen yn boddi ei ffrâm denau. Byddai'n rhaid i mi droi i ffwrdd wedyn – roedd gweld Pegi mewn coban laes wen yn crafu atgofion am fore braf yn yr afon yn fy mhen.

Wyddwn i ddim a oedd tân fy nghariad tuag at fy ngwraig yn beth normal, yn beth iach. Dywedodd fy nhad wrtha i droeon nad oedd o'n naturiol i mi fod yn edrych arni fel y gwnawn, a than iddo farw byddai ei lais yn dychwelyd i 'ngwawdio i, i'm hatgoffa fel yr arferai ei mam fod.

'Mae o yn ei gwaed hi,' poerodd i 'nghyfeiriad i unwaith, pan oedd Pegi wedi mynd â Huw am dro. 'Ac mi ddaw i'r amlwg un diwrnod. Mae'r hogan yn rhy debyg i'w mam.'

Byddai'r ofn ei fod o'n dweud y gwir yn ddigon i'm deffro weithiau, ynghanol y nos. Byddwn yn troi at Pegi, wrth iddi gysgu yn fy ymyl, ac yn gweld Jennie Glanrafon.

Roedd pethau wedi gwella ar ôl iddi ymweld ag Ysbyty Dinbych efo Dr Thomas, er na soniodd hi erioed beth a welsai yno. Daeth y gân yn ôl i'r siop, a dechreuodd Pegi chwerthin unwaith eto.

Ac yna, fel ton, tawelodd a thywyllodd drachefn.

'Plis, Pegi,' crefais wrthi un noson yng nghyfnos y siop ar ôl amser cau. Roeddwn i wedi brathu 'nhafod ers wythnosau, ond dechreuodd ei hymddygiad fynd yn boenus o od. Des o hyd i focs o fisgedi gwag a hanner dwsin o bapurau Mars Bar wedi'u stwffio y tu ôl i'w chwpwrdd dillad un bore. Yn ystod yr un diwrnod, gwrthododd Pegi ginio a swper. 'Cer i weld Dr Thomas.'

'Ga i ddim cyfle arall ganddo fo. Mi fydd o'n fy anfon i'r seilam, fel yr anfonodd Mam.'

'Wna i ddim gadael iddo fo! Ond mae ganddo fo dabledi a ballu...'

'Wyt ti'n meddwl 'mod i o 'ngho?' gofynnodd Pegi'n sydyn, ei llygaid yn dywyll yng ngwynder ei hwyneb.

Ysgydwais fy mhen yn araf, gan drio peidio â dangos faint o ofn roedd hi'n ei godi arna i. 'Nac ydw. Ond rydw i *yn* meddwl bod dy sefyllfa di'n un drist.'

Ochneidiodd Pegi, ac edrych i ffwrdd. 'Dwi angen rhywbeth... Mae rhywbeth ar goll...'

'Mi ddown o hyd iddo fo,' cysurais, gan wneud addewid na fedrwn ei gadw. 'Beth bynnag ydi o…'

'Mi fyddwn i wedi bod yn iawn tasan ni wedi medru cael mwy o blant,' meddai Pegi'n sydyn. 'Mi fyddwn i wedi torri'r patrwm. Fyddwn i ddim fel Mam wedyn… Mi fyddwn i wedi cael mwy i'w garu…'

Cara fi'n fwy 'ta, meddyliais, heb ddweud gair. Cara fi'n ddigon i ddychwelyd i fod y person oeddat ti.

'Neu cael mwy i'w wneud,' meddai, gan ddechrau anesmwytho. 'I wneud iawn am y pethau drwg…'

'Does 'na ddim pethau drwg! Rwyt ti'n ddynes dda!'

'Rydw i angen mynd o 'ma am ychydig.'

Rhewais.

'O 'ma?'

'O'i chysgod hi… cysgod Mam. O 'nghysgod i fy hun. I rywle arall sy'n newydd, i gael meddwl am… Ga i, Francis?'

'Gadael?'

'Ar fy mhen fy hun.'

Gallwn deimlo ysbryd fy nhad yn gwawdio mai fo oedd yn iawn, fo a'i grechwen greulon.

'Am wythnos fach, ym Mhwllheli eto 'falla. Mi wnaeth o les i mi'r troeon hynny, ac mi fydd o'n gwneud gwahaniaeth rŵan hefyd. Fedra i ddim meddwl yn glir efo bywyd yn digwydd o 'nghwmpas i, Francis…'

Ochneidiais. Wythnos. Fel y gwnaeth hi'r llynedd, a'r flwyddyn cyn hynny. Wythnos i ddod ati ei hun.

'Ydi o'n syniad da i ti fod ar dy ben dy hun, a thitha ddim yn dda? Mi wn i dy fod ti wedi bod o'r blaen, ond doeddat ti ddim mor wael â hyn…'

Cofiais am gorff ei mam yn y dŵr, a'i phwysau dyfrllyd yn fy mreichiau.

'Mae'n rhaid i mi drio gwella, Francis,' meddai Pegi'n

benderfynol. 'Os na fydd gwyliau'n gweithio, mi a' i at Dr Thomas pan ddo i adre, dwi'n addo.'

'Be am drio gwella'n fa'ma? Cymryd wythnos neu ddwy i ffwrdd o'r siop… siarad efo Annie am y peth…'

'Na.' Ysgwydodd Pegi ei phen yn bendant. 'Toes 'na neb i wybod am hyn. Dim Huw, hyd yn oed… Dwi ddim am iddo fo boeni.'

Ychydig ddyddiau'n ddiweddarach, yn ddiarwybod i neb ond Pegi a minnau, gyrrais o Lanegryn i orsaf drenau Tywyn, a chydio'n dynn yn ei chorff tenau cyn iddi ddringo ar y trên i Bwllheli unwaith eto. Chofleidiodd hi mohona i, a chollais ddeigryn neu ddau yn y car gwag ar y ffordd yn ôl i'r siop. Wyddwn i ddim a fyddai'n dychwelyd.

Y prynhawn hwnnw, ar ôl i mi baratoi brechdan *corned beef* i mi fy hun yn ginio, agorodd drws y siop, ac i mewn daeth Annie. Daeth cryndod o nerfusrwydd i 'mherfedd. Doeddwn i ddim yn gyfarwydd â dweud celwydd.

'Pnawn da!' meddai, gan ledaenu minlliw ei gwefus yn wên, ei llygaid glas yn disgleirio. 'Sut mae pethau heddiw?'

'Iawn, diolch,' meddwn, gan deimlo ffalsrwydd y wên ar fy wyneb. 'A chditha?'

''Run fath ag arfer.'

Symudodd Annie i gael dod y tu ôl i'r cownter a mynd drwodd i'r gegin gefn, fel y byddai'n gwneud bob dydd, bron.

'Annie.' Stopiodd cyn cyrraedd y cownter, ac edrych arna i, ei haeliau wedi'u codi mewn cwestiwn.

'Tydi Pegi ddim yma, mae arna i ofn. Mi fydd hi i ffwrdd tan wythnos nesa.'

Syllodd Annie arna i am amser hir, y cwestiwn yn amlwg ar ei hwyneb. Arhosodd i mi ymhelaethu, ond ddywedais i ddim gair. Fedrwn i ddim.

'Pen Llŷn eto?'

Nodiais. 'Dyna ti. Wedi mynd i weld ei ffrind, fel y gwnaeth hi o'r blaen.'

Syllodd Annie arna i'n ddi-wên. Medrwn ei gweld hi'n dewis ei geiriau'n ofalus.

'Peth rhyfedd, pan fydd hi'n mynd i weld ei ffrind ym Mhen Llŷn, Francis, na fydd hi byth yn sôn wrtha i cyn mynd.'

Teimlwn chwys yn poethi fy ngheseiliau. 'Ia, yntê.'

'Nac yn siarad gair am be ddigwyddodd yno pan ddaw adre.'

Edrychais ar y cownter. Roedd y celwydd yn amlwg.

'Ydi hi'n iawn, Francis?' gofynnodd Annie, gan fy hoelio â'i llygaid gleision.

Roeddan nhw mor wahanol i lygaid llwydion Pegi, fel diwedd a dechrau storm.

'Wrth gwrs,' atebais yn gryg, gan droi oddi wrthi.

Trodd Annie ar ei sawdl, a gadael heb ddweud gair. Caeodd ddrws y siop y tu ôl iddi, gan adael dim byd ond cwestiynau yn y gwacter ar ei hôl.

'Lle mae Mam?' gofynnodd Huw, wrth lwytho'i fforc â Smash, selsig a staen o sôs coch. Cymerais innau gegaid o fwyd, gan ganolbwyntio ar swnio'n normal.

'Wedi mynd i Ben Llŷn i aros efo'i ffrind,' atebais yn ddi-hid. 'Mi fydd yn ei hôl ymhen rhyw wythnos.'

Gosododd Huw ei fforc ar ei blât yn swnllyd a syllu arna i dros y bwrdd. 'Mae o'n amharchus iawn i mi, wyddoch chi. Y clwydda. Dwi bron yn ddeunaw oed, a dwi'n rhan o'r teulu hefyd.'

Daliais ati i fwyta, ond gallwn deimlo fy wyneb yn gwrido.

Roedd rhywbeth yn annheg yn y ffaith mai fi oedd yn gorfod wynebu'r holl gwestiynau pan âi Pegi i ffwrdd. Fi fyddai'n gweld yr amheuaeth yn llygaid pobol.

'Ydach chi'n meddwl nad ydw i'n sylweddoli pan tydi hi ddim yn dda? Mae ei salwch hi'n rhan o 'mywyd i – dwi'n ei adnabod o'n iawn.'

Disgynnodd fy nghyllell a'm fforc ar y plât, a gorchuddiais fy wyneb â'm dwylo. Roeddwn i wedi methu gwarchod Huw rhag y gwenwyn. Beth wnaeth i mi feddwl y gallwn?

'Lle mae hi, Nhad? Yn y sbyty?'

'Gwesty, ar lan y môr ym Mhwllheli,' meddwn gan ochneidio. 'Ar ei phen ei hun. Mae o'n help, medda hi. Yn clirio'i meddwl.'

'Fuodd hi fel'ma erioed?' Edrychais ar Huw. 'Yn anwadal?'

Ysgydwais fy mhen. 'Na... Wel, dwn i ddim. Mi ddechreuodd hi pan oeddan ni'n gobeithio cael plentyn arall... Ond ddigwyddodd hynny ddim.' Ochneidiais unwaith eto, gan deimlo rhyddhad rhyfedd wrth rannu'r wybodaeth. 'Rydw i'n meddwl bod ganddi gynllun pendant yn ei phen am ei bywyd... Ac roedd llond tŷ o blant yn rhan o'r cynllun.'

'Falla 'i bod hi angen rhywbeth arall i lenwi ei meddwl.'

'Dwi'n meddwl dy fod ti'n iawn. Rhywbeth y tu allan i'r Llan... ym Mryncrug neu Dywyn. Mae llawer o ysbrydion yma iddi yn Llanegryn...'

'Dwi'n cofio pan ddaeth y meddyg yma, iddo sôn am fywyd Mam yn blentyn.' Rhwbiodd Huw ei ben fel petai'n ei boeni. 'Ydach chi'n meddwl mai'r ffaith iddi gael ei llwgu sy'n esbonio pam mae patrwm ei bwyta mor rhyfedd rŵan?'

'Be wyt ti'n ei feddwl?'

'Y gorfwyta, ar ei phen ei hun.'

Syllais arno mewn penbleth.

'Dydach chi ddim yn sylweddoli? Sbiwch.'

Cododd ar ei draed a chroesi'r gegin at y ddresel, cyn agor y drws gwaelod. Tynnodd swp o lieiniau bwrdd oddi yno, a disgynnodd enfys o bapur da-da a siocled ar lawr – degau ar ddegau o bapurau gwag wedi'u cuddio.

Drymiodd fy nghalon.

Caeodd Huw ddrws y ddresel, gan adael y llieiniau a'r papurau ar lawr, ac agor drws y cwpwrdd dan y sinc. Yn y bocs pethau llnau, roedd mwy o bacedi gwag a mwy o gyfrinachau.

'Yn y cwpwrdd crasu, yng nghefn ei drôr dillad isa ac yn y siwtces ar ben y wardrob yn y llofft sbâr.'

Brathais fy moch, gan drio cuddio'r syndod afiach a wasgai fy mol. Roedd ganddi gyfrinach, fy Mhegi i. Roedd ganddi guddfannau yn ei chartref a'i meddwl. Dychmygais ei cheg hir yn cau dros y siocled, a'i bysedd hirion yn gwthio llond dwrn o becynnau gweigion i gefn drôr.

'Ond sut nad ydi hi'n anferth o dew?'

Meddyliais am siâp ei hasennau pan fyddai'n noeth, yn newid cyn mynd i'r gwely.

'Mae hi'n eu bwyta nhw i gyd ar unwaith – llwyth o dda-das, creision, a beth bynnag. Wedyn yn rhoi esgusodion i ni pam nad ydi hi'n isda wrth y bwrdd i fwyta hefo ni, a fydd hi ddim yn bwyta am ddyddiau wedyn.'

Ysgydwais fy mhen yn drist. 'Sut wyt ti'n gwybod hyn?'

Cododd Huw ei ysgwyddau, yn methu ateb. Efallai 'mod innau'n gwybod, yn fy isymwybod, ond rown i mor awyddus i blesio Pegi fel 'mod i'n cau fy llygaid i bob problem anodd. On'd oeddwn i wedi sylwi bod Mars Bars a Marathons yn diflannu dros nos? On'd oeddwn i wedi gweld pacedi gweigion mewn bin, ac wedi penderfynu mai Huw oedd wedi helpu'i hun? On'd oeddwn i hefyd wedi sylwi ychydig wythnosau ynghynt fod Pegi'n osgoi cael ei chinio a'i swper efo ni, ac wedi derbyn ei hesgusodion?

'Fydd hi ddim yn gwneud hyn bob amser,' esboniodd Huw. 'Dim ond pan fydd pethau'n ddu arni.'

Bu tawelwch am ychydig. Tybed ble roedd Pegi rŵan?

'Sori, Dad,' meddai fy mab gan wenu, 'ond mae'r swper yma'n afiach. Fydda ots ganddoch chi taswn i'n mynd i Dŷ Rhosys at Anti Annie am frechdan? Bydd hi'n cynnig bob tro, ac rydw i'n bwriadu mynd i weld Siw beth bynnag.'

Syllais ar y tatws powdr yn oeri ar ein platiau.

'Wrth gwrs.'

Ar ôl iddo fynd, eisteddais yn nhawelwch y gegin am amser yn gwrando ar dipian y cloc. Meddyliais am fy ngwraig osgeiddig, dlws yn stwffio siocled melys i'w cheg tan iddi deimlo'n sâl ac yna'n cuddio'r dystiolaeth. Doeddwn i ddim yn adnabod y ddynes honno. Ond er mor frawychus oedd y ddelwedd, doedd hi'n ddim i'w chymharu â meddwl am Huw, yn fachgen tal, golygus, yn feistr ar ei emosiynau, yn chwilio corneli tywyll ei gartref am dystiolaeth o wallgofrwydd ei fam, ac yn dod o hyd iddi ar ffurf pecynnau gwag ac arogleuon siocled wedi'i sglaffio.

Gallwn weld wrth ei hosgo pan gamodd oddi ar y trên fod Pegi'n well nag y bu cyn ei gwyliau. Gwenai, a lapiodd ei breichiau o 'nghwmpas i'n gariadus.

'Awel y môr,' meddai wrth i ni gerdded yn ôl am y car. 'Mae o'n chwythu'r drwg i ffwrdd.'

'Mae 'na fwy o liw yn dy ruddiau,' atebais, fel tasa hi wedi diodde o'r ffliw yn hytrach na bod ar ffiniau gwallgofrwydd.

Cododd fy nghalon yn ystod y daith adref. Edrychai Pegi

drwy'r ffenest ar ei chynefin, a'i anwylo. Rhoddais fy llaw dros ei llaw fain; gwenodd hithau a'i gwasgu.

Roedd hi'n amser te wrth i ni gyrraedd yn ôl, a'r Llan fel y bedd. Cariais ei siwtces drwy'r siop, a gwylio ei hwyneb wrth ddod i'r gegin, a gweld Huw yn sefyll wrth y Rayburn a phlât yn ei ddwylo.

'Bisgedi, Mam! Mi wnes i nhw i chi,' meddai a'i wyneb yn llawn embaras. 'Hefo help Siws. Croeso adref.'

'Ew… diolch,' atebodd Pegi, yn ansicr o'r sylw. 'Doedd dim eisiau i ti, chwaith. Dim ond wythnos fach o wyliau…' Cymerodd un o'r bisgedi, a brathu cornel fach. 'Iesgob annwyl! Chwarae teg. Bydd yn rhaid i mi fynd yn amlach!'

'Eisteddwch, Mam,' mynnodd Huw, yn llawn chwilfrydedd anarferol. 'Tynnwch eich côt.'

Ufuddhaodd Pegi. Hwyliodd Huw baned, ac eisteddodd y tri ohonon ni o gwmpas y bwrdd. 'Mae gen i a Nhad syniad anhygoel!'

Cododd Pegi ei haeliau.

'Caffi, yn Nhywyn! Mi gawn ni werthu hufen iâ Nhad, ac mi gewch chi wneud cacennau, a…'

'Be?' gofynnodd Pegi mewn penbleth.

'Er mwyn rhoi help i chi gael gwared ar eich tristwch! Syniad gwych, achos 'dach chi'n medru rhedeg busnes a threfnu'n grêt. Mae Dad yn mynnu eich bod chi'n llawer gwell na fo am redeg busnes.'

Trodd Pegi ei llygaid mawr gwag ata i. 'Mi ddeudaist ti wrtho fo?'

Pwniodd y geiriau fi fel dwrn. Doedd dim rhaid iddi yngan y gair oedd ar ei meddwl: fe'i clywn yn y saib. Bradwr.

'Ro'n i'n gwybod cyn Nhad,' meddai Huw yn dawel. 'Mae o'n rhyddhad cael gwneud rhywbeth i helpu. Awel y môr, Mam. Mae o'n dda i chi.'

Dychwelodd gwên Pegi wrth i ni drafod y cynlluniau, a magodd chwilfrydedd wrth i ni sgwrsio am y posibiliadau o agor caffi. Ond pan godais i hebrwng y llestri te i'r sinc, a Huw yn disgrifio'i gynllun ar gyfer y caffi newydd, trodd Pegi i syllu arna i dros ei hysgwydd, a gwelwn y siom yn ei llygaid mawr llwyd.

Merfyn Thomas
Y Gwerthwr Tai
1970

Ysgytlaeth menyn cnau a mêl

2 lwy fwrdd o fenyn cnau llyfn
2 lwy fwrdd o fêl
cwpanaid o laeth
cwpanaid o hufen iâ fanila

Cymysgwch y cyfan yn drylwyr.

Cerddais o gwmpas y caffi am ychydig cyn iddyn nhw gyrraedd, yn trio chwilio am rywbeth positif y medrwn ei ddweud i werthu'r lle, rhyw gelwydd cyfleus fel y medrwn ddychwelyd i'r swyddfa yn y dref â gwên fuddugoliaethus am unwaith.

Crwydrais y tu ôl i gownter y caffi bach, gan dynnu fy mys drwy'r llwch ar y silffoedd. Adeilad hyll o frics coch wedi'i wasgu rhwng y tai mawrion Edwardaidd ar y promenâd yn Nhywyn. Adeilad na ddylai fod yno: roedd o'n difetha urddas glan y môr. Nid fi oedd yr un i werthu'r lle hwn – nid fi, â'm chwaeth hen ffasiwn yn dirmygu'r pethau newydd am eu bod yn difetha'r dref.

Sylweddolais hynny wrth sefyll y tu ôl i gownter yr hen gaffi hyll, a'r glaw yn pigo yn erbyn y ffenestri.

Ymddangosodd hi yn y ffenest fel ysbryd, ei hwyneb yn aneglur drwy'r glaw, fel petawn yn ei gwylio drwy freuddwyd. Edrychai'n ddu a gwyn, heb liw, fel cerflun.

Tynnodd ei llaw dros wydr y ffenest i sychu'r diferion glaw, a gwelais ei llygaid mawrion yn crwydro i mewn i'r caffi blinedig. Deffrodd rhyw gryndod yn fy stumog wrth i mi sylweddoli y byddai'r llygaid cerrig llwydion hyn yn dod i'm cyfarfod mewn eiliadau.

Chwythai'r awel un cudyn o'i gwallt ar draws ei hwyneb. Edrychai mor llonydd, ac mor dlws. Agorodd y drws, a chwythodd awel y môr i mewn i'r caffi yn gymysg â'r glaw.

'Mr Thomas?' gofynnodd, ei llais yn ddwfn ac yn feddal.

Symudais o'r tu ôl i'r cownter, a brysio ati. Estynnais am ei llaw.

'Ia. Mrs Phyllip?'

Nodiodd y ddynes, a gwenu wrth ysgwyd fy llaw yn chwithig.

'Galwch fi'n Pegi, plis.'

Roedd ei llaw yn oer yn fy llaw i, a'r croen fel sidan yn fy nghledrau.

'Ydi'ch gŵr yn dod?' gofynnais i lenwi'r bwlch yn y sgwrs.

Gwenodd Pegi, fel petasai'n synhwyro fy chwithdod. Roedd ei gwefusau'n denau ac yn goch ar ôl bod allan yn yr oerfel, a'i cheg yn agored rhyw fymryn i ddangos dannedd sythion. Gwthiodd y cudyn gwallt y tu ôl i'w chlust – gweithred merch fach yng nghorff dynes.

'Mae o'n parcio'r car.'

Nodiais. Roedd gen i sgript, fel actor yn union. Ond dyma'r tro cyntaf i mi deimlo chwithdod wrth ei hadrodd yn glogyrnaidd.

'Does dim rhaid i mi ddweud wrthoch chi pa mor dda yw lleoliad y caffi. Ar lan y môr, fel hyn, mi fydd yn llawn dop drwy'r haf...'

Syllodd Pegi i fyw fy llygaid am eiliad ac yna, yn sydyn, dihangodd chwerthiniad bach o'i cheg. Codais fy aeliau mewn cwestiwn, ond chefais i ddim esboniad.

'Mae'r pris yn rhesymol iawn, yn enwedig o ystyried cyflwr y lle. Bron na fyddech chi'n medru ei agor yn syth...'

Doedd hi ddim yn gwrando arna i. Crwydrai'n araf o gwmpas y caffi, gan dynnu blaenau ei bysedd main dros blastig gwyn y byrddau bach, sglein metalig y cownter a gwydr yr oergelloedd. Tawelais wrth weld ei llygaid yn crwydro dros y lle, yn sbio i'r corneli a'r cysgodion. Welais i 'rioed unrhyw un yn archwilio lle fel hyn o'r blaen, yn llyncu'r manylion yn hytrach na bodloni ar y ddelwedd gyfan. Fe'i gwyliais tan i ddrws y caffi agor drachefn.

'Ew, mae 'na ddrycin!'

Caeodd y dyn y drws y tu ôl iddo. Tynnodd ei het, ac estyn ei law. Gwenodd yn gynnes wrth i ni ysgwyd llaw, ac yn sydyn meddyliais amdano'n cyffwrdd yn ei wraig, yn gwthio'i choban oddi ar ei hysgwydd... Llyncais fy mhoer a thynnu fy llygaid oddi arno, mewn ofn y medrai ddarllen fy meddwl.

'Roeddwn i'n dweud wrth Mrs Phyllip rŵan mor llewyrchus yw'r caffi yma yn yr haf...'

'Rydan ni'n nabod y dref yn iawn,' esboniodd y dyn, gan osod ei het ar un o'r byrddau. 'Francis. Francis Phyllip.' Roedd o'n ddyn golygus, ei wallt tywyll wedi'i gribo'n ôl dros ei gorun â llyfiad o Brylcreem, a chanddo ên sgwâr ac aeliau trwchus, duon. Ond roedd o'n fyr, yn fyrrach na'i wraig, a doedd y ddau ddim yn gweddu i'w gilydd rywsut.

'Fi oedd eisiau dod i weld yr adeilad, i weld oedd y gegin yn ddigon mawr, ac i weld oes angen gwario llawer i dacluso'r lle,' meddai Pegi heb edrych arna i.

'Wel, fel y gwelwch chi, mae'r lle mewn cyflwr anhygoel...'

'Mi fyddwn i eisiau cael cownter hir, o un pen i'r llall,' meddai Pegi, gan edrych o gwmpas yr ystafell fel petasai'n medru gweld y cynlluniau'n dod yn fyw o flaen ei llygaid. 'Gosod stolion coch a gwyn ar hyd un ochr, yn lle'r byrddau bach.'

Edrychodd Pegi i fyny, a dal llygaid ei gŵr, a chwarddodd y ddau. Teimlais yn chwithig, fel petawn i'n ymyrryd ar foment breifat.

'Mae ganddi weledigaeth,' meddai Francis, fel petai hynny'n esbonio'r chwerthin. Cydiodd yn ei het, cyn gofyn i'w wraig, 'Wyt ti wedi gweld popeth?'

Nodiodd Pegi, â'i llygaid yn dal ynghlwm yn rhai ei gŵr.

'Pa mor sydyn fedrwn ni gael y goriadau?' gofynnodd Francis.

'Ychydig wythnosau,' atebais, gan aros am y gorfoledd a

ddeuai yn sgil y gwerthu. Ddaeth o ddim y tro yma. Efallai fod Pegi'n cymylu popeth arall.

Ar ôl trafod cytundebau, manylion banc ac amserlenni, gadawodd Pegi a Francis a gwyliais y ddau'n cerdded i lawr y promenâd at y car, fraich ym mraich, gan bwyso i mewn i'r gwynt. Gwyliais Francis yn agor drws y car i'w wraig, gan edmygu'i chorff heglog wrth iddi blygu i fynd i mewn i'r modur.

Diffoddais y golau, a nôl fy ngoriadau o'r bwrdd. Wrth droi, gwelais hoel un o fysedd Pegi yng ngwydr y cownter, a syllais arno am ychydig, yn llwyd ac yn grwn.

Yn y misoedd ar ôl gwerthu'r caffi, gwaedodd pob angerdd, mwynhad a lliw o fy mywyd. Byddwn yn pasio'r caffi bach ar lan y môr pan fyddai ambell dŷ ar werth ar y promenâd, yn chwilio am ei chorff tal a'i gwallt tywyll.

Cyrhaeddodd yr adeiladwyr cyn gynted ag y daeth y caffi yn eiddo i Francis a Pegi, er na welais i mo 'run o'r ddau ar gyfyl y lle'r adeg hynny. Roeddwn i'n anghyffordus, yn ymwybodol 'mod i'n chwilio amdani o hyd. O'r diwedd rhoddwyd arwydd newydd mewn ysgrifen goch uwchben y drws: Phyllip's Ices, a llun hufen iâ pinc arno. Ond bu tawelwch ar lan y môr wedyn gan fod popeth yn cau dros y gaeaf − yr *amusements*, y siopau geriach, a'r caffi hefyd.

Ac yna, un prynhawn ar drothwy'r gwanwyn, ac oerfel y môr yn dal yn fain, roedd y goleuadau ymlaen yno, a'r drws ar agor. Gyrrais fy nghar bach heibio'r caffi, i lawr y lôn at ben pella'r promenâd, ond roedd fy nghalon yn drymio. Eisteddais yn fy nghar ar ôl parcio, yn trio dychmygu sut beth fyddai cerdded i mewn i'w lle hi.

Roedd y caffi wedi'i drawsnewid, yn union fel roedd

Pegi wedi dweud y byddai – cownter hir o blastig coch, a stolion uchel yn rhes wrth ei ymyl. Cefais fy synnu wrth weld bod y lle bron yn llawn. Roedd criw o bobol ifanc mewn iwnifform wedi galw ar ôl ysgol, a gŵr canol oed yn darllen papur newydd drwy stêm ei goffi. Safai Pegi y tu ôl i'r cownter mewn ffrog las, blaen, ei gwallt wedi'i glymu a'i bysedd yn dynn am wydryn tal.

'Rydach chi wedi 'nal i,' meddai gyda gwên, gan gyfeirio at y ddiod yn ei llaw. 'Dyma'r tro cynta heddiw i mi gael hoe fach.'

Eisteddais ar un o'r stolion, a thynnu ei choes: 'Cwrw sydd ganddoch chi?'

Chwarddodd Pegi.

'Mae milcshec banana yn well na chwrw,' meddai, cyn cymryd dracht hir ohono. 'Wyddoch chi, doeddwn i ddim wedi blasu milcshec o gwbl tan i mi brynu'r lle yma. Maen nhw'n anhygoel.' Rholiodd ei llygaid mewn pleser, fel petai'n cymryd cip i'r nef i ddiolch am ei diod.

'Ydi pethau'n mynd yn dda?'

'Mae'r plant ysgol wedi darganfod y lle.' Nodiodd Pegi i gyfeiriad y criw llawn chwerthin yn y gornel. 'Maen nhw'n lecio'r milcshec yn fwy na fi! Ac mae'r hufen iâ yn gwerthu'n dda hefyd. Francis sy'n ei wneud o ei hun, wyddoch chi.'

'Oes 'na gwsmeriaid yn ystod oriau ysgol, 'ta?'

'Wel, yn ffodus iawn, mae rhai plant sydd i fod i redeg traws-gwlad wedi dechrau dod yma i guddio. Maen nhw'n smalio'u bod nhw'n rhedeg ond yn dŵad yma am hanner awr i fwynhau cacen.'

'Ew. Mi fyddwch chi'n gyfrifol am genhedlaeth o bobol dew iawn ym Mro Dysynni.'

Chwarddodd Pegi, a gorffen ei milcshec. Trodd ei chefn

i sychu'r llaeth oddi ar ei gwefus, gan wneud i mi lyncu 'mhoer.

'Ydach chi am drio un, 'ta?' gofynnodd.

Codais fy aeliau mewn cwestiwn.

'Milcshec! Mae 'na rai banana, siocled a mefus. 'Dan ni'n gweithio ar fwy o flasau.'

'Coffi i mi, os gwelwch yn dda,' meddwn, gan deimlo'n rhy hunanymwybodol i archebu un o'r gwydrau tal, melys.

Gosododd Pegi gwpanaid o goffi o'm blaen, cyn troi at y plant ysgol i gymryd mwy o archebion. Aeth â'r llestri budron i'r gegin, cyn dod yn ôl i'r caffi â phowlen yn ei llaw, ac ynddi flawd, siwgwr a menyn. Plymiodd ei dwylo i mewn i'r gymysgedd a chanolbwyntio'n llwyr, ei cheg ryw fymryn yn agored. Cododd ei phen yn ddirybudd a'm dal yn syllu arni, ond gwenodd a dangos ei dannedd gwynion.

'Sgons,' esboniodd. 'Maen nhw'n gwerthu'n dda. Rysáit Nain!'

Estynnodd wy o'r bocs wyau y tu ôl iddi a'i dorri i mewn i'r bowlen, a'r plisgyn llyfn yn hollti'n finiog dan ei chyffyrddiad.

'Chi sy'n gwneud y cyfan? Y cacennau i gyd?' gofynnais, gan drio tynnu fy llygaid oddi ar y bowlen. 'Does ganddoch chi ddim help?'

'Mae gen i rywun yn dod i mewn yn rhan amser i helpu. Bydd yn rhaid cael mwy o staff pan ddaw'r haf os gwnaiff hi brysuro.'

Daliai i dylino'r toes.

'Ond nid Mr Phyllip?'

Teimlwn yn bowld yn gofyn y cwestiwn, a stopiodd Pegi am ychydig eiliadau.

'Na,' atebodd yn syml.

'Prysur yn y siop yn Llanegryn, mae'n siŵr gen i,' meddwn i lenwi'r tawelwch.

Gwenu wnaeth Pegi, a brwsio'i thalcen â chefn ei llaw, gan adael llwch y blawd yn llinell ar ei chroen.

'Ie,' cytunodd.

Erbyn i mi orffen fy mhaned roedd dwsin o sgons yn pobi yn y ffwrn, a'r bobol ifanc wedi murmur eu ffarwél cyn dianc allan yn llawn egni a chwerthin. Roedd agosatrwydd eu cyfarchion iddi – 'Hwyl, Pegi, welwn ni chi fory'; 'Ta-ra, Pegi!' – yn fy ngwneud i'n genfigennus. Dynes ddeugain oed mor boblogaidd gyda'r rhai ifanc? A minnau wedi treulio blynyddoedd fy llencyndod yn brwydro am gyfarchiad hawddgar fel yna.

'Gwell i mi fynd,' meddwn, gan adael fy mhres ar y bwrdd.

'Cofiwch alw eto,' gwenodd Pegi, a gwên yn ei llygaid. 'Dwi'n benderfynol o'ch cael chi i drio milcshec cyn yr haf.'

Er i mi wneud fy ngorau i frwydro yn erbyn hynny, daeth yn arferiad i mi gael paned yn y caffi cyn mynd adref bob dydd. Yn y gwaith crwydrai fy meddwl at y dwylo prysur yn tollti dŵr neu'n torri cacen, a'r gwallt tywyll yn trio dengyd o'r cwlwm ar ei phen.

Fyddwn i ddim yn cael sgwrs â hi bob dydd: weithiau mi fyddai'n rhy brysur yn gweini neu'n coginio, a dôi ffrind iddi o Lanegryn i'w gweld bob prynhawn Llun. Byddai'r ddwy'n pwyso at ei gilydd dros far y caffi, yn sgwrsio'n ddiwyd ac yn llawn chwerthin. Byddai Annie'n aros yno o amser cinio tan i'r caffi gau, a doedd y ddwy byth yn brin o sgwrs. Dim ond merched, penderfynais, a phlant efallai, fedrai ffurfio cyfeillgarwch mor gadarn â hynny.

Weithiau byddai'r caffi'n dawel, a dyna'r dyddiau yr oeddwn i fwyaf hoff ohonyn nhw. Byddwn yn gweddïo am wynt mawr neu law, achos byddai hynny'n golygu na fyddai cymaint o gwsmeriaid eraill ac y byddai Pegi'n rhoi ei sylw i mi.

Siaradai am bob dim dan haul, er mai prin y byddai hi'n sôn am Lanegryn na'i theulu, ac roedd hynny'n fy mhlesio i. Cawn smalio nad oedden nhw'n bodoli, ac nad oedd byd y tu allan i'r caffi bach hwn. Prin roeddwn i'n cyfrannu at y sgyrsiau ac, wrth gwrs, byddai Pegi'n gweithio wrth siarad. Des yn gyfarwydd â'r ffordd y byddai'n tynnu cacennau poeth o'r ffwrn â sgert ei ffedog, a sylwi ei bod yn godro'i bodiau wrth olchi ei dwylo. Unwaith, a hithau yn y gegin gefn, cefais gip arni drwy ffenest fach gron y drws yn bwyta darn mawr o gacen sbwnj a hynny'n ddi-wên, heb fawr o bleser, gan wthio'r gacen i'w cheg.

Ar ôl ychydig wythnosau, wrth i mi aros i'r tost frownio amser brecwast, sylweddolais 'mod i'n ei charu hi. Gwnaeth hyn i don o dristwch chwerw olchi drosta i, am resymau nad oeddwn i'n siŵr iawn ohonyn nhw, ac arhosais adre. Tybed a welodd hi fy ngholli yn y caffi'r prynhawn hwnnw?

Y diwrnod canlynol, ar ôl cael fy nwrdio gan y bos am beidio â dod i'r gwaith ac am beidio â'i ffonio, ond hefyd ar ôl gwerthu bwthyn bach yn llawn lleithder i bâr priod ifanc, ymlwybrais i'r caffi, fel arfer. Roedd hi'n brynhawn trymaidd, llwyd ac er ei bod hi bron â bod yn haf, roedd hi'n dawel yn Nhywyn. Cerddais ar hyd y promenâd i gyfeiriad y caffi, a gwylio'r tonnau'n llyfu'r tywod yn dawel. Roedd lliw storm ar y môr, a doedd dim cychod ar y gorwel.

Wrth groesi'r lôn, tynhaodd fy llwnc wrth ei gweld hi yno, yn eistedd o flaen y caffi ar un o'r meinciau pren, a'i choesau main wedi'u croesi'n daclus. Welodd hi mohona i, felly oedais

178

am ychydig i'w gwylio. Roedd hi'n wynebu'r môr, a golwg bell ar ei hwyneb – golwg heddychlon, blentynnaidd bron, na welswn o'r blaen. Teimlwn fy hun yn gwrido wrth feddwl 'mod i'n caru'r ddynes yma, a theimlo'n fudr, fel dihiryn, am ei gwylio hi a hithau'n meddwl ei bod hi ar ei phen ei hun.

'Mwynhau awel y môr?' meddwn, ac roedd rhywbeth am y ffordd araf, hawddgar y trodd hi ata i a gwenu a berodd i mi feddwl ei bod hi'n gwybod 'mod i wedi bod yn ei gwylio hi wedi'r cwbl.

'Does 'na fawr o awel o gwbl,' atebodd. 'Meddwl y byddwn i'n cymryd mantais o'r pum munud o lonyddwch. Mae'r caffi wedi bod fel ffair.'

'A dyma fi wedi dŵad i sbwylio'ch llonyddwch chi.'

Gwenodd yn llydan, gan ddangos ei dannedd.

'Mae hynny'n dibynnu wyt ti'n fodlon i mi eistedd allan yn fa'ma efo ti tra yfi di dy baned. Mae hi fel ffwrn yn y caffi 'na.'

Edrychais ar fy sgidiau, a llyncu. Wnaeth hi ddim aros am fy ateb, dim ond diflannu'n syth i'r caffi i nôl fy mhaned. Ar yr eiliad honno, doedd dim byd yn teimlo'n fwy arwyddocaol o bersonol nag eistedd efo rhywun ar fainc, yn syllu allan dros y môr llwyd.

Daeth â'm paned allan, a'i gosod wrth fy ymyl. Yn ei llaw arall roedd ganddi wydr tal iddi hi ei hun: milcshec arall, lliw hufen y tro hwn.

'Mae o'n ferwedig, gwylia losgi dy geg,' meddai wrth eistedd, a cheisiais ddyfalu a oedd rhywbeth yn rhyfedd yn y ffordd roedd hi'n siarad mor hawdd â dyn nad oedd hi'n ei wir adnabod. Gwasgodd ei gwefus am y gwelltyn, ac ochneidio'n braf ar ôl cymryd dracht.

'Blas newydd?' gofynnais, gan bwyntio at ei gwydryn.

'Anhygoel,' meddai, gan rolio ei llygaid mewn pleser.

'Doeddwn i ddim yn siŵr oedd o'n mynd i weithio, ond mae hyd yn oed Francis yn cytuno ei fod o'n un o'r goreuon. Menyn cnau a mêl. Nefoedd.' Craffodd arna i. 'Mi wnâi un i ti, os lici di.'

Ysgydwais fy mhen gyda gwên. 'Mae coffi'n iawn i mi.'

Twt-twtiodd Pegi'n goeglyd, gan ysgwyd ei phen. 'Sut medri di yfed diod boeth yn y tywydd yma? Mae hi mor glòs...'

'Arfer, am wn i.'

Cymerais gegaid arall o'r coffi – roedd o'n gryf ac yn chwerw, yn union fel y mwynhewn ei gael o.

'Efallai y bysat ti'n hoffi milcshec hefyd. Fyddi di ddim yn gwybod nes i ti 'i drio fo.'

Wyddwn i ddim sut i ateb, felly wnes i ddim, ac eisteddodd y ddau ohonon ni ar y fainc yn yfed ein diodydd, a sŵn y tonnau gerllaw yn anadlu'n dawel. Torrwyd ar y tawelwch o dro i dro gan sylwadau neu sgyrsiau byrion rhwng y ddau ohonon ni, er na wnaethon nhw arwain i unlle.

'Braf eich byd yn cael gweithio wrth y traeth bob dydd.'

'Tydw i ddim yn ddynas glan-y-môr,' atebodd Pegi, a throis ati gyda chwestiwn yn fy llygaid. 'Nid 'mod i'n ei ddrwglicio fo, nac yn ei ofni fo, ond fedra i ddim rhamantu amdano fel y bydd ambell un yn ei wneud. Yn y mynyddoedd rydw i eisiau bod.'

Tarodd olwg sydyn dros ei hysgwydd, a chymryd cip ar y mynyddoedd a gysgodai Lanegryn.

'Mi wnewch eich ffortiwn yma yn yr haf,' cysurais, cyn i mi gael cyfle i ystyried mai peth powld oedd trafod arian.

'Gwnaf, hwyrach,' ochneidiodd Pegi a gwên bellennig ar ei hwyneb. 'Ond roeddan ni'n gwneud yn iawn yn y siop.'

'Pam agor y caffi, ga i ofyn?'

'Dim fi... Francis a Huw oedd yn meddwl...'

Oedodd Pegi, gan ffrwyno'i thafod. Trodd ei llygaid at y môr, ac aeth y saib yn hir a chwithig.

Cododd wedyn, a smwddio'i sgert â'i dwylo.

'Beth bynnag am hynny. Mae gen i gacen sbwnj coffi a *Chelsea buns* i'w pobi erbyn fory. Ac mi fydd criw'r ysgol i mewn 'mhen chydig.'

Gwenais arni, a dal ei llygaid. Ai fi oedd yn dychmygu'r olwg yna ar ei hwyneb, yr olwg oedd yn golygu rhywbeth?

'Wela i chi fory.'

Gwenodd hithau'n ôl, ond gwên fach dynn oedd hi, gwên na chyrhaeddodd ei llygaid. Diflannodd i mewn i'r caffi, a minnau'n dal i eistedd yno, yn chwysu yn y gwres.

Onid hwn oedd yr arwydd o anfodlonrwydd â'i gŵr roeddwn wedi bod yn aros amdano? Egin anhapusrwydd, cyfle i mi...?

Codais o'r fainc a rhyw egni newydd yn fy ngherddediad, ac am y tro cyntaf erioed roeddwn i'n teimlo bod yn fy nghoesau awydd i redeg.

Roedd Francis Phyllip yn amlwg wedi anfon ei wraig i redeg ei brosiect bach o a hithau'n hiraethu am ei chynefin yn Llanegryn... Sut medrai o wneud y ffasiwn beth iddi? A hithau mor...

Cerddais i lawr y grisiau at y traeth, a brasgamu tuag at y dŵr, fel petawn i ar ryw berwyl pwysig. Fel petawn i ar fy ffordd i rywle.

'Tae hi ond yn medru gweld nad gwerthwr tai mewn siwt, yn gwisgo sgidiau capel i gerdded ar y traeth, oeddwn i go iawn, meddyliais wrth grwydro at ymyl y dŵr. Nid dyn oedd yn gwrthod milcshec i gymryd coffi chwerw.

Prysurodd pethau'n sydyn yn y caffi wedyn, ac er i mi fynd yno bob dydd i gael fy mhaned, roedd y lle dan ei sang o ymwelwyr. Erbyn i'r ysgol gau am y gwyliau roedd Pegi wedi gorfod cyflogi dwy arall i weithio yn y caffi gyda hi yn llawn amser, a doedd ganddi mo'r amser na'r egni i siarad rhyw lawer.

Byddwn i'n aml yn meddwl am y prynhawn hwnnw pan fu agosatrwydd rhyngon ni fel rhyw freuddwyd. Rhyw agosatrwydd na ddigwyddodd go iawn. Parhaodd Pegi i wenu ar y cwsmeriaid, i blesio pawb gyda'i milcshecs a'i hufen iâ, a pharhau i bobi ei chacennau y tu ôl i'r cownter. Fyddai neb wedi dyfalu y byddai'n well ganddi fod yn rhywle arall.

Ond roeddwn i'n gweld rhywbeth ynddi, weithiau – blinder yn ei llygaid, a llacrwydd yng nghorneli ei gwên. Dyfeisiodd fy nychymyg fyrdd o resymau pam nad oedd hi'n hapus, a phob un sefyllfa y medrwn i feddwl amdani yn gwneud i mi ddod i'r casgliad y byddai'n hapusach gyda mi.

'Lle rwyt ti 'di bod?' holodd Pegi, gan frysio draw cyn gynted ag yr eisteddais ar fy nghadair. Roedd hi'n wythnos ers i mi ei gweld hi, a sylweddolais, am y tro cyntaf, pa mor denau oedd hi. Gallwn weld yr esgyrn o dan goler ei blows wen. Roedd y caffi'n llawn, a sŵn sgwrsio a thincial cyllyll a ffyrc yn llenwi'r lle. Llenwodd gwpanaid o goffi i mi, a nodais fy niolch gyda gwên fach. Edrychai Pegi i fyw fy llygaid, â rhyw boendod yn ei hwyneb. Poendod am 'mod i wedi bod i ffwrdd?

Mor hawdd, mor naturiol fyddai estyn fy mysedd am ei grudd, gwthio'r gwallt rhydd y tu ôl i'w chlust a chael profi llyfnder ei chroen dan fy nghledr. Teimlwn fy mysedd yn cosi, yn ysu amdani.

'Efo Mam. Yn cael tendans, a bwyd cartref. Braf iawn.'

'Ydi hi'n gwneud coffi gystal â fi?'

Syllai Pegi arna i, ei llygaid tywyll yn fy herio, bron, yn cwestiynu fy absenoldeb. Teimlwn yn euog am ei gadael hi.

'Te mae Mam yn ei yfed,' atebais, gan gymryd llond ceg o goffi poeth. 'Dweud bod coffi'n chwerw.'

'Mae hi'n iawn. Mae 'na rywbeth afiach am ei flas o, a dweud y gwir. Dwn i ddim pam 'mod i mor hoff ohono.'

Gofynnodd un o'r cwsmeriaid am baned arall, a chollais Pegi. Oerodd ei phaned wrth i'w dwylo brysuro i ddigoni gofynion pobol eraill – tollti coffi, cymysgu diodydd oer, gosod cacennau a bisgedi ar blatiau bach crwn, a chlirio llestri budron.

Ymhen rhyw awr, a'r ail baned o goffi wedi'i drachtio, codais, a thynnu fy siaced amdana i. Cododd Pegi ei phen o'r peiriant cymysgu, a daliodd fy llygaid am ychydig eiliadau. Cynigiais wên fach iddi, ac roedd y wên a gefais yn ôl yn ddigon i gynnal fy ffantasi ei bod hi'n fy ngharu innau dros nosweithiau braf y misoedd cynnes.

Ei haf hi oedd hwnnw. Petawn i wedi syrthio i gysgu a deffro yn ei hymyl hi bob dydd, fyddwn i ddim wedi meddwl amdani'n amlach nag y gwnes i. Bu'n haf crasboeth, a Thywyn yn llawn ymwelwyr yn chwilio am dai haf. Gwerthais fwy o dai nag unrhyw un arall yn y swyddfa, a 'nghariad i at Pegi yn rhoi rhyw dân newydd i fy mywyd undonog.

Byddai pawb yn heidio i'r caffi.

Beth gwell nag ysgytlaeth ar ddiwrnod crasboeth, wedi'i sipian o wydryn tal wrth eistedd ar un o'r meinciau hirion y tu allan i'r caffi? Byddai Pegi'n tynnu fy nghoes am mai dim ond coffi fyddwn i'n ei yfed. Doedd hi ddim yn gwybod 'mod i'n ysu am gael trio un o'r diodydd oer, lliwgar a melys, ond bod gen i ormod o embaras ei gweld hi'n gwylio fy ymateb wrth brofi blas newydd.

Byddai fy llygaid yn dilyn pob diferyn o chwys a ymlwybrai i lawr ei blows wrth iddi weithio. Gwyliwn ei gwefusau main yn lledaenu'n wên wrth iddi gyfarch cwsmeriaid.

Un tro, syllais ar ei thraed main, esgyrnog ar deils gwyn y llawr wedi iddi dynnu ei sgidiau poeth mewn eiliad dawel yn y caffi. Traed hardd, ac awgrym o noethni oedd yn ddigon i 'ngyrru i'n wirion. Ai fel yna fyddai hi heb ddim amdani? Yr asennau mor amlwg â'r esgyrn yn ei thraed, bwa ei chlun 'run fath â phêl ei sawdl?

Oerodd yr haf ddechrau mis Medi, a dychwelodd yr ymwelwyr adref i ganolbarth Lloegr gan adael siopau gwag a strydoedd llwm ar eu holau. Roedd caffi Pegi wedi denu'r bobol leol, hefyd, ac arhosodd yn brysur lawer yn hwy na'r caffis eraill, ond pylodd chwant y bobol i fynd am dro ar lan y môr ac am ddiodydd oer a hufen iâ, ac yn y man tawelodd y busnes yn y caffi ar ôl haf a fu'n llwyddiant ysgubol.

Ar brynhawn Gwener ynghanol mis Medi, daeth awel oer o Fôr yr Iwerydd i'n tref fechan ni, a chwythu'r gweddillion o'r caffi. Dwy eneth ysgol mewn gwisg ymarfer corff, eu wynebau'n llawn miri a chwerthin, oedd yr olaf i fynd, gan adael Pegi a minnau ar ein pennau ein hunain yn y caffi.

Ai fi oedd yn dychmygu i'r aer droi'n llawn tensiwn? Gorfodais i mi fy hun godi fy llygaid o'r staeniau ar waelod fy nghwpan goffi wag. Roedd Pegi'n llonydd yr ochr arall i'r cownter, yn syllu'n syth ata i.

Fuais i 'rioed mor sicr ei bod hi'n dymuno rhoi ei dwylo dros fy rhai i.

'Coffi arall?' gofynnodd yn gryg a chwithig.

'Milcshec, os gweli di'n dda.'

Syllodd Pegi i fyw fy llygaid am eiliad, cyn i'w hwyneb dorri'n wên lydan, brydferth.

Am unwaith, wnes i ddim ymgais i guddio'r ffaith 'mod i'n ei gwylio hi wrth ei gwaith, yn llwytho'r peiriant cymysgu, ychwanegu'r llaeth a'r hufen iâ. Gwenais wrth iddi lyfu'r mêl oddi ar y llwy. Gwenodd hithau'n ôl. Erbyn iddi osod y gwydraid o 'mlaen, teimlwn fel petawn i wedi bod yn caru gyda hi.

'Gobeithio y bydd o'n iawn. Nid pawb sy'n hoff ohono fo.'

Llifodd deigryn o anwedd i lawr ochr y gwydryn, yn union fel y dafnau chwys y bûm i'n eu gwylio ar wddf Pegi drwy'r haf.

'Blasa fo,' gorchmynnodd, a golchodd cryndod o chwant drosta i.

Codais y gwydr at fy ngwefus a llyncu cegaid o'r ysgytlaeth y bûm i'n ei ddeisyfu drwy'r misoedd crasboeth. Roedd o gystal, na, roedd o'n well nag yr oeddwn i wedi'i freuddwydio. Yn blasu'n gysurlon, gyfarwydd, ac eto'n ddigon oer a melys i synnu 'nhafod. Blas yr haf, blas mwynhad.

Blas Pegi.

'Be wyt ti'n ei feddwl?' gofynnodd Pegi'n llawn chwilfrydedd.

Estynnais dros y cownter, a chydio yn ei llaw. Roedd hi'n oer ac yn esgyrnog, ac yn feddal fel awel yr haf. Edrychais ar wyneb Pegi a gweld nad oedd syndod yn ei hwyneb 'mod i'n cydio ynddi; wnaeth hi ddim symud ei llaw chwaith.

'Dwi'n caru fy ngŵr,' sibrydodd yn dawel.

Wyddwn i ddim a oedd hi'n siarad â mi neu â hi ei hun.

Daeth sŵn lleisiau. Tynnodd y ddau ohonon ni ein dwylo'n ôl yn sydyn cyn i ddrws y caffi agor, a phâr ifanc yn crwydro i mewn law yn llaw yn chwilio am baned. Edrychais i fyny a thrio dal ei llygaid, ond edrychodd hi ddim arna i am weddill y prynhawn.

Breuddwydiais drwy'r penwythnos. Ysai fy ngheg am flas menyn cnau a mêl, a theimlad ei llaw dan fy mysedd. Wnaeth hi ddim tynnu ei llaw yn ôl o 'nghyffyrddiad, waeth be ddywedodd hi wedyn, ac roedd hynny'n gysur i mi.

Eisteddwn wrth fy nesg fore Llun, yn cyfri'r oriau tan y cawn fynd i'r caffi i'w gweld hi. Roeddwn i'n falch pan ganodd ffôn y swyddfa. Rhywbeth, unrhyw beth, i dynnu fy meddwl oddi arni.

'Gwerthwyr Tai Evans Estate Agents?'

'Merfyn?'

Eisteddais i fyny'n gefnsyth. Roedd hi'n fy ffonio i. Yn y gwaith. Mae'n rhaid ei bod hithau wedi bod yn pendroni... yn breuddwydio, efallai...

'Pegi.'

'Wyt ti'n rhydd i ddod i'r caffi mewn rhyw awr? Cyn cyfnod prysur amser cinio?'

'Wrth gwrs.'

Nac oeddwn, mewn gwirionedd, ond mi fyddwn i'n gohirio popeth oedd yn y dyddiadur er mwyn cael ei gweld hi. Roedd hi'n amlwg am i mi fynd draw pan na fyddai neb arall yno.

Fflachiodd yr atgof o'i thraed noeth drwy fy meddwl, ac eisteddais wrth fy nesg am funud a mwy, yn gwrando ar dôn y ffôn marw, gan ddychmygu Pegi yn y caffi gwag yn aros amdana i.

Roedd *o* yno.

Safai Francis Phyllip y tu ôl i'r cownter mewn ffedog wen, yn arllwys dŵr berwedig i debot ac yn gwenu a thynnu coes gydag unig gwsmer y caffi. Fedrwn i ddim gweld Pegi yn unman. Bu bron i mi droi ar fy sawdl a'i heglu hi. Beth petai o'n rhoi stid i mi? Efallai ei fod o'n fyr, ond edrychai'n foi cryf. Efallai fod Pegi wedi dweud wrtho ei bod hi'n fy ngharu i. Efallai ei fod o wedi'i gorfodi hi i'm ffonio i, er mwyn iddo gael dial...

Edrychodd Francis i fyny'n sydyn, a gwenu'n ddidwyll. Roedd o'n olygus, damia fo. Teimlwn o'r blaen ei fod o'n rhy fyr iddi, a'i wyneb yn ddiflas o berffaith. Mentrais i mewn drwy'r drws i gynhesrwydd y caffi.

'Mr Thomas! Diolch am ddod ar ffasiwn fyr rybudd.'

Amneidiodd at gadair ar ben arall y cownter i 'nghadair arferol. Teimlwn yn simsan o weld y caffi o ongl wahanol.

'Croeso.'

'Te neu goffi? Neu un o'r milcshecs 'ma?'

'Coffi, os gwelwch yn dda.'

'Dwn i ddim, wir.'

Ysgydwodd Francis ei ben wrth dollti'r hylif du i gwpan.

'Mi ddywedodd Pegi y byddai'r milcshecs 'ma'n gwerthu'n dda. Mae'n rhaid i mi gyfaddef, ro'n i'n amheus. Ond ew! Mae 'na fynd arnyn nhw! Dyn paned ydw i, 'dach chi'n gweld. Bob tro.'

'A minna,' meddwn yn gryg. Wyddwn i ddim a oedd o'n gwybod am yr hyn ddigwyddodd ddydd Gwener – y milcshec, a'r dwylo'n cyffwrdd. Oedd o'n chwarae efo fi?

'Ydi Mrs Phyllip yma?'

'Mae hi yn y gegin gefn, yn sortio. Tydi hi ddim yn teimlo'n arbennig iawn, felly mi ofynnodd i mi ddod i helpu.'

'O.'

Dyna lle'r oedd hi, y tu ôl i'r drws. Fedrwn i mo'i gweld na'i chlywed hi, ond roedd hi yno, yn agos. Tybed oedd hi'n gwrando?

'Dim ar chwarae bach mae Pegi'n gofyn am help... Mae hi'n gwybod nad ydw i'n lecio cau'r siop.'

Sgleiniai'r Brylcreem yn ei wallt dan oleuadau'r caffi.

'Pam...?' dechreuais, ac ysgydwodd Francis ei ben, fel petai o'n trio cael gwared ar ryw niwl o'i feddwl.

'Mae'n ddrwg gen i. Angen eich help chi ydan ni, i werthu'r caffi.'

Gwasgais glust y gwpan rhwng fy mys a'm bawd.

'O! Wel... Wrth gwrs...'

'Byddwn ni'n cau heddiw, ddiwedd y dydd. Mae Pegi'n llwytho'r bocsys.'

'Heddiw?' poerais, a chlywed y panig yn fy llais fy hun. 'Ond rydach chi'n gwneud mor dda... yn gwneud ffortiwn!'

Gwenodd Francis, gan ddangos rhes o ddannedd gwyn, syth.

'Mae'r caffi wedi bod yn llwyddiant. Ond mae arna i hiraeth am Pegi i fyny yn y Llan, ac mae arni hithau eisiau dod adref...'

'Ydach chi'n siŵr?'

Craffodd Francis wrth glywed y min yn fy llais, a siaradodd yn bwyllog a thawel.

'Mae hi wedi bod yn anhapus yma ers y dechrau. Roeddan ni wedi penderfynu ers y gwanwyn ein bod ni am werthu ar ôl gwneud blwyddyn. Mae'r lle'n gwneud llawer iawn mwy o bres nag oedd o cyn i ni gymryd yr awenau. Ydach chi'n meddwl y bydd hynny'n ychwanegu at ei werth o?'

'Bydd, mae'n siŵr.'

Roedd hi wedi bod yn anhapus. Wedi hiraethu am ei

chynefin a'i gŵr. Doeddwn i ddim yn ddigon i wneud iddi eisiau aros.

'Arbrawf oedd o, ac un llwyddiannus, mewn ffordd. Ac er ein bod ni'n rhoi'r gorau iddi, tydi o ddim yn ddrwg o beth bod dynes eisiau treulio'i dyddiau yng nghwmni ei gŵr, nac ydi?'

Chwarddodd yn ysgafn. Roeddwn i eisiau ei ddyrnu o.

Agorodd drws y gegin, a dyna lle'r oedd hi, yn dal a thenau a'i gwallt mewn plethen hir i lawr ei chefn, mor wahanol i'r arfer. Oedodd am eiliad, cyn gwenu'n wan a brysio i ffidlan â'r peiriant coffi. Ond nid cyn i mi weld ei hymateb cyntaf wrth fy ngweld i yno, yn pasio'n gyflym fel cysgod dros ei hwyneb. Diflastod. Siom.

Gwerthodd y caffi mewn dim, am swm dipyn yn fwy nag y gwerthwyd o flwyddyn ynghynt. Dychwelodd Pegi at ei bywyd cyfforddus yn siop Llanegryn. Symudais i o Dywyn ar ôl ychydig fisoedd hebddi, yn chwilio am le newydd, bywyd newydd, teimlad newydd. Yn araf, pylodd gwrid fy nghreithiau, tan i ddyddiau cyfan basio pan na fyddwn yn meddwl amdani.

Ond eto, yn nyfnderoedd fy nghalon, roedd atgof o'r boen a deimlais wrth weld gwên fach gyfrin rhwng gŵr a gwraig y bore hwnnw yn y caffi yn Nhywyn. Weithiau, rhwng cwsg ac effro, byddai blas menyn cnau a mêl yn dychwelyd i'm ceg, ac mi welwn ei bysedd hirion, a byddwn yn cofio.

Susan Vaughan
Merch y Gweinidog
1970

Cyrri Llanegryn

8 owns o frest cyw iâr, wedi'i dorri'n ddarnau

madarch wedi'u tafellu

pupur coch mewn tafellau

2 nionyn wedi'u torri

darn maint bawd o sinsir ffres, wedi'i blicio a'i gratio

sudd leim

12 owns o hufen sengl

1 llwy fwrdd o siwgwr brown

coriander ffres

1 llwy de o goriander sych

1 llwy de o gwmin sych

1 llwy de o turmeric sych

chilli, os hoffech chi

Ffriwch y cyw iâr, y nionod, y siwgwr a'r sinsir am rhyw ddeng munud dros wres cymedrol.

Ychwanegwch y pupur, madarch, sudd leim a'r sbeisys sych, a'i gymysgu'n drylwyr.

Ychwanegwch yr hufen a'i fudferwi am 20 i 25 munud.

Blaswch, ac ychwanegu unrhyw halen yn ôl yr angen

Gweinwch gyda'r coriander ffres, ac ychydig o reis.

Ar ôl i Huw Siop adael, mi fyddwn i'n procio fy nghraith fy hun drwy gerdded yr un llwybrau ag a droediwn i efo fo, ail-fyw hen sgyrsiau, hel atgofion am gyffyrddiadau drodd yn ysbrydion pan adawodd o'r Llan. Pan eisteddwn wrth y dŵr ar bont y comin, medrwn weld ffenest ei lofft o, ac adlewyrchiad yr awyr a'r cymylau arni. Gwyddwn yn iawn nad oedd o yno, ond roedd egin gobaith y byddwn i'n ei weld o 'run fath.

Prynhawn fel'na oedd hi, ynghanol ha' bach Mihangel, a bygythiad yr hydref wedi diflannu am wythnos fach, gan gynhesu'r Llan fel petai'n fis Gorffennaf. Roedd Huw wedi gadael ers mis a mwy, ond fedrwn i mo'i anghofio fo, er gymaint roeddwn i'n trio.

'Fydda hi ddim yn deg arnat ti i ni gario 'mlaen efo'n gilydd,' oedd ei esboniad tila wrth i'r ddau ohonon ni gerdded i fyny'r Ffordd Ddu chwe wythnos ynghynt. 'Mae Manceinion fel byd arall, Siws, a dwn i ddim faint y bydda i'n medru dŵad adra i dy weld ti.'

'Ond rydan ni efo'n gilydd ers erioed!'

Trois i edrych arno, a'i wallt tywyll rhyngof i a golygfa hyfryd o'r Llan i lawr i wastatir Tywyn. Fy hoff olygfa, wedi'i sarnu gan eiriau 'nghariad.

'Ac mi wyddost ti gymaint dwi wedi gwirioni efo ti,' meddai Huw, gan redeg ei ddwylo drwy ei wallt. 'Ond dwi'n symud i ffwrdd…'

'Mi gei di ddŵad adra unrhyw bryd!' crefais, gan gasáu'r ffordd roedd fy llais fy hun yn swnio. 'Hogyn Llan wyt ti!'

'Ond tydw i ddim yn siŵr ydw i isio dod yn ôl. Dwi 'di bod yn pydru yn fa'ma ers i mi adael 'rysgol, heb ddim byd i'w wneud…'

'Ti'n gweithio yn y siop! Busnes dibynadwy, da…'

'Ond tydw i ddim isio rhedeg siop fel Nhad a Nhaid. Rydw i isio torri'r patrwm.'

'Mi fyset ti wedi gallu helpu dy fam efo'r caffi! Roedd o'n ormod iddi ar ei phen ei hun.'

Edrychodd Huw i ffwrdd. Roedd o wedi gwisgo'i ddillad dinas er nad oedd o wedi cyrraedd yno eto – crys streipiog, lliwgar a *flares* melfaréd. Doedd o ddim yn edrych fel fy Huw i o gwbl.

'Cer 'ta!' poerais arno, gan golli gafael ar bob urddas wrth frysio i lawr y bryn. 'Cer at y genod mewn *mini skirts*, cer i rywle lle does 'na neb yn dy nabod di. Ci uffar!' Ac er iddo weiddi fy enw i, wnes i ddim troi 'nôl, dim ond rhedeg mor gyflym ag y gallwn i, nes brifo fy ysgyfaint. Es yn syth i'r capel, lle roedd Nhad yn tacluso'r llyfrau emynau ar ôl y gwasanaeth. Roedd o'n dal i wisgo'i goler.

'Be sy, Siw?' gofynnodd mewn braw.

'Mae Huw wedi gorffen efo fi.'

A daeth y dagrau'n afon wrth i mi suddo i'w freichiau cysurlon. Plannais fy wyneb yn ei wallt cringoch a difaru i Huw Siop gael ei eni 'rioed.

Byddai pethau wedi bod yn haws tasai o'n hawdd i'w gasáu. Ond doedd o ddim. Roedd o'n fachgen hyfryd.

Roeddwn i'n ei garu o erioed, ac wrth estyn yn ôl i graidd fy hanes roedd fy atgofion melysaf i gyd yn ei gynnwys o. O'r gusan gyntaf y tu ôl i wal y capel bach i'r cyffyrddiadau addfwyn ar fy nghnawd meddal, buodd o'n annwyl tuag ata i ers iddo fod yn ddigon hen i rannu ei deganau.

Doedd o ddim fel pobol eraill: ddim yn oremosiynol fel hogia 'run oed â ni. Penderfynodd fy ffrindiau ysgol ei fod o naill ai'n od neu'n gymeriad gwantan, ond gallwn i weld cryfder fel craig yn ei eiriau prin a'i wyneb syth. Byddai'n byw bywyd ac iddo batrwm pendant, ac anesmwythai wrth weld unrhyw newid yn ei fyd. Byddai un gair caredig ganddo'n gyfwerth â nofel o ystrydebau gan hogyn arall.

Gwyliais i o unwaith, ar gae ym Mryncrug, wrth i ni wylio gêm bêl-droed, a'r ddau ohonon ni ar ochrau gwahanol i'r cae. Wrth i'r chwaraewyr ffraeo a sgorio, rhedeg a dadlau, ymatebai'r cefnogwyr yn anifeilaidd o reddfol – ar eu traed, yn amneidio, rhegi a gwawdio'r reffarî, eu teyrngarwch i'r tîm yn boeth yn eu gwythiennau. Nid felly Huw. Safai ynghanol ei ffrindiau, ei ddwylo'n ddwfn ym mhocedi ei gôt a'i lygaid yn dynn ar y gêm – dim dadlau, dim ebychu, dim gwenu. Roedd o'r tu hwnt i deimladau bachgennaidd, anaeddfed. Dim ond fi fedrai ei gyffwrdd o.

Ychydig oriau wedi'r gêm, a ninnau'n gorwedd ar wely o fwsog mewn coedlan ar lannau afon Dysynni, tynnodd Huw ei fysedd yn addfwyn i lawr croen fy mraich, a dweud yn ffeithiol, 'Rydw i'n dy garu di, Siws.' Ac er 'mod i wedi dweud yr un fath wrtho fo ganwaith cynt, ac er nad oedd y ffasiwn eiriau yn cyfri ar ôl caru, roeddwn i'n ei goelio.

Efo fo roeddwn i i fod.

Mynnai fy meddwl grwydro 'nôl i'r Ffordd Ddu a minnau'n eistedd ar lan yr afon yn y comin. Roedd ffenest cegin cartref Huw yn llydan agored, a medrwn glywed Pegi yn canu 'Bugail Aberdyfi' wrth fynd at ei gwaith – y nodau lleddf yn cyfleu fy nheimladau hunandosturiol yn berffaith.

Codais yn araf a chrwydro dow-dow ar hyd y llwybr. Roedd Mam wedi mynnu 'mod i'n mynd i'w helpu i nôl y neges, a minnau'n casáu mynd yn agos at y siop erbyn hyn, atgofion am Huw yn fy ngwawdio o bob cornel. Daria fo. Er ei fod mewn dinas bell, roedd o'n dal i sbwylio pethau i mi.

Roedd Mam wrthi'n llenwi ei basged erbyn i mi gyrraedd Siop Phyllip, ac edrychodd i fyny wrth i mi gerdded i mewn. Gwenodd Francis arna i hefyd, gwên fach annwyl, obeithiol. Welais i 'rioed mohono'n flin na chas.

'Sut wyt ti, Susan?'

'Iawn diolch, Mr Phyllip.'

'Wedi bod am dro arall?' gofynnodd Mam wrth roi tun o samwn yn ei basged. 'Bydd dy draed ti'n gwisgo os cerddi di fwy.'

'Wel, mae hi'n dywydd cerdded, yntydi,' meddai Francis Siop yn fwyn. 'Mi ddaw'r gaeaf cyn bo hir, ac mi fyddwn ni'n gaeth o flaen y tân.'

'Digon gwir,' cytunodd Mam. 'Mi fydd Jac yn galw i setlo efo chi fory.'

'Dyna ni 'ta,' meddai Francis Siop. 'Rŵan, ewch chi drwodd i'r cefn, y ddwy ohonach chi. Mi fydd Pegi'n dweud y drefn os nad ydw i'n anfon ei ffrindia panad hi drwodd. Mi ddo inna i nôl paned pan fydd y te wedi mwydo rhyw chydig. Ma Pegi wedi bod yn pobi bisgedi, a rhai da ydyn nhw hefyd...' Gwenodd.

Doeddwn i ddim eisiau mynd. Yno roedd y bwrdd y bu Huw yn eistedd wrth ei ymyl, y platiau y bu'n bwyta oddi arnyn nhw, y cwpanau yr arferai gael ei de ohonyn nhw – llaeth a dau siwgwr. Ond feiddiwn i ddim gwrthod, chwaith. Doeddwn i ddim am wneud ffỳs.

Eisteddai Pegi wrth fwrdd y gegin, wedi ymgolli'n llwyr mewn cylchgrawn. Roedd ei gwallt wedi'i glymu'n flêr mewn cwlwm ar gefn ei phen, a meddyliais, am y canfed tro, peth mor od oedd ei bod hi a fy mam yn ffrindiau mor dda, a'r ddwy mor wahanol – Mam mor drwsiadus a phopeth yn ei le, a Pegi wedyn yn chwit-chwat, yn malio dim am steil gwallt nac am golur.

'Braf iawn ar rai, yn medru treulio'u pnawnia'n darllen,' meddai Mam yn slei, gan wenu. Llamodd Pegi ar ei thraed, a rhuthro at y tegell.

'Iesgob, mae'n braf bod yn ôl ar ôl slafio yn yr hen gaffi 'na cyhyd. Wnes i ddim codi magasîn am flwyddyn gron.

Steddwch. Mi wna i baned. Mae 'na ryw hen fisgedi yn y tun hefyd, os leciwch chi. Rysáit sinamon ges i o'r papur newydd, ond mi fyddan nhw'n well o gael cnau ynddyn nhw, a deud y gwir.'

Eisteddodd Mam a minnau o amgylch y bwrdd, yn gwylio Pegi'n llamu o un lle i'r llall yn nôl te, llaeth a siwgwr. Gwyliais ei hwyneb wrth iddi dollti'r dŵr poeth ar y te. Roedd ganddi'r un geg â Huw, a'i gwefusau main o liw mafon.

'Sut wyt ti, Siw fach?' gofynnodd. Wyddwn i ddim sut i'w hateb. 'Hiraethu amdano fo, yn union fel dw inna, mae'n siŵr. Mi gafodd o ffrae gen i am dy ypsetio di, wsti.'

Syllodd i gannwyll fy llygaid.

'Dwi'n iawn,' meddwn yn gryg.

'Nag wyt,' ychwanegodd Mam gydag ochenaid. 'Dwyt ti ddim yn iawn. Mae angen rhywbeth i'w wneud arnat ti, Siw, i dynnu dy feddwl di oddi ar betha. Mi faset ti 'di gallu mynd i'r coleg...'

'Tydw i ddim isio mynd i'r coleg.'

Priodi a phlanta oedd fy mwriad i wedi bod erioed. Doedd 'na fawr o obaith am hynny rŵan. Wyddwn i ddim beth arall y medrwn ei wneud.

'Fedra i mo dy feio di,' meddai Pegi, wrth ddod â'r paneidiau at y bwrdd. 'Fyddwn inna ddim balchach o fod wedi darllen mwy o lyfra chwaith. A bydda di'n onest, Annie, wyt ti'n meddwl y byddat ti wedi dysgu mwy wrth fynd i goleg? Y petha pwysig dwi'n sôn amdanyn nhw rŵan, petha sydd o ddefnydd i rywun o ddydd i ddydd.'

Er 'mod i'n teimlo'n dorcalonnus, bu'n rhaid i mi wenu ar Pegi. Doedd dim ots ganddi dynnu'n groes. A dweud y gwir, roedd hi wrth ei bodd yn gwneud.

'Ond roedd gen ti a minna betha i'w gwneud o hyd, 'yn

195

doedd, Peg? Ti'n gweithio yn y siop ac yn edrych ar ôl dy fam, a minna'n cadw'r mans.'

'Mi wnaiff Siw ffendio'i ffordd, fel pawb arall.' Gwenodd Pegi arna i. 'Ac mae'n rhaid i ni stopio siarad amdani fel tasa hi ddim yma.'

Ymgollais am ychydig yn y sgwrs bentrefol, a pharabl hawddgar Mam a Pegi. Roedd rhywbeth cysurlon am eu clywed. Wedi'r cyfan, roeddwn i wedi bod yn dyst i'w siarad yn y gegin hon erioed. Yn chwarae ceir bach efo Huw yn y gornel acw ers pan oeddwn i'n medru cropian.

'Sbiwch be dwi 'di bod yn 'i ddarllen,' meddai Pegi, gan basio'r cylchgrawn y bu hi'n pori drosto gynnau i Mam a minnau. Edrychais ar y dudalen. Llun mawr du a gwyn o fachgen bach croen tywyll, a golwg llawn anobaith ar ei wyneb bach tlws, o dan y pennawd bras 'Who Will Love This Child?'.

'Ddois i ddim â fy sbectol,' mwmialodd Mam, nad oedd yn hoff o gael ei hatgoffa bod ei golwg yn gwaelu. 'Be mae o'n 'i ddeud?'

'Sôn am blant bach yn y dinasoedd mae o,' esboniodd Pegi. 'Plant bach duon mewn cartrefi amddifad. Yno mae'r rhan fwyaf ohonyn nhw'n aros am byth… Mae'r bobol sy'n chwilio am blant i'w mabwysiadu yn gofyn am blant gwyn sy'n edrych yn debyg iddyn nhw'u hunain.' Ysgydwodd Pegi ei phen. 'Felly'r rhai bach yma sydd ar ôl, ac maen nhw'n cael eu magu heb fam na thad. Mae'r peth yn ofnadwy.'

'Dwi'n siŵr bod pwyllgor y capel wedi rhoi pres elusen i rai tebyg y llynedd,' meddai Mam.

'Wel, da iawn, ond tydi pres ddim yn mynd i ganu hwiangerddi iddyn nhw, na lapio'r plancedi o'u cwmpas yn y nos, nac 'di?'

Sniffiodd Mam, yn amlwg wedi'i thramgwyddo. 'Mi

weithiais i'n galed iawn i godi'r pres 'na mewn boreau coffi a dwy yrfa chwist...'

'O, paid â chymryd y peth i galon, Annie,' mynnodd Pegi'n sydyn. 'Wrth gwrs, mi wnest ti dy orau. Ac mae'r pres 'na'n siŵr o fod wedi gwneud gwahaniaeth mawr. Beth o'n i'n ei feddwl oedd... wel... dwn i'm fy hun, a dweud y gwir.' Lapiodd Pegi ei bysedd main o gwmpas ei chwpan boeth a phlygu ei phen. 'Meddwl tybed a fedrwn i helpu mewn ffordd fwy ymarferol?'

Gosododd Mam ei chwpan yn ôl ar ei soser, gan nodi difrifoldeb y mater. 'Pegi, dwyt ti ddim yn meddwl *cymryd* un o'r plant bach yma?'

'Cadwa dy lais i lawr!' hisiodd Pegi. 'Tydw i heb sôn wrth Francis eto! Mae ganddo fo fwy o synnwyr cyffredin na fi...'

'Ond...' Cyffyrddodd Mam yn ei gwallt, fel y byddai'n gwneud pan fyddai'n nerfus. 'Fedri di ddim dŵad â phlentyn bach du i bentref yng nghanol cefn gwlad Cymru!'

'Pam ddim?'

'Mi fydd pobol yn ei herian o...'

Wfftiodd Pegi, a chwifio'i llaw fel petai'r cwestiwn yn ddim mwy na phry ffenest yn hedfan o amgylch ei hwyneb. 'Mae plant yn pigo ar blant am bob math o resymau.'

Ochneidiodd Mam, ac ysgwyd ei phen, ond ddywedodd hi 'run gair arall. Beryg ei bod hi'n gwybod, fel roeddwn i, pa mor benderfynol oedd Pegi, ac na fyddai'n newid ei meddwl.

'Wnaiff Francis ddim gadael i mi, beth bynnag,' meddai eto, wrth dynnu ei bys o gwmpas rhimyn ei chwpan yn feddylgar.

Ond gwyddwn yn well na hi, a minnau ddim yn ugain oed eto. Roedd hi'n amlwg o'r wên fyddai'n chwarae ar ei wefusau pan fyddai Pegi o gwmpas fod Francis wedi gwirioni arni. Byddai'n cytuno i unrhywbeth i'w chadw hi'n fodlon.

Pan fuo hi yn y caffi yn Nhywyn, gan ei adael o bob dydd, aeth y pentref cyfan i boeni am fod y sglein yn ei lygaid a'r ysgafnder yn ei lais wedi diflannu. Rhaid oedd gwerthu'r caffi a'i chael hi 'nôl. Byddai Francis yn fodlon rhoi cartref i holl blant amddifad y byd i'w phlesio hi.

'Pegi…,' dechreuodd Mam eto, ond tawelodd wrth weld yr olwg ar wyneb ei ffrind. Cyffyrddodd Pegi yn ei gwegil yn ysgafn, ei llygaid wedi difrifoli.

'Dwi angen gwneud rhywbeth da,' meddai mewn llais isel, a daeth y syniad estron i fy meddwl nad oeddwn i'n adnabod Pegi o gwbl, ddim go iawn.

Yn fy nghof, mae'n teimlo fel pe bai Jonathan wedi cyrraedd y diwrnod wedyn, ond, wrth gwrs, wnaeth o ddim. Aeth Pegi a Francis i Lerpwl ddwywaith (a chwrdd â Huw am ginio'r tro cyntaf. Ceisiais ail-greu'r olygfa honno, gan ddychmygu'r caffi, pa ddillad oedd Huw wedi'u gwisgo, be oedd o wedi'i fwyta…). Roedd hanner y pentref ar stepen eu drysau wrth i fan las Francis gyrraedd adref, â'r geiriau 'F. Phyllip Grocer' mewn ysgrifen gyrliog ar ei hochr. Roeddwn innau wedi bod yn cerdded, eto fyth i lawr y comin ac i fyny'r lôn gul at yr eglwys, cyn troi 'nôl wedi i'm fferau gael eu pigo gan ddanadl poethion yn y fynwent.

Roeddwn i'n cerdded ar hyd stryd y Llan pan basiodd y fan, a'r tri wyneb oddi mewn − wyneb gwelw, main Pegi a wyneb sgwâr, golygus Francis bob ochr i wyneb crwn, brown yr hogyn bach pum mlwydd oed. Cododd Pegi'i llaw arna i wrth basio, gan fflachio ei dannedd mewn gwên hyfryd. Roedd hi'n edrych yn hapus.

Ces i a Mam wahoddiad draw i'r siop am baned y diwrnod canlynol.

'Gwahoddiad!' ebychodd Mam gyda chwerthiniad yn ei llais. 'Ches i erioed ddim byd ond gorchymyn gan 'rhen Peg cyn heddiw!'

I ffwrdd â ni, a Mam yn gwisgo'i ffrog dydd Sul, fel tasa gan hogyn bach ots beth roedd hi'n ei wisgo.

Daeth yr arogl bwyd fel ruban i lawr y stryd i'n cwr' ni. Rhywbeth estron, rhywbeth gwahanol. Tan hynny, bu popeth yn fy mywyd yn gyfarwydd ac yn saff, ond fedra i ddim disgrifio sut beth oedd clywed arogl hollol newydd, a ffiniau fy mhrofiadau wedi'u dymchwel.

Roedd o fel dod o hyd i liw newydd.

'Be ydi'r drewdod yna?' gofynnodd Mam wrth i'r arogl gryfhau, ond wnes i mo'i hateb hi. Roedd o'n fwyn ac yn hyfryd i mi, yn tynnu dŵr i 'nannedd i. Sut gallai rhywbeth arogli'n felys ac yn sawrus yr un pryd?

Roedd y siop yn drwch o'r oglau, fel niwl anweledig yn flanced ar y lle. Mi fedrwn i fod wedi aros yno drwy'r dydd.

'... ac mae'r gath wedi chwydu dair gwaith ers i'r hen ddrewdod 'ma godi...' Safai Mrs Llewelyn fach wrth y til, yn pwyntio'i bys yn gyhuddgar at Francis, a gwres ei thymer yn gwrido ei hwyneb. Doedd yr hen wreigan prin yn cyrraedd pedair troedfedd a hanner, ond roedd hi'n gallu creu twrw. 'Ac mae'r stryd i gyd yn cwyno, i chi gael dallt. Dwi'n synnu nad oes rhywun wedi galw'r polîs yma!'

Gwenodd Francis arnon ni.

'Ewch drwodd i'r cefn, maen nhw'n aros amdanoch chi.' Trodd yn ôl at Mrs Llewelyn. 'Y peth ydi, does 'na ddim llawer y medra i ei wneud am yr oglau... Mae'n rhaid i Pegi goginio, 'yn does...'

'Rhyw sothach tramor!' poerodd Mrs Llewelyn, gan

groesi ei breichiau o dan ei bronnau tewion. 'Mi ddwedais i mai dyma fel bydda hi! Unwaith 'dach chi'n dechra dod â phobol ddŵad yma o'u cynefin, mae safona'n dechra llacio…'

Wrth glywed y geiriau miniog hynny, dechreuais deimlo egin rhywbeth yn tanio yn fy mol. Mymryn ohonaf fi fy hun yn dychwelyd, mymryn o'r enaid roeddwn i'n siŵr bod Huw wedi'i ddwyn â'i fysedd hirion.

'Mr Phyllip?' meddwn, cyn diflannu drwodd i'r gegin.

Edrychodd Francis arna i'n syn braidd wrth i mi dorri ar draws y ffrae.

'Meddwl oeddwn i bod ogla *hyfryd* yn dod o'r siop heddiw. Gobeithio y byddwch chi'n stocio pa gynhwysion bynnag mae Pegi'n eu defnyddio wrth goginio. Dwi'n siŵr y bydda 'na fynd mawr arnyn nhw yn y Llan 'ma.'

Rhythodd Mrs Llewelyn arna i, ei cheg fel pen-ôl cath.

Sylwais fod Francis yn brathu'r cnawd y tu mewn i'w geg rhag iddo wenu, yr union ystum y byddai Huw yn ei wneud.

'Diolch, Susan. Mi wela i be fedra i wneud.'

Arllwys y te roedd Pegi pan gyrhaeddais i'r gegin, a Mam yn eistedd yn ei chadair yn gwylio'r bachgen bach yn tynnu trên bach pren ar hyd sil y ffenest. Roedd o'n eithriadol o dlws, a chanddo lygaid lliw'r ddresel yn ein tŷ ni, a chroen lliw siocled. Roedd ganddo wefusau mawr, mwya a welswn i erioed, a gwallt fel sbwng yn drwch ar ei ben. Edrychodd i fyny wrth i mi gerdded i mewn.

Syrthiais mewn cariad ag o'n syth.

'Hello,' meddwn, cyn i Pegi gael cyfle i'n cyflwyno ni. 'I'm Susan. But you can call me Susie, if you like.'

Doedd o ddim yn edrych yn rhy siŵr ohona i, ond atebodd 'run fath. 'I'm Jonathan. I live here now.'

Troediais tuag ato, ac eistedd ar fy nghoesau teiliwr yn ei ymyl.

'I like your train.'

'Pegi got it for me,' atebodd, ei acen Lerpwl yn drwch ar ei dafod. 'She and Francis got me lots of clothes and some toy cars, too. I got the Shell oil lorry, a massive big one. The doors open and everything!'

'Ew,' ebychais, gan drio efelychu ei chwilfrydedd. 'I've never seen one with proper doors on before.'

Roedd y wên a roddodd Pegi i mi pan ddaeth â phaned ata i ar lawr yn gwneud iddi edrych fel dieithryn – gwên a gyrhaeddai at bob rhan o'i chorff, rywsut.

'Da ti, Siws,' meddai'n dawel, cyn mynd yn ôl at y bwrdd lle roedd Mam yn eistedd, yn fy llygadu â rhyw olwg feddylgar ar ei hwyneb.

Cefais fod yn blentyn unwaith eto'r prynhawn hwnnw, gan adael Mam a Pegi i glebran dros baneidiau diddiwedd tra chwaraewn i a Jonathan â'r trên a'r ceir bach, a chreu brwydrau o hen focs o filwyr metel a fu'n perthyn i Huw pan oedd o'n fach. Roedd Jonathan yn fachgen llawn dychymyg ac weithiau mi fyddwn yn gwylio'i wyneb tra smaliai ei fod yn soldiwr yn gwthio beionet i mewn i'r lori Shell... Ymgollai'n llwyr yn y gêm, gan anghofio pwy oedd o. Roedd o'n beth hyfryd i'w wylio.

'Gymaint ag yr wyt ti'n mwynhau dy hun, Siwsi, mi fydd yn rhaid i ni fynd adra,' meddai Mam ar ôl rhai oriau. 'Mi fydd dy dad yn aros am ei de, a minnau heb feddwl hwylio dim.'

Codais, a Jonathan yn fy ngwylio. Gwenais arno, a gwenodd yntau 'nôl yn swil.

'Mae'r oglau 'ma'n anhygoel, Anti Pegi,' meddwn, gan wylio'r potiau dros y stof yn cymylu eu stêm ar y ffenest. 'Be ydi o?'

'Dweud wrth dy fam oeddwn i gynnau,' atebodd Pegi, gan edrych i mewn i'r potyn mwyaf yn ddrwgdybus. 'Rydw i am i'r bachgen bach deimlo'n gartrefol, felly mi brynais i ddigon o gynhwysion i borthi'r pum mil tra oeddan ni yn y ddinas. Os ydi'r pum mil yn hapus i fwyta cyrri, hynny yw. Dwi am iddo fo fwyta'r pethau roedd o'n eu bwyta adre, y petha sy'n rhan o'i ddiwylliant o. Mae bwyd yn medru bod yn ffasiwn gysur, 'yn tydi? Ond er mor gwrtais ydi o, tydi o ddim wedi blasu dim ers iddo fo gyrraedd yma.' Ysgydwodd Pegi ei phen, a'i thalcen yn grychau o boeni. 'Mae'n rhaid 'mod i wedi dilyn y rysáit yn anghywir.'

'Sut flas sydd arno fo?' gofynnais, gan edrych i mewn i'r pot.

Rhyw fath o gawl oedd o, o'r hyn y medrwn ei weld, yr hylif yn felyn fel cwstard dyfrllyd, a llysiau a chig yn arnofio arno.

'Tydan ni ddim yn rhyw hoff iawn ohono fo,' cyfaddefodd Pegi. 'Cymer di flas, Siws, i weld be 'di dy farn di.' Estynnodd lwy i mi o'r drôr. 'Mi rwyt ti'n dda yn y gegin, 'falle y bydd gen ti syniad sut i wella arno fo.'

Plymiais fy llwy i'r hylif sawrus a'i godi at fy ngheg. Roedd yr arogleuon yn anghyfarwydd, yn rhyfedd yma yng nghegin Pegi yn y Llan.

Trois y cyrri yn fy ngheg, cnoi'r cyw iâr a llyncu.

Roedd o'n anhygoel. Yn hallt ac yn felys, yn hufennog ac yn ffres ac yn hollol wahanol i bob dim a flasais cyn hynny.

Plymiais fy llwy yn syth yn ôl i'r bowlen am fwy.

Chwarddodd Pegi y tu ôl i mi. 'Dwi'n meddwl ei bod hi'n 'i lecio fo.'

'Mae o'n anhygoel, Anti Peg,' meddwn, gan ochneidio mewn pleser. 'Flases i 'rioed ddim byd tebyg.'

'Waeth i ti fynd â'r bowlen efo ti, 'nghariad i,' meddai Pegi a'i llais yn llawn anobaith. 'Tydan ni prin wedi'i gyffwrdd o!'

'Oes ganddoch chi'r rysáit, Anti Pegi?'

'Wel, oes. Rhyw sbeisys o bob math, a sinsir a nionod,' atebodd Pegi, gan ddidoli peth i bowlen i mi gael mynd ag o adref efo fi. 'Mae'r rysáit ges i o'r cylchgrawn yn gofyn am *coconut milk*, ond fedrwn i ddim dod o hyd i hwnnw, felly chydig o hufen a siwgwr brown sydd yn ei le fo. A mymryn o floc cnau coco o'r siop. Hwnnw fydda i'n ei ddefnyddio i wneud macarŵns.'

'Wnewch chi sgwennu'r rysáit i mi rywdro?' erfyniais. 'Falla medra i gael gafael ar y sbeisys drwy'r post…'

'Mi brynais i lwythi ohonyn nhw, yr aur. A tydi o ddim yn edrych fel 'mod i am gael llawer o ddefnydd ohonyn nhw. Croeso i ti eu cael nhw.'

Wrth i ni ffarwelio, cododd Jonathan o'i le chwarae wrth sil y ffenest a thynnu ar fy llawes fel petai ganddo gyfrinach bwysig i'w dweud wrtha i. Penliniais, a sibrydodd y bachgen bach yn fy nghlust.

'Will you come and play with me again, Susie?'

'Of course!' meddwn, wrth fy modd o fod wedi plesio'r bachgen bach. 'Maybe, if Pegi says it's alright, I can take you for a walk. There's a *comin*, and a river, and lots of fields, and other children I can introduce you to.'

Gwenodd Jonathan, gan ddangos rhes o ddannedd gwynion ynghanol ei wyneb prydferth, du.

Dwn i ddim beth oedd yn gyfrifol. Ai'r cyrri, yn flas ac yn arogl newydd, a ddaeth â dadeni i'm henaid clwyfus, neu Jonathan, y bachgen bach a wirionodd efo fi yr un fath ag y gwnes i efo fo, yn gegrwth wrth weld y pethau roeddwn i wedi'u cymryd yn ganiataol fel rhan o'm cynefin ar hyd fy oes. Dotiai at y pysgod bach yn yr afon, y pathewod yn yr ardd, y nadroedd defaid yn torheulo yn y caeau. Daeth newid mawr i mi yn ystod y cyfnod heulog hwnnw, gan godi rhyw gadernid yn fy enaid na wyddwn i ei fod yn bodoli.

Ar ôl trafod a chynllunio rhwng Pegi a Mam, gofynnwyd i mi warchod Jonathan ddeuddydd yr wythnos, i drio dysgu Cymraeg iddo – cynllun oedd yn plesio Pegi gan ei bod hi'n awyddus iddo fedru siarad â'r plant yn ei ddosbarth pan fyddai o'n dechrau'r ysgol, ac yn siwtio Mam gan fod cwmni'r plentyn yn rhoi rheswm dros fy modolaeth i, ac yn rhoi baich cyfrifoldeb yn fy nwylo.

Bron i bythefnos ar ôl i Jonathan gyrraedd, aeth y ddau ohonon ni am dro, a phicnic mewn bag ar fy nghefn. Un o'r diwrnodau mwyn rhwng haf a hydref oedd hi, cyn i'r dail newid eu lliw ond yn ystod y cyfnod pan edrychent yn sych a blinedig.

Cerddodd Jonathan a minnau ar hyd y lôn fach i Graig y Deryn, yntau'n pigo blodau a'u rhoi nhw yn ei boced, a minnau'n adrodd yr enwau yn Gymraeg wrtho a phwyntio: 'Sbia, mwyalchen!' 'Sbia, adfail!' 'Sbia, chwilen!' Derbyniodd Jonathan y geiriau estron heb gwestiynu, gan ymddiddori ym mhob dim.

Ar ôl dringo'r giât i Gae Cerrig Mawr, eisteddodd Jonathan a minnau ar graig fawr lefn, ac estynnais y picnic o'r pecyn a roesai Pegi i mi. Agorais y ffoil yn ofalus – cig eidion mewn powdr cyrri, bara fflat, a phowdr cyrri ar hwnnw hefyd, nionod amrwd mewn sleisys tenau. Doedd o ddim yn edrych yn flasus, hyd yn oed i'm harchwaeth mentrus i.

Pigodd Jonathan ar y bara, ond chyffyrddodd o ddim yn unrhyw beth arall.

'You haven't eaten much since you got here, Jonathan. Do you not like the food?'

Trodd Jonathan ei lygaid i lawr, ond nodiodd. 'Yes, thank you,' meddai yn ei acen gref. 'It's very nice.'

'You know, you can ask Pegi for anything, and she'll cook it for you. They do have a shop.'

Cnoais ar ddarn o gig eidion, a thrio peidio â gwneud ystumiau wrth flasu'r powdr yn dew fel blawd arno.

'Can we go fishing one day?' gofynnodd Jonathan.

'Of course! *Pysgota*. I'm sure my father has a rod and a net somewhere that we could *menthyg*.'

Ar ddiwedd y prynhawn, a minnau'n flinedig ond wedi gwirioni ar glywed Jonathan yn ebychu yn Gymraeg am y tro cyntaf ('Ewadd!' wrth weld creyr glas yn dal pysgodyn yn afon Dysynni), mi es â'r bachgen bach i'm cartref yn Nhŷ Rhosys am y tro cyntaf. Roedd gan fy mrawd hen focs o deganau roedd wedi'u cadw dan ei wely, er ei fod o wedi symud i Ruthun i fod yn athro flynyddoedd ynghynt. Roedd 'na fag o farblis yno hefyd, a Jonathan yn gwirioni arnyn nhw.

Roedd y tŷ yn dawel. Nhad yn ei stydi, a Mam yn chwynnu yn yr ardd gefn. Es i nôl y marblis, cyn piciad i'r gegin yn sydyn i roi tro i'r swper.

Crwydrodd Jonathan y tŷ yn dawel, yn syllu ar y lluniau ar y waliau a'r geriach ar y silffoedd.

'Your house is dead posh,' meddai'n barchus dawel.

'My mother loves cleaning,' esboniais gyda gwên. Roedd yn llawer gwell gen i lanast cartrefol tŷ newydd Jonathan na pherffeithrwydd sgleiniog, amhersonol y mans.

'Sbia, bwyd. Dau funud, Jonathan, *then I'll take you home*.'

Dilynodd Jonathan fi i'r gegin, a chraffodd arna i wrth i mi godi caead y sosban.

'Did you cook it?' gofynnodd, a nodiais.

'I put the meat and vegetables in this morning with some water, and it's been cooking slowly all day. It's just about ready now. We call it *lobsgows*.'

'Lobscouse?' gofynnodd Jonathan, a thinc o rywbeth anghyfarwydd yn ei lais. 'We had that in Liverpool.' Llyncodd ei boer ac edrych i fyny arna i gyda'r llygaid mawrion, tlws. 'It was my favourite.'

'*Lobsgows* is your favourite?' gofynnais yn anghrediniol.

Nodiodd Jonathan ei ateb.

'Stedda wrth y bwrdd, Jonathan,' gorchmynnais, gan estyn powlen. Llenwais ei hanner â lobsgows. Ew, roedd y cig eidion wedi meddalu'n ddarnau hyfryd, ac estynnais lwy.

Diflannodd y bwyd ymhen hanner munud. Ail-lenwais y bowlen.

Gwyliais y bachgen bach yn llowcio, gan ddal y llwy yn dynn yn ei geg rhag ofn iddo golli tropyn. Torrais ddwy dafell o dorth ffres y bore hwnnw a thaenu menyn yn dew arnyn nhw. Bwytaodd Jonathan y cyfan. Roeddwn i wedi gwneud torth frith y prynhawn cynt. Bwytaodd Jonathan ddwy dafell o honno hefyd.

Gwenais yn fuddugoliaethus i mi fy hun. Roedd o wedi bwyta!

Eisteddais mewn cadair wrth ei ymyl. 'What other foods do you like, Jonathan?'

'Chips! And suet pie, especially with chicken. Toad in the hole and Sunday roast. And once, in the home, we had pork with crackling. It was brilliant.'

Lledaenodd ei lygaid mewn atgof.

Chwerddais yn dawel. 'Why didn't you tell Pegi, Jonathan? She's been cooking all this curry thinking it's what you're used to…'

Syllodd Jonathan yn ôl arna i'n gegrwth. 'Why did she

think I was used to curry? I'm from Liverpool!' meddai, heb syniad pa mor ddoeth oedd yr hyn a ddywedodd.

Roedd Pegi a Francis yn llwytho tuniau ar y silffoedd pan es â Jonathan yn ôl, a gwenodd y ddau arno'n gynnes.

'Did you have a nice day?' gofynnodd Pegi mewn Saesneg carpiog, acennog. Nodiodd Jonathan, gan agor ei gledrau.

'Susie gave me these marbles!'

'Well, that's very kind.'

Gwenodd Francis arna i'n werthfawrogol. 'Diolch, Siws.'

'Can I play with them in the kitchen?' gofynnodd Jonathan.

'Of course, but don't put them in your mouth!'

Wedi iddo ddiflannu i gefn y tŷ, syllodd Pegi a Francis ar fy ngwên fuddugoliaethus, yn amlwg yn gwybod bod gen i rywbeth i'w ddweud.

'Wel?' gofynnodd Pegi o'r diwedd.

'Mi fwytodd lond ei fol, Anti Peg.'

Syllodd Pegi arna i'n gegrwth. 'O'r picnic 'na wnes i?'

'Naci. O'r lobsgows oedd gen i adre.' Ysgydwodd Pegi ei phen yn anghrediniol. 'Wir i chi! A llwythi o fara brith. Ac mi es innau ati i'w holi, a wyddoch chi be mae o'n lecio? Cinio rhost a *toad in the hole* a phetha felly!'

'Ond… pam na fyddai o wedi dweud?' holodd Francis mewn penbleth.

'Awyddus i'ch plesio chi oedd o, mae'n siŵr. Ond wir i chi, mae ganddo fo archwaeth da iawn at fwyd, a hwnnw'n fwyd cartre… Am yr union betha y byddwch chi'n eu coginio fel arfer!'

Torrodd gwên lydan ar wyneb Pegi, ac ochneidiodd.

'Siwsi, rwyt ti'n werth dy halen, wir yr.' Galwodd i gefn y siop. 'Jonathan! Come in here for a minute!'

Ymhen dim daeth Jonathan i'r siop, ei ddwylo'n llawn marblis.

'Jonathan, is there anything in the shop you fancy to eat? Now, or maybe for tea?' gofynnodd Francis iddo'n fwyn.

'No thank you,' atebodd Jonathan, gan edrych yn nerfus braidd.

'Don't worry. I've told them about the food you like, and, to tell you the truth, I think Francis is glad he won't have to eat curry any more.' Gwenais ar ei wyneb bach petrus. 'They just want to know what you like so that they can fill up your belly.'

Yn bwyllog, cerddodd Jonathan i ganol y siop, ac edrychodd o'i gwmpas ar y silffoedd, fel petai o ar fin wynebu byddin. 'I like corned beef. And peas. And anything with Heinz Tomato Ketchup. I like baked beans... I think I like most things here, you know.'

Chwarddodd Pegi mewn rhyddhad.

'And I love Mars Bars...,' meddai, gan giledrych ar Francis.

Chwarddodd hwnnw hefyd, a phasio siocled dros y cownter i'r bachgen bach. Gwenodd hwnnw wên fodlon, ddibryder yn ôl.

'Did you like the *lobsgows* Siwsi made?' gofynnodd Pegi wrth i Jonathan dynnu'r papur oddi ar y siocled.

'Ewadd! It was lovely, Mam,' atebodd y bachgen, cyn cymryd llond ceg o siocled, a chnoi'n llawen.

Huw Phyllip
Mab Pegi
1976

Tarten eirin

rhyw 6 eirinen
2 felynwy
8 owns o flawd plaen

4 owns o fenyn oer
4 owns o siwgwr
muscovado tywyll

Cymysgwch y melynwy mewn 4 llwy fwrdd o ddŵr oer.

Rhwbiwch y menyn yn y blawd.

Ychwanegwch y melynwy at y blawd yn araf. Efallai na fydd angen y cyfan arnoch. Rholiwch y pestri allan, a'i dorri'n ddisg.

Hanerwch yr eirin, gan dynnu'r cerrig. Cynheswch hwy mewn padell fas, y math y medrwch ei rhoi yn y ffwrn, gyda'r siwgwr muscovado ac ychwanegwch oddeutu 2 owns o ddŵr — digon i wneud surop o'r siwgwr tywyll. Ar ôl i'r dŵr ddechrau twchu, gorchuddiwch yr eirin â'r pestri, a'i roi yn y ffwrn i goginio am ryw 35 munud.

Pan ddaw allan, bydd yn bosib i chi droi'r badell ben i waered fel bod y pestri ar waelod y darten.

Bwytewch yn gynnes, gyda hufen.

Unwaith, pan oeddwn i'n wyth neu naw oed, aeth Mam â fi i'r siop trin gwallt yn Nhywyn. Cyn hynny, hi oedd wedi torri 'ngwallt a'i gwallt hithau â chrib blastig ddu a siswrn ewinedd. Byddai Dad yn torri'i wallt ei hun dros y sinc â llafn rasel, gan adael cynffonnau o flewiach du yn y porslen gwyn.

Annie oedd wedi'i darbwyllo hi, dwi'n meddwl – gweld ei pharting yn gam a 'ngwallt innau'n dechrau cyrlio'n rhyfedd dros fy ngholer. Câi Anti Annie drin ei gwallt bob pythefnos, mewn perm bach taclus fel y Queen, a rhywsut, darbwyllwyd fy mam ddi-hid, ffwrdd-â-hi i dalu pres i rywun drin ein gwalltiau.

Doedd fawr o ots gen i naill ffordd neu'r llall, a thorrwyd fy ngwallt yn fyr fel gwallt soldiwr mewn ychydig funudau. Symudais i eistedd yn un o'r cadeiriau ger y drws wrth i Mam gymryd ei thro.

Tynnwyd fy sylw gan gomic am ychydig, ond pan edrychais i fyny, gwthiais y comic o'r neilltu fel y gallwn ganolbwyntio ar Mam, wyneb yn wyneb â'i hadlewyrchiad ei hun yn y drych. Roedd rhyw lonyddwch amdani na welswn o'r blaen, a diffyg emosiwn yn ei llygaid mawrion.

Prysurodd y ddynes trin gwallt o'i chwmpas, yn cribo'i gwallt hir, tywyll yn llenni dros ei hysgwyddau. Prin y byddwn i'n ei gweld â'i gwallt yn rhydd. Edrychai Mam i mi fel merch wyllt o'r mynyddoedd oedd wedi'i magu gan fleiddiaid.

Daeth cnewyllyn o ofn i'm crombil. Nid Mam oedd hi, na ddelw yma o ddynes. Rhyw ysbryd oedd wedi cymryd ei lle hi, wedi llenwi ei chorff.

Parablodd Patsy, y ddynes trin gwallt, bymtheg y dwsin wrth iddi dacluso parting Mam ac ymestyn am y siswrn mawr arian, ond wnaeth Mam ddim cymryd arni ei bod hi'n clywed gair. Parhau i syllu i mewn i'w llygaid ei hun wnaeth hi, ei hwyneb yn wag a dideimlad, fel tasa hi wedi marw.

Torrodd Patsy'r cudyn cyntaf o wallt, gyda sŵn fel brethyn yn rhwygo. Gwyliais y gwallt yn syrthio'n farc cwestiwn ar deils gwyn y llawr.

Roedd Mam yn llonydd. Brysiai'r byd o'i chwmpas.

Mae ei llygaid hi 'run lliw â cherrig, meddyliais yn sydyn, a minnau heb ystyried y peth cyn hynny – y cerrig yn waliau Tyddyn Sgwarnog, neu'r graig fawr ynghanol afon y Llan. Efallai mai dyna oedd yn bod arni, penderfynodd fy nychymyg plentyn – bod y graig yn llwydni ei llygaid wedi tyfu y tu mewn iddi, wedi rhewi ei hwyneb a'i chorff yn llonydd a diemosiwn yng nghadair siop trin gwallt Tywyn.

Syrthiai cudynnau o'i gwallt fel plu duon o amgylch ei chadair. Byddwn wedi hoffi pe bai hi'n gwisgo'i gwallt yn rhydd weithiau, yn lle'r blethen hir neu'r belen ar ei gwar. Edrychai'n iau, yn feddalach.

'Ydach chi am i mi ei glymu o 'nôl i chi?' gofynnodd Patsy ar ôl gorffen, a nodiodd Mam yn ysgafn. Heb unrhyw gyfarwyddiadau pellach, estynnodd Patsy am frws a phinnau bach, ac am hir, safodd y tu ôl i Mam yn tynnu'r brws trwy ei gwallt mewn rhythm. Edrychai'n olygfa mor rhyfedd i mi, fel rhywbeth y byddai genod yn ei wneud yn yr ysgol amser chwarae, yn chwithig o blentynnaidd.

Cododd Patsy wallt fy mam yn uchel, a'i droi yn ei bysedd nes ei fod yn dynn ar ei phen. Defnyddiodd y pinnau bach i'w gadw yn ei le, a chwistrellu cwmwl o Elnett melys i orffen y cwbl.

'Dyna fo!' cyhoeddodd Patsy yn fuddugoliaethus. 'Ydach chi'n hapus efo fo?'

Nodiodd Mam, a hithau'n ddieithr o debyg i rywun arall â'i gwallt mor grand. Cododd o'i chadair, a thynnu'r clogyn du o'i hysgwyddau.

'Ydach chi'n siŵr?' holodd Patsy, gan gnoi ar ei gwefus, yn

anfodlon o weld diffyg brwdfrydedd Mam ynghylch ei steil gwallt newydd. 'Mi fedrwn i wneud rhywbeth yn wahanol efo fo os leciwch chi.'

'Na,' gwenodd Mam yn dynn. 'Mae o'n berffaith. Faint sydd arna i i chi?'

Yn y car ar y ffordd adref, gwelais fy mam yn llygadu ei hun yn y drych, yn tynnu ei golygon dros y blew perffaith oedd yn llifo'n syth dros ei thalcen uchel ac yn sgleinio uwch ei chlustiau.

Hi oedd y ddynes brydferthaf a welswn i 'rioed.

Rhwng Bryncrug a Llanegryn stopiodd Mam y car wrth yr hen bont a diffodd yr injan. Medrwn glywed sibrwd y dŵr y tu allan a'r gwylanod yn sgrechian.

Cododd ei breichiau a thynnu pob pin o'i gwallt tlws gan wneud iddo lifo'n afon o gwmpas ei hysgwyddau. Ar ôl tynnu ei bysedd drwy'r gwallt, estynnodd fand lastig o'i garddwrn a chlymu pob blewyn yn belen ar ei phen. Edrychai'n union fel y gwnaethai wrth adael siop y Llan am y dref y bore hwnnw. Dechreuodd yr injan, ac ailddechrau am adref.

'Ond roedd o mor dlws!' ebychais o'r sedd gefn.

Edrychodd arna i yn y drych bach, a gwên fach yn chwarae ar ei gwefusau tenau.

'Oedd, 'yn doedd? Ond doedd o ddim yn fi, wsti… Ro'n i'n edrych yn rhy debyg i rywun arall.'

Mae rhai atgofion yn aros ar arwyneb y meddwl, yn gysur neu'n llafn o euogrwydd i bori drostyn nhw ar eiliadau tawel. Ac eraill fel tasan nhw'n llechu yng nghysgodion tywyllaf yr ymennydd, cyn codi'n annisgwyl a stido'r dychymyg efo'u heglurder annisgwyl.

Fel'na oedd yr atgofion am Mam yn cael trin ei gwallt.

Wyddwn i ddim eu bod yn fy mhen i tan i mi adael cartref a symud i Fanceinion, a minnau'n meddwl yn siŵr mai peth anwadal a dibwys oedd cynefin. Wedi setlo i fywyd digon bodlon yn y ddinas, a'r blynyddoedd yn dechrau 'ngwahanu i a Llanegryn, teimlwn yn sicr mai yno roedd fy lle i, ar y palmentydd oer, yng nghysgodion yr adeiladau llwydion.

Mewn tafarn orlwythog un nos Sadwrn ynghanol y ddinas, gwthiodd hogan ifanc heibio i mi, yn awyddus i gyrraedd y bar, ac arogl Elnett yn bersawr ar ei gwallt.

Ro'n i 'nôl yn y siop trin gwallt yn Nhywyn a Mam yn syllu ar ei hadlewyrchiad ei hun yn y drych. Marciau cwestiwn o wallt ar lawr, a hithau'n llonydd fel craig yn ei chadair.

'Can I buy you a drink?' gofynnais yn sydyn, fy llais yn gryg, fel tasa gadael i'r hogan gwallt Elnett ddianc yn rhoi dihangfa i'r atgofion hefyd. Doeddwn i 'rioed wedi cynnig diod cyn hynny i unrhyw hogan ddieithr. Prin roeddwn i wedi torri gair efo dynes ers i mi gyrraedd Manceinion, a doeddwn i'n sicr ddim yn chwilio am gariad. Roeddwn i'n hapusach ar fy mhen fy hun.

'I'm doing rounds with my friends,' gwenodd yr hogan, a'i llygaid glas yn pefrio dan flew mascara.

'That's a shame.'

'Cymraeg wyt ti?'

'Iesgo… Ia! A chditha?'

'Wel ia, siŵr Dduw!'

Fflachiodd ei dannedd syth arna i.

'O… ia siŵr. Sut gwnest ti ddyfalu…?'

'Acen gry gen ti.'

Cyfarthodd y dafarn ei chytseiniaid pigog Saesneg o'n cwmpas. Sylwais i ddim cyn hynny mor bersain oedd llafariaid trwm fy nhafodiaith i.

'O le wyt ti'n dod?'

'Bethesda. Ond dwi'n byw yn Hulme ers dwy flynedd.'

'Be ddoth â chdi yma?'

'Nyrsio. Ac… isio gweld sut beth oedd bywyd dinas.'

Wythnosau'n ddiweddarach, a hithau'n cuddio'i noethni dan gynfas gotwm wen ar fy ngwely, cyfaddefodd Maria'r gwir reswm pam y gadawodd hi ei chynefin. 'Ro'n i'n meddwl y byswn i'n gallu dianc oddi wrthaf fi fy hun. Gadael yr hen betha, pob darn o hanes, pob atgof.'

Syllais ar ei ffurf yng ngwyll fy llofft, gan arogli'r Elnett ar y gobennydd.

'Do'n i ddim yn meddwl bod gen i wreiddia o gwbl. Ond nid fel'na ma hi. Dwi'n mynnu aros yn fi fy hun.'

Fedrwn i ddim disgrifio gystal roeddwn i'n ei deall hi. Fedrwn inna ddim cyfaddef 'mod i'n clywed afon y Llan yn fy nghwsg, a llais Mam yn canu'n ysgafn yn y cyfnod rhwng cwsg ac effro. Efallai ei fod o'n dderbyniol i ddyn yn ei oed a'i amser hiraethu am ei dir, ei wlad, ei gynefin, ond rywsut doedd hi ddim yn iawn i mi fod eisiau Mam fel roeddwn i.

Cododd Maria o'r gwely a gwisgo amdani. Llyncais fy ebychiad wrth ei gweld yn noeth am y tro cyntaf. Esgyrn main ei hysgwyddau. Bronnau bach uwch asennau. Sgerbwd o hogan, a'i chroen yn dynn am ei hesgyrn. Trois oddi wrthi, wedi fy nharo'n fud gan y diffyg cnawd arni.

Caeais fy llygaid wrth i Maria folchi ac ymbincio, a'r unig beth oedd i'w weld yn nüwch fy meddwl oedd corff noeth Siw yn ymolchi yn afon Dysynni ar ddiwrnod poeth, a'r coed yn lluchio'u patrymau fel les dros ei chnawd. Bryniau'r dyffryn wedi eu hailadrodd yn ei chorff, fel petai hi'n deyrnged i fro ei mebyd: bronnau a phen-ôl a choesau praff, meddal. Ei bol yn crymanu rhyw fymryn, yn gysur o gnawd, a'r blew tywyll rhwng ei choesau yn feddal fel mwsog. Gruddiau yn wrid o haul, a gwên. O! Y wên! Y bwlch rhwng ei dannedd yn ddigon i feddwi dyn.

Ymddangosodd Maria yn y drws, ei dillad yn llac amdani a'i gwallt golau yn llawn Elnett a phinnau.

'Am be wyt ti'n meddwl?' gwenodd arna i drwy finlliw ei gwefusau. 'Roeddat ti'n edrych fel tasa ti mewn byd arall.'

'Meddwl am Lanegryn yn yr haf,' atebais, yn ymwybodol o'r hanner celwydd. Hyd yn oed heb Maria i gymhlethu fy meddyliau, teimlwn yn euog am hel atgofion am gnawd meddal Siw ar ôl yr holl flynyddoedd. Roedd hi'n briod efo rhywun arall bellach, yn fam i ddau o blant bach. Roeddwn i wedi ildio fy hawl i'r bwlch rhwng ei dannedd.

''Sgin ti hiraeth?' gofynnodd Maria, ac aeth y frawddeg fel llafn i'm cylla, a fedrwn i wneud dim ond nodio, a synnu fy hun.

Aeth bron i flwyddyn heibio cyn i mi fynd â Maria adre i Lanegryn. Er nad oeddwn i wedi gofyn iddi eto, gwyddwn 'mod i am ei phriodi. Roedd hi'n debyg i mi, yn feiau i gyd ac yn trio dengyd oddi wrth rywbeth nad oedd hi'n siŵr iawn beth oedd o. Gwelwn rywbeth mor ofnadwy o drist yn ei llygaid mawr glas, ac er ein bod ni'n canlyn ers blwyddyn, roedd dirgelwch amdani – fel petasai'n cuddio rhan ohoni hi ei hun, na chawn i ei hadnabod.

'Do'n i ddim yn meddwl mai fel'ma bysa fo,' meddai Maria yn gyhuddgar bron o'r sedd yn fy ymyl yn y car ar y ffordd i Lanegryn. Roedd hi'n nerfau i gyd wrth i ni yrru o Dywyn i fyny'r dyffryn, a'r dail yn gwrido'r perthi o'n cwmpas. Cyffyrddodd yn ei gwefus, yn ei gwallt ac yn hem ei sgert.

'Pam? Be oeddet ti'n ei ddisgwyl?'

'Do'n i ddim yn meddwl y bydda hi'n ardal mor hardd.'

Trois y car i lawr am y pentref. Roedd popeth yr un fath.

Dyna hi, y siop. 'F. Phyllip, Grocer' yn grand uwch y drws, a'r ffenest yn rhibidirês o liwiau – bocsys, pecynnau a jariau.

Diffoddais yr injan ac ochneidio. Pam y bûm i ar gymaint o frys gwyllt i ddianc oddi yma? Beth wnaeth i mi gredu y byddai bywyd dinas yn well na bywyd yn y fan hyn?

Agorodd drws y siop, a brysiodd dau allan cyn sefyll ar garreg y drws yn gwenu'n chwilfrydig. Fy rhieni. Cymerais gip draw at Maria, a hithau'n gwenu'n nerfus, ei dwylo main yn cydio'n dynn yn hem ei sgert.

Tybed sut argraff wnaen nhw arni?

Dad, yn olygus efo'i wallt a'i lygaid tywyll a gwên i'w gweld yn y llinellau o bobtu ei lygaid. Mam, yn dal yn ei ymyl, ei gwallt yn dechrau llwydo i'r un lliw â'i llygaid, breichiau hirion, main a dwylo heglog, ei bysedd yn esgyrnog a gwyn.

Agorais ddrws y car a theimlo awel hydrefol y Llan yn llenwi'r car.

'Mam, Dad, dyma Maria.'

Ymunodd Maria â mi, ac allwn i ddim peidio â sylwi ar y chwarter eiliad o ergyd a ddaeth i lygaid Mam wrth iddi weld fy nghariad am y tro cyntaf. Dim ond am chwarter eiliad. Roedd hi mor dda am guddio'i theimladau. Estynnodd i ysgwyd llaw Maria, a gwenu'n gynnes. Dawnsiodd yr awel drwy ei gwallt, a chrynais.

'Rydw i a Maria am fynd am dro,' meddwn dros y bwrdd brecwast un bore. 'Oes 'na rywun am ddod? Jonathan?'

Ysgydwodd fy mrawd ei ben a'i geg yn llawn o dost.

Llyncodd y cyfan yn sydyn, a chymryd cegaid o ddŵr. 'Fi sy'n gwneud y pwdin heddiw ac mi wna i rywbeth arbennig gan dy fod ti a Maria yma.'

Gwenodd yn siriol, gan ddangos ei ddannedd gwyn, syth, cyn codi i hebrwng ei lestri at y sinc. Estynnodd dros ysgwydd Mam i ddwyn un o'r moron roedd hi'n eu plicio, a gwenu'n annwyl wrth iddi godi'i haeliau arno. Yn ddeuddeg oed, roedd o'n dalach na hi'n barod, ac yn ffyddlonach na chi bach. Byddai'n eistedd wrth y bwrdd bob prynhawn ar ôl ysgol, yn smalio gwneud ei waith cartref ond mewn gwirionedd yn gwneud dim mwy na sgwrsio â hi, yn rhannu ei straeon ac yn chwerthin.

Dylai fod gennyf ryw fath o eiddigedd wrth weld y berthynas glòs rhwng Mam a Jonathan, ond mewn gwirionedd daeth dyfodiad fy mrawd bach â rhyddhad i mi. Ces gyfle i ddianc rhag fy nghyfrifoldebau fel mab. Pa ots 'mod i wedi dianc i ddinas lwyd? Roedd o'n hogyn mor annwyl, mor hoffus, ac yn ffitio'n chwerthinllyd o dda i gymuned fach y Llan. Yn well nag y gwnes i erioed, efallai. Fyddwn i ddim yn dychwelyd adref yn ddigon aml i fedru dweud a oedd o wedi gweld Mam yn ystod un o'i chyfnodau bregus. A dweud y gwir, wyddwn i ddim a fyddai hi'n cael cyfnodau bregus erbyn hyn.

Gwisgodd Maria a minnau ein cotiau, a gadael y siop. Roedd Dad yn chwisgio hufen iâ mewn powlen fawr las, a cheirios mawr tew yn beli bach ciglyd drwyddo. Cododd ei law, a ffarwelio â ni.

Cerddodd Maria a minnau drwy'r pentref mewn tawelwch, a chlosio at ein gilydd yn oerfel yr hydref. Gafaelai Maria yn fy llawes, ond ddywedodd hi 'run gair tan i ni adael y pentref ar y lôn fach. Codai Craig y Deryn yn dalcen llwyd o'n blaenau.

'Pam wnest ti adael y ffasiwn le?' gofynnodd yn dawel, gan syllu i lawr y dyffryn.

'O'n i eisiau perthyn i fyd newydd.'

'Ac wyt ti?'

Stopiais yn stond, wedi fy llorio gan y cwestiwn. Oeddwn i'n perthyn i rywle arall heblaw'r fan hyn?

'I ti. Dwi'n perthyn i ti.'

Gwenodd Maria. Roedd yn chwithig ei gweld hi yma. Dau fyd yn cyfarfod yn dawel. Yn y ddinas roedd hi i fod, fel finnau, yng ngolau oren y stryd a'i gwallt yn heulwen yn llwydni'r adeiladau.

Dechreuais gerdded eto, fraich ym mraich â 'nghariad. Ers i mi symud i'r ddinas, byddai pob ymweliad ag adref yn fy synnu oherwydd y lliwiau: gwyrddni'r caeau, glas yr awyr, purdeb gwyn y plu oedd yn dengyd o gefnau'r gwylanod. A hithau'n hydref, roedd y dyffryn yn waed i gyd, a'r coed wedi gwasgaru'u dail yn goch ac oren o dan y perthi.

'Dwi'n licio dy fam,' meddai Maria. 'Tydi hi ddim fel roeddwn i'n disgwyl iddi fod.'

'Ym mha ffordd?'

'Dwn i ddim yn iawn. Roedd gen i ddarlun yn fy mhen o ddynes grwn, fochgoch. Mae hi'n fwy... cymhleth nag roeddwn i'n 'i ddisgwyl.'

''Yn tydi pawb?'

Gwyrodd Maria ei phen rhyw fymryn, cyn penderfynu, 'Na, nid pawb. Weithiau mae 'na rywbeth yn llygaid dy fam... Dydw i ddim yn siŵr a ydi hi'n fy licio i.'

'Mae hi wrth 'i bodd efo ti, siŵr.'

Ond gwyddwn yn iawn beth oedd Maria'n ei olygu. Roeddwn wedi dal Mam sawl gwaith yn gwylio Maria, a rhywbeth tebyg i ofn yn ei llygaid. Dros brydau bwyd, yn sicr, byddai'n gwylio Maria yn gwthio un dysen o gwmpas ei phlât, cyn ei gwthio'n ôl a chyhoeddi'n dawel ei bod hi'n llawn. Gwyliai pan fyddai Maria'n edrych i ffwrdd gan syllu ar ei hwyneb, ei garddyrnau a'i breichiau main.

'Ddaru ti ffraeo efo hi, Huw?'

Llyncais fy mhoer. 'Be sy'n gwneud i ti ofyn hynna?'

Dewisodd Maria ei geiriau'n ofalus. 'Rhywbeth rhwng y ddau ohonoch chi. Fedra i ddim rhoi 'mys arno fo.'

'Na, doedd 'na ddim ffrae. Ond...'

'Does dim rhaid i chdi ddeud,' meddai Maria ar ôl fy ngweld i'n petruso.

'Doedd hi ddim yn dda iawn pan o'n i'n tyfu fyny.'

'Be oedd y matar arni?'

'Dwi ddim yn siŵr. Rhyw d'wllwch yn dod drosti bob hyn a hyn. Dwi'n meddwl iddi deimlo'n euog am fod fel roedd hi.'

Nodiodd Maria, fel tasa hi'n dallt yn iawn. Teimlwn innau awel o ryddhad wedi dweud gwirionedd bach arwyddocaol, a hwnnw'n chwythu hen lwch oddi ar fy enaid.

'Dim chdi wnaeth hwn!' ebychais wrth i Jonathan gario'r plât i'r bwrdd. 'Paid â deud clwydda!'

'Ia, siŵr!' atebodd yntau, gan osod y plât ar ganol y bwrdd yn fodlon, ac wrth ei fodd 'mod i'n gwneud sioe o'r pwdin. 'Mae o'n hawdd!'

'Ew, un da ydi Jonathan yn y gegin, wchi,' meddai Dad yn falch. 'Mae o wedi bod wrthi'n gwneud yr hufen iâ efo fi ambell waith ac ew, mae ganddo fo dalent arbennig! Be oedd y blas 'na wnest ti, dŵad?'

'Sinsir a lemon,' atebodd Jonathan yn falch, wrth dorri tafellau tew o'r darten eirin a'u didoli ar blatiau.

Ychwanegodd lond llwy o hufen trwchus at bob un, yn gwmwl ar ei gornel.

'Wel, diolch yn fawr!' meddwn, gan gydio yn fy fforc a dechrau bwyta.

Roedd y darten yn anhygoel – y pestri'n frown ac yn felys, y ffrwyth yn llawn blas yr haf a'r saws o'i gwmpas yn ddigon melys i gosi 'nannedd i. Cydbwysedd perffaith rhwng ffrwyth a siwgwr.

'Bobol annwyl,' meddwn, yn hollol ddidwyll yn awr. 'Mae hwn yn anhygoel, Jonathan.'

Gwenodd Jonathan drwy lond ceg o bwdin. Edrychais draw at Mam i gael ei hymateb hithau, ond doedd hi'n talu dim sylw i mi. Edrychai ar Maria, a rhyw olwg hunllefus ar ei hwyneb.

Dilynais ei golygon, a throi at fy nghariad. Edrychai honno fel petai ei chalon ar dorri a'r darn o darten ar ei fforc yn wenwyn pur. Ceisiais lyncu'r ofnau, smalio nad oedden nhw yno.

Damia Mam am ddangos gwendidau Maria i mi. Damia hi am edrych arni mor llawn o gydymdeimlad dros y bwrdd. Damia hi am wneud i mi feddwl, a minna ar ôl blwyddyn o garwriaeth ddim wedi rhoi dau a dau at ei gilydd.

Roedd Maria'n *ofnadwy* o denau.

Cofiais y tro cyntaf i mi ei gweld hi'n noeth. Corneli ei chorff yn glogwyni drosti. Roeddwn i wedi dod yn gyfarwydd â'i siâp erbyn hyn, a hefyd â'i hesgusodion: 'Dwi wedi bwyta'n barod', 'Mi ges i frecwast mawr', 'Tydw i ddim yn teimlo'n dda iawn.'

Gwyliais wrth iddi fwyta pob tamaid o'r darten eirin, ddeng munud ar ôl i bawb arall glirio'u platiau. Edrychai'n dorcalonnus, fel petai darn ohoni wedi marw.

'Roedd o'n grêt, Jonathan,' meddai mewn hanner sibrwd.

'Diolch. A diolch am y cinio, Mrs Phyllip. Esgusodwch fi.'

Cododd o'i chadair a diflannu i fyny'r grisiau.

'Gwell i minnau fynd yn ôl i'r siop,' meddai Dad, gan roi ei law ar ei stumog yn foddhaus. 'Er, mi fedrwn gysgu ar ôl y wledd yna. Diolch, Peg. Diolch, Jonathan.'

'Dos dithau i wylio'r teledu,' meddai Mam wrth Jonathan ar ôl i Dad ddiflannu, ac aeth yntau o'r ystafell gan adael Mam a minnau'n syllu ar ein gilydd dros fwrdd y gegin. Safai gweddillion y darten eirin rhwng y ddau ohonon ni'n flêr, fel diweddglo brwydr.

'Mae Maria'n hogan glên,' meddai Mam yn fwyn ac yn drist. 'Mae 'nghalon i'n gwaedu drosti.'

Syllais ar Mam, ac ysu, am y tro cyntaf erioed, i'w brifo hi go iawn. Pwnio a chicio, crafu a phoeri. Fyddwn i ddim wedi sylweddoli bod dim byd o'i le ar Maria taswn i ddim wedi dod â hi adref. Taswn i ddim wedi gweld Mam yn syllu arni fel'na.

Oeddwn, roeddwn i'n adnabod pob un o'i hesgusodion hi dros beidio â bwyta, a hynny am 'mod i wedi clywed pob un ohonyn nhw ganwaith o'r blaen pan oeddwn i'n hogyn.

'Gweld eich hun ynddi hi ydach chi?' poerais, a synnu pa mor sbeitlyd oedd fy llais.

Edrychodd Mam ar ei glin, ac wedyn nodio'n araf. 'Ia, hynny'n union.'

'Mam… Dwi ddim isio hyn. Ddim eto.'

Doedd y min ddim yn fy llais mwyach, a theimlwn fy mod wedi 'nhrechu. Fel taswn i wedi colli Maria'n barod.

'Mae'n ddrwg gen i, Huw.' Cododd ei llygaid llwydion at fy rhai i, a chefais fflach o'r atgof ohoni'n syllu arna i mewn drych car, flynyddoedd ynghynt. 'Mae'n ddrwg gen i dy fod ti'n adnabod y düwch 'na sydd ynddi hi.'

'Fydd o'n cilio? Fedra i gael 'i wared o?'

Llyncodd Mam, a methu â rhoi ateb iawn. 'Mi fedri di drio.'

Codais o 'nghadair, a brysio i fyny'r grisiau. Doedd Maria ddim yn ei hystafell wely, felly trïais fwlyn drws yr ystafell ymolchi. Er mawr syndod i mi, doedd hi ddim wedi'i gloi. Agorais ef, a'i gweld yn sefyll o flaen y drych yn pwyso dros y sinc. Cododd ei phen a syllu ar fy adlewyrchiad.

Ym mowlen y tŷ bach, roedd piws y darten eirin fel clais yn erbyn y porslen gwyn lle chwydodd hi ei phwdin.

'Dwi'n sori. Ro'n i'n gorfod cael gwared arno fo.'

Cydiais ynddi, a'i dal yn dynn yn fy mreichiau. Rŵan 'mod i'n gwybod, roedd y peth yn boenus o amlwg. Trywanai esgyrn ei chorff i mewn i 'nghnawd, fel tasa ei holl fodolaeth yn brwydro yn erbyn fy nghyffyrddiad. Ond lapiodd Maria ei breichiau o'm cwmpas, a chrio.

Fedrwn i wneud dim ond cydio ynddi, a sibrwd yn ei chlust y byddai popeth yn iawn, a phlannu fy wyneb yn ei gwallt Elnett melys.

Annie Vaughan
Ffrind
1987

Tost Nadolig

4 owns o fenyn heb ei halltu
2 owns o siwgwr eisin
1 owns o fêl
1 1/2 llwy de o sinamon

Cymysgwch y cyfan, gan basio'r siwgwr drwy ridyll yn gyntaf.

Cadwch yn yr oergell mewn jar, a mwynhewch ar dost,
crempogau neu grympets.

Fues i 'rioed yn berson dewr. Pan oeddwn i'n blentyn, roedd arna i ofn popeth – cŵn, cathod, y tywyllwch, landin tŷ Nain. Er na fyddwn i wedi cyfaddef wrth unrhyw un, doeddwn i fawr gwell fel oedolyn. Byddwn yn llygadu'r cysgodion yn y tŷ yn llawn amheuaeth, ac yn gorwedd yn effro pan wyddwn fod corff yn aros i'w gladdu yn y capel dros y lôn. Geneth fach oeddwn i yn fy mhen o hyd. Dim ond y gragen oedd wedi heneiddio, ac wedi dechrau crebachu.

Wnes i erioed gyfaddef hyn wrth Jac, gan wybod peth mor wirion oedd ofn. Dim tan rhyw bnawn Iau yn nechrau mis Hydref, a ninnau newydd ddod yn ôl o'r ysbyty, ein cotiau'n dal i gynhesu ein cefnau. Wrth fwrdd y gegin, roedd y tawelwch yn chwithig am y tro cyntaf erioed rhwng y ddau ohonon ni.

'Roeddan nhw'n bositif iawn,' dechreuodd Jac, yn syllu i fyw fy llygaid. 'Cyfle da iawn. Dyna sy'n rhaid i ti 'i gofio, Annie. Dyna sy'n rhaid i ti 'i gadw mewn cof.'

'Oedd,' cytunais, mewn llais bach.

'A tydi rhai yn cael dim sgil-effeithiau efo'r driniaeth. Wel, mi rwyt ti'n cofio Mei Sarn, ar goblyn o ddos o gemotherapi ac yn dal i hel defaid...'

'Ydw.'

'Bod yn ddewr, Annie, dyna i ti'r peth... meddwl yn bositif. Os wyt ti'n cymryd y bydd popeth yn iawn, mi ddaw popeth yn iawn...'

'Ond tydw i ddim yn ddewr, Jac,' meddwn yn sydyn, a'm llais fel llais merch fach. 'Mae arna i ofn pob dim.'

'Nag oes!' mynnodd Jac, a phanig yn gwawrio dros ei wyneb. Roedd arno ofn y byddwn i'n dechrau crio. 'Chwrddais i 'rioed ddynes mor debol...'

'Dyna wyt ti'n 'i feddwl,' meddwn, gan deimlo'r cryndod

yn fy llais, yn fy mrest ac yn fy mherfedd. "Sgin ti ddim syniad pa mor betrus ydw i...'

Gwyddwn ers blynyddoedd mai cyfeillion, nid cariadon, fu Jac a minnau erioed. Doedd rhyngon ni mo'r edrychiadau addfwyn a chariadus a gâi eu rhannu rhwng Pegi a Francis, dim sgyrsiau hir gyda'r nos. Oeddwn, roeddwn i'n ei garu mewn rhyw ffordd. Roedd o'n ŵr da, yn dad da. Ond weithiau, byddwn yn holi fy hun sut beth fyddai cael fy addoli a chael fy neisyfu'n anifeilaidd. Roeddwn i wedi darllen y nofelau nwydus i gyd ac wedi gwylio'r ffilmiau'n hwyr y nos. Gwyddwn sut beth y medrai cariad fod, ond gwyddwn hefyd nad oeddwn i wedi cael y pleser o ymgolli'n llwyr yn hyfrytwch rhywun arall.

Ar yr eiliad honno, wrth weld wyneb pryderus Jac, credais am y tro cyntaf ei fod yn fy ngharu i go iawn, o gnewyllyn cynhesaf ei galon.

Fedrwn i ddim esbonio wrtho. Ddim rŵan, pan wyddwn i'n iawn bod arno fo gymaint o ofn â finnau. Byddai dangos yr ofn yna yn siglo ein seiliau ni'n fwy nag unrhyw afiechyd.

'Mae'n rhaid i ni fod yn gryf... yn gall...'

'Oes,' cytunais yn flinedig, gan lyncu'r geiriau ro'n i am eu dweud go iawn. 'Mae'n iawn, Jac. Tydw i ddim ar fin... Wel... Mi ddo i drwyddi.'

Codais yn araf, a griddfanodd y gadair wrth lusgo ar deils y llawr. Mi fyddwn i'n dwrdio'r plant am wneud hynny bob amser pan oeddan nhw'n fach.

'Ei di i ffonio Siw?'

Wrth gwrs, Siw. Mi fyddai hi'n aros yn agos at y ffôn, yn disgwyl cael clywed beth oedd y meddyg wedi'i ddweud. Roedd hi wedi trio mynnu dod efo ni i'r ysbyty yn Aberystwyth, ac rydw i'n siŵr y byddai Jac wedi gwerthfawrogi'i chwmni. Ond fedrwn i ddim mynd ag unrhyw un arall yno. Fedrwn i ddim gwneud parti allan o ddiagnosis mewn ystafell fach lwyd.

'Mi ffonia i Siw wedyn. Ar ôl i mi gael meddwl beth i'w ddweud.' Caeais y sip ar fy nghôt. 'Dwi am fynd am baned at Pegi.'

Nodiodd Jac, ond daliodd ei lygaid ar fy wyneb, fel petai o'n disgwyl mwy.

'Ydi hynny'n iawn?' gofynnais yn dawel.

'Wrth gwrs,' atebodd Jac, gan edrych i ffwrdd, a syllu ar y briwsion ar fwrdd y gegin. Gadewais yr ystafell, a gadael tŷ'r gweinidog. Wrth i mi gau drws mawr Tŷ Rhosys y tu ôl i mi, teimlwn 'mod i wedi gadael Jac yn eistedd yn nhawelwch y gegin ar ei ben ei hun, a neb ganddo i leddfu'r poenau yn ei feddwl.

Edrychai'r siop yn dywyll ar ôl i mi ddod i mewn o oleuni'r stryd, a sefais yn y drws am ychydig yn crynu. Safai Pegi y tu ôl i'r cownter yn dosbarthu ordors i'r bocsys priodol. Rhewodd wrth fy ngweld i. Safodd y ddwy ohonon ni mewn tawelwch am eiliad, lygad yn llygad.

'Tyrd i mewn yn iawn,' gorchmynnodd o'r diwedd. 'Rwyt ti'n crynu.'

Dilynais hi drwy'r siop a'r stocrwm dywyll i mewn i'r gegin fach yn y cefn. Roedd olion cinio'n dal i fod yn llanast ar y bwrdd – torth ar ei hanner, sgwâr o fenyn mewn dysgl fach arian, cornel o gaws yn sychu ac wedi cracio dan y golau.

'Sefa yn ymyl y Rayburn,' gorchmynnodd Pegi, a tharo'r tegell ymlaen. 'Mi wna i baned fach…'

Sefais, fel roeddwn i wedi gwneud ganwaith o'r blaen, a'm cefn at y Rayburn, a theimlo'i wres yn fy nghynhesu.

'Ydyn nhw'n medru 'i drin o?' gofynnodd Pegi dros ochenaid y tegell. O enau rhywun arall, byddai'r cwestiwn yn frwnt, yn afiach.

'Maen nhw'n meddwl y bydd o'n mynd. Ond mi fydd yn rhaid cael cemotherapi, radiotherapi a Duw a ŵyr be arall…' Gorchuddiais fy llygaid â'm dwylo. 'Tydw i ddim eisiau, Pegi.'

Bu tawelwch. Clywais glic y dŵr yn berwi, a hithau'n llenwi'r tebot, yr un brown hyll a arferai berthyn i'w mam. Gwrandewais ar y ddwy gwpan yn cael eu gosod ar y bwrdd, y botel laeth a'r potyn siwgwr.

'Eistedda i lawr efo fi,' gorchmynnodd yn addfwyn, a thynnais fy nwylo o'm hwyneb ac ufuddhau. Tywalltodd Pegi'r baned, ac agor y tun bisgedi. Troellodd lwyaid o siwgwr i mewn i'm te.

'Be wyt ti'n 'i feddwl, dy fod ti ddim eisiau?' holodd Pegi'n dawel.

Ochneidiais, a theimlo'r ofn yn chwyddo yn fy mherfedd, yn dechrau crynu y tu mewn i mi. 'Mi fydda i mor ofnadwy o sâl, Pegi… Yn chwydu ac yn chwysu ac yn colli cwsg… am fisoedd ar fisoedd… Ac mi wn i 'i fod o'n beth ofnadwy i'w ddweud, a minna mor lwcus eu bod nhw'n medru 'nhrin i, ond Pegi…'

Edrychais i fyny i ddal ei llygaid, gan hanner disgwyl gweld cerydd ynddyn nhw, neu ddagrau, neu ei bod am ddweud y drefn. Ond ar ôl syllu arna i am funud, cododd Pegi'n araf a symud ei chadair dros y llawr pren, yn nes at fy nghadair i. Gosododd ei llaw dros fy llaw yn dawel a daeth y rhyddhad, y rhyddhad o gael dweud y gwir, o gael bod yn onest heb boeni am ddewrder. Hyd yn oed gyda Jac, rhaid oedd llyncu mymryn o'm llwfrdra.

'Mae'n iawn,' cysurodd Pegi'n isel.

'Mae arna i ofn, Pegi,' cyfaddefais mewn hanner sibrwd. 'Ofn y salwch, y pigiadau, y gwenwyn, yr ysbyty a'r holl beiriannau…'

'Mi fyddwn inna'n teimlo 'run fath â ti'n union.'

'A tydw i ddim yn meddwl 'mod i eisia'i ddiodda fo i gyd, Pegi. Mi fedrwn i wrthod y driniaeth, a gadael i natur wneud fel y mynno fo… Tydi o ddim fel taswn i'n hogan ifanc efo plant mân, a phob dim o 'mlaen i…'

Ystyriodd Pegi am ychydig, ac yfed ei the. Syllai ei llygaid llwydion drwy'r ffenest fawr, dros y comin ac i grombil y coed.

'Mi fedra i ddallt pam rwyt ti'n meddwl fel'na,' meddai o'r diwedd. 'Ond rydw i'n meddwl y dyliet ti dderbyn y driniaeth 'run fath. Byddi, mi fyddi di'n sâl, ac yndi, mae o'n ddigon i godi ofn ar unrhyw un. Ond rydw i'n dy nabod di'n ddigon da rŵan i wybod mor ymwybodol wyt ti o dy gyfrifoldeba… Ac mae cymryd y driniaeth yn rhan o'r rheiny.'

'Sut?'

'I Jac, ac i'r plant… Siw yn arbennig. Mae gen ti gyfrifoldeb i frwydro i barhau'r bywyd yma sy gen ti efo nhw, a wynebu dy ofna er eu mwyn nhw.' Rhoddodd ei chwpan ar y bwrdd, a throdd i 'ngwynebu i. 'Meddylia pa mor flin fasat ti petasa Jac yn dy sefyllfa di, yn gwrthod y driniaeth am fod arno fo ofn. Yn fodlon dy adael di, a'r bywyd sydd gynnoch chi, am nad oedd o isio chwydu a cholli cwsg.'

'Ond Peg… Tydw i a Jac ddim 'run fath â Francis a chditha. Tydan ni ddim yn gariadon: does 'na ddim rhamant fawr.' Ochneidiais, y geiriau wedi cuddio y tu mewn i mi ers degawdau. 'Mi ddyliwn i fod yn dweud y pethau yma wrtho fo, dim wrthat ti.'

Nodiodd Pegi'n drist. 'Dwi'n gwybod. Ond tydi o'n newid dim. Mae o'n ŵr i ti, ac mi rydach chi'n caru'ch gilydd, waeth pa fath o gariad ydi o.'

Roedd hi'n iawn, wrth gwrs. Wn i ddim hyd heddiw oeddwn i wir yn ystyried gadael i'r cancr reibio 'nghorff heb i mi drio'i gwffio, neu ai sioc y diagnosis oedd yn gyfrifol am y syniad. Fyddai pethau wedi bod yn wahanol heb resymu tawel Pegi, heb ei chyfeillgarwch distaw, ei gallu i dderbyn pob dim a ddywedwn heb ymateb yn chwyrn nac yn feirniadol?

Nodiais yn dawel, ond teimlwn fel taswn i wedi colli un frwydr yn barod – y frwydr i fedru gwneud penderfyniadau llwfr am y rhesymau anghywir. Rywsut, roedd hi'n haws meddwl am esgusodion gwan na wynebu'r mynydd o ddioddefaint oedd ar fin gwenwyno 'nghorff i.

'Rydw i mor hunanol, Pegi,' meddwn yn sydyn, gan orchuddio fy wyneb â'm bysedd, a theimlo gwres y dagrau'n dianc trwyddyn nhw. 'Mi ddyliwn i fod yn meddwl am y teulu, yn eu cysuro nhw, ond fedra i ddim.'

Estynnodd Pegi ei braich amdana i, a 'nal i'n dynn. Gadewais i'm pen orffwys ar ei hysgwydd esgyrnog, ac, am ddeng munud fach, lleisiais fy ofnau gan fynegi'r holl frawddegau hunanol a gronnai y tu mewn i mi. Derbyniodd Pegi'r cyfan, pob sillaf miniog a hyll. Yna, wedi tynnu ei hun o'r goflaid, eisteddodd Pegi a minnau yn ôl wrth y bwrdd gyda'n paneidiau, a bwytaodd hi ag awch a oedd bron yn afiach – bisged ar ôl bisged ar ôl bisged, wedi'u gwthio i'w cheg yn gyfan, a llwch o friwsion yn hel o gwmpas ei gwefusau main.

Dros y misoedd nesaf, croesodd Pegi'r trothwy o fod yn ffrind mynwesol i fod yn chwaer. Wyddwn i ddim cyn hynny bod gwahaniaeth, ond oes, mae 'na. Daeth i'm hadnabod yn well na neb, yn well na Jac, yn well na'r plant, ac efallai yn well na mi fy hun.

Ambell waith, er nad mor aml ag y dyliwn, mi fyddwn yn cofio diolch iddi am ei gofal. Yr un fyddai ei hateb bob tro. 'Mi fyddat titha'n gwneud 'run fath i mi.' Ond wyddwn i ddim a oedd hynny'n wir. Wyddwn i ddim oeddwn i'n gwybod sut roedd bod fel hi.

Eisteddodd gyda mi ar y ward yn Ysbyty Bronglais, a minnau a'm gwythiennau ynghlwm wrth bibellau, a'r rheiny'n llawn o wenwyn. Weithiau, byddai Siw yn dod o hyd i rywun i warchod y plant ac yn dod efo hi. Weithiau, byddai Jac yn dod. Ond doeddwn i byth yn hapusach na phan fyddai Pegi a minnau yno ar ein pennau ein hunain. Byddai Jac a Siw yn poeni'n ddirfawr am bob manylyn, yn llygadu'r cleifion moel eraill gan drio edrych yn ddi-hid. Ond nid Pegi. Deuai hi â llond bag o gylchgronau bob tro, a phecyn o fisgedi neu focs o dda-das, a rhannu'r cyfan o gwmpas y ward. Fu 'run saib chwithig rhwng y ddwy ohonon ni.

Wnaeth yr ofn ddim diflannu, wrth gwrs, a datblygodd rhyw densiwn rhwng Jac a minnau, gan fygwth y bodlondeb cysurus, di-fflach oedd yno ynghynt. Teimlwn o hyd ei fod o'n dal yn ôl, yn trio canfod llwybr i drafodaeth anodd, boenus. Fedrwn i ddim dioddef ei gwmni tawedog, ac am y tro cyntaf dechreuais osgoi'r ystafelloedd hynny yn fy nghartref lle byddai Jac yn treulio'i amser.

Dros ginio ryw ddydd Sul gwyntog, rhoddodd Jac ei fforc i lawr ac edrych ar ei blât hanner gwag. 'Wyt ti'n gwrando pan fydda i'n pregethu?'

'Wrth gwrs!' Weithiau. Byddai tôn ei lais yn rhan o gysur y capel, ynghyd â'r seti oer, caled; yr emynau blinedig; arogl llychlyd a thamp y llyfrau gweddi. Doedd y geiriau ddim yn bwysig.

'Felly, rwyt ti'n gwybod am fodolaeth y nefoedd, a lle mor hyfryd a llawen ydi o, ac nad oes eisiau i ti fod yn ofnus?'

Syllais ar Jac dros y bwrdd. Roeddwn i'n ei gasáu o yr eiliad honno.

'Ro'n i am dy atgoffa di, dyna i gyd.'

Rhois innau fy nghyllell a'm fforc i lawr, a syllu ar fy ngŵr yn oeraidd dros y bwrdd. 'Nefoedd i mi ydi'r plant, yr wyrion a'r wyresau, Pegi. Ti.' Codais ar fy nhraed. 'Fydd 'na ddim llawenydd i mi hebddoch chi.'

Gadewais yr ystafell fwyta, gan deimlo i mi gael fy sarhau'n llwyr gan y capel, gan Dduw, ac yn fwy na'r rhain i gyd, gan Jac.

Un noson, a minnau ynghanol wythnos o gemotherapi oedd yn fy mlino, gorweddwn yn y bath yn mwytho shampŵ i mewn i 'ngwallt. Wrth i mi dynnu fy nwylo oddi yno, sylwais fod blew yn glynu wrth fy mysedd. Gorweddais yno am hydoedd, yn edrych ar y gwallt du yn y sebon gwyn, cyn golchi'r shampŵ o 'mhen a gwagio dŵr y bath. Yna, gan wybod bod Jac yn saff yn ei stydi i lawr y staer, troediais â'r tywel o gwmpas fy nghanol i'r llofft, a sefyll yno o flaen y drych.

Doedd golau'r lamp ddim yn gryf iawn, a dim ond ysbryd ohonof fi fy hun a welwn yno. Doeddwn i ddim yn edrych yn sâl. Bues yn gweithio'n galed dros y blynyddoedd i gadw'r wast yn fain, i wneud yn siŵr 'mod i'n denau ac yn edrych yn daclus, a chawn lifo a thrin fy ngwallt yn aml mewn siop fach ger yr orsaf yn Nhywyn. A fyddai'r misoedd o driniaeth oedd yn weddill yn fy nheneuo? Fyddai hi'n bosib gweld yr hen esgyrn dan fy nghnawd? Fyddai fy wyneb yn crychu o dan ddylanwad yr holl wenwyn?

Mi fedrwn gerdded i lawr y stryd yn Nhywyn a fyddai neb yn sylweddoli 'mod i'n sâl gan fod colur yn medru cuddio unrhyw lwydni ar fy wyneb. Ond wrth dynnu fy mysedd drwy 'ngwallt gwlyb, a theimlo mwy eto o flew yn datgysylltu o 'nghorun, gwyddwn fod y cancr ar fin gadael ei farc arna i yn y ffordd amlycaf.

Peth gwirion, ac mi fedra i weld hynny rŵan, wrth edrych yn ôl. Ond y noson honno, doedd dim yn y byd a deimlai'n waeth na cholli 'ngwallt. Colli'r hyn oedd yn unigryw ac yn ddel amdana i: colli fy menyweidd-dra meddal. Un o'r pethau a ddenodd lygad Jac, a'r peth oedd wedi bod yn goron i mi dros y blynyddoedd. Bu bron i mi â chydio mewn brws gwallt a thorri'r drych yn deilchion. Sut medrai hyn fod? Y driniaeth a wnâi hyn i mi, nid y cancr ei hun. Pa ddefnydd i mi oedd meddyginiaeth mor giaidd? Pa ddaioni oedd ffisig mor atgas a hwnnw'n dwyn y cig o dan groen dynes, yn ei llarpio a'i gwenwyno ac yn gwneud iddi fod eisiau marw?

'Rydw i'n colli 'ngwallt,' meddwn wrth Pegi yn y car y bore wedyn, gan drio fy ngorau i swnio'n ddi-hid. Pegi oedd yn gyrru. Pegi fyddai'n gyrru bob tro. Tynnodd ei llygaid oddi ar y lôn am eiliad, a chymryd golwg ar fy mhen i.

'Nid rŵan hyn naci'r g'loman! Ond mae o'n digwydd. Mi sylwais i neithiwr, yn y bath.'

'Mi dyfith yn 'i ôl wedyn, wsti, paid â phoeni. A tan hynny, mi wnawn ni fel lici di. Mi ddefnyddiwn ni sgarffiau neu dyrbans, neu wyt ti'n ffansïo wig?'

Cyffyrddais yn fy mhen yn hunanymwybodol. 'Wel, wig am wn i. Ond tydw i ddim am edrych fel un o'r dynion ofnadwy 'na sy'n gwisgo *toupee.*'

Chwarddodd Pegi. 'Fel ryg am eu penna. Na, maen nhw'n gwneud rhai da iawn rŵan, wsdi. Fasat ti byth yn dweud mai wigs oeddan nhw.'

'O?' gofynnais yn amheus. 'Wyt ti'n nabod rhywun efo un, felly?'

'Llwythi, mae'n siŵr.' Gwenodd Pegi fel giât. 'A chdithau hefyd. Dim ond nad ydan ni'n gwybod eu bod nhw'n gwisgo nhw, a nhwytha'n gystal petha.'

Bum munud yn ddiweddarach, bu'n rhaid i mi orchymyn i Pegi stopio'r car mewn *lay-by* y tu allan i Bennal, a sefais yn yr oerfel yn chwysu fel mochyn ac yn chwydu 'mrecwast i'r gwrych. Doeddwn i ddim wedi teimlo 'run salwch tan hynny, ond nid dyna'r tro olaf i ni orfod torri'r siwrnai i Ysbyty Bronglais yn ei hanner er mwyn i mi chwydu. Y tro cyntaf yna yr ydw i'n ei gofio, a'r dringo yn ôl i mewn i'r car i sicrhau Pegi 'mod i'n iawn. Ac mi fydda i'n cofio am byth y distawrwydd am weddill y siwrnai, y ddwy ohonon ni'n ystyried y salwch a'r colli gwallt, ac yn myfyrio'n dawel i ni'n hunain. Dyma fo. Mae'r cancr wedi cyrraedd.

Er i mi ddarllen pob ffurflen a llyfr y medrwn gael gafael ynddyn nhw, doedd dim un yn disgrifio'r teimlad anesmwyth fyddai gen i bob bore – fel petai fy meddwl i'n gwrthod deffro, a rhyw darth o gwsg yn drwch drosta i. Blinder roeddan nhw'n ei alw o, ond bûm i'n flinedig o'r blaen, pan oedd y plant yn fach: peth gwahanol oedd hwn. A minnau wedi bod mor benderfynol o wella, o gael byw tan o'n i'n hen ynghanol holl gysuron y Llan, dechreuodd y blinder dyfu – pwysau'r tŷ, y plant, Pegi a Jac. Nid 'mod i'n ildio, ond roeddwn i'n rhy flinedig i frwydro rhagor. Gymaint yn haws fyddai cysgu a chysgu a chysgu.

Am y tro cyntaf erioed, sychodd y sgwrsio rhwng Pegi a minnau, er nad oedd unrhyw chwithdod. Roeddwn i'n rhy flinedig i barablu hyd yn oed. Os oedd Pegi'n gweld yn chwith am hynny, ddywedodd hi 'run gair. Daliai i fod yn gwmni i mi wrth i mi fynd am y cemotherapi, er i'r daith fynd yn hirach ac i'n perthynas newid. Roeddwn i ar ei braich wrth i ni gerdded i mewn i'r ysbyty, ac ar ei gofyn am bob paned a chylchgrawn a holl fanylion bach fy mywyd yn Ysbyty Bronglais.

'Pegi,' meddwn i un bore, a'm talcen yn pwyso yn erbyn ffenest ochr y car. Roedd hi'n oer, y ffenestri wedi stemio, a gallwn weld anadl Pegi'n codi o'i gwefusau main.

Edrychodd draw ata i am eiliad, ei llygaid tywyll yn llydan. 'Ro'n i'n meddwl dy fod ti'n cysgu.'

Bu tawelwch am ychydig wrth i Pegi a minnau wylio'r byd yn pasio, a'r pentrefi bach oedd bellach yn gyfarwydd i ni yn deffro i fore oer arall. 'Rydw i 'di blino, Pegi.'

'Wn i. Wn i.'

'Rydw i'n methu cyfaddef wrth neb 'blaw ti.'

'Mi ddoi di drosti. Cadw dy feddwl ar y gwanwyn.'

Trois i edrych arni. Roedd ei llygaid yn dynn ar y lôn, a'i gwallt yn llyfn fel ruban ar ei gwar. Estynnai llinellau bach o bobtu ei llygaid wrth i'r haul wenu'n grychau ar ei hwyneb. Doedd hi'n ddim byd tebyg i mi. Roeddwn i'n drwsiadus, yn daclus. Fyddwn i byth heb bowdr ar fy nhrwyn. Welais i 'rioed mohoni'n gwisgo colur, ac roedd hi'n rhy heglog i fod yn hardd. Ac eto, a hithau'n ffrind i mi a'i meddwl yn plethu i f'un i fel cwlwm, welais i 'rioed unrhyw un mor dlws â hi.

Edrychodd draw, a 'ngweld i'n syllu arni. Gwenodd. 'Be?'

'Bod yn bositif er fy lles i wyt ti? Neu wyt ti'n meddwl y bydda i'n gwella go iawn?'

Trodd Pegi ei llygaid yn ôl at y lôn, ac ystyriodd am ychydig. Rydw i'n meddwl ei bod hi'n pwyso a mesur a oedd hi am gynnig ateb gonest ynteu ateb hawdd.

'Bod yn bositif, ond er fy mwyn i. Fedra i ddim dioddef

meddwl sut beth fyddai cerdded y lôn fach hebddot ti pan ddaw'r gwanwyn.'

Gonestrwydd, wrth gwrs. Dyna oedd yn ei gwneud hi'n gwmni haws na phawb. Dyna oedd yn ei gwneud hi'n ffrind go iawn.

'Rydw i'n poeni am y Dolig,' meddwn, gan leisio'r pryder am y tro cyntaf. Pasiodd y car o dan len o goed, a gwibiodd cysgodion dros ein hwynebau. 'Rhag ofn mai hwn fydd y Dolig ola. Dwi am i bopeth fod yn berffaith a minna yn fy nghartref fy hun, gyda'r holl deulu.'

'Wrth gwrs.'

'Mae Siw wedi cynnig gwneud y cinio Dolig. Ond yr holl brydau bwyd eraill, a'r holl egni sydd gan yr wyrion a'r wyresau... Rydw i mor flinedig, Pegi.'

Tynnodd Pegi ei llaw o'r llyw, a mwytho'i bysedd hirion ar fy ngrudd welw. 'Paid â phoeni, Annie. Mi gei di'r Dolig gora 'rioed. A phan fyddi di'n flinedig, cer i gysgu. Mi fydda i yno, dwi'n addo.'

Does dim bodlondeb pan fo rhywun yn sâl. Does dim posib teimlo gwir hapusrwydd pan fydd afiechyd yn simsanu seiliau person. Roedd hynny'n sicr yn wir dros ginio Nadolig y flwyddyn honno. Fy ngŵr, fy mhlant a phlant fy mhlant yn mwynhau bwyd blasus, yn gwisgo hetiau papur ar onglau cam ar eu pennau, ac yn chwerthin ar jôcs gwael. Edrychais o'm cwmpas, a theimlo tristwch yn llenwi fy mherfedd, am 'mod i'n hapus.

Tasa'r cancr yn ennill, taswn i'n marw... Mi fyddwn i mor drist i adael y bobol addfwyn yma, y goeden deulu fawr a wthiodd ei gwreiddiau dan draed Jac a minnau a thyfu'n gysgod braf uwch ein pennau.

'Wyt ti'n iawn?' gofynnodd Jac, gan osod ei law dros f'un i. 'Mae golwg ychydig yn welw arnat ti.'

'Blinedig,' atebais, fel petai'r gair yn dechrau disgrifio'r diffyg egni marwaidd oedd yn cyrraedd mêr fy esgyrn.

'Cer i'r gwely. Mae pawb wedi gorffen bwyta. Rwyt ti wedi gwneud yn dda.'

Ond doeddwn i ddim am fynd, er mor drwm oedd fy llygaid. Gadael, a phawb arall o gwmpas y bwrdd, a minnau'n gorfod colli eu chwerthin a'u hwyl.

Canodd cloch y drws. Cododd Siw a diflannu i'r cyntedd i weld pwy oedd yno.

Ymhen ychydig eiliadau, ymddangosodd Jonathan yn y drws, a gwên fawr yn ymestyn o glust i glust fel arfer. Cododd côr o ddymuniadau da gan fy nheulu o gwmpas y bwrdd.

'Nadolig llawen!' Symudodd Jonathan draw ata i, a phlannu cusan ysgafn ar fy moch. Medrwn arogli ei bersawr. Anrheg Nadolig, mae'n siŵr. 'Yn enwedig i chi, Anti Annie.'

'Ydi dy fam a dy dad yn cael amser da? A Huw a Maria?'

'Newydd fwyta llond eu boliau. Dwi'n meddwl 'mod i wedi'i gor-wneud hi efo'r cinio braidd. Mae Huw yn edrych fel tasa fo wedi cwffio pum rownd efo Ali!'

'Mi wnaeth Siw ginio hyfryd i ni hefyd, chwarae teg.'

'Roeddan ni'n meddwl y bydda hi. Dyna pam... Wel, mae Mam isio'ch gwadd chi i gyd draw i'r comin i chwarae gêmau. Helfa drysor i'r plant a'r oedolion. Cyfle i chi gael gwared ar y bolia pwdin 'na drwy redeg am chydig! A meddwl y byddach chi, Anti Annie, yn cymryd hoe fach tra bod pawb allan, i chi gael teimlo'n ffres neis erbyn min nos. Be 'dach chi'n ddweud?'

Roedd hi'n nabod patrymau fy nghorff, hyd yn oed. Yn gwybod mai'r cyfnod rhwng cinio a the oedd anoddaf, ac mai dyna pryd y byddwn i angen llonydd i gysgu.

Wrth i mi ddringo i fyny'r grisiau i'r llofft, clywais nhw'n gwisgo'u cotiau, eu hetiau a'u menyg – rhieni'n ffysian, plant yn ysu am gael rhedeg drwy awyr iach y comin. Ew! Mi fyddwn i wedi lecio bod efo nhw hefyd, a gweld helfa drysor Pegi. Ond cysgais o fewn munudau i mi roi 'mhen i lawr, a'r cinio Nadolig yn cynhesu fy nhu mewn i.

'Mam?' sibrydodd Siw. 'Mam?'

Agorais fy llygaid. Roedd yr ystafell yn dywyll, ond medrwn weld siâp fy merch yn eistedd ar erchwyn y gwely o'r golau a lifai i mewn o'r landin. Crwydrodd lleisiau i fyny o'r ystafell fyw wrth i rywrai adrodd straeon ac i eraill chwerthin.

'Faint o'r gloch ydi hi?' gofynnais yn ddryslyd.

'Bron yn saith. Rydach chi wedi cysgu ers oriau.'

'O!' ochneidiais mewn panig. 'Mae eisiau te bach arnoch chi i gyd, a...'

Gosododd Siw law gysurlon ar fy ysgwydd. ''Dan ni wedi cael llond ein boliau yn y siop, Mam. Newydd ddod yn ôl ydan ni. Peidiwch â phoeni.'

'Newydd ddod yn ôl?'

'Ia! Sbiwch, mi ddois i â mymryn o dost i chi. Mae amser ers i chi fwyta.'

Codais ar fy eistedd a chyneuodd Siw y lamp. Llifodd golau meddal dros y cwrlid.

'Cymrwch eich ffisig gynta.'

Griddfanais yn dawel wrth gymryd y gwpan fach yn llawn hylif trwchus o'i dwylo. Cyrhaeddodd y blas chwerw, afiach bob cornel o 'ngheg, ac yna edrychais draw at y plât yn nwylo Siw i weld oedd ganddi rywbeth a gâi wared ar ei flas.

'Tost Dolig ydi o. Tost arbennig. Pegi wnaeth y menyn. Mae o'n anhygoel.'

Gosododd Siw y plât ar fy nglin, a dwy dafell denau o dost arno.

'Pegi annwyl.'

'Mae hi 'di bod yn anhygoel, Mam. Roedd hi 'di gwneud helfa drysor i'r plant, wedi gosod y cliwia mewn amlenni bach aur ac anrhegion wedi'u cuddio dros y pentref. Ac wedyn, pan ddechreuodd hi dywyllu, daeth Francis allan i'n hebrwng ni i'r siop. Mi gafodd y plant ddewis fferin yr un o'r cownter, ac wedyn tost i bawb o flaen y Rayburn. Tost arbennig, Mam, tost Dolig! Blaswch o!'

Edrychais ar y tost. Doedd dim chwant bwyd arna i, ond roedd yr arogl hyfrytaf yn codi yn awel ohono, arogl sbeisys a siwgwr…

'Mi fyddwch chi wrth eich bodd,' meddai Siw, a chymerais gornel o'r tost i'm ceg.

Ia. Y Nadolig. Sinamon a mêl a menyn, a'r tost yn crensian rhwng fy nannedd.

'Ac wedyn, mi adawodd Francis i'r plant chwarae siop, *yn y siop*, yn llenwi'r basgedi ac yn gweithio'r til a phob dim! Ew, Mam, roeddan nhw wrth eu boddau. Mi ddywedodd Mali fach ar y ffordd adref mai dyma'r Nadolig gora erioed!' Chwarddodd Siw yn ysgafn. 'Wedyn, gêmau parlwr yn y gegin, a phaned a thamaid o gacen Dolig cyn dod adre. Roedd Pegi'n gweld eich isio chi, Mam. Mi roddodd dun bisgedi'n llawn bwydiach a jar fach o'r menyn Dolig arbennig yma i chi.'

Roedd o'n hyfryd. Yn well na'r cinio Nadolig i fy stumog

wan i, ac yn flas o'r Nadoligau a gefais pan oeddwn i'n blentyn ac yn coelio mewn hud a lledrith. Bwyteais yn awchus.

'Peidiwch â chrio, Mam. Mi fyddwch chi'n iawn.'

Rhoddodd Siw ei breichiau'n dynn amdana i, a medrwn deimlo'i bloneg cysurus yn pwyso yn erbyn fy nghorff esgyrnog, sâl i.

Waeth i mi gyfaddef. Roeddwn i'n eiddigeddus o Pegi, yr annhegwch iddi gael prynhawn dydd Nadolig gyda 'mhlant i. 'Mod i heb weld Mali fach yn chwarae siop ynghanol y tuniau a'r pecynnau bisgedi.

Nid am hynny roeddwn i'n crio, chwaith.

Na, deuai'r dagrau o rywle arall, o rywle cyntefig o ddwfn, o ryw emosiynau arbennig: yn flas y Nadolig ar ddarn o dost; yn gliwiau mewn llawysgrifen daclus i helfa drysor yn oerfel mis Rhagfyr; yn gar bach yn gyrru ar lonydd rhewllyd i Ysbyty Bronglais; yn draed main yn cydgerdded â mi i lawr ffordd yr Aber. Gwerthfawrogiad, cyn gryfed â chariad, a'i flas mêl a sinamon a menyn yn cuddio blas y moddion ar fy nhafod.

Sion Phyllip
Ŵyr Pegi
1990

Popcorn siocled

1 llwy fwrdd o bowdr siocled
2 lwy fwrdd o siwgwr brown
2 lwy fwrdd o fenyn
1 llwy de o sinamon
1 llwy de o sinsir
10 owns o gorn popian

Cynheswch yr olew mewn sosban gyda dau neu dri o'r corn, ac aros nes eu bod yn popian cyn ychwanegu'r gweddill.

Popiwch y cyfan, gan gofio gosod caead neu blât dros y sosban, ac yna rhowch i'r naill ochr i oeri.

Cymysgwch yr holl gynhwysion eraill mewn sosban, a'u toddi.

Cymysgwch y popcorn a'r hylif mewn bag papur, a'i ysgwyd yn dda.

'Hei, 'ngwas i,' sibrydodd Nain. 'Wyt ti am godi?'

Agorais fy llygaid ac eistedd i fyny. Roedd Nain Pegi wedi agor y llenni, ac roedd hi'n ddiwrnod llwyd arall.

'Mae gen i uwd mêl ar y stof i ti.' Gwenodd yn siriol. 'Mae Taid yn holi a fedar o gael help llaw yn y siop. Roeddwn i'n dweud wrtho fo bod saith braidd yn ifanc i weithio mewn siop, ond mae o'n mynnu dy fod ti'n ddigon aeddfed.'

'Yndw, siŵr!' atebais, yn gryg gan gwsg. 'Ma Taid yn taeru nad ydi o 'rioed 'di cael cystal helpar â fi!'

'O'w annwyl, gwell i ti frysio felly. Mae 'na ddelifyri o betha da yn dŵad i'r siop mewn awr, ac mi fydd angen help i ddadbacio'r cyfan.'

Cododd ar ei thraed a mynd am y drws.

'Mae dy ddillad di'n cynhesu ar y Rayburn. Tyrd i lawr pan fyddi di'n barod.'

Roedd y llofftydd uwchben y siop yn oer, yn wahanol ym mhob ffordd i fy ystafell i yn ein tŷ modern ym Methesda. Roedd hi wastad yn gynnes yn fan'no. Ond roedd rhywbeth yn braf am y trwch o flancedi ar y gwely bach, a'u pwysau'n gysur drwy'r nos. Roedd oerfel y tŷ yn gwneud cynhesrwydd y gegin yn groesawgar.

Rhuthrais i lawr y grisiau pren yn fy mhyjamas. Trewais fy mhen i mewn drwy ddrws y stocrwm a galw, 'Mi fydda i hefo chi mewn chydig, Taid!' Mi fyddai o wedi bod yno ers oriau, yn sortio'r papurach a chymryd delifyri'r bara ffres o Dywyn.

'Da fachgen!' atebodd Taid, wrth i mi symud draw i'r gegin.

'Dyma ti,' meddai Nain, a'i dwylo ar goll yn y sinc. 'Mae dy uwd di ar y bwrdd yli. Bwyta di o cyn iddo oeri.'

Eisteddais wrth y bwrdd, a phlannu fy llwy i galon yr uwd. Coco Pops neu gornfflecs fyddwn i'n eu cael adref, a fitaminau mewn pilsen fach biws a flasai fel fferin. Roeddwn i wedi gwrthod uwd Mam droeon, ond roedd uwd Nain yn blasu'n wahanol − yn felys, hufennog, fel coflaid i fy nhu mewn. Bwyteais y cyfan, a mwynhau pob cegaid.

Ar ôl newid ac ymolchi, i ffwrdd â mi yn bwysig i gyd i'r siop at Taid. Byddai yntau'n fy nghymryd o ddifri, chwarae teg iddo, yn rhoi jobsys go iawn i mi, yn gwneud i mi deimlo fel dyn. Gwyddwn ei fod o'n falch ohona i. Byddai'n fy nghyflwyno i bob un a ddeuai i mewn i'r siop a gwên foddhaus ar ei wyneb.

'Mae gen i helpar heddiw, Mrs Roberts.'

'Wel, oes!' Craffodd Mrs Roberts arna i dros ei sbectol. 'Pwy ydi hwn, deudwch?'

'Sion ydi'r dyn yma. Hogyn Huw. Ew! Mae o'n weithiwr da, hefyd! Mi fydda i allan o job os bydd o'n dal ati fel hyn!'

Chwarddodd Mrs Roberts, cyn ymbalfalu yn ei bag am ei phwrs. 'Ydi o'n dy dalu di, 'ngwas i? Dyma ti, yli.' Gwasgodd ddarn punt yn oer i'm llaw.

'Diolch!' meddwn yn chwilfrydig, yn union fel roeddwn i wedi deud wrth yr holl ferched oedrannus eraill oedd wedi leinio fy mhocedi'r wythnos honno. 'Caredig iawn, wir!' Busnes braf oedd y busnes gweithio yma.

Ar ôl cinio o lobsgows blasus, lapiodd Nain a minnau yn ein cotiau a chychwyn am dro drwy'r pentref. Byddwn i'n hoffi cerdded efo Nain, yn enwedig pan fyddai Anti Annie'n dod hefyd. Roedd y lôn yn syth a thawel, ac mi fyddan nhw'n gadael i mi redeg ymhell, bell o'u blaenau nhw, a dringo'r coed a'r waliau. Roedd Anti Annie wedi mynd i Fachynlleth i siopa'r diwrnod hwnnw, felly dim ond Nain a minnau oedd yn cerdded yn llwydni'r prynhawn.

'Weli di'r tŷ fan'na? Hwnna efo'r goeden gam yn yr ardd?' Pwyntiodd Nain un o'i bysedd hirion, main. 'Mrs

Davies oedd yn byw yno. Dynes garedig, ac mi edrychodd ar f'ôl i pan oeddwn i tua'r un oed â ti.'

Edrychais ar y tŷ a thrio dychmygu Nain yno, yn hogan fach. Fedrwn i ddim meddwl sut un fydda hi. Roedd hi mor hen, ac mor dal. 'Mae Nhad yn dweud 'mod i'n debyg i chi, Nain.'

Stopiodd Nain, ac edrych arna i. 'Ydi o?'

'Yndi. Ydach chi'n meddwl 'mod i?'

Ailddechreuodd Nain ei cherdded, ac ystyried am ychydig cyn ateb. 'Wel, rwyt ti'n dal fel fi, ac yn denau. Ac mae dy lygaid di'n llwyd.' Gwenodd Nain arna i. 'Gobeithio wir 'mod i'n debyg i ti.'

Ymhellach i lawr y lôn, oedodd Nain wrth giât fawr lydan, gan bwyso arni. Nodiodd ei phen i gyfeiriad bwthyn ynghanol y caeau. 'Tyddyn Sgwarnog. Fan'na roeddwn i'n byw pan o'n i dy oed ti. Y lle brafia yn y byd.'

Er ei fod o'n edrych ymhell o bob man, a Chraig y Deryn yn fawr ac yn llwyd uwch ei ben, roedd Nain yn iawn: roedd o'n lle hyfryd. Lle perffaith i chwarae.

'Oeddach chi'n unig?'

Meddyliais am yr holl ffrindiau oedd gen i ar fy stryd i.

'Nac oeddwn. Ro'n i efo 'nheulu.'

'Oedd eich mam a'ch tad chi'n hapus yno hefyd?'

'Efo fy nain a fy nhaid roeddwn i'n byw, 'ngwas i.'

'Iesgob, ia? Pam?'

Llyfodd Nain ei gwefusau tenau. 'Roedd 'nhad wedi marw, a Mam yn rhy sâl i edrych ar f'ôl i. Ond roeddwn i'n lwcus, pobol glên iawn oedd Nain a Taid.'

Wrth gerdded yn ôl ar hyd y lôn, a gwrando ar Nain yn sôn am ei phlentyndod yn Nhyddyn Sgwarnog, dechreuais synfyfyrio. Roeddwn i wrth fy modd yn dod ar fy ngwyliau heb Mam a Dad ond eto, fyddwn i ddim yn lecio byw heb fy rhieni, waeth pa mor glên oedd Nain a Taid. Fyddai hynny ddim yn naturiol, na fyddai?

Yn ôl yn y siop, gwenodd Taid wrth ein gweld ni'n dychwelyd. 'Wyt ti'n barod i ddechrau gweithio eto, Sionyn? Mae arna i eisio dangos rhywbeth i ti.'

'Yndw, Taid! Gobeithio nad oedd petha'n rhy brysur i chi...'

'Wel, mi ddois i ben rywsut. Gawsoch chi brynhawn braf, 'nghariad i?' gofynnodd i Nain wrth iddi fynd am y gegin.

'Ew, do!' atebodd hithau. 'Mi gliriodd y niwl bron yn llwyr. Paned?'

'Os gweli di'n dda. Reit 'ta, Sionyn, mae'r amser wedi dod. Gan dy fod ti'n ddigon hen ac yn ddigon call, fyset ti'n hoffi i mi dy ddysgu sut mae defnyddio'r til?'

Y til! Roeddwn i wedi cael gwneud popeth yn y siop heblaw trin y peiriant ar y cownter a chymryd pres. Rŵan roedd Taid yn fodlon i mi wneud hynny hefyd!

Dyna un o brynhawniau gorau fy mhlentyndod, wrth i mi sefyll ar grât poteli, yn darllen sticeri'r prisiau ac yn gwthio'r botymau. Cymryd y pres a rhoi newid. Wnâi Taid ddim gwylltio, ddim hyd yn oed pan wnawn i gamgymeriadau a chymryd fy amser. Gwenai'r cwsmeriaid, hyd yn oed y rhai oedd ar frys. Erbyn i mi droi'r arwydd yn y drws o 'Open' i 'Closed' roeddwn i'n teimlo fel dyn.

'Fasat ti'n lecio mynd i'r pictiwrs heno, 'ngwas i?' gofynnodd Nain dros de. 'Maen nhw'n dweud bod rhyw ffilm newydd dda iawn yno.'

'Ia, plis!' meddwn, drwy lond ceg o fara brith. 'Ga i ddefnyddio chydig o 'mhres i brynu popcorn?'

'Rho di dy bres i gadw'n saff,' mynnodd Nain. 'Fi fydd yn talu heno. Efallai y pryna i bopcorn i dy daid, os gwnaiff o fihafio.'

Gwenodd yn gellweirus.

'Wannwyl!'

Doedd unman yn debyg i bictiwrs Tywyn – ogof o le oer,
hen ffasiwn ond hyfryd. Syllai darluniau anferth o'r brodyr
Marx, Laurel and Hardy a Charlie Chaplin o'r waliau tywyll.
Doeddwn i ddim yn hoff o Harpo Marx. Ysgyrnygai ar y
gynulleidfa, gwên wallgof ar ei wyneb a rhyw wacter yn ei
lygaid oedd yn fy nilyn.

Tydw i'n cofio dim am y ffilm, dim ond y teimlad saff
o fod rhwng Nain a Taid, a'm llaw yn ddwfn mewn bocs o
bopcorn melys. Bodlondeb cyfan gwbl. Edrychais ar wynebau
Nain a Taid bob ochr i mi, wedi'u goleuo gan ddelweddau
llachar y ffilm. Roeddan nhw'n berffaith.

Y noson wedyn, rhwng amser te a *Phobol y Cwm*, eisteddais
wrth fwrdd y gegin yn darllen comic. Wrth sychu'r llestri,
trodd Nain ata i.

'Rwyt ti'n lecio popcorn, 'yn dwyt?'

'Ew, ydw.'

'Wyddost ti, mae rhywun yn medru gwneud popcorn
adref.'

'Wn i. Mae Mam yn eu gwneud nhw weithiau.' Roeddwn
i'n hoff o glywed y pecyn bach coch yn popio yn y meicrodon,
ond byddai'r popcorn yn ddi-flas – dim byd tebyg i'r rhai a
gawn i yn y pictiwrs. 'Tydyn nhw ddim cystal â phopcorn y
sinema.'

Agorodd Nain ddroriau a chypyrddau, nôl sosbenni
a chynhwysion a'u gosod ar y bwrdd. 'Wel, tyrd i mi gael
newid dy feddwl di.'

Doedd gen i fawr o amynedd, ond gwenais ar Nain, yn
awyddus i beidio ymddangos yn anniolchgar.

'Tyrd i roi help llaw i mi, wnei di?'

Doedd gan Nain ddim meicrodon, felly fe gynhesodd y corn bach mewn sosban dros y Rayburn, a phlât yn dynn ar ben y sosban. Ar yr un pryd, rhoddodd gyfarwyddiadau i mi ar bethau i'w rhoi mewn ail sosban – menyn, mêl, sbeisys a phowdr siocled. Codai'r arogleuon o'r sosban yn felys a chysurlon.

Ar ôl i'r gymysgedd oeri, a'r corn bach i gyd flaguro'n bopcorn, estynnodd Nain glamp o fag papur o'r siop, y math o fag y byddai Taid yn lapio torth fawr ynddo i gwsmeriaid. Tywalltodd y popcorn i'r bag, cyn troi ata i.

'Yn ofalus iawn, paid ti â llosgi! Tywallta'r gymysgedd yna ar y popcorn.'

'I mewn i'r bag?'

'Dyna ti.'

Codais y sosban yn araf. Fyddai Mam byth yn caniatáu i mi drin bwyd poeth fel hyn. Tywalltais y surop tywyll mewn llinellau main dros fynyddoedd o bopcorn nes bod pob diferyn wedi gadael y sosban.

'Rŵan, rho'r sosban i lawr. Cymer y bag papur, ei gau o efo dy ddwylo ac ysgwyd y cyfan.'

'Ei ysgwyd o?'

'Rydan ni eisiau i'r surop orchuddio pob un o'r popcorn, felly gwell i ti ei gymysgu'n dda.'

Ysgydwais y bag tra bod Nain yn golchi'r sosbenni, ac yna gwagiais y popcorn i mewn i ddysgl fawr ar ganol y bwrdd. Roedd pob darn yn sglein brown, ac roeddwn i'n ysu am eu blasu.

'Mae'r rhain yn well na rhai'r pictiwrs, Nain.'

Gwthiais ddarn arall i'm ceg, a methu â chael digon ar y blas siocled hyfryd. Gwthiodd Nain lond llaw i'w cheg, a gwenu drwy weflau llawn.

'Dwi mor llawn,' meddai, 'ond maen nhw'n rhy neis i stopio'u bwyta.'

'Wchi be sy'n braf amdanoch chi, Nain? Rydach chi'n lecio fferins a bisgedi a chacenna gymaint ag ydw i.'

'Ew, ydw.'

'Rydach chi fel plentyn, 'blaw eich bod chi'n hen.'

Llyncodd Nain ei chegaid, a syllu arna i. 'Dwi'n dal i deimlo 'run fath ag yr oeddwn i pan o'n i'n hogan fach, wsti.'

'Dwi'n falch,' atebais, cyn cymryd cegaid arall o bopcorn. Pan edrychais i fyny, roedd Nain yn gwenu arna i, a'r mymryn lleiaf o siocled yn staen ar ochr ei cheg.

Jac Vaughan
Y Gweinidog
1997

Affogato

hufen iâ fanila
espreso

Tolltwch y coffi dros hufen iâ. Bwytewch yn syth.

Sylweddolais i ddim 'mod i'n hen tan i mi gael cip ar adlewyrchiad Annie a minnau mewn ffenest siop yn Nhywyn rhyw brynhawn dydd Iau yn yr hydref.

Roeddwn i wedi crymanu, a phob blewyn cringoch bellach yn arian. Annie wedyn, a fu'n fryniau o gnawd a gerais erioed, bellach yn foliog a thrwm ar ôl cyfnod o feinder annaturiol cemotherapi. Roedd hi'n dal i fod y peth tlysaf a welswn erioed. Fedrwn i weld dim heblaw am ei llygaid, a'r bwlch hyfryd rhwng ei dannedd syth. Doedd ganddi ddim syniad gymaint roeddwn i'n ei feddwl ohoni.

Wedi i mi sylwi ar wirionedd ein henaint, mi welwn arwyddion ohono ym mhobman... Ym mhatrwm ailadroddllyd ein hwythnosau, yn y blodau ar ein papur wal, yn ein prydau bwyd – fersiynau o'r hyn y buon ni'n ei fwyta hanner canrif yn ôl.

Fy nwylo. Dyna oedd y syndod mwyaf. Dwylo hen ddyn. Byddwn yn edrych arnyn nhw'n feunyddiol, a'u troi i archwilio'r cledrau a'r cefnau. Sut y digwyddodd hyn i mi? Sut y crebachodd fy nghorff mor sydyn? Nid dyma oedd bywyd, yn naci – chwinciad llygad madfall o ddigwyddiadau, penderfyniadau, genedigaethau a thymhorau?

A minnau'n un o'r rhai lwcus! Ddim wedi dioddef salwch, na cholli plentyn, nac wedi gorfod brwydro am ddim na thros unrhyw achos arbennig. Ai dyna oedd wedi codi'r anniddigrwydd hwn? Y ffaith i bopeth ddod mor hawdd hyd yma?

Byddai Annie a Pegi'n dal i fynd am dro yn feunyddiol. Gwyliwn y ddwy, weithiau, o ffenest y llofft, eu cerddediad yn arafu wrth i'r blynyddoedd fynd heibio, Annie'n lletach a Pegi'n crymanu'n farc cwestiwn.

Esblygodd Llanegryn gyda phob blwyddyn newydd – mwy o geir, llai o siarad, y plant yn troi'n oedolion ac yn planta eu hunain. Daeth gweinidog newydd i gymryd fy lle, ond roedd ganddo bum capel arall i'w enw, ac mi gafodd Annie a minnau gadw Tŷ Rhosys. Roedd o'n llawer rhy fawr i ni erbyn hynny, a deuai ymweliadau'r wyrion a'r wyresau i'n hatgoffa peth mor greulon oedd ystafelloedd gweigion a pheth mor unig oedd llonyddwch.

Gydag awel yr hydref yn dod â lliwiau'r wawr i goed y Llan, caeodd Francis Phyllip y siop am y tro olaf, ei gryd cymalau yn graith wedi'r holl gario bocsys dros y blynyddoedd. Daeth Jonathan yn ôl i'r ardal, yn gawr o ddyn addfwyn, a'r un wên yn cosi ei ruddiau â phan oedd o'n fach. Wedi bod yn coginio mewn gwesty yn Llandudno roedd o, ac wedi cael digon ar reolwyr chwerw a chwsmeriaid diddiolch. Gorchuddiodd ffenestri'r siop â phapur newydd, a gwrthod i bawb ond ei rieni gael golwg arni wrth iddo fynd ati i weithredu ei gynllun.

Peth rhyfedd oedd gweld Francis yn crwydro'r pentref. Chawsai o mo'r ffasiwn ryddid ers iddo gymryd ffedog ei dad a dechrau rhedeg y siop. Roedd rhywbeth plentynnaidd yn ei osgo wrth iddo bwyso dros Bont y Llan i chwilio am bysgod yn y dŵr, neu estyn ei ddwylo crychlyd at y gwyddfid i gael blasu'r mêl. Codai ei lygaid at batrwm y llechi ar doeau'r tai, neu gopaon uchaf y coed yn y comin, gan ryfeddu at y dail yn chwifio'n osgeiddig. Dyn mwyn oedd o wedi bod erioed, ond sylweddolais i ddim tan ei fod o'n hen nad oedd mymryn o chwerwder na chasineb y tu ôl i'r wên. Doedd dim drwg yn perthyn iddo, dim o gwbl. Chlywais i 'rioed mohono'n yngan ond geiriau tyner am ei wraig. Gwyddwn yn iawn am dafod cas ei dad, ond wrth godi sgwrs am Isaac Phyllip, dim ond codi'i sgwyddau wnâi o ac esbonio, 'Mae'n rhaid ei fod o wedi cael amser caled, yn fy magu i o'r crud a dim gwraig yn gefn iddo.'

Rhaid cyfaddef i mi feddwl mai llipryn o ddyn oedd Francis, yn wan a di-fflach. Gwyddwn fod Pegi wedi dioddef uffern gan dafod miniog ei thad-yng-nghyfraith, ond chlywais i 'rioed am Francis yn amddiffyn ei wraig fregus. Efallai 'mod i'n hen ffasiwn, ond credwn fod Pegi wedi cael gormod o ryddid gan ei gŵr i wneud fel y mynnai, yn y gobaith y byddai'n anghofio am ei blynyddoedd cynnar.

'Cael ei ffordd ei hun?' gofynnodd Annie i mi rywdro, ar ôl i mi sôn am hynny. 'Ym mha ffordd?'

'Wel, y gwyliau ar lan y môr ar ei ben ei hun bach, y caffi yn Nhywyn, heb sôn am Jonathan!'

'Mae Jonathan yn hyfryd!'

'Wel, ydi siŵr. Ond syniad gwallgo oedd mabwysiadu Sgowsar du a dod ag o i ganol Llanegryn...'

'Dim mor wallgo â hynny, neu fyddai o ddim wedi llwyddo.'

Ochneidiais. Roedd teyrngarwch Annie yn eiddo i Pegi, nid i mi.

Aeth Annie yn ei blaen i esbonio. 'Roedd Pegi fel petai'n dechrau datod yr adeg honno, yn anhapus yn y caffi, ac yn byw mewn ofn ei bod hi'n dilyn ar hyd llwybrau ei mam. Roedd hi angen rhywbeth i'w sadio. Roedd hi angen achub rhywun, fel roedd rhywun wedi'i hachub hi. A dyna wnaeth ei chadw hi rhag dadfeilio fel ei mam, dwi'n meddwl... Dilyn esiampl pawb fuodd yn glên wrthi.'

Fedrwn i ddim bod yn siŵr a oedd hynny'n wir. Mae'n siŵr mai peth cymhleth ac anodd iawn oedd etifeddiaeth ansad Pegi gan ei mam. Ond newidiodd fy marn am Francis bob yn dipyn, wrth i mi ddilyn yr ystrydeb o weld popeth yn ddu a gwyn yn cyfarfod yn y man canol mewn llwyd niwlog.

Gan fod gan y ddau ohonon ni, yn sydyn iawn, amser hamdden, daeth Francis a minnau'n dipyn o ffrindiau. Bydden ni'n cerdded, fel y byddai ein gwragedd, ac yn ffeirio llyfrau hefyd. Wyddwn i ddim cyn hynny gymaint o ddarllenwr oedd Francis. Tydw i ddim yn siŵr a oedd o'n gwybod ei hun tan iddo gael yr amser i fwynhau nofelau.

Ac yna, wrth i Jonathan ddal i weithio ar y siop, codwyd arwydd newydd ar y lôn fach heibio Pont y Llan – arwydd 'For Sale'.

Glanrafon.

Hen gwpl o Firmingham fu'n ei ddefnyddio fel tŷ haf ers blynyddoedd, a'r rheiny wedi cwyno'n ddiweddar bod y grisiau wedi mynd yn ormod iddi hi a'i *varicose veins*. Fyddai'r lle ddim ar werth am yn hir, meddwn i wrth Annie dros frecwast. Roedd o'n berffaith at ei ddefnyddio fel tŷ haf, yn fychan ac yn daclus ac yn agos at yr afon. Roedd yn gas gen i'r lle. Medrwn gofio wyneb gwag Jennie Glanrafon yn eistedd yn ei chadair yn y gegin, ac arwyddion ei hesgeulustod o'i merch yn oglau drwg ar hyd y lle.

'Mi es i â Pegi i Lanrafon ddoe,' meddai Francis, er mawr syndod i mi, wrth i'r ddau ohonon ni gerdded i fyny'r Fford Ddu un bore ychydig ddyddiau ar ôl i'r arwydd ymddangos. 'Rydan ni'n mynd i brynu'r lle, dwi'n meddwl.'

Stopiais yn stond i edrych arno. 'Wyt ti o ddifri?'

Nodiodd Francis. 'Rhoi'r tŷ mawr a'r siop i Jonathan, a'n cynilion i Huw... A symud i le bach ein hunain. Mae o'n gwneud synnwyr.'

'Wel ydi, mae hynny'n gwneud synnwyr. Ond pam Glanrafon? Pam fydda Pegi am fynd yn ôl i le mor...?' Methais ddod o hyd i'r geiriau.

'Doedd hi ddim yn siŵr ei bod hi am fynd yn ôl tan iddi ymweld â'r lle. Ond mae hi'n reit awyddus rŵan. Mae hi'n dweud y byddai'n creu rhyw gylch yn ei bywyd hi – cael ei magu ac wedyn tyfu'n hen, a hynny yn yr un lle.'

Mi gerddon ni mewn tawelwch am dipyn. Tasg hawdd fu dringo'r rhiw i fyny'r Ffordd Ddu flynyddoedd ynghynt, ond erbyn hyn roedd pen-gliniau Francis a minnau'n gwichian fel hen beiriannau.

Ceisiais yn galed ers blynyddoedd i anghofio'r darlun o Pegi'n ferch fach – ei garddyrnau tenau, y budreddi ar ei ffrog a ffwr y llygoden fawr mewn powlen gaserol. Daeth y cyfnod yna'n ôl i mi wrth ddringo'r rhiw, cyn i hunllef arall fflachio yn fy meddwl – corff marw Jennie Glanrafon mewn amdo o goban wen yn nŵr yr afon.

Wedi croesi grid y gwartheg, oedodd Francis a minnau i gael ein gwynt aton ni ac i edrych allan ar yr olygfa – afon Dysynni'n disgleirio yn haul egwan yr hydref wrth ymlwybro at y môr, Bryncrug yng nghesail Moel Gocyn a Thywyn yn rhimyn o adeiladau ar yr arfordir.

'Paid â meddwl 'mod i'n greulon,' meddwn yn dawel. 'Ond wyt ti'n meddwl mai dyma'r peth gorau ar gyfer iechyd Pegi?'

'Ei hiechyd meddyliol hi wyt ti'n ei feddwl?'

Gwelais ddegau o linellau yn crychu talcen Francis – olion poen meddwl blynyddoedd.

'Mi wn i nad ydi hi wedi cael pyliau o ansadrwydd yn ddiweddar,' meddwn yn bwyllog. 'Meddwl tybed fyddai Glanrafon yn ei gwthio hi 'nôl i le tywyll unwaith eto.'

'Wsti be? Mae hi bron yn ddeng mlynedd ar hugain ers i Pegi gael pwl gwael.'

Syllais arno mewn syndod. 'Nac 'di!'

'Yndi, wir. Mi aeth i Bwllheli efo'i hiselder pan oedd Huw yn ddyn ifanc, ac o fewn chwe mis roeddan ni wedi mabwysiadu Jonathan.'

'Ddychwelodd mo'r düwch wedyn ar ôl i Jonathan gyrraedd?'

'Dwi'n siŵr iddo fod ar droed weithiau. Roedd arna i ofn pan aeth Jonathan i'r coleg. Maen nhw mor agos. Ond pan fydda i'n amau ei bod hi'n gwaelu, mi fydd hi'n diflannu am ddiwrnod, mynd am dro chwedl hi, ac mi fydd i'w gweld yn well wedyn.'

'Wyddost ti ddim i ble mae hi'n mynd?'

Ysgydwodd Francis ei ben. 'Tydw i ddim yn holi.' Cilwenodd arna i. 'Mae merched yn llawn cyfrinachau, 'yn tydyn... Falla 'i bod hi'n well nad ydan ni'n cael gwybod popeth sydd ar eu meddyliau nhw.'

Ar y ffordd yn ôl i lawr i'r pentref, dywedodd Francis, 'Tasat ti wedi'i gweld hi yng Nglanrafon, Jac. Yn crwydro o stafell i stafell, yn adrodd be oedd yn arfer bod yno yn yr hen ddyddiau. Mi sythodd, rywsut, yn yr hen fwthyn bach, a cholli mymryn o'r plyg yn ei chefn, ac mi aeth i edrych yn iau.'

Llyncais fy mhoer. Swniai hynny'n afiach i mi, yn rhan o swyn hen wrach a edrychai, yn fy nychymyg, 'run sbit â Jennie Glanrafon.

'Ddywedodd hi ddim gair erioed wrtha i am ei bywyd efo'i mam. Dwi'n ei chofio hi, bryd hynny... yn ei chofio hi'n gweithio yn y siop, ac yn aros yn hwyrach ac yn hwyrach fel tasa hi ddim eisiau mynd adref. Ond esboniodd hi ddim pam yr aeth ei mam i'r seilam, na beth ddigwyddodd iddi hi.'

Wyddwn i ddim ai 'nghwestiynu i oedd o. Chwilio am wybodaeth. Ddywedais i ddim gair.

'Mi safodd hi am yn hir, wsti, yn nrws un o'r llofftydd. Roedd hi'n stafell fach ddigon del, a dweud y gwir, wedi'i phaentio'n wyrdd, a charped trwchus gwyn ar lawr. Ond âi hi ddim i mewn iddi, dim ond sefyll yno'n edrych i mewn. "Fy llofft i oedd hon," meddai'n dawel. "Gwyn oedd y waliau bryd hynny. Dim carped. Dim byd ond waliau gwyn a gwely oer."'"

Medrwn gofio'n iawn y cynfasau budron, treuliedig ar ei gwely, ac er mor bell yn ôl eto, mi allwn gofio'r manylion bychain. Roedd un o estyll y llawr yn gwegian, a gallwn dynnu fy mys drwy'r trwch o fudreddi ar wydr y ffenestri a chlywed sŵn llygod mawr yn y groglofft.

'Mi welais hi, 'radeg honno,' meddwn yn gryg, am fy mod i'n teimlo rheidrwydd. 'Fi drefnodd i'w nain a'i thaid ei chymryd hi.'

'Mi wn i hynny,' atebodd Francis yn benisel.

'Doedd hi'n gwybod dim amdanyn nhw,' ychwanegais, gan weld, yn fy meddwl, ffigwr cloff Mr Pugh Tyddyn Sgwarnog yn cerdded i fyny'r lôn i hebrwng Pegi i'w chartref newydd. 'Dyna oedd y tro cyntaf iddyn nhw weld eu hwyres. Roedd ei bywyd hi'n afiach yn y tŷ yna. Wyt ti'n siŵr ei bod hi'n iawn iddi fynd yn ôl yno?'

'Sut medra i fod yn siŵr?' atebodd Francis gyda chwestiwn. 'Mae Pegi'n mynnu mai dyna mae hi am ei wneud, ac mae'n rhaid i mi ymddiried yn ei phenderfyniad hi.' Cyfarfu llygaid Francis â'm rhai i – dau hen ddyn, yn dal i ofyn cwestiynau. 'Rwyt ti'n nabod Pegi, Jac, yn ei nabod hi'n ddigon da i wybod nad oes unrhyw un yn ei nabod hi go iawn.'

Peth rhyfedd fu ymweld â Pegi a Francis yn eu cartref newydd yng Nglanrafon ddeufis yn ddiweddarach.

Cerdded dros Bont y Llan, yn union fel y gwnes i dros hanner canrif ynghynt. I fyny'r lôn i gyfeiriad yr eglwys, y bwthyn bach tlws wrth yr afon, a sŵn y dŵr yn anadlu'i lwybr at afon Dysynni a'r môr, gwta filltir i ffwrdd. Daliai

Annie yn fy mraich wrth i ni gerdded yno. Peth anarferol iddi, fel petasai hithau'n gweld y gorffennol wrth droedio.

'Mae'r ardd wedi gwella, 'yn tydi,' sylwodd wrth i ni gerdded drwy'r giât. Gwaith Jonathan, chwarae teg iddo, er bod ganddo ddigon i'w wneud yn datblygu'r siop. Yn ystod y bythefnos ers i Francis a Pegi ddod yn berchnogion ar Lanrafon, roedd Jonathan wedi paentio a phapuro'r bwthyn, gosod cegin newydd a thynnu'r chwyn o'r ardd a thacluso'r perthi. Medrwn ddychmygu Annie a Pegi yma yn y gwanwyn, yn eistedd ar y fainc o flaen y tŷ, stêm yn codi o'u paneidiau ac arogl lafant yn treiddio i'w dillad a'u gwallt.

Agorodd Pegi'r drws cyn i ni gyrraedd y trothwy, ei hwyneb yn olau mewn gwên gyffrous.

'Dewch i mewn!' meddai, cyn symud i'r naill ochr er mwyn i ni gael ei phasio. Welais i erioed mohoni yn edrych mor annhebyg i'w mam, er ei bod hi'n sefyll ar yr un trothwy. Wenodd Jennie Glanrafon erioed fel hyn, a chawsai hi ddim byw i fagu croen crychlyd a gwallt llwyd.

Fedrwn i ddim gwadu bod Glanrafon wedi'i drawsnewid i fod yn fwthyn hyfryd. Roedd yn glyd, yn gynnes ac yn berffaith i gwpl mewn oed fel Pegi a Francis. Ond fedrwn i chwaith ddim gwadu bod rhyw hen gysgodion y tu ôl i arogl y paent ffres ac o dan y carpedi trwchus – ysbrydion hen atgofion. Dwrdiais fy hun yn dawel gan fod fy ffrindiau mynwesol yn amlwg yn hapus eu byd.

Crwydrodd fy llygaid at gornel y gegin lle bu cadair siglo Jennie, amser maith yn ôl. Daliai cysgod y ddau lygad llwyd, gwallgo i syllu i'r gegin.

Edrychais i ffwrdd yn sydyn i ddal llygaid llwydion Pegi, a fu'n craffu arna i. Ni oedd yr unig rai ar ôl a gofiai, a doeddwn i ddim am rannu'r hanes hyll yma efo hi.

Roedd pob ystafell yn adlewyrchiad o rywbeth afiach a fu.

Gwenais a mwmial sylwadau cadarnhaol am y llenni trwchus, y papur wal a thrwch y ffenestri. Ond doeddwn i ddim eisiau bod yno. Ai fy nychymyg i oedd yn lliwio, neu oedd Pegi'n fy ngwylio o gornel ei llygad, yn chwilio am ymateb? 'Dewch yn eich blaena.' Edrychodd Francis ar ei oriawr, cyn sythu'r dei las a wisgai dan ei siwt. 'Mi fydd Jonathan yn aros amdanon ni.'

Cerddodd y pedwar ohonon ni drwy'r comin tuag at yr hen siop yn hytrach na dilyn y lôn, er bod Francis a minnau yn ein siwtiau gorau, a Pegi ac Annie mewn ffrogiau llaes o liwiau'r haf, a ninnau ar drothwy gaeaf hir arall. Pegi ac Annie ar y blaen yn arwain, fraich ym mraich, yn pwyso ar gyrff ei gilydd rhyw fymryn. Yna, Francis a minnau yn ein sgidiau smart a'r rheiny'n sgleinio yn y tamprwydd wedi glaw'r prynhawn. Hen bobol yn cerdded llwybrau eu llencyndod. Daeth lwmpyn i 'nghorn gwddw wrth feddwl sut y bydden ni'n edrych i rywun diarth, y pedwar ohonon ni'n cario olion ein bywydau yn ein cerdded. Darllenais mewn papur rywdro bod ein cyrff yn adnewyddu eu hunain yn gyfan gwbl droeon yn ystod ein bywydau wrth i gelloedd newydd gymryd lle'r rhai meirw, a'r rheiny'n troi'n llwch. Oedd nodweddion o'r pâr ifanc priod a arferai gerdded y comin ar ôl, tybed, yn Annie a fi? Oedd 'na elfen o blant y Llan ar ôl yng nghyrff blinedig Pegi a Francis?

Roedd y pentref cyfan wedi'i stwffio i mewn i gaffi newydd Jonathan ar gyfer yr agoriad swyddogol. Er bod y gaeaf ar gyrraedd ac awel fain min nos yn brathu, roedd y bobol a safai ar y pafin yn sgwrsio ac yn yfed gwin yn edrych yn berffaith fodlon mewn cotiau a menyg, fel petai'r achlysur yn cynnig rhyw gynhesrwydd cyfeillgar. Gwenai pawb wrth ein gweld ni'n dod, mewn cydnabyddiaeth dawel mai hen siop Francis a Pegi oedd hon.

Trawsnewidiwyd y lle. Roedd yr hen gownteri tywyll a'r silffoedd a fu'n dal y rhesi o focsys a thuniau lliwgar, trwm wedi diflannu. Yn eu lle daeth byrddau bach pren, rhai ail-law o dderw golau, a thusw o flodau gwyn ar bob un. Paentiwyd y waliau yn las golau, a chrogai degau o fframiau bach oddi arnyn nhw, y lluniau'n frith o wynebau a golygfeydd a'r rhan fwyaf yn ddu a gwyn neu'n sepia. Ar y wal gefn roedd un ffrâm fawr, a llun o Pegi a Francis yn ifanc ynddi, yn ffigyrau bychan, cefnsyth yn sefyll y tu allan i'r hen siop. Mae'n rhaid mai newydd briodi oedden nhw pan dynnwyd y llun, a chlymodd rhywbeth yn fy mol wrth ei weld. Mor garedig oedd Jonathan i osod eu delwedd ynghanol ei gaffi, ac mor drist oedd llonyddwch y ffotograff o'r pâr ifanc.

Trodd yr holl westeion wrth i ni ddod i mewn, a churo'u dwylo wrth weld Pegi a Francis yn cyrraedd. Daeth Jonathan i gymryd ein cotiau ac i roi gwydraid o win yn ein dwylo, a Siw yn rhoi help llaw iddo. Roedd wedi edrych ar ei ôl ers iddo gyrraedd y Llan yn bum mlwydd oed, ac roedd hi'n dal i feddwl amdano fel un o'i phlant. Daeth Jonathan o hyd i gadeiriau fel y gallai ei fam ac Annie eistedd yn y ffenest fawr, fel petai hwn yn barti iddyn nhw. Galwodd rhywun arno, a diflannodd i'r hen stocrwm a oedd erbyn hyn yn gegin o fetel arian, glân.

Gwyliais lygaid Francis yn crwydro o amgylch yr hen siop, gan chwilio am arwyddion o hiraeth, ac o dristwch treigl y blynyddoedd. Ond na, edrychai wrth ei fodd yn edmygu'r waliau glân, y pren golau a'r dodrefn cyfforddus. Gwelodd fy mod i'n ei wylio, a daeth gwên o'r galon i'w wyneb gan gyfleu ei hapusrwydd.

'Mi fyddai Nhad wedi'i gasáu o,' meddai, gyda sbarc o ddireidi yn ei lygaid. 'Rydw i wrth fy modd!'

'Mae'r oglau wedi mynd, hyd yn oed,' meddwn, gan drio cofio'r sawr cysurlon: yr halen, yr ham a'r hen sbeisys a'r siwgwr brown...

Nodiodd Francis. Oglau paent a choffi a newydd-deb oedd yma rŵan.

Bu'r noson yn llwyddiant ysgubol a diflannai'r gwin, y coffi a chacennau bach hyfryd Jonathan i gegau llwglyd. Yr hen a'r ifanc o'r Llan yn sgwrsio ac yn chwerthin, a rubanau tenau o fwg sigaréts yn crwydro i mewn o'r tu allan. Yr hen luniau ar y waliau, a'r pentrefwyr yn syllu ar yr hen ffotograffau crychiog o'r strydoedd cyn i geir eu leinio'n flêr. Ffotograffau mwy diweddar wedyn yn esgor ar sgwrsio a chwerthin rhwng Jonathan a'i genhedlaeth wrth iddyn nhw weld mor hen ffasiwn oedd y dillad a'r steiliau gwallt.

'Mi ddois i o hyd i hen siwtces yn llawn ohonyn nhw yn yr atig!' meddai Jonathan gan wenu. 'A meddwl pa mor drist oedd hi eu bod nhw yn y tywyllwch...' Cyn y foment honno, roeddwn i wedi amau cynllun Jonathan, wedi bod yn siŵr mai ffwlbri oedd agor caffi mewn pentref bach gwledig fel Llanegryn. Ond na, roedd y lle'n hafan o chwerthin a chynhesrwydd Jonathan. Byddai'n siŵr o lwyddo.

Mae'n rhaid bod Jonathan wedi coginio a phobi drwy'r dydd. Treuliodd y noson yn cario platiau llwythog o'r gegin, tameidiau bychain o'r hyn fyddai ar gael o ddydd i ddydd yng nghaffi'r Hen Siop – brechdanau llwythog, *quiches* bach, cacennau a phestris yn sglein o siwgwr a charamel. Pegi ac Annie oedd y rhai cyntaf i gael eu cynnig bob tro, ac wyneb chwilfrydig Jonathan yn archwilio eu hwynebau hwythau am ymateb.

'Triwch hwn!' meddai, wrth ddod â phlât hir ac arni

bowlen a chwpan fechan. Gosododd y plât ar y bwrdd bach o flaen Annie, a chynnig llwy fach arian iddi. 'Tydw i ddim yn siŵr ydi'r Llan yn barod am bwdin fel hwn, Anti Annie… Mae o'n reit wahanol.'

Craffodd Annie ar y bowlen a'r gwpan. 'Hufen iâ, a… Be ydi hwn? Mae 'na ogla coffi arno fo…'

'Dyna chi, coffi du ydi o. Tolltwch o ar ben yr hufen iâ, a bwytwch o reit sydyn.'

Cynigiodd y llwy iddi eto.

'Dwi'n fwy o ddynes te na choffi,' petrusodd Annie, ond cymerodd y llwy 'run fath. Lapiodd ei bysedd o gwmpas y gwpan fechan, a thollti'r coffi'n araf dros belen felyn o hufen iâ, fel petasai ofn arni.

Llanwodd ei llwy â'r hufen iâ a'r coffi, a'i flasu.

Caeodd ei llygaid. Gwelais ei llwnc yn llithro tuag at ei gwegil wrth iddi lyncu'n araf a hamddenol. Eiliadau byrion o ymgolli yn y pleser o flasu rhywbeth newydd, rhywbeth hyfryd, a gwelais Annie yn gwneud ystumiau dynes ifanc mewn corff hen wraig. Lwyddais i erioed i wneud iddi ebychu fel'na.

Gwenodd ar Jonathan mewn edmygedd, cyn cymryd llwyaid arall.

'Mae o'n plesio?' Nodiodd Annie ei hateb, gan godi gwên ar wyneb Jonathan. 'Mi ro i o ar y fwydlen felly. Affogato maen nhw'n 'i alw fo…'

'Anfarwol' oedd unig ddisgrifiad Annie, ac ar ôl iddi lowcio'r cyfan, eisteddodd yn ôl ar y soffa gyda goleuni bodlonrwydd ar ei hwyneb crwn. Trodd yn sydyn i 'ngweld i'n syllu arni, a chlodd ein llygaid am ychydig eiliadau, gan ffeirio gwên annwyl.

Edrychai'n hapus.

Roedd hi bron yn hanner nos arnon ni'n gadael y caffi, a

Jonathan yn edrych wedi ymlâdd. Creai'r platiau, y gwydrau a'r cwpanau gweigion ddegau o adlewyrchiadau yn y golau cynnes – olion parti da. Cynigiodd Annie a Pegi aros i olchi'r llestri, ond gwrthododd Jonathan.

'Mae gen i beiriant i wneud y cyfan, a beth bynnag, wna i mo'u cyffwrdd nhw tan fory.'

Cysgai'r pentref wrth i ni gerdded tuag adref. Rywsut, â thywyllwch y nos ac oren lampau'r stryd yn cyfarfod ar ffiniau'r cysgodion, ymddangosai fel 'tae dim ond ni'n pedwar oedd yn bodoli.

Cerddodd Annie a Pegi o'n blaenau, unwaith eto, fraich ym mraich o hyd, eu cotiau hirion yn dynn amdanyn nhw a'u camau bellach yn llyfnach dan ddylanwad y gwin. Fedrwn i ddim clywed yr hyn roedden nhw'n ei ddweud, ond bob hyn a hyn mi fyddai chwerthiniad yn codi o'u boliau cyn dianc i dawelwch y nos – fel chwerthiniad llancesi. Cydgerddai Francis a minnau mewn tawelwch cyfforddus. Chwaraeai gwên fach ar wyneb Francis, a bodlondeb hawddgar ar ei wyneb. Roedd hi wedi bod yn noson dda. Un o'r goreuon.

'Nos dawch,' sibrydodd Pegi wrth i ni gyrraedd y bont.

'Nos dawch,' sibrydodd Annie yn ôl, gan fflachio gwên lydan at ei ffrind gorau. 'Awn ni am baned i'r caffi fory?'

Nodiodd Pegi. 'Hanner awr wedi deg?'

'Paned, ac affi... affa... Y peth hufen iâ a choffi 'na!'

Chwarddodd Pegi ar chwithdod tafod fy ngwraig, cyn cymryd braich Francis a'i throi hi am adref. Edrychai'r ffordd fach i Lanrafon yn dywyllach na gweddill y pentref.

'Wnest ti fwynhau?' gofynnais i Annie wedyn wrth i mi orwedd yn y gwely. Roedd hi'n tynnu'r perlau o'i chlustiau o flaen y drych, ei chorff yn grwn dan ei choban flodeuog. Mi wyddwn i'r ateb, wrth gwrs, ond roeddwn i am glywed cysur ei llais cyn i mi gysgu.

'Roedd o'n hyfryd.'

Edrychodd Annie ar fy adlewyrchiad yn y drych.

'Dyna mae gwin yn ei wneud i rywun…'

Ochneidiodd Annie ar fy nghellwair, a throi 'nôl at ei hadlewyrchiad ei hun. Syrthiais i drwmgwsg wrth ei gwylio yn cribo'i gwallt yn rhythmig, dannedd y brws yn siffrwd dros ei chyrls gwyn fel anadl fwyn.

Bu farw Annie y noson honno.

Deffrais am wyth, a gwrando ar y gwynt yn ysgwyd y ffenestri'n flin. Â'm cefn ati, medrwn deimlo ei phwysau yn y gwely wrth fy ymyl, ond cymerais ychydig funudau i sylweddoli pam roedd rhywbeth yn chwithig yn y llofft y bore hwnnw. Y tawelwch. Roeddwn i wedi deffro i sŵn ei hanadl ers dros drigain mlynedd, a rywbryd yn ystod y nos, roedd hi wedi distewi.

Gorweddais am ychydig, gan ohirio'r eiliad y byddai'n rhaid i mi droi i'w gweld hi'n farw wrth fy ymyl. Gallwn deimlo oerni'i chorff yn cripian dros y gwely i'm cyfeiriad. Doedd dim arlliw o'r gaeaf wedi bod ynddi erioed.

Trois i'w hwynebu. Roedd hi'n wyn, ac yn hanner gwenu, fel petasai'n cofio'r pethau mwyn.

Gwyliais ei llonyddwch, gan archwilio'i gwacter a chwilio am fy ngwraig yn ei hwyneb, yn siâp ei chorff o dan y cynfasau, ond doedd hi ddim yno. Dim ond ei chragen oedd yno, a manylion dibwys o'r hyn fuodd hi.

Codais yn araf o'r gwely, a gwisgo amdanaf yn bwyllog. Trowsus llwyd, crys a thei werdd, a sanau o'r drôr, cyn tynnu crib drwy'r hyn oedd ar ôl o 'ngwallt. Cerddais yn araf i'r ystafell ymolchi ac yna es yn ôl i'r ystafell wely, a thynnu'r cynfasau yn dynn amdani, i'w chadw'n gynnes.

Wn i ddim pam na ffoniais i Siw i ddweud. Hwyliais frecwast i mi fy hun, gan synnu 'mod i'n llwgu fel taswn i heb fwyta ers dyddiau, a ches dost a jam cartref – y dorth wedi'i thorri'n gam a minnau ddim wedi arfer efo'r gyllell fara. Ar ôl golchi'r llestri a chael paned, eisteddais yn fy nghadair esmwyth yn ffenest y stydi, yn gwylio'r awyr lwyd yn chwythu ei chymylau. Chodais i mo'r papur o'r mat fel y gwnawn fel arfer, ond gwrandewais ar y gwynt yn trio torri i mewn a'r cloc yn tipian yn lleddf. Y rhain fyddai fy eiliadau olaf gydag Annie cyn i'r prysurdeb sy'n dilyn marwolaeth ddyfod. Onid oeddwn i wedi bod yn rhan o'r prysurdeb hwnnw fy hun, ddegau o weithiau i deuluoedd y Llan? Felly am awr fechan, eisteddais yn fy nghadair, yn gwybod bod Annie'n gorwedd yn y gwely yn y llofft, a gwerthfawrogi ei chael hi yma i fi fy hun am ychydig yn hirach.

Am hanner awr wedi deg, tynnais fy nghôt amdanaf a gadael distawrwydd Tŷ Rhosys. Chwipiai'r gwynt fy nhrowsus am fy nghoesau main wrth i mi gerdded i fyny'r stryd at y caffi. Dawnsiai'r dail meirwon ar lwydni'r ffordd fel petaen nhw'n fyw, a phwyllais am ennyd wrth y bont i'w gwylio.

Roedd Pegi a Francis yn yr un cadeiriau â neithiwr. Yno yng nghynhesrwydd y caffi, a stêm paned yn codi o gwpan o'i blaen, trodd Pegi'n sydyn wrth i mi gerdded at y drws. Daliodd fy llygaid drwy'r ffenest fawr, a diflannodd ei gwên. Nid fi oedd i fod yma, ond Annie.

Cofleidiodd cynhesrwydd y caffi fy wyneb rhewllyd wrth i mi gamu drwy'r drws. Roedd arogl coffi'n llenwi'r lle. Safai Jonathan dros y cownter yn torri cacen yn drionglau. Edrychodd i fyny arna i mewn penbleth.

'Jac?' holodd yn dawel.

'Mae Annie wedi marw,' atebais, gan droi at Pegi.

Agorodd hithau ei cheg i ddweud rhywbeth, a'i chau drachefn. Tynnodd ei llygaid llwydion dros grychau fy wyneb, yn chwilio am ateb i ryw gwestiwn, er nad oedd hi'n siŵr pa un.

'Mi ddeffrais y bore 'ma ac roedd hi wedi mynd yn ei chwsg.'

Gydag ochenaid o drymder, rhoddodd Jonathan y gyllell i lawr a symud tuag ata i.

'O, Jac, mae'n ddrwg gen i.'

Cododd Francis o'i gadair, a gosod llaw drom ar fy ysgwydd. Roedd dagrau'n iro'i lygaid.

'Jac. Jac. O, Annie druan.'

Nodiais, gan deimlo gwres rhyw emosiwn yn pigo y tu ôl i'm llygaid. Gadewais i Francis fy arwain at gadair wrth ymyl Pegi, ac eisteddais. Daliai Pegi i syllu arna i, a phwysau bywyd cyfan yn ei llygaid.

'Mae'n ddrwg gen i,' meddai gan sibrwd.

'A minnau. Mae dy golled di gymaint â f'un i, Pegi.'

Ac yna, wrth i chwerwder y briw cignoeth ddechrau treiddio i'n meddyliau, eisteddodd y pedwar ohonon ni – Jonathan, Pegi, Francis a minnau – yng nghynhesrwydd y caffi, gan syllu ar y lle gwag lle bu hi'n eistedd y noson cynt, ei cheg yn crymanu gwên a'i chwerthin yn plethu'n berffaith i sgwrsio'r pentrefwyr.

Diflannodd Jonathan i'r gegin, a daeth yn ei ôl â phowlenni bach crwn i Pegi, Francis a minnau, a llwyau yn codi'n sglein ohonyn nhw. 'Affogato,' esboniodd wrth i mi syllu i mewn i'r bowlen. 'Mi gafodd Annie flas arno neithiwr. Mi ffonia i Siw.'

Ac felly bwytaodd y tri ohonon ni'r hufen iâ oer a'r coffi poeth yng nghaffi bach y Llan, gan wrando ar y gwynt a sŵn llwy yn crafu powlen. Yn gwerthfawrogi'r blas newydd, anghyfarwydd – y coffi chwerw a'r hufen iâ melys, yr oerfel a'r gwres.

'Dyma'r peth olaf iddi ei fwyta,' meddai Pegi ar ôl gwagio'i phowlen. Edrychais draw arni, ond roedd ei llygaid wedi'u hoelio ar ddawns y dail ar y stryd y tu allan. 'Mae o'n flas da i gael yn dy geg wrth fynd i'r nefoedd, 'yn tydi?'

Ac roedd hi'n iawn. Roedd hi'n iawn.

Huw Phyllip
Mab Pegi
2008

Mins peis hawdd

pestri pwff parod
llaeth
eisin menyn
mincemeat
siwgwr

Torrwch y pestri'n ddisgiau.

Rhowch lond llwy o'r mincemeat yn y canol,

ac yna ychydig o'r eisin menyn.

Irwch ymylon y pestri â llaeth, a rhoi cylch arall o bestri ar ei ben.

Ar ben hwnnw, ychwanegwch ychydig mwy o laeth,

a mymryn o siwgwr.

Pobwch ar bapur pobi wedi'i iro am oddeutu 20 munud.

Wrth yrru i lawr o Fethesda i Geredigion, y lonydd yn llwyd ac oer a'r lorïau yn eu llenwi, deuthum i'r casgliad mai'r unig beth oedd yn fy synnu'r dyddiau hyn oedd fy ngallu i synnu fy hun.

Pum deg saith. Roeddwn i'n swnio'n hen i'm clustiau fy hun, er 'mod i'n dal i deimlo fel llencyn wrth drafeilio ar y lôn hon, a'i holl gorneli peryg a'i llecynnau cul. Y lôn adref. Roedd hi'n beryglon i gyd.

Y syndod y diwrnod hwnnw oedd 'mod i wedi neidio i'r car o gwbl, a hynny bum munud ar ôl cael yr alwad ffôn yn y gwaith. Jonathan, a'i lais yn isel a thawel. Medrwn ei ddychmygu yn sefyll y tu allan i'r ysbyty, ei ffôn bach yn dynn wrth ei glust a thraffig canol bore Iau yn ochneidio ar y lôn.

'Ga i adael?' gofynnais i'r manejar wedi i mi osod y ffôn yn ôl yn ei grud. 'Mae 'na rywbeth wedi digwydd.'

Cododd hwnnw ei aeliau arna i mewn cwestiwn.

'Mae Mam wedi cael strôc.'

Dygais ei wyneb i'm cof wrth arafu'r car drwy Ganllwyd, fflachiadau'r arwyddion cyflymder fel golau ambiwlans. Yr 'O' mud a ddaeth i'w wefusau, a'r gorchudd o gydymdeimlad.

'Wrth gwrs,' dywedodd ymhen hir a hwyr. 'Gobeithio y bydd hi'n iawn.'

Collodd radio'r car ei signal. Gwrandewais ar y sŵn siffrwd a ddaeth drwy'r sbicyrs yn ei le, ac ambell air yn cyrraedd drwy'r niwl.

Yn lle troi yn Nolgellau am Lanegryn, cyfeiriais y car yn syth ymlaen, gan deimlo'n chwithig wrth gymryd lôn anghyfarwydd. Pryd oedd y tro diwethaf i mi yrru'r ffordd hyn? Fedrwn i ddim cofio. Pan oedd Maria a minnau'n canlyn, efallai, ac wedi mynd â phabell fudr i'r Sioe Frenhinol. Cofiwn y mwd wedi sychu'n graith ar ei grudd wrth iddi gysgu yng ngwres y babell flynyddoedd ynghynt. Peth rhyfedd, ond cofio manylion bach di-ddim fyddwn i'n tueddu gwneud, gan golli blynyddoedd yn niwloedd fy nghof a dim ond llafnau hen fanylion yn codi o'r gwyll.

'O, Huw,' oedd ei hymateb hi wedi i mi ei ffonio hi. 'Ydi hi'n mynd i fod yn ocê?'

'Dwn 'im,' atebais, gan wybod nad oedd yn rhaid i mi ddweud wrth Maria. Mi fyddai'n gwybod yn barod sut roeddwn i'n teimlo. Roedd rhywbeth dychrynllyd yn y ffaith ei bod hi'n fy nabod i mor dda. Byddai celu rhywbeth oddi wrthi'n amhosib.

'Ei di i lawr?'

'Dwi ar fy ffordd yn barod. Mi ddywedodd Jonathan y ca i fenthyg dillad a ballu ganddo fo.'

Bu saib am ychydig eiliadau ochr arall y lein.

'Dwi'n falch dy fod ti'n mynd ati hi. Mi wn i na fydd petha'n hawdd.'

Daria hi, fy ngwraig hyfryd, am godi pethau nad oeddwn i am eu hystyried. Daria hi am wybod y gwir.

'Ffonia fi heno, iawn? A cofia fi ati hi a dy dad. A Jonathan.'

Yng Nghorris daeth y signal radio yn ei ôl, a throis y sain yn uchel, uchel yn y car i foddi sŵn fy meddyliau. Lleisiau Saesneg acennog yn trafod gwleidyddiaeth a'r newyddion a phethau pwysig eraill. Ond dim ond Mam oedd yn bwysig i mi rŵan, a'r posibilrwydd ei bod hi'n marw. Sut fyddwn i'n teimlo petai hi'n marw tra oeddwn i'n gyrru i'w gweld hi?

Roedd Aberystwyth yn dawel, a'r myfyrwyr eisoes wedi mynd adref i ddathlu'r Nadolig. Parciais y tu allan i'r ysbyty, a gwylio seren werdd yn fflachio mewn ffenest tŷ, fel petasai'n wincio'n lled-awgrymog arna i. Oeddan nhw wedi meddwl wrth godi'r addurn i'w ffenest y byddai pobol yn ei wynebu wrth ymweld â'r ysbyty, yn gorfod llyncu llawenydd y bylbiau bychain?

Byddai Sion yn gwirioni wrth weld addurniadau di-chwaeth pan oedd o'n blentyn, cofiais wrth ddringo o'r car. Wnes i erioed adael iddo gael 'run addurn nad oedd at fy nant i, ac am y tro cyntaf roeddwn i'n difaru.

Roedd yr ysbyty'n gymhleth, fel petai un coridor yn cael ei ailadrodd drosodd a throsodd, a llffftiau mawr metel yn agor a chau eu drysau yn ôl yr angen. Er hynny, es i ddim ar goll: roedd enw'r ward wedi'i hoelio ar fy meddwl ers i Jonathan ei yngan ar y ffôn.

Cefais fy hebrwng i ystafell fechan gan nyrs flinedig yr olwg.

Mewn cadair cefn uchel wrth y gwely, eisteddai Nhad, ei ddwylo dros rai Mam, ei wefusau yn sibrwd geiriau tawel, clên. Edrychodd i fyny wrth i mi ddod i mewn, a rhoi gwên fach, ond wnaeth o ddim codi.

'Yli pwy sy 'ma! Huw ni. Wedi dŵad yr holl ffordd i dy weld ti...'

Edrychai Nhad yn hen, yn sydyn, ei wallt yn flêr a'i goler yn gam dan ei siwmper.

'Mae e wedi bod yn anhygoel,' meddai'r nyrs yn dawel. 'Fe a'ch brawd. Maen nhw wedi bod yn sgwrsio â hi ers iddi gyrraedd. Bydd y rhan fwya o bobol yn ffili meddwl am ragor i'w weud mewn sgwrs unochrog, ond mae'ch tad wedi bod yn siarad â hi drwy'r amser. Sôn am yr hen ddyddie, medde fe.'

'Mam?' gofynnais, a throdd y ffigwr llipa yn y gwely i edrych arna i.

Agorodd ei cheg i siarad, ond sŵn ddaeth allan yn hytrach na geiriau. Llyncais fy mhoer, ac edrych arni.

'Mae'r strôc wedi effeithio ar 'i lleferydd hi,' esboniodd

y nyrs. 'Mae'n sgil-effaith ddigon cyffredin. Ond, fel rheol, mae cleifion yn ailafael yn y gallu i siarad... Fe fyddwch chi'n parablu mewn dim, 'yn byddwch, Mrs Phyllip?'

Gyda hynny, rhoddodd y nyrs hwyth fach i mi i mewn i'r ystafell, a chau'r drws.

Troediais yn araf tuag at ei gwely, a chraffu ar ei hwyneb. Syllodd Mam arna i, a golwg hogan fach ar goll yn ei llygaid mawr. Am y tro cyntaf erioed, roedd hi'n edrych yn hen ac yn fusgrell.

Ceisiodd siarad, a dyna pryd y sylwais ar y parlys a dynnai hanner ei hwyneb i lawr – un o'r llygaid yn hanner cysgu, grudd wedi rhewi, cornel y geg yn mynnu troi am i lawr. Hanner Mam oedd hon, a hanner rhywun arall. Mynnodd llais creulon yn fy meddwl ofyn pa un oedd y ddynes go iawn – ai'r un hanner byw ynteu'r un hanner marw?

'O, Mam.'

Cydiais yn ei llaw, yn trio gwneud iawn am y lleisiau miniog yn fy mhen. Lapiodd ei bysedd hirion am fy llaw, yn feddal fel cyffyrddiad cariad. Fedrwn i ddim cofio'r tro diwethaf i ni ddal dwylo fel hyn. Pan oeddwn i'n blentyn bach, bach, mae'n siŵr, yn cerdded ar hyd y lôn o'r pentref.

'Ydach chi'n iawn?'

Ceisiodd ateb, ond roedd ei sŵn yn yddfol, anifeilaidd a methodd ei thafod â ffurfio geiriau. Dihangodd ffrwd o boer o gornel ei cheg, a chreu llwybr arian i lawr ei gên. Defnyddiais y tishw gwyn wrth ei gwely i sychu'r glafoer, gan drio llyncu 'nagrau.

'Mae o'n sioc i'w gweld hi fel'ma,' cysurodd Nhad, gan fwytho'i gwallt â blaen ei fysedd. 'Ond dy fam ydi hi y tu mewn, 'run fath.'

Agorodd drws yr ystafell.

'Huw!'

Rhuthrodd Jonathan ata i, a 'nghofleidio i'n angerddol yn ei freichiau mawrion. Roeddwn i'n dal, ond roedd Jonathan yn gawr o ddyn ac wedi magu pwysau ers iddo agor caffi'r Hen Siop: bol bodlon o gacennau bach a siocled poeth. Roedd rhyw fwynder, rhyw dynerwch yn ei gerddediad a'i symudiadau a oedd mewn gwrthgyferbyniad â mawredd ei gorff.

'Ydi o'n hoyw, ti'n meddwl?' gofynnodd Maria wrtha i un tro, a wyddwn i ddim sut i ateb. Feddyliais i 'rioed amdano fel rhywun a fedrai ymrwymo'i gariad i unrhyw un heblaw am Mam a Nhad.

'Mi es i i gael paned. Wyt ti'n iawn? Sut oedd y siwrna?'

Nodiais. 'Iawn. Ydi'r doctoriaid wedi...?'

Symudodd Jonathan at gadair Nhad, a sefyll y tu ôl iddo gan roi ei law yn gadarn ar ei ysgwydd. Gwelais lygaid Mam yn ei ddilyn, eu llwydni'n dynn ar ei wyneb.

'Mater o aros 'di o rŵan. Unwaith y bydd Mam yn medru siarad, mi gawn ni weld ydi'r strôc wedi effeithio ar 'i meddwl hi.' Gwenodd Jonathan. 'Ond mi fedra i weld yn ei llygaid ei bod hi'n dallt popeth. Yn tydach, Mam?'

Mwmialodd Mam sŵn afiach o ddyfnderoedd ei llwnc. Llenwodd ei llygaid â dagrau rhwystredigaeth, a daeth y sglein dagreuol, llwyd â hen atgofion y blynyddoedd yn ôl. Caeais fy llygaid i drio'u duo.

Roedd y caffi'n rhyfedd hebddi. Ei chadair esmwyth yn y gornel yn wag a'r bwrdd bach yn noeth heb ei chwpanau gweigion. Anadlais i drio dod o hyd i ryw hen arogl... ham a siwgwr, sbeisys a hufen iâ... Ond doedd dim o'r siop ar ôl, heblaw am hen luniau marw yn crogi o'r waliau.

'Glasiad o win?' gofynnodd Jonathan o'r gegin, a gollyngais fy mag ar lawr y caffi. Chefais i ddim cyfle i ateb, ac yng nghynhesrwydd y gegin tolltodd Jonathan ddau wydraid boliog o win gwyn. Safai'r ddau ohonon ni wrth fwrdd y gegin yn drachtio'r hylif melys, oer a hynny heb dynnu ein cotiau. Roedd popeth wedi'i adael fel roedden nhw'r bore hwnnw, pan gafodd Mam ei strôc dros ei phaned foreol − cymysgedd cacen wedi'i adael mewn powlen ar yr ochr, ciwb o fenyn ar y bwrdd a hanner paned o goffi wedi hen oeri ar sil y ffenest.

'Maen nhw'n dda i adael i Nhad aros yn y sbyty.'

Nodiodd Jonathan. 'Mae'r nyrsys i gyd wedi gwirioni arno fo. Mi ddaliais i ddwy ohonyn nhw wedi ypsetio wrth weld dyn mewn ffasiwn oed yn torri'i galon.'

'Paid â phoeni amdani,' meddai wedyn, gan fy llygadu. 'Bydd Mam yn iawn.'

Nodiais, gan deimlo cywilydd o rywle tywyll, oer y tu mewn i mi bod fy mrawd bach yn fy nghysuro i. Fi ddylai fod yn ei gysuro fo... Fo, wedi'r cyfan, fyddai'n wynebu ochr finioca'r gyllell petai Mam yn marw.

Hwyliodd Jonathan frechdan i ni'n dau, er ei bod hi'n tynnu am hanner awr wedi deg, tra ces i gawod. Trois y bwlyn tan ei fod mor boeth ag y medrwn ei ddioddef, nes bron â llosgi fy nghnawd. Cododd y stêm yn rubanau o'm cwmpas, a gwyliais fy adlewyrchiad yn y drych ar wal bella'r ystafell ymolchi yn cymylu a diflannu.

Roedd Jonathan wedi arllwys ail lasiad o win iddo'i hun ac i minnau erbyn i mi gyrraedd y gegin. Wedi gorffen y frechdan, dechreuodd ar driongl tew o darten riwbob, a thalp o hufen iâ'n dadmer yn araf yn ei ymyl.

'Bwyta dy frechdan,' gorchmynnodd, ac eisteddais wrth y bwrdd. Chwarae teg iddo, roedd o wedi cofio beth oedd fy hoff frechdan – caws, nionod picl a chnau mwnci. Codais fy ngwydr gwin gan gnoi llond cegaid.

'Wyt ti'n cofio hoff fwyd pawb?' gofynnais. 'Ai dyna pam mae'r caffi yn llwyddo mor dda?'

Gwenodd Jonathan, ei ddannedd gwynion, syth yn pefrio dan olau'r gegin. 'Nac ydw. Dim ond y teulu.'

Bwytaon ni mewn tawelwch, ac ystyriais ei eiriau. Wyddai o ddim gymaint roedd y gair bach yna, 'teulu', yn fy nghynhesu i. Gollyngodd y gair o'i enau yn ddifeddwl, heb sylweddoli gair mor werthfawr oedd o.

'Mae'r caffi'n gwneud yn dda achos ei fod o'n cael ei gydnabod fel man cyfarfod Merched y Wawr.' Torrodd Jonathan gornel o'i darten ag ochr ei fforc, a'i fwydo mewn hufen iâ meddal. 'Hefyd fel man cyfarfod y gymdeithas amaethyddol, y clwb mam a'i phlentyn... Mae pobol yn tueddu i ddod yma mewn criwiau mawr i sgwrsio.'

'Ti'n gwneud yn dda. Ro'n i'n amheus, mae'n rhaid i mi gyfadde... Llanegryn mor bell o bobman...'

Ysgydwodd Jonathan ei ben yn feddylgar. 'Mae'n siŵr dy fod ti'n teimlo felly am dy fod ti wedi ymgartrefu oddi yma. Ond, yr holl lefydd y buais i'n byw oddi yma... roedden nhw'n teimlo 'mhell o bobman, am mai yma roeddwn i isio bod.'

Gorffennais fy mrechdan mewn tawelwch, cyn gwrthod pwdin. Ystwythodd yr ail wydraid o win rhyw ychydig ar y clymau yng nghyhyrau fy ysgwyddau, ac wrth i mi dollti un arall, setlodd Jonathan a minnau i mewn i sgwrs hawddgar. Fedrwn i ddim cofio pryd y buon ni'n dau ar ein pennau ein hunain yng nghwmni'n gilydd o'r blaen, hyd yn oed pan oedd o'n fachgen bach. Roedd y tŷ mor brysur yr adeg hynny. Ac erbyn hyn, wrth gwrs, fyddwn i byth yn ymweld heb ddod â Maria a Sion yn gwmni, a byddai Sion, ac yntau wedi gwirioni â'i ewythr hael, yn mynnu ei sylw.

Yn sicr, wnes i erioed cyn hynny rannu tair potelaid o win efo fo.

'Wyt ti erioed wedi difaru gadael?' gofynnodd Jonathan, ei leferydd yn gloff, fel petai ei dafod wedi chwyddo. Am eiliad fer, cefais fy atgoffa o synau anifeilaidd Mam yn ei gwely yn yr ysbyty, a meddyliais amdani yno'n denau dan y cynfasau, yn gwylio'r ystafell anghyfarwydd ganol nos.

'Nac ydw. Wel... Dwi *yn* meddwl am y lle, weithia...'

Swniai fy llais innau yr un mor estron wrth i mi lusgo'r llafariaid.

'Meddwl am be? Dod yn ôl?'

Ysgydwais fy mhen. 'Tasa petha wedi bod yn wahanol. Taswn i ddim wedi mynd i Fanceinion, neu wedi dod yn ôl yma wedyn yn lle symud i Fethesda.'

'Ond rwyt ti'n hapus yno...'

'Yndw. Wrth fy modd. Ac mae Maria a Sion yn grêt.'

Swniai 'nisgrifiad ystrydebol o'r rhai a garwn fwyaf yn annigonol, hyd yn oed i mi. Meddyliais am Maria, adref yn ein cartref, mor wahanol i'r ferch gwallt oglau Elnett yn y dafarn ym Manceinion erstalwm. Roedd hi wedi trechu pob tywyllwch oedd oddi mewn iddi, ac eto, roedd fy nychymyg yn mynnu ei bradychu o dro i dro.

'Dwi'n meddwl y byd ohonyn nhw, yn eu caru nhw fwy nag o'n i'n meddwl oedd yn bosib.'

Cododd Jonathan un ael arna i, fel petasai'n clywed yr 'ond' yn fy llais.

'Ond mae pawb yn hel meddyliau, 'yn tydi? Be taswn i wedi cymryd lle Nhad, a rhedeg y siop? Be taswn i wedi mynd i'r coleg? Be taswn i wedi aros efo Siw, setlo yma efo hi...?'

Fflachiodd darlun o'i dannedd gwynion hi, a'r bwlch hardd rhyngddyn nhw, i'm meddwl am y tro cyntaf ers blynyddoedd.

'Mi fyddai hynny wedi bod yn grêt,' synfyfyriodd Jonathan, cyn brysio i ddweud, 'Nid bod Maria ddim yn hyfryd. Ond, wsti... fy mrawd a'm ffrind gora i... Mi fyddech chi wedi siwtio'n berffaith.'

'Na fydden,' atebais, gyda chwerthiniad bach. 'Mi fyddwn i'n anesmwyth wedyn, yn meddwl be fydda wedi digwydd tawn i wedi mynd i'r ddinas, a chwilio am anfodlonrwydd yn yr hyn fasa gen i.'

Bu saib am ychydig cyn i mi fentro gofyn, 'Ydi Siw yn hapus?'

Nodiodd Jonathan yn frwd. 'Ydi. Mi wyddost ti, siŵr, fod Jac wedi mynd i fyw ati hi ac Owen. Mae hi wrth ei bodd yn cael ei gwmni o. Mae'r ddau'n agos iawn.'

Roeddwn i'n falch. Medrwn ei chofio hi fel rhan anhepgor o fy atgofion cynnar. Yma yn y gegin hon, doli fach fudr dan ei braich, a'i bysedd bychain yn gwthio car, cyrls yn dwt y tu ôl i'w chlustiau ac arogl te a dillad glân yn codi o'r stof. Mam ac Annie yn parablu a chwerthin uwch y bwrdd, a sŵn cloch drws y siop yn tincial yn awr ac yn y man.

'Gwell i ni ei throi hi i'r gwely,' meddwn wedyn, er mwyn osgoi suddo i sgwrs am yr hen ddyddiau. 'Mi fyddan ni isio mynd yn ôl i'r sbyty peth cynta.'

Nodiodd Jonathan, ond wnaeth o ddim symud. Gallwn weld bod rhywbeth ar ei dafod, ac arhosais.

'Dwi'n falch dy fod ti wedi dod, Huw,' meddai'n bwyllog. 'Dwi'n gwybod bod hynny'n meddwl y byd i Mam. A Nhad hefyd.'

Nodiais yn fud. Roeddwn i'n gwybod yn iawn beth oedd o'n ei olygu.

'Mae hi'n siarad amdanat ti bob dydd, wsti,' meddai'n dawel. 'Yn dy garu di'n angerddol – fel rwyt ti'n caru Sion rŵan.'

'Na.' Codais o 'nghadair, a theimlo bod y gwin wedi 'ngwneud i'n drwsgwl. 'Paid â… Mae pethau'n fwy cymhleth na hynny.'

Daliodd Jonathan ei ddwylo i fyny mewn ystum i ildio'r pwynt. 'Dwi ddim yn smalio dallt. 'Mond isio i ti wybod 'mod i'n hapus dy fod ti yma.'

Nodiais, a'r cyfrinachau yn llenwi 'ngheg, bron â'm tagu. Fedrwn i mo'u rhyddhau nhw, ddim rŵan, ddim i Jonathan. Fynnwn i ddim rhoi baich gwirionedd ar ei ysgwyddau llydan o. Gwenais yn wan, cyn troi ar fy sawdl a mynd i fyny'r grisiau. Cysgais yn fy nillad, yn drwm, yn ddifreuddwyd, a deffro i weld patrymau rhew yn dlws fel addurniadau Nadolig y tu mewn i ffenest fy llofft.

Bythefnos yn ddiweddarach, ymgasglodd yr holl deulu yng nghaffi'r Hen Siop i wledda a thynnu cracyrs, y goeden Nadolig yn wincio'i goleuadau drwy'r ffenest ar balmentydd rhewllyd y pentref. Gweithiodd Jonathan yn galed, yn amlwg yn awyddus i sicrhau y byddai pob dim yn berffaith ar gyfer ei Nadolig cyntaf yng nghwmni Sion, Maria a minnau. Arhosodd Nhad wrth ymyl Mam, yn dal ei llaw ac yn hwylio paneidiau iddi. Yn araf bach, fel tawelwch, treiddiodd oglau hyfryd y twrci drwy'r tŷ y bore hwnnw, gan godi min ar ein chwant bwyd a gwneud i'n boliau chwyrnu'n ddiamynedd.

Eisteddodd Mam ar ben y bwrdd, ei phlât yn llwythog o bethau hyfryd. Bwytai'n araf, gan ddefnyddio'i llaw dde i godi'r bwyd, ei cheg yn gam wrth iddi drio osgoi gwneud llanast. Roedd ei llygaid chwith wedi hanner cau, a'r dde'n neidio o wyneb i wyneb o gwmpas y bwrdd bwyd, yn trio peidio colli dim. Rhoddai hyn olwg wallgof iddi, fel anifail gwyllt, ac edrychais i ffwrdd er mwyn atal rhyw hen atgof a geisiai wthio'i ffordd i'm meddwl. Am y tro cyntaf erioed, roedd hi'n bwyta heb awch, a doeddwn i ddim wedi sylweddoli cyn hynny gymaint o ran ohoni oedd y bwyd a ddiflannai i'w cheg. Gynt byddai'n mwynhau pob cegaid, yn rhwygo pob tamaid ag awch anifeilaidd, fel plentyn bach oedd heb fwyta ers hydoedd. Rŵan, doedd hi ddim fel petai'n blasu o gwbl.

Yn ddiweddarach, a phawb yn lled-wylio rhyw ffilm gartŵn, ildiais i fy mlinder a gorwedd ar y gwely yn fy llofft – y gwely y cysgais ynddo yn ystod deunaw mlynedd gyntaf fy mywyd. Roedd Jonathan wedi trawsnewid yr ystafell, a gweddill y tŷ a dweud y gwir: carped gwyn meddal dan draed, waliau glas chwaethus a ffenestri plastig. Ond cadwodd ambell beth hefyd, fel atgof o'r bachgen bach a fu'n byw yma – ceir bach hen ffasiwn ar silff yn y gornel a phoster Roy of the Rovers wedi'i fframio'n daclus ar y wal. Roedd y gwely'n dal yn yr un lle, a'r gadair fach yn y gornel.

Pe caewn fy llygaid, a chyrraedd y man rhwng cwsg ac effro, fe doddai'r blynyddoedd o'r neilltu fel niwl, a byddwn i'n blentyn unwaith eto.

Breuddwydiais. Yn effro, medrwn ffrwyno hen atgofion, ond peth creulon oedd cwsg, yn atgyfodi hen erchyllterau, a gwrthod eu rheoli.

Noson oer fel hon ym mherfedd y gaeaf, a'r gwynt yn cwyno drwy'r hen ffenestri. Dwn i ddim beth a 'neffrodd i. Sŵn y gwynt, efallai, neu gri hen dylluan o'r comin. Gorweddais ar y gwely am ychydig, gan wylio cysgodion dail y coed yn dawnsio ar y llenni.

Un barus oeddwn i, yn ddeng mlwydd oed ac yn dechrau gweld manteision byw mewn siop. Heb smic, codais o'r gwely a llithro fy nhraed i'm slipars. Roedd hi'n rhewi, ond mi fyddai'n werth diodde'r oerfel i gyrraedd yr Aztec Bar oedd yn aros amdana i ar silff yn y siop.

Sleifiais i lawr y grisiau yn dawel. Tipiai'r hen gloc yn unigrwydd y landin.

Trois fwlyn y drws yn araf, ac arogl y siop yn fy nghyfarch fel hen ffrind.

Clywais sŵn.

Mentrais edrych i mewn i'r siop, fy nghalon yn stido fy asennau, yn ddigon uchel i mi allu ei chlywed.

Mam, yn eistedd yn ei choban wen ynghanol y siop. Powlen o hufen iâ mêl rhwng ei choesau teiliwr, a hwnnw wedi meddalu'n gwstard. Olion yr hufen iâ ar ei gwefusau tenau, a'i gwallt hir yn crogi'n gynffon llygoden fawr dros ei hysgwydd.

Edrychai fel drychiolaeth.

'Mam?'

Edrychodd arna i'n sydyn, ei llygaid llwydion yn fflachio.

'Huw! Be wyt ti'n ei wneud ar dy draed?'

'Isio bwyd… Mam, ydach chi'n iawn?'

Cododd Mam yn sydyn, ei thraed yn symud yn frysiog, fel anifail. Cipiodd y bowlen hufen iâ o'r llawr, cyn edrych arna i'n ofnus.

'Huw, paid â deud wrth neb, na wnei?'

Llyncais fy mhoer. Pam roedd arna i'n sydyn ofn y ddynes yma oedd wedi 'ngwarchod i yn ystod fy mhlentyndod?

Am ei bod hi'n edrych fel rhywun gwahanol, dyna pam.

'Am be? Yr hufen iâ?'

Ysgydwodd ei phen. 'O, Huw,' meddai, gan ochneidio. 'Mi wnes i beth drwg. Ond paid â deud wrth neb. Ddim hyd yn oed wrth dy dad.'

'Be wnaethoch chi?' gofynnais mewn sibrwd.

'Paid ag ymddiried yndda i, 'ngwas i. Merch fy mam. Rydw i'n beryg.'

Trodd ei llygaid ata i, a chaledodd ei llais, yn galetach na charreg.

'Wyt ti'n clywed? Paid â dod yn rhy agos, neu mi allwn i dy frifo di.'

'Huw?'

Deffro. Y dydd yn troi'n gyfnos y tu allan i'r ffenest a Jonathan yn sefyll uwchben y gwely, a phaned a phlât yn ei ddwylo.

'Dyma ti, yli. Rwyt ti 'di bod yn cysgu ers dwyawr... Ro'n i'n meddwl ei bod hi'n well dy ddeffro di, rhag ofn na wnei di gysgu heno.'

Gosododd y llestri ar y bwrdd bach wrth y gwely, a chwilio fy wyneb yn araf.

'Wyt ti'n iawn?'

'Yndw. Breuddwydio am bethau ddigwyddodd erstalwm oeddwn i.' Eisteddais i fyny, gan rwbio fy llygaid. 'Mi wnest ti 'neffro fi cyn y rhan waetha. Diolch i ti.'

Syllodd Jonathan am ennyd, cyn dod i benderfyniad nad oedd am holi ymhellach. Rhoddodd wên fach i mi, a throedio'n araf yn ôl i lawr y grisiau.

Siocled poeth yn drwchus fel petasai o'n siocled wedi'i doddi, a mins pei ac iddi'r pestri hyfrytaf a haenen annisgwyl o eisin meddal ar ben y mins yn y canol. Gorweddais yn fy ngwely, yn bwyta ac yn yfed gan wrando ar fwmial y teledu yn crwydro fel arogl i fyny'r grisiau.

Ar ôl gorffen fy swper, codais o 'ngwely a mynd i lawr y grisiau yn nhraed fy sanau, y llestri budron yn fy llaw. Gallwn glywed Nhad yn adrodd rhyw hanesyn, a Jonathan, Maria a Sion yn chwerthin yn yr ystafell fyw.

Roedd Mam yn y gegin, uwch y bwrdd. Edrychodd i fyny arna i wrth i mi roi'r llestri yn y sinc.

'Mi gysgais i am yn hir, Mam.'

Nodiodd Mam, a chodi darn o fins pei at ei cheg. Methodd agor ei cheg yn ddigon llydan, a glawiodd darnau bach o bestri i lawr ei siwmper. Rhoddodd y fins pei yn ôl ar y plât, wedi'i threchu'n llwyr ganddi.

Eisteddais yn y gadair wrth ei hymyl, a chodi tamaid bach o'r fins pei at ei cheg. Agorodd ei gweflau'n gam, a gwthiais y gacen i mewn yn araf.

Edrychodd arna i wrth gnoi, cyn agor ei cheg am fwy.

Damaid wrth damaid, bwydais y fins pei gyfan i Mam, a'i llygaid llwydion yn syllu arna i drwy gydol yr amser, gan chwilio. Fedrwn i ddim cofio moment mor fwyn, mor annwyl rhwng y ddau ohonon ni, a gwnâi hynny i mi deimlo'n fethiant, yn galed fel carreg.

'Sori,' meddai Mam wedyn, ei lleferydd yn dal i faglu'n glogyrnaidd ar ôl y strôc.

'Mae'n iawn,' atebais, er na wyddwn i'n iawn am beth roedd hi'n ymddiheuro. Gosodais fy llaw gyhyrog dros ei bysedd eiddil, ac ystyried pa mor drist oedd hi bod pethau wedi dod i hyn.

Pegi
2012

Un noson, a brathiad main y gwynt ar ei feinaf, breuddwydiais fod gwanwyn arall wedi dod, a holl flodau'r maes yn blaguro. Breuddwydiais 'mod innau wedi fy aileni, yn union fel pabis Cymreig y llynedd, y boen yn fy nghymalau wedi diflannu, fy nghefn wedi colli'i gryman marc cwestiwn, fy nwylo unwaith eto'n llyfn ac yn ifanc.

Cerddais drwy'r comin yn y freuddwyd, a sylwi ar hen fanylion roeddwn i wedi rhoi'r gorau i ddotio atyn nhw yn fy henaint: breichiau'r coed yn siglo'u dail yn yr awel; cân yr adar bach yn y perthi; sglein y cerrig wedi'u golchi'n llyfn ar wely'r afon. Roeddwn yn droednoeth, sylweddolais yn sydyn, ac yn gwisgo ffrog wen, ysgafn, ffrog nas gwelswn ei steil ers fy ieuenctid.

Codais fy llygaid i ben pella'r comin, a gwenu. Pobol, degau ohonyn nhw'n eistedd ar y gwair, yn crwydro ac yn chwerthin. Medrwn glywed tincial eu lleisiau wrth i mi droedio tuag atyn nhw. Roedd rhywun wedi taenu plancedi mawrion dros y gwair, cyn gosod basgedi trymion ar y rheiny. Addewid am bicnic, addewid am wledd.

Deffro yn fy ngwely yng Nglanrafon yn fy hen gorff musgrell, ac addewid o wacter yn llenwi diwrnod arall. Chwyrnai Francis yn dawel yn fy ymyl.

Arhosais yn y gwely am ychydig, yn amharod i wynebu'r oerfel. Chefais i ddim breuddwyd fel honna ers blynyddoedd, a phob manylyn yn fyw, yn lliwgar, yn union fel roedd bywyd, ond yn well. Roeddwn i wedi arogli blodau'r gwanwyn ar y comin ac wedi teimlo clociau dant-y-llew yn cosi fy fferau. Roeddwn i wedi awchu am y bwyd a lechai yn y basgedi picnic ac eisiau bod yn ddigon agos at y bobol i weld eu hwynebau... Oeddwn i'n eu nabod nhw?

O'r diwedd, codais o'r gwely a diolch yn dawel am y gwres canolog y mynnodd Jonathan ei gael yng Nglanrafon ar ôl i mi gael strôc. Roeddwn i wedi cwyno am y gost ar y pryd, ond daeth y rheiddiaduron â chynhesrwydd newydd i'r hen gartref, gan ddileu'r lle oer, tywyll a fu wyth deg mlynedd yn ôl.

'Bore da.'

Estynnodd Francis ei freichiau i'w hystwytho, a gorwedd am ychydig gan anadlu'r cwsg i ffwrdd.

'Bore da. Gysgaist ti?'

'Darllen tan berfeddion. Faint o'r gloch ydi hi?'

Edrychais ar y cloc digidol yn wincio'n goch ar y cwpwrdd bach.

'Hanner awr wedi wyth. Cer yn ôl i gysgu.'

'Wyt ti'n siŵr?'

'Rydw i am fynd am dro, ac wedyn draw i'r caffi. Tyrd ar f'ôl i pan godi di.'

'Olreit. Wnei di agor y llenni? A'r ffenest?'

'Mae hi'n oer.'

'Cynnes yn y gwely.'

Effaith cadw siop oedd hyn, dwi'n meddwl. Effaith gorfod codi cyn iddi wawrio a gweithio tan iddi nosi. Ers ymddeol, roedd Francis wedi datblygu'r arfer o fynd 'nôl i'w wely am ychydig ynghanol y prynhawn, neu gysgu'n hwyr yn y bore. Byddai'n hoff o gael y ffenest ar agor, hyd yn oed pan fyddai'n rhewi y tu allan, neu'n tresio bwrw, fel petai'n herio golau dydd ac eisiau dangos i'r haul ei fod o'n cael cadw'i oriau ei hun o'r diwedd.

Gwthiais y ffenest blastig yn agored, a daeth awyr ffres i mewn i'r llofft. Treiddiodd bysedd y gaeaf drwy 'nghoban drwchus, a chyrliai'r mwg fel stêm sigarét o 'ngheg. Dyma'r math o fore a garwn pan oeddwn i'n ifanc, yr awyr yn las a digwmwl a'r oerfel yn ddigon miniog i frathu'r cnawd meddal ar fy ngruddiau. Tywydd mynd am dro, tywydd a arddangosai'r mynyddoedd ar y gorwel yn eu holl ogoniant creigiog. Byddai'r olygfa o ben y Ffordd Ddu yn ogoneddus heddiw, y mynyddoedd yn fantell o wyrdd a'r môr ar y gorwel yn freichled arian ar fraich Bro Dysynni. Gwelswn yr olygfa ganwaith o'r blaen ym mhob tywydd, ac eto yswn am fynd yno, troedio'r hen lôn, sefyll ar ben y bryn, fy ngwynt yn fyr a'r awel oer yn llenwi fy ysgyfaint. Welwn i mo'r olygfa eto, a tharodd tristwch y ffaith honno fi yn fy mherfedd. Roedd y lôn i fyny i'r Ffordd Ddu wedi mynd yn rhy serth i mi.

Roeddwn i'n marw.

Wyddwn i ddim sut ro'n i'n gwybod. Rhyw newid, dwi'n meddwl, yn y byd o 'nghwmpas i, rhyw feddalwch yng nghorneli 'mywyd oedd fel egni'n pylu. Y lliwiau, hyd yn oed, ddim mor llachar, fel fersiynau o lwyd yn gwaedu i mewn i bopeth. Dechreuodd y newid ar ôl cael y strôc, a minnau mewn byd mud yn gwylio 'mywyd yn hytrach na bod yn rhan ohono. Gwelais sut y byddai pethau ar ôl i mi farw, a chanfod y byddai'r blodau'n dal i dyfu, y gwanwyn yn dychwelyd a Llanegryn yn goroesi'n ddidrugaredd.

Yr adeg honno, a minnau wedi bod yn ddigon agos at farwolaeth i glywed ei oglau metalig, pydredig, difarais i mi fyw drwy'r strôc. Achubwyd fi gan feddygon a chyffuriau, ac i be? I gael ychydig yn fwy o flynyddoedd yn fwrn ar fy ngŵr a'm meibion, i synfyfyrio ar hen gyffyrddiadau gyda Francis pan oeddan ni'n ddigon ifanc i gyffroi ein gilydd, yr hen sgyrsiau gydag Annie. Cofio a chofio a chofio. Peth creulon ydi henaint.

Cymerai fy nghorff ei amser i gynhesu yn y boreau. Doedd heddiw'n ddim gwahanol. Yn sŵn chwyrnu Francis, gwisgais haenau cotwm a gwlân yn araf i guddio 'nghnawd meddal, crychiog. Fyddwn i byth yn edrych arnaf fi fy hun yn y drych mwyach, ond ambell waith, wrth dynnu pâr o sanau neu wrth socian yn y bath, byddwn yn edrych i lawr arnaf fi fy hun, yn ffieiddio at yr hyn roedd y blynyddoedd wedi'i wneud i mi. Doeddwn i ddim yn dew, ond doedd fawr o ots am hynny rhagor. Crogai ffedogau o gnawd o'm bol a'm bronnau, fel petai 'nghroen i'n rhy fawr i'm corff musgrell. Byddwn i wedi edrych yn well, mae'n siŵr, o gael mymryn o fraster ar yr esgyrn.

Troediais i lawr y grisiau'n araf, un ris ar y tro, fy llaw esgyrnog yn dynn ar y ganllaw. Roedd yr ystafell fyw yn gysgodion i gyd tan i mi lusgo'r llenni i'r naill ochr a gadael i'r bore prydferth lifo drwy'r ffenest.

Yn y gegin roedd arogl swper neithiwr yn dal ar fin y cysgodion: blodfresych mewn saws caws a chig moch, a'r halen yn rhoi min i'r blas. Roedd Jonathan wedi gadael y gweddillion mewn powlen yn yr oergell i ni, ynghyd â darn o gacen o'r caffi, ond wnawn i mo'i fwyta fo. Bellach, doedd gen i mo'r awch, a bwydydd hufennog, ysgafn eu blas roddai gysur i mi – pwdin reis, bara-a-llaeth ac uwd. Pwdin barlys. Bwyd babi, sylweddolais wrth daro'r tegell ymlaen, a gwenu'n drist wrtha i fy hun. A minnau wedi byw er mwyn bwyta erioed, roedd rhywbeth yn dorcalonnus yn fy niffyg diddordeb rŵan – rhyw ildio penisel i'r marw araf oedd yn cripian dros fy nghorff.

Dechreuais deimlo'n well ar ôl paned wrth i gynhesrwydd

y te dreiddio trwydda i, a theimlwn yn fywiocach. Byddai coffi drwy laeth yng nghaffi'r Hen Siop yn fy neffro, ac ar ôl gwisgo côt drwchus a het wlân ar fy mhen, mentrais allan i oerfel y bore, fel y gwnawn i'n feunyddiol. Datblygodd gwacter fy nyddiau eu patrwm eu hunain. Codi a mynd i'r caffi tan amser cinio, siarad efo Jonathan a Francis a'r cwsmeriaid neu ddarllen llyfr. Adre ar ôl bwyd, a phydru o flaen y teledu, gan gymhlethu fy meddwl gyda bywydau cymeriadau *Neighbours* a *Doctors*. Yna, ar ôl i'r caffi gau, byddai Jonathan yn dod â the i ni, a byddai'r tri ohonon ni'n eistedd wrth fwrdd y gegin, ein cyllyll yn crafu'r platiau a'n lleisiau'n codi a gostwng mewn sgwrs hawddgar. Ar ôl i Jonathan ddychwelyd adref i'r caffi, byddai Francis a minnau'n aml yn estyn am y cardiau ac yn chwarae Pum Du gan sgwrsio am hyn a'r llall. Weithiau am Huw, ond fel arfer am Jonathan.

Y caffi a ni. Dyna oedd ei fywyd o. Doedd hynny ddim yn deg, nac yn naturiol, ac eto mynnai Jonathan ei fod o'n hapus. Gan nad oedd dim byd i awgrymu i'r gwrthwyneb, derbyniais fod bywyd bach tawel yn y Llan gyda'i rieni oedrannus yn ddigon i Jonathan.

Cerddais yn araf drwy'r ardd a sylwi ar drwch o rew wedi hel ym mhantiau'r llwybr, ac ymylon y dail yn pefrio'n dlws dan haul y bore. Gwichiodd y giât wrth i mi ei hagor a'i chau. Byddai'n rhaid i mi gymryd gofal wrth gerdded ar hyd y lôn fach heddiw am ei bod yn llithrig. Cydiais yn y wal gerrig, fy mysedd mor grychiog ag wyneb y graig.

Sefais am ennyd ar Bont y Llan, fel y byddwn i'n gwneud bob bore. Yr un rhithiau oedd yn y dŵr, ac am eiliad fer credais mai cotwm gwyn oedd adlewyrchiad yr haul dan wyneb yr afon. Roedd yr atgof miniog, angylaidd o Mam yn farw yn y dŵr yn rhywbeth a ddeuai i'r cof yn feunyddiol, ac roedd hynny'n gysur o fath wedi i mi dderbyn, rywsut, fod ysbrydion yn byw yng ngwely'r afon.

Roedd dwy fam ifanc a babanod ar eu gliniau yn eistedd ar un o'r soffas yn y caffi. Cododd y ddwy eu pennau a gwenu arna i wrth i mi ddod i mewn o'r oerfel. Gwenais innau gan edrych ar wynebau bochiog eu plant, eu cegau'n glafoerio a'u llygaid yn pefrio. Trodd llafn o boen yn fy mherfedd wrth gofio am Huw yn fach a phopeth yn wahanol. Gwasgai fy nghalon mewn hiraeth am gael babi bach. Wrth ystyried treigl amser, doedd dim byd yn y byd yn dristach na'r ffaith na ellid ailafael mewn cyfnodau a fu.

'Bore da!'

Daeth Jonathan o'r gegin wrth i mi grogi 'nghôt ar y peg a thynnu fy het.

'Gysgoch chi? Lle mae Dad?'

'Roedd o'n effro tan yr oriau mân yn darllen y nofel yna gest ti iddo fo Dolig. Mae o wedi aros yn ei wely.'

'A'r ffenest yn llydan gored i bawb gael edmygu ei byjamas o, mae'n siŵr!'

Nodiais, cyn setlo yn fy lle ar y soffa. Roedd cerddoriaeth offerynnol yn chwarae'n dawel ar y radio yn y gegin, ac arogl coffi'n cynhesu'r lle. Er bod popeth yno wedi newid, teimlwn weithiau, wrth anadlu'n ddigon dyfn i bellteroedd tywyllaf fy ysgyfaint, y medrwn arogli ruban tenau o'r siop – y siwgwr, y sbeisys, yr ham a'r picl...

'Dyma chi.' Gosododd Jonathan baned fawr o goffi drwy laeth ar y bwrdd o'm blaen, y swigod ar yr arwyneb fel ewyn y môr. 'Mae gen i fymryn o goginio i'w baratoi... Ydach chi am i mi nôl eich llyfr i chi?'

'Os gwnei di.'

Estynnodd Jonathan y nofel drwchus y bûm i'n pori drwyddi'n ddiweddar. Roeddwn i'n ei chael hi'n anos y dyddiau hyn i ddarllen, y geiriau'n gyndyn o dreiddio i'm meddwl, a minnau'n gorfod ailddarllen yr un dudalen droeon tan i'r llythrennau olygu rhywbeth. Gadawodd Jonathan y llyfr ar y bwrdd cyn diflannu i'r gegin. Medrwn ei glywed o'n canu'n ysgafn i gerddoriaeth y radio wrth weithio.

Chodais i mo'r nofel – roedd fy meddwl yn ddigon prysur heb ei chymeriadau. Trodd hen bethau hyll, anodd ac anesmwyth yn fy nychymyg.

Doeddwn i ddim yn difaru. Efallai y dyliwn i fod wedi gwneud, efallai mai dyna'r broblem. Ond ar ôl ystyried yr hyn a ddigwyddodd am flynyddoedd, fedrwn i ddim dychmygu sut fywyd y byddwn wedi'i gael 'tawn i ddim wedi gweithredu.

Na, doeddwn i ddim yn difaru'r weithred ei hun, dim ond y ffaith i mi ei rhannu hi.

Caeais fy llygaid, gan drio rhwystro'r atgof rhag dychwelyd unwaith eto. Ceisiais feddwl am Jonathan yn canu yn y gegin, tôn lleisiau'r mamau ifanc a'u plant. Ond fedrwn i ddim stopio fy hun rhag cael fy sugno 'nôl i gyfnod arall yn y pentref, fel petai'n perthyn i fywyd arall.

'Mam?'

Huw, yn hogyn, yn sefyll yn nrws cefn y siop, a manylion ei wyneb o ar goll yng ngwyll y nos. Fy stumog yn griddfan ar ôl gormodedd o hufen iâ, a'r llif o siwgwr yn cyrraedd fy ngwaed fel cyffur. Medrwn ei ddychmygu yn fy ngwythiennau, yn surop trwchus, euraidd. Roedd o wedi fy meddwi.

'Paid â dod yn rhy agos, neu mi allwn i dy frifo di.'

Ffieiddiwn fy hun am golli pob rheolaeth, a hynny o flaen fy hogyn bach. Methais atal y geiriau rhag adeiladu ar fy nhafod, na'r ysfa i'w hyngan. Oedd o'n wir? Fyddwn i wedi medru brifo fy mab fy hun? Ofni'r etifeddiaeth oeddwn i, ofni bod gen i'r un tueddiadau creulon, aflan â fy mam.

'Be wnaethoch chi, Mam?' Fyddai Huw byth yn dweud!

Hogyn bach da oedd o. Hogyn Mam. Mi fyddai o'n dallt ac yn cadw'r gyfrinach. Byddai o'n dallt pam roedd yn rhaid i mi...

Yna'r rhyddhad o gael dweud wrth rywun!

Felly mi ddywedais i wrtho fo.

Mai fi oedd wedi lladd Mam.

'Tydw i ddim eisiau *bod yma* ddim mwy.'

Dyna ddywedodd hi, ar ei noson olaf, a'r llygaid llwydion wedi marw'n barod. Roeddwn i mor flinedig, ac, fel hi, yn dechrau teimlo'n anfodlon fy myd. Mi fyddwn i'n ofni ac yn casáu popeth fel hi mewn dim. Roeddwn i mor debyg iddi, ofnwn 'mod i'n troi i mewn iddi'n araf bach. Chawn i ddim mynd i hafod Tyddyn Sgwarnog, a chawn i'n sicr ddim dilyn fy ngreddf efo Francis wrth ofalu amdani hi. Roedd hi'n llygru 'mywyd i.

Mater o ddewis oedd o yn y diwedd. Hi neu fi.

A phan fynegodd hi'r frawddeg fach, yn ildio pob brwydr, gwyddwn y byddai'n rhaid i mi ei helpu, er lles y ddwy ohonon ni. Doedd dim rhaid meddwl am y peth: dyna'r unig ffordd.

Y noson honno, arhosais yn effro yn y gwely tan iddi droi hanner nos, a sleifio i lawr i'r gegin a gobennydd yn fy nwylo. Roedd hi'n cysgu yn ei chadair, a thywyllwch yn gysgodion dan ei llygaid.

Roedd o mor hawdd.

Gwasgais y cotwm gwyn yn dyner dros ei hwyneb. Chwifiodd ei breichiau, gan gripian fy nghnawd, a chrynu fel llygoden fawr mewn trap. Doedd ganddi ddim digon o egni i 'nhrechu i, neu efallai nad oedd hi'n dymuno gwneud, ac ymhen dim peidiodd ei brwydro a syrthiodd ei breichiau main yn llipa ar ei glin.

Tynnais y gobennydd oddi ar ei hwyneb yn nerfus, yn ofni

mai smalio roedd hi. Ond yng nghysgodion y gegin roedd hi'n amlwg ei bod hi wedi marw. Edrychai'n wag, rywsut, fel petasai'r holl dristwch a'r gwenwyn wedi'u mygu.

Sefais yn y gegin am hydoedd yn syllu arni. Arhosais am y panig a'r euogrwydd. Ddaeth 'run o'r ddau. Fedrwn i ond teimlo rhyw dawelwch meddwl anghyfarwydd a'r rhyddid o fod hebddi.

Ar ôl gwisgo 'mwtsias am fy nhraed, codais gorff Mam yn fy mreichiau. Roeddwn i wedi disgwyl iddi fod yn drwm gan 'mod i mor denau a'r cyhyrau a fegais yn Nhyddyn Sgwarnog wedi hen wywo. Ond medrais ei chodi fel petasai'n blentyn bach. Syrthiodd ei gwallt tywyll yn gynffonnau llygod mawr dros fy mraich.

Roedd Llanegryn yn cysgu.

Troediais yn dawel i lawr y lôn tuag at Bont y Llan, gan edrych i fyny ar lygaid dall y ffenestri. Petai rhywun yn effro ac yn edrych drwy'r ffenest bydden nhw wedi fy ngweld i. Ond dim ond sŵn yr afon gerllaw yn sisial oedd yn torri ar y llonyddwch.

Uwchben y bont, edrychais i lawr ar yr afon. Roedd y dŵr yn isel, a hithau heb lawio erstalwm. Edrychai'r dŵr yn ddu yn nhywyllwch y nos. Daliais gorff fy mam dros y dŵr, cyn ei throi drosodd o'm breichiau a'i gollwng am byth.

Syrthiodd yn dawel, ei choban yn chwyrlïo o'i chwmpas fel adenydd angel. Trawodd ei chorff y dŵr ac edrychais i gyfeiriad ffenestri'r tai, rhag ofn bod rhywun yn gwylio. Parhau i gysgu roedd y pentref.

Trois ar sawdl fy mwtsias, am adref. Teimlad rhyfedd oedd gadael Mam yno, fel petawn i'n cerdded oddi wrth blentyn bach diymadferth. Ac eto, ni ddaeth yr euogrwydd. Roeddwn i wedi'i hachub hi.

Goleuais y lamp ac eistedd wrth fwrdd y gegin. Gwenais

ar y tusw o flodau ar ganol y bwrdd, y blodau y daeth Francis
â nhw i mi. Roeddan nhw mor dlws, hyd yn oed yng ngolau
egwan y lamp.

Roeddwn i'n llofrudd.

Trois y gair yn fy mhen cyn ei brofi ar fy nhafod. Llofrudd.
Roedd rhywbeth yn feddal amdano, fel sŵn afon. Eto,
roeddwn i'n aros i fawredd y gair a'r weithred ddod â thon o
euogrwydd, ond ddaeth dim. Na, awn at Francis yn y bore a
gofyn am ei help.

Yn y cyfamser, roeddwn i'n llwgu. Nid chwant bwyd, ond
yn llwgu go iawn, a chodais ar fy nhraed er mwyn chwilota
yn y cwpwrdd.

Erbyn y bore, roeddwn wedi bwyta torth gyfan a llond
plât o fenyn. Teimlwn yn wych, fel petawn wedi fy aileni, ac
edrychai'r tŷ fymryn yn oleuach y bore hwnnw, a chysgod
tywyll Mam yng nghornel y gegin wedi diflannu.

Daeth yr euogrwydd yn araf, fel niwl yn cripian i mewn i'm
meddwl. Efallai am 'mod i mor hapus. Roedd Francis mor
dyner, y siop yn llwyddiant a minnau'n cael gweld Nain a
Taid Tyddyn Sgwarnog yn ôl fy nymuniad. Fyddai hyn ddim
wedi medru mynd law yn llaw â Mam. Byddwn wedi gorfod
gofalu amdani, ac aberthu fy mywyd er ei mwyn hi.

Gwneud fy ngorau wnes i – gwneud y gorau drosti hi a
minnau. Ac eto, wrth i'r blynyddoedd fynd heibio, wedi i
Huw gyrraedd, wedi i'r hen Mr Phyllip farw, wrth i mi ganfod
cyfeilles yn Annie ac wedi i mi golli Nain a Taid, daeth yr
atgof o'i chorff yn afon y Llan yn ôl yn fyw i'm meddwl – ei
choban wen yn y dŵr du, a'r llif yn mwytho'i gwallt.

Oeddwn i'n newid i fod fel hi?

Byddwn yn codi ganol nos ac yn sleifio i lawr i'r siop, yn

llygadu'r tuniau a'r pacedi lliwgar fel taswn i heb fwyta ers dyddiau. Ac mi fyddwn i'n bwyta nes bod y siwgwr, yr halen a'r blas yn fy meddwi i, yn gostegu'r taranau yn fy meddwl.

Dyna ddigwyddodd pan ddaeth Huw i mewn i'r siop y noson honno, a'm dal yn fy mhlyg dros fwcedaid o hufen iâ.

'Naci, Mam!' mynnodd fy mab yn y gwyll. 'Sâl oedd eich mam, nid chi laddodd hi.'

Codais ar fy nhraed, gan deimlo'r hufen iâ sych yn ludiog ar fy mysedd. 'Doeddwn i ddim yn bwriadu…'

'Dewch, Mam,' meddai Huw, gan estyn ei fraich amdanaf. 'Dewch i'r gwely.'

Ar ben y grisiau, trois at fy mab, a gweld y pryder ar ei wyneb.

'Paid â phoeni.'

'*Meddwl* eich bod chi wedi'i lladd hi ydach chi, Mam, ond dim chi wnaeth go iawn. Dim eich bai chi oedd o ei bod hi wedi lladd ei hun.'

Syllais ar ei wyneb am eiliad. Wyneb hanner ffordd rhwng bod yn blentyn a bod yn ddyn, wyneb bach petrus a lithrodd o'm corff mewn eiliad o wyrth. 'Rwyt ti'n iawn, Huw. Dim fi a'i lladdodd hi, dim go iawn.'

Ond wrth i mi syllu i bydew ei lygaid, gwyddwn i mi blannu hedyn o ansicrwydd ym meddwl Huw, ac y byddai'r hedyn hwnnw'n tyfu'n chwyn.

'Mi ges i freuddwyd neithiwr,' meddwn i wrth Jonathan ganol bore, pan eisteddodd wrth fy ymyl i gael hoe fach a'r caffi'n dawel. Oerai ei gacennau a'i fisgedi ar resel yn y gegin, gan anfon rubanau o arogl drwy'r caffi.

'Am be?' gofynnodd Jonathan wrth chwythu'r stêm oddi ar ei baned.

'Roeddwn i ar y comin yn y gwanwyn, ac wsti be? Finna'n ifanc a pharti picnic yno, ac roeddwn ar fy ffordd i ymuno â nhw pan ddeffrais i.'

'Pwy oeddan nhw?'

'Roeddwn i'n rhy bell i weld. Ond dwi'n meddwl 'mod i'n eu nabod nhw.' Ochneidiais wrth gofio gwres yr haul ar fy nghnawd yn y freuddwyd, ac arogl melys y blodau. 'Dwi'n meddwl bod Annie yno.'

Edrychodd Jonathan arna i fel petai o'n trio deall be oeddwn i'n ei ddweud.

'Y tro nesa y bydda i'n mynd yno, Jonathan, wna i ddim dod yn ôl. Roedd o mor hyfryd.'

Gosododd Jonathan ei law dros fy llaw grychiog i.

'Peidiwch â siarad fel'na, wir.'

Ochneidiais, ac edrych i ffwrdd. Roedd Jonathan yn rhy ifanc i ddeall.

Y noson honno, eisteddais ar erchwyn fy ngwely yn fy nghoban. Roeddwn i'n flinedig, ond roedd rhywbeth arall, rhywbeth newydd, wedi fy nghorddi heddiw. Teimlwn yn anesmwyth.

Y freuddwyd. Dyna oedd yn bod arna i. Roeddwn i ar fin marw.

Cawn fynd yno eto, cyn bo hir... Cael cerdded o'm corff crebachlyd i gragen iau, well, a dianc o'r gaeaf i wanwyn bythol. Cawn weld Nain a Taid, Mrs Davies ac Annie. A phan ddeuai'r amser, Francis, wrth iddo ymuno â'r parti ar y comin: nid hen ŵr cysglyd fyddai o! Byddai'n rhoi ei freichiau am fy nghorff ifanc, a chawn glywed ei arogl hallt, melys a rhoi fy mysedd drwy'r Brylcreem yn ei wallt. Roedd meddwl am y pâr hwnnw – Pegi yn dal, yn denau a chefnsyth a Francis yn gyhyrog, yn dywyll ac yn brysur – yn ddigon i godi pelen boeth o hiraeth yn fy mherfedd. Wnes i ddim deall erioed bod pobol yn caru o'u calonnau. O'm stumog y cerais i, a chryfder emosiwn yn chwyddo a throelli yn fy mol.

Ac eto…

Byddwn yn gorfod gadael Francis yma, ac yntau mor annwyl ac addfwyn ag erioed. Byddai'n rhaid i mi ffarwelio â Jonathan a Huw am y tro olaf. Welwn i mo Sion eto chwaith. Y bobol fwynaf a charedicaf roeddwn i'n eu hadnabod. Pobol y bûm i'n eu meithrin ar hyd fy oes, yn gwirioni arnyn nhw, yn dotio at bob gwên a chwerthiniad. Chawn i mo'u gweld nhw eto.

Ac yna, a minnau ar erchwyn y gwely yn fy nghartref ar lan yr afon, wylais y glaw am yr holl bethau, yr holl bobol, yr holl flasau roeddwn i ar fin eu colli.

Codais y bore wedyn a gweld popeth yn dlws, a phennau'r blodau newydd yn gwthio'u ffordd drwy'r pridd. Gwnes ddwy baned, te go iawn yn lle'r te tramp arferol, a dringo'r grisiau â'r hambwrdd yn fy nwylo.

'Francis!' meddwn, wrth ddringo 'nôl i'r gwely cynnes. Symudodd Francis yn araf, cyn dylyfu gên ac edrych arna i. 'Dwi wedi gwneud brecwast yn y gwely i ni.'

Lledaenodd gwên dros wyneb Francis. Yr un wên yn union â'r un wnaeth fy swyno y tu ôl i gownter y siop dros hanner canrif yn ôl.

'Bobol annwyl dad.'

Cododd ar ei eistedd, a rhwbio'i lygaid.

'Paid â chyffroi gormod. Te, bananas a bisgedi *digestive*.'

'Bisgedi? Yn frecwast?'

'Rydan ni'n rhy hen i boeni am be 'dan ni'n ei fwyta. Waeth i ni fwynhau'r blasau rŵan tra bod cyfle ganddon ni.'

Estynnais am y jar menyn cnau ar yr hambwrdd, cyn

dechrau'i lwytho ar fisged, a thafell o fanana ar ben hwnnw. Roedd y brecwast yn berffaith.

'Un od ar y diân wyt ti weithiau, Pegi Glanrafon.'

Ysgydwodd Francis ei ben mewn gwên. Chwyddodd rhyw werthfawrogiad cyfforddus yn fy mherfedd wrth iddo baratoi yr union yr un brecwast iddo ef ei hun. Ebychodd ei bleser yn orawyddus wrth flasu, gan chwistrellu briwsion dros y gwely. Chwerddais yn uchel.

'Dwi'n meddwl y cerdda i'r lôn fach bore 'ma, yr holl ffordd i giât Tyddyn Sgwarnog. Ddoi di?'

Nodiodd Francis wrth gnoi.

'Pasio Beech Grove a Thŷ Rhosys, a'r ardd lle roedd yr hen Gwynfor Daniels yn tyfu tomatos a pherlysia.'

'Wyt ti'n iawn, Peg?'

'Yndw siŵr! Ac mae gen i flys coginio ar ôl bod yn y caffi. Clamp o darten fawr, neu gacen, neu bei.'

'Be sy 'di dŵad â hyn i gyd?'

Ochneidiais. 'Meddwl amdana i yn y llofft fach, yn blentyn. Ofni pob dim, ac yn siŵr mai rhywbeth i'w ofni oedd bywyd.'

'Paid â meddwl gormod am hynny rŵan...'

'Tasa'r hogan fach yna'n medru 'ngweld i rŵan, Francis, yn medru gweld yr holl addfwynder a charedigrwydd sydd wedi bod yn rhan o 'mywyd i. Mi fydda hi wrth ei bodd! Ti, a Nain a Taid, a Mrs Davies, ac Annie, heb sôn am Huw a Jonathan. Tydw i ddim wedi troi i fod fel Mam.'

Rhoddodd Francis ei fraich o 'nghwmpas i, a llechais yn ei gesail, yn hapus ac mor hyfryd o sicr mai lle da oedd y byd wedi'r cyfan, a 'mod innau wedi blasu pob elfen ohono.

Jonathan Phyllip
Mab Pegi
2012

Bara

18 owns o flawd gwyn cryf
2 lwy fwrdd o furum powdr
2 lwy de o halen
1 llwy de o siwgwr
300ml o ddŵr cynnes

Cymysgwch y burum a'r siwgwr gyda mymryn o'r dŵr, ac aros nes ei fod yn dechrau ewynnu.

Nithiwch y blawd a'r halen a'u cymysgu, cyn ychwanegu'r burum a gweddill y dŵr. Cymysgwch yn drwyadl, cyn ei dylino am ddeng munud. Ychwanegwch fwy o flawd neu ddŵr os ydi'r gymysgedd yn rhy wlyb neu'n rhy sych.

Gosodwch y toes mewn tun bara wedi'i iro, a'i adael mewn lle cynnes tan ei fod wedi codi.

Pobwch mewn ffwrn gymedrol am oddeutu 40 munud, neu nes bod y corun wedi brownio.

Bu farw fy mam yn yr un ystafell ag y ganed hi, yr ystafell â'r ffenest fechan a edrychai allan dros afon y Llan. Er mor oer oedd hi, roedd y ffenest yn agored rhyw fymryn, ac anadl dawel yr afon yn llenwi'r lle. Gorweddai Mam yn ei gwely, ei phlanced wedi'i thynnu at ei gên. Gorweddai ar ei hochr, ei choesau wedi'u plygu at ei bol – siâp babi mewn croth. Dawnsiai'r llenni yn yr awel, fel petai rhyw fysedd anweledig yn eu cyffroi.

Eisteddais ar erchwyn ei gwely, a rhoi fy llaw ar ei hysgwydd. Medrwn deimlo oerfel ei chorff drwy ei choban, drwy'r cynfas. Safai Nhad wrth y ffenest yn ei byjamas streipiog, yn syllu ar y dydd yn cynhesu. Roedd ei lygaid yn llydan agored a'i wallt yn flêr.

A minnau wedi paratoi ei ffefryn hi'r bore hwnnw – torth sinsir flasus, a'r surop yn twchu'r gacen yn ludiog a thrwm. Arhoswn amdani yn y caffi wrth i'r cwsmeriaid fynd a dod. Disgwyliwn iddi ymddangos wrth y drws, ei chôt yn dynn amdani a'i gwallt yn dengyd o'i het. Doedd hi prin wedi methu ei phaned deg ers i'r caffi agor.

Erbyn hanner awr wedi deg, a'i habsenoldeb yn dechrau 'mhigo, edrychais drwy ffenest y gegin ar y comin, a gweld llain o heulwen egwan yn ceisio cynhesu'r gwlith o'r glaswellt. Gwanwyn. Pan ganodd y ffôn, llenwodd fy llwnc.

'Jonathan?'

Llais Nhad yn gryg ac yn isel, mor wahanol i'w sirioldeb arferol. Pwysais y ffôn at fy nghlust. 'Fedri di ddod draw, 'machgian i? Mae dy fam wedi mynd.'

Wedi cyrraedd Glanrafon, rhoddais gusan ar ei grudd oer. Roedd y crychau yn ei hwyneb wedi'u smwddio gan farwolaeth. Edrychai Mam yn ifanc unwaith eto.

'O, Dad.'

'Ro'n i'n meddwl pan ddeffres i ei bod hi wedi codi'n gynnar. Fedrwn i mo'i theimlo hi yma yn y gwely efo fi.'

'Dwn i ddim be i'w ddweud wrthoch chi. Roedd hi'n amlwg i bawb gymaint roeddach chi'n gwirioni ar eich gilydd.'

'Rydw i'n dal i wirioni arni,' cywirodd Nhad. 'Tydi o ddim wedi mynd, waeth ble mae Pegi. Rydw i'n dal yn meddwl y byd ohoni.'

'A finna. A finna.' Codais ar fy nhraed, a theimlo 'nghorff yn drymach na chynt. 'Gwisgwch amdanoch, Nhad. Mi wna i baned felys i chi.'

Ymbalfalais i lawr y grisiau, gan gymryd camau pwyllog i'r gegin. Ymhen ychydig oriau byddai cynnwrf afiach marwolaeth yn llenwi'r lle – yr ymgymerwyr, cymdogion, pobol a'u breichiau'n llawn chwilfrydedd a chacennau. Byddai Mam yn mynd ar goll ynghanol y trefniadau, a'r tristwch o fod hebddi yn diflannu am ychydig.

Roedd ei hoff gwpan yn sychu wrth y sinc.

Ar ganol y bwrdd, roedd mynydd o rywbeth dan liain sychu, a hwnnw'n batrwm eiddew tlws. Codais y lliain.

Torth. Torth wen berffaith, ei chorun wedi crymu mewn gwrid brown ac arogl ysgafn yn codi ohoni.

Doedd Mam ddim wedi pobi ers blynyddoedd. I beth, a minnau'n gwneud bob dydd? Ac eto, roedd rhywbeth wedi gwneud iddi gymysgu'r burum a'r blawd, y dŵr a'r halen, plymio'i bysedd crychiog, llawn cryd cymalau i mewn i'r toes a thylino'n fwyn.

Eisteddais yn ei chadair yng nghornel y gegin, a chrio.

Ychydig ddyddiau ar ôl yr angladd, ar ôl i Huw ddychwelyd adref a'i ben yn ei blu, wedi i'r ymwelwyr dawelu ac i'r cardiau cydymdeimlo stopio dod drwy'r post, cerddais drwy'r comin tuag at Lanrafon.

Yn y deng niwrnod ers iddi farw, roedd min y gaeaf wedi pylu, a daeth arwyddion fod y gwanwyn wedi'i eni yn y Llan – blagur newydd, ambell wennol a mymryn o wres ym mhelydrau'r haul. Byddai'r lle'n llawn blodau ymhen wythnosau, a'r wawr yn cyrraedd cyn amser codi.

Cofiais y freuddwyd a gafodd cyn iddi farw, am bicnic ar y comin yng ngwres yr haf, hithau'n ifanc a'r glaswellt yn ferw o flodau, adar a phobol. Oedais am eiliad i syllu, yn chwilio am arwyddion ei bod hi yma. Er i mi sefyll am amser, welais i ddim byd ond llygoden fawr yn sleifio drwy'r gwair tuag at yr afon.

Aethai Nhad am ginio at Jac a Siw ac Owen, mewn ymgais i ddod o hyd i ryw batrwm o normalrwydd yn ei fywyd newydd, digymar. Gofynnodd a fedrwn i sortio rhai o bethau Mam tra ei fod o allan. Er iddo drio, methai'n lân â chael gwared ar bethau oedd yn perthyn iddi. Gwelais yr ochenaid dawel o ryddhad wrth i mi gytuno.

Roedd y tŷ'n llonydd, a bwlch ar y silff lyfrau wedi i Huw fynd ag ambell lyfr o ffotograffau adref efo fo, ambell nofel a ddarllenodd Mam. Llond bocs o hen bethau. Roedd o'n gobeithio dod o hyd i Mam rhwng tudalennau melyn ei hen lyfrau.

Treuliais y bore'n pacio dillad a sgidiau mewn bocsys. Roedd pob bocs yn teimlo fel brad, ac eto gwyddwn nad oedd Mam yn rhoi unrhyw werth arbennig i'w phethau. Dau fag bin o ddillad a hanner dwsin o focsys ac roedd y llofft yn noeth, fel petai rhywun wedi'i dorri yn ei hanner. Roedd hi'n dorcalonnus meddwl am Nhad yn dod adref a gweld droriau'r cwpwrdd dillad yn wag, a'r silffoedd yn noeth lle bu ei brws gwallt.

Cymerodd fore cyfan i mi edrych drwy'r cwbwl a didoli'r pethau roeddwn am eu cadw, a'r dagrau'n bygwth wrth weld ei llawysgrifen, arogli ei phersawr, ac wrth roi i gadw y pethau a fu'n ddibwys tan ei marwolaeth. Bellach roedd popeth yn drysor. Roedd y ddefod bron drosodd a dim ond y ddresel i'w chlirio.

Adwaenais y llyfr yn syth. Llyfr clawr caled, a phatrwm marmor o frown a melyn ar y clawr, fel hufen mewn siocled. Ei hanrheg ben-blwydd gen i, a chais iddi sgwennu ei hanes o fewn ei gloriau trymion. Wnes i ddim gofyn wedyn, a wnaeth Mam ddim sôn. A dweud y gwir, roeddwn i wedi anghofio popeth amdano.

Agorais y llyfr yn ei ganol, a gweld bod 'na ysgrifen ar y tudalennau.

Rysáit oedd yno, yn llawysgrifen fain Mam. Rysáit am gaserol cig eidion a pheli toes mwstard, a'r enw 'Kenneth Davies' wedi'i ysgrifennu uwch ei ben. Docddwn i ddim yn adnabod yr enw, ond wnaeth hynny ddim amharu ar y llawenydd a gefais wrth edrych drwy'r tudalennau. Roedd hi wedi cofnodi pethau yn y llyfr roedd hi am eu cofio – pob math o ryseitiau, a phob un ag enw rhywun uwch ei ben. Rhai yn gyfarwydd, ond eraill na chlywswn amdanynt cynt. Ai dyma'r bobol a roesai'r ryseitiau iddi? Na, roedd enw Huw yno, a doedd ganddo ddim diddordeb mewn bwyd. Ai arbrofion oedden nhw, a Mam yn trio ailgydio mewn hen flasau gan briodi'r blas â'r atgof gystal ag y gallai? Dychmygais Mam yn ei chegin fach yng Nglanrafon, yn pwyso dros y stof wrth drio dod o hyd i flasau a roddwyd iddi dros y blynyddoedd. Ychwanegu ychydig o'r hwn a'r llall, cynhwysion crand na fydden nhw wedi bod ar gael pan oedd hi'n fach. Fersiynau newydd o hen fwyd clyd, cyfarwydd.

Yswn am fynd â'r llyfr yn ôl i'm cartref, i bori drwyddo, i goginio'r rhoddion hyn a adawodd Mam i mi. Trois i flaen y llyfr i weld a oedd Mam wedi ysgrifennu esboniad neu gyflwyniad. Doedd dim byd, dim ond hoel ei bawd yn gylch piws ar gornel y dudalen, yn atgof o ryw rysáit jam neu darten eirin. Cyffyrddais fy mawd â hoel ei bawd, cyn cau'r gyfrol yn ofalus a'i dal yn dynn at fy mrest. Trysor o dudalennau blêr, ac ysgrifen blentynnaidd Mam yn cofnodi fy etifeddiaeth o siwgwr, sbeisys, blawd a halen.

Diolch o galon:

I'r teulu oll, yn enwedig Nic, Efan a Ger;

I bawb yn y Lolfa, yn enwedig Nia Peris,
Branwen Huws, Lefi Gruffudd, Meleri Wyn James
a'r athrylith annwyl, Alun Jones;

I Gwen Gruffudd, am ei ffydd a'i chyfeillgarwch.

Hefyd gan Manon Steffan Ros:

Manon Steffan Ros

Fel Aderyn

y Lolfa

Enillydd gwobr Barn y Bobl yn Llyfr y Flwyddyn 2010
£7.95

Cododd y prism ac edrych trwyddo. Roedd lliwiau'r enfys dros y byd i gyd.

PRISM

MANON STEFFAN ROS

Cyfres yr Onnen

y Lolfa

£5.95

Am restr gyflawn o lyfrau'r Lolfa, mynnwch
gopi am ddim o'n catalog
neu hwyliwch i mewn i'n gwefan

www.ylolfa.com

Ile gallwch archebu llyfrau ar-lein.

TALYBONT CEREDIGION CYMRU SY24 5HE
ebost ylolfa@ylolfa.com
gwefan www.ylolfa.com
ffôn 01970 832 304
ffacs 832 782